LA GAVIOTA

LITERATURA

ESPASA CALPE

FERNÁN CABALLERO

LA GAVIOTA

Edición
Enrique Rubio Cremades

COLECCIÓN AUSTRAL

ESPASA CALPE

Primera edición: 21-VII-1943
Duodécima edición: 23-I-1991

© Espasa-Calpe, S. A., 1943
—
Maqueta de cubierta: Enric Satué
—
Depósito legal: M. 47.121—1990
ISBN 84—239—1972—2

Impreso en España
Printed in Spain

Talleres gráficos de la Editorial Espasa-Calpe, S. A.
Carretera de Irún, km. 12,200. 28049 Madrid

ÍNDICE

Introducción de Enrique Rubio Cremades

INTRODUCCIÓN

I. FERNÁN CABALLERO EN EL SIGLO DE LA NOVELA

De singular conglomerado literario se puede calificar la historia de la literatura española de la segunda mitad del siglo XIX. Un rápido análisis de la prensa literaria de la época —principal vehículo de la publicación de relatos— corroboraría nuestras palabras. Publicaciones como *El Semanario Pintoresco Español, El Laberinto, El Museo de las Familias, La Época, El Heraldo,* etc., serán los más fieles exponentes de la presencia del género novelesco, desde los productos subliterarios hasta novelas de mayor o menor calidad literaria. Se puede decir que el género encuentra feliz acogida entre los más variados círculos de lectores, que tienen fácil acceso al aluvión de traducciones, adaptaciones o relatos originales de dispar contenido literario ofrecidos por los editores. En efecto, éstos publicaban tanto novelas históricas o folletinescas como de costumbres. Tal es el caso del propio editor de LA GA-VIOTA —Francisco de Paula y Mellado—, que con anterioridad había publicado la novela histórica *El señor de Bembibre*, de E. Gil y Carrasco, y que editará, años más tarde, conocidos folletines, como *Fe, Esperanza y Caridad*, de A. Flores. Convivencia, pues, de distintos géneros novelescos y pervivencia y lectura de autores que por aquel entonces gozaban del aplauso o del prestigio del público, como Navarro Villoslada, Amós de Escalante, Fernández y González, Torcuato Tárrago, Ramón Ortega y Frías, W. Ayguals de Izco, Ros de Olano, etc. De igual forma en la conocida *Sección de Folletines* de cualquier periódico de la época se podían leer las traducciones de autores que ya en el romanticismo habían tenido un gran éxito, como las obras de Manzoni, Sue, Dumas, Scott, Cottin, Genlis, D'Arlincourt, etc. Los índices, repertorios bibliográficos y estudios sobre la década de 1840 son harto elocuentes al respecto, pues a través del cotejo y fecha de publicación de las obras correspondientes observamos una verdadera amalgama de contenidos novelescos y escuelas literarias. De todo ello se desprende que el género novela acapara la atención del lector, pues a partir de la década señalada con anterioridad se puede afirmar, tal como apuntaba el Marqués de Molins, que la época «era la más *novelífera* de cuanto registra la historia literaria». Testimonio corroborado por escritores o críticos, como A. Palacio Valdés —*Álbum de un viejo*— o el propio A. González Blanco al señalar que «nuestros hijos distinguirán, seguramente, el siglo que pasó con la significativa y justa apelación de *siglo de la novela*».

La actitud de indiferencia o desprecio que se puede observar en la primera mitad del siglo hacia dicho género no significa que existiera una despreocupación por la elaboración de novelas originales. Incluso, en más de un relato escrito en la década de los años treinta —fecha de especial efervescencia romántica— aparecieron en España novelas con una honda preocupación costumbrista, como *Las señoritas de hogaño y las doncellas de antaño* (1832), de R. López Soler. Son ejemplos que no se dan de forma aislada, ya que más de un escritor-colaborador

de la magna antología costumbrista española, *Los españoles pintados por sí mismos* (1843), escribirá relatos basados en la descripción de tipos y escenas, engarzados
y unidos gracias a una peripecia argumental común, como,
por ejemplo, la novela *Doce españoles de brocha gorda,*
de Antonio Flores, publicada en Madrid en 1846. Si bien
es verdad que la nota predominante la protagoniza el conocido aluvión de adaptaciones y traducciones, no menos
cierto es, también, que, frente a estas notas carentes de
originalidad, la sociedad de la centuria pasada puede ser
definida como asidua lectora de novelas, preocupada no
sólo por sus contenidos o temas, sino también absorta e
inmersa en los cometidos y fines de la propia novela. La
polémica naturalista, los acalorados debates sobre determinadas novelas que alcanzaron cotas de enorme popularidad —*El Escándalo, Pequeñeces,* etc.— hace posible
la calificación de *siglo de la novela,* género, por otro lado,
considerado por muchos años como menor e infravalora-
do en los círculos literarios del momento, incluidos los propios novelistas de la segunda mitad del siglo XIX, como
don Juan Valera, autor a quien tanto pesó la prevención
antinovelesca, tal como afirma José F. Montesinos.

Si los orígenes de la novela realista nos conducen al relato objeto de nuestro estudio —LA GAVIOTA—, no por
ello debemos descalificar determinadas novelas publicadas con anterioridad y ciertos géneros literarios que indu-
dablemente influyeron en el mundo de ficción de Fernán
Caballero, autora que, como tendremos ocasión de comprobar, será protagonista de esa época en la que los hechos históricos transcurren vertiginosamente y las tenden-
cias y corrientes novelísticas aparecen como un singular
conglomerado literario.

Cecilia Böhl de Faber, autora que por derecho propio
figura en los orígenes de la novela realista, ofrece a través
de sus innumerables cartas un copioso material biográfi-
co que ilustra con todo detalle múltiples aspectos no sólo
de su peculiar talante de escritora, sino también del contexto ideológico y literario de la época; incluso, más de

un relato novelesco servirá para que podamos desgajar de ellos retazos biográficos relacionados con distintos episodios de su vida. Desde esta perspectiva —análisis de espistolarios, noticias biográficas publicadas y obra literaria propia— ofrecemos la presente nota biográfica de la autora.

Las biografías sobre Cecilia Böhl de Faber son de dispar enfoque y contenido. Desde la realizada por el padre Coloma, discípulo y amigo personal de la autora, hasta biografías exentas de toda afectación y subjetivismo. La biografía de Coloma pierde su objetividad al estar escrita en forma novelada y sujeta a una pretendida serie de confesiones de difícil comprobación, aspectos que aparecerán igualmente tratados en el libro de Angélica Palma. Mayor objetividad ofrece el autor Fernando de Gabriel y Ruiz de Apodaca en su prólogo a *Estar de más* (1871). En un justo medio estarían los trabajos de Bonneau-Avenant (1882) y José María Asensio (1893) y, en una superior valoración, los de Morel Fatio (1901) y Pitollet (1907), basados en documentos autógrafos y compulsas de textos. Más recientemente son de inapreciable estima las publicaciones de J. F. Montesinos, J. M. Castro, J. Herrero, I. M. Zavala, J. Rodríguez-Luis, J. Alcina Franch, C. Bravo-Villasante, etc., cuyas referencias figuran en la Nota Bibliográfica. De innegable valor y complemento fiel a cualquier biografía son los epistolarios publicados, tales los de Diego de Valenciana, A. López de Argüello, M. Núñez de Arenas, Theodor Heinermann, S. Montoto... De obligada consulta son también el *Epistolario* en *Obras completas de Fernán Caballero* (vol. XIV) y el fondo epistolar de la Biblioteca de la Universidad de Chicago. De todo ello se deduce que tanto la vida como el *corpus* literario de Fernán Caballero han sido objeto de admiración y analizados por autores de dispar nacionalidad. A los estudios ya citados habría que añadir los nombres de Wolf, Heyse, Hamel, S. T. William, Hespelt, etcétera; incluso, en algunos manuales —lejanos en el tiempo y útiles por la información de autores que hoy en día constituyen verdaderas rarezas bibliográficas— aparece la vida y obra de la autora en lugar privilegiado, como en el caso de las obras del padre Blanco y García o de J. Cejador y Frauca.

Cecilia Böhl de Faber nació el 25 de diciembre de 1796 en Morgues (Suiza), hija del gran hispanista alemán don Juan Nicolás Böhl de Faber (1770-1836) y de la gaditana Francisca Ruiz de Larrea y Aheran, hija de madre irlandesa y educada en Inglaterra. Fue esta mujer de una formación literaria inusual en su época, con dominio del francés y del inglés, conocimientos que le permitieron traducir el *Manfredo,* de Byron, y escribir breves ensayos bajo el pseudónimo de *Corina.* El propio Juan Nicolás en una carta publicada por Elisa Campe la definirá de poco favorecida por la naturaleza, «con una predisposición para todas las cualidades excelente, mas el desarrollo de cada una de ellas se ve dificultado por la fuerza de algunas ideas románticas arraigadas (...) Su modo de ser es constantemente alegre, mientras que en sociedad y en el trato con personas desconocidas es callada y seria» (T. Heinermann, 19 y sigs., ofrece interesantes noticias al respecto). El mismo Alcalá Galiano en *Recuerdos de un anciano* referirá no pocos detalles sobre las tertulias y comportamiento del matrimonio Böhl de Faber, al igual que Ramón Solís en su estudio *El Cádiz de las Cortes* que afirma lo siguiente: «En el Cádiz de las Cortes había dos tertulias literarias notables: la de doña Margarita López de Morla, hermana del conde de Villacreces, y la de doña Frasquita Larrea de Böhl de Faber. La primera era una dama bastante poco agraciada, cuya fealdad trataba de disimular con abundantes encajes en las cofias, a fin de desviar la atención. Era muy aficionada a los encajes, así como a fumar habanos. La tertulia de Margarita tuvo un matiz liberal, en tanto que la de Frasquita lo tenía conservador». Guillermo Humboldt aportará interesantes datos sobre los progenitores de Fernán Caballero, definiendo a don Nicolás como hombre «sano de cuerpo y alma, moral, religioso, y, sin embargo, ingenuo y en nada exagerado, de mucha lectura y bastantes conocimientos». El matrimonio de los Böhl de Faber, celebrado en 1796, se traslada a Alemania y a Suiza. Tras una estancia en Hamburgo regresan a Cádiz, donde Juan Nicolás, en compañía de su hermano Gottlieb, rige los negocios. En 1800 nacerá la segunda hija del matrimonio, Aurora; más tarde Juan Jacobo (1801) y Ángela (1803). Precisamente, en esta última fecha, Juan Nicolás es nombrado cónsul hanseático (representante de los cantones que formaban la antigua Liga) en las ciudades de Sevilla, Cádiz y Huelva. En 1805 se traslada a Alemania con toda la familia. Don Nicolás permanecerá en Alemania con sus hijos Cecilia y Juan Jacobo, mientras que doña Francisca se instalará en Cádiz con sus hijas Aurora y Ángela. El fracaso de los negocios gaditanos y la obstinación de su mujer en no permanecer en Alemania obligarán a don Nicolás a regresar, definitivamente, a Andalucía. Durante este período de tiempo Cecilia es educada por una institutriz belga y, más tarde, desde los años 1806 a 1813, continuará su formación en un pensionado francés de Hamburgo. A este respecto escribirá don Nicolás, en 1813, lo siguiente: «Mi hija que ahora tiene catorce años, me causa muchas preocupaciones. Está en Hamburgo, en una pensión regentada por una señora que estuvo en Saint Cyr, y que, sin ser peor que otra cualquiera, deja, sin embargo, mucho que desear» (T. Heinermann, 24).

En 1816, un año después de su llegada a España, Cecilia se casa con don Antonio Planells y Bardají, capitán de granaderos, de veinticinco años. Ambos se trasladan a Puerto Rico, lugar de destino de Planells. Resulta difícil explicar la rápida y precipitada unión de este matrimonio desafortunado, que duró tan sólo un año a causa del fallecimiento del esposo. Tal vez se debió a las pretensiones de su madre de verla pronto casada, o, también, por el fracaso del padre en los negocios y la supuesta riqueza de Planells. La semejanza con más de una heroína moratiniana es bien patente. De esta experiencia matrimonial disponemos de un copioso material de noticias, pues en más de una carta y en algún relato novelesco encontramos reflejada esta primera etapa de su vida. Por ejemplo, en la carta de Cecilia enviada a Latour afirmará lo siguiente: «Callo sobre este triste debut de mi vida. Yo entonces, bien lo puedo decir, era *buena,* como quien salía de una pensión francesa establecida en Alemania, y pude sacar de mi corazón el debut en la vida que he dado a la Clemencia de mi novela» (Morel Fatio, 270-271). Precisamente, en dicho relato se alude a los sufrimientos de la ingenua desposada, casada con un soldado desenfrenado y celoso. Los protagonistas, Clemencia y el militar Ladrón de Guevara, serán la propia Cecilia y Planells, casados a los pocos días de haberse conocido: «Clemencia, criada en un convento, nada sabía de la vida ni de las pasiones, en cuyo más grosero círculo era lanzada sin graduación; y Fernando, que no había salido casi de cuarteles y garitos, nada sabía de sentimientos, de corazón, de delicadeza, ni de reserva, esos instintos femeninos». Incluso en el relato de Fernán Caballero titulado *La Farisea* pudiera corresponder, tal como apunta J. Herrrero *(Fernán Caballero,* 312-313), a las fechas de su estancia en Puerto Rico. Fue esta una experiencia dolorosa, pues su vivencia isleña será calificada «de terribles padeceres que llevó un alma que a poco más de dieciséis años, no podía, no sabía, no tenía fuerza para soportarlas en un país extraño y malsano y que, a no haber sido por mis generosos amigos me habría costado la vida» (Morel Fatio, 271). Hespelt conjetura que la vida del matrimonio en Puerto Rico estuvo plagada de amarguras y sinsabores.

El 26 de marzo de 1826 contrae matrimonio con el marqués de Arco-Hermoso, esposo ejemplar a juzgar por la carta de Cecilia escrita a Latour. Fueron años de bienestar económico, tranquilidad y fecundidad literaria. Precisamente en el año 1828 conoció a Irving en Sevilla, dándole a conocer el manuscrito de *La familia de Alvareda.* El 17 de marzo de 1835 morirá su segundo esposo. En 1836 viaja a París, donde traba amistad con el aristócrata Federico Cuthbert, galante seductor y rico hacendado, trasunto fiel del personaje Sir George Percy que aparece en su novela *Clemencia*. Cecilia confesará que se trata «del único hombre que he amado con pasión y delirio»; sin embargo, su conducta inmoral hará posible que esta relación tenga una pronta ruptura. Por estas fechas fallecerá su padre, 9 de noviembre de 1836, y dos años más tarde su madre, doña Francisca. En 1837 se casará por última vez con Antonio Arrom de Ayala, tuberculoso con aficiones de dibujante, que tenía dieciocho añor menos que Cecilia. A juzgar por el retrato del personaje Pablo, *alter ego* de Antonio Arrom en *Clemencia,* su esposo debió ser un hombre honrado, bondadoso y con un alto concepto del honor y de conducta intachable. Su fracaso en los negocios y en su vida profesional, así como su gradual demencia, fueron motivos suficientes para optar al suicidio como única solución a sus problemas. Antes de poner fin a su vida le escribirá a su esposa Cecilia una patética carta: «Mi buena y querida Cecilia, cuando recibas esta mi última carta ya habrás recibido el cruel golpe que mi atroz destino, mi flaqueza, mi razón extraviada y esa atracción irresistible del abismo me fuerzan a darte. La consideración de que si yo permanezco en este mundo sólo es para causarte pesadumbres, y más vale una grande que acabe con ellas de una vez, es lo que me decide. ¡Hija mía, qué veintidós años de miserias y penas te ha costado casarte conmigo! Y por remate, para que el resto de tus días lo pasaras cuidando de un loco, pues siento a la locura apoderarse de mi cerebro con su mano de hierro...» (Morel Fatio, 272-273). Cecilia tiene sesenta y tres años; su fama, acompañada de acaloradas polémicas, es indiscutible. Son años dedicados por entero a la creación literaria. La revolución de 1868 le deparó nuevas amarguras, obligándola a salir del Alcázar y refugiarse en la calle Juan de Burgos. Tras haber conocido sucesivos cambios políticos —guerra de la Independencia, reinado de Fernando VII, la Regencia, reinado de Isabel II, la Gloriosa y la Restauración— falleció el 7 de abril de 1877.

II. «LA GAVIOTA»: COMPOSICIÓN Y PUBLICACIÓN

LA GAVIOTA estaba en proceso de composición en 1845, según una carta (2 de julio de 1845, dirigida al doctor Julius) reproducida por Pitollet. En ella la autora destaca ya su verdadera intención: dibujar la situación actual que está en trance de desaparecer. En 1848 enviará a José Joaquín Mora, director de *El Heraldo,* la novela y una carta en la que describe la actitud de la autora respecto al estado presente de la literatura española, palabras que una vez más corroboran el interés de Fernán por el relato costumbrista. LA GAVIOTA fue escrita en francés, idioma que conocía a la perfección, por creer que dicha lengua era no sólo más apta para el relato novelesco, sino porque facilitaría su difusión entre el público extranjero. En una epístola al propio Julius afirmará que «la lengua española no sirve para las novelas —es raro pero es así— por muy bella que sea para la poesía, las comedias, la historia, lo jocoso o satírico, para la novela es torpe e inflexible, porque enseguida parecen amaneradas o lacrimosas, prefiero así escribir en francés» (Montoto, 366). Incluso, en 1860, le comentará a Latour que ha escrito LA GAVIOTA en francés «no para imprimirla, sino por si acaso la quería leer algún extranjero, como escribí *La familia de Alvareda* en alemán» (Morel Fatio, 343). La obra fue traducida por José Joaquín de Mora en 1848 y publicada en el folletín de *El Heraldo* entre el 9 de mayo y el 14 de julio de 1849 al concluir *Las dos Dianas,* de Dumas. A continuación *El Heraldo* publicará *La familia de Alvareda* y *Una en otra,* mientras que *Elia* apareció en *La España* y *Sola* en *El Semanario Pintoresco Español.* Asimismo, por estas fechas, la prensa madrileña editará varios relatos breves de la autora.

Las incidencias sobre la edición de LA GAVIOTA están reflejadas en el copioso epistolario de Fernán. En sus cartas se quejará de la tardanza de la publicación; al propio Hartzenbusch le pedirá que retire su novela en el supuesto caso de que se siguieran publicando folletines o traducciones y adaptaciones de otros autores. Debemos recordar que con anterioridad Mora había prometido a los suscriptores de su periódico la pronta publicación de la novela, circunstancia que a juicio de Fernán no se dio, como podemos comprobar por la actitud de la autora. En un anuncio de *El Heraldo* (4 de marzo de 1849) se señala que «el martes de la próxima semana empezaremos a publicar LA GAVIOTA, novela original española, y que puede llamarse propiamente de costumbres por contener una pintura fiel y altamente expresiva de las verdaderas costumbres de nuestra nación, como se observan en las clases y personas preservadas hasta ahora del contagio de la imitación extranjera. Su autor, que se disfraza bajo el nombre de *Fernán Caballero,* no es uno de estos escritores repentistas, cuya misión es trasladar al papel y del borrador a la imprenta los brotes indigestos de una imaginación desordenada, ni uno de esos ganapanes literarios, copistas rastreros de los detestables modelos con que la tipografía extranjera nos inunda». Mora traducirá su novela al castellano, circunstancia que en un principio no debió agradar a Fernán —tal como confiesa a Hartzenbusch (27 de abril de 1849)— por temor a que su novela «sea tan mutilada que no la conocerá la madre que la parió porque tiene mucho espíritu, rasgos y pensamientos realistas, que hubiese aprobado, gustado al redactor de *La Esperanza,* y para quien el de *El Heraldo* será un Herodes». Las connotaciones ideológicas de *La Esperanza* son claras puesto que se trata de un periódico conservador y monárquico.

La novela, como es bien sabido, aparecerá firmada con el pseudónimo de Fernán Caballero. La crítica ha considerado que dicha actitud obedece a la influencia de Jorge Sand, que al igual que Cecilia, adoptó un pseudónimo masculino (José M.ª Castro, LXXIX). De igual forma se apunta también que dicha actitud se debe a las reiterativas noticias de un famoso crimen cometido por aquel entonces en un pueblecito de la Mancha llamado Fernán Caballero (Bravo Villasante, 16). Lo cierto es que a Cecilia le interesaba ocultar su nombre por respeto a su encumbrada familia y quizá también para que no la acusasen de ser poco española a causa de sus apellidos (J. Rodríguez-Luis, 16). La propia autora aludirá en más de una ocasión al hecho de que la elección del patronímico masculino evitaría la crítica de ciertos sectores de la sociedad, condicionados y acostumbrados a lecturas redactadas sólo por escritores. Su condición de mujer podría obstaculizar el empeño de la empresa realizada por Cecilia.

Son prejuicios sociales fáciles de entender si tenemos en cuenta que la mujer en aquella época sólo podía manifestar sus inquietudes literarias en el campo de la poesía. En caso contrario la censura, la crítica y el menosprecio hacían fácil presa en la escritora. Esta evidencia puede verse, por ejemplo, en los periódicos románticos dirigidos a la mujer, como *El Pensil del Bello Sexo, El Tocador, La Sílfide, Gaceta de las Mujeres...* Incluso, el intento de la primera colección costumbrista escrita por mujeres, *Las españolas pintadas por sí mismas,* fracasó por dichos prejuicios sociales, pues tan sólo apareció un artículo firmado por Gertrudis Gómez de Avellaneda. La actitud de Cecilia Böhl de Faber al respecto es clara, condicionamientos sociales que por suerte tiende a desaparecer gradualmente con el correr de los años. Tampoco debemos olvidar, finalmente, que la adopción de un pseudónimo en esta época era frecuente. Recordemos a Larra *(Fígaro, Andrés Niporesas, El Pobrecito Hablador, Ramón de Arriala...),* Mesonero Romanos *(El Curioso Parlante),* M. Lafuente *(Fray Gerundio),* etc. Poetas, novelistas, dramaturgos y periodistas en general utilizaron en esta primera mitad del siglo XIX distintos apelativos o sobrenombres de difícil identificación. Es una costumbre que tiende a desaparecer hacia la segunda mitad del siglo, ya que dicho proceder es menos frecuente entre los propios novelistas. Con todo ello cabe recordar los pseudónimos de Valera *(Eleuterio Agoretas, Un aprendiz de Helenistas, Eleuterio Filógino, Didacus Valerianus...),* José M.ª de Pereda *(Paredes),* B. Pérez Galdós *(El bachiller*

Sansón Carrasco, Pascual, Yo, Un desmemoriado...),
Leopoldo Alas *(Clarín, Zoilito),* etc. El que Cecilia Böhl
de Faber adoptara los pseudónimos *C. B. Arrom, León
de Lara* o *Fernán Caballero* no debe, pues, extrañarnos
si tenemos en cuenta todos estos ejemplos tan significati-
vos y elocuentes.

III.   «LA GAVIOTA»: PRECEDENTES E INICIO
       DE LA NOVELA REALISTA

Se considera ya tópico afirmar que LA GAVIOTA supone
el inicio de la novela realista en los anales de la literatura
española. Es, sin embargo, una consideración que, indu-
dablemente, puede tener ciertos matices interpretativos.
Desde el punto de vista de la calidad literaria es obvio que
se resiente de ciertos defectos de fácil explicación, pues
no debemos olvidar que se trata de la primera novela que
intenta engarzar unos cuadros de costumbres a través de
una peripecia argumental. Se ha considerado al costumbrismo como pernicioso y causante de la tardía aparición
de la novela realista. Tal teoría, excesivamente rígida, no
es compartida por un cierto sector de críticos que sí ven,
por el contrario, en el costumbrismo el germen de la novela realista. Baquero Goyanes afirma al respecto que «el
costumbrismo fue letal en cuanto mantuvo a la novela española *provinciana* y limitada, pero no considerado desde
otra perspectiva» *(La novela..., 137).* Los propios novelistas adscritos al realismo-naturalismo confesarán públi-
camente la influencia del costumbrismo en sus relatos. Recuérdese lo que Galdós decía de Mesonero Romanos en
el episodio *Los Apostólicos:* «Este joven, a quien estaba
destinado el resucitar en nuestro siglo la muerta y casi ol-
vidada pintura de la realidad de la vida española tal como
lo practicó Cervantes, comenzó en 1832 su labor fecunda, que había de ser principio y fundamento de una larga
escuela de prosistas. Él trajo el cuadro de costumbres, la
sátira amena, la rica pintura de la vida, elementos de que
se toma su sustancia y hechura la novela».

De esta forma el costumbrismo se inserta en la novela de Fernán Caballero y en los relatos de Trueba o Pereda, configurándose la novela por aglutinación de escenas costumbristas casi sin apenas conexión. En el *corpus* literario de Fernán Caballero las escenas serán *relaciones* o *diálogos* tendentes a moralizar o corregir determinados aspectos de la realidad. Todo ello en detrimento de la acción novelesca ralentizada por la continua presencia de digresiones, cuentos, anécdotas, juegos infantiles, acertijos, etcétera. En Trueba serán cuentos o pequeños esquemas, y en José M.ª de Pereda *Escenas Montañesas* o bocetos al temple. No olvidemos, tampoco, cómo el mismo Pereda confiesa su adscripción al cuadro de costumbres en el *Prólogo* de dicha obra al elogiar la obra constumbrista *Ayer, hoy y mañana,* de A. Flores.

La filiación costumbrista de Fernán Caballero, creemos, es indudable, pues consiguió que los lectores se interesaran por la descripción de un entorno real de honda raigambre costumbrista y en clara contraposición a un tipo de lecturas inmersas en un mundo fantástico e irreal. El postulado «la novela no se inventa, se observa», significaba la aplicación de la actitud artística del costumbrismo al terreno de la ficción. Pero, si bien es verdad que su relación con el movimiento costumbrista coincidente con el romanticismo es manifiesta, más directa es la influencia ejercida por la primera colección del género publicada en España en 1843: *Los españoles pintados por sí mismo.* En Fernán Caballero el subtítulo *Costumbres* aparece en numerosas obras; así en la novela LA GAVIOTA, en *Deudas pagadas, La familia de Alvareda* o en sus dos volúmenes de cuentos publicados con el título de *Cuadros de costumbres* y *Cuadro de costumbres populares andaluzas.* No menos significativa es la nota gacetillera de *El Heraldo* en el momento justo de la publicación de LA GAVIOTA, noticia dirigida al lector y en la que los editores afirmaban que «otras tres novelas de la autora del mismo género (...) que completarán la serie de *Los españoles pintados por sí mismos*» (*El Heraldo,* 9 de mayo de 1849).

Es evidente que los lectores de la presente década estaban bajo el influjo de *Los españoles* y que dicho género fue tomado como modelo no sólo por Fernán Caballero, sino también por otros escritores.

Antonio Flores publicó en 1846 *Doce españoles de brocha gorda. Novela de costumbres contemporáneas,* clara continuación de la citada colección, ya que a su juicio no estaban en la magna antología costumbrista todos los tipos de la sociedad presente. Al igual que Fernán Caballero, A. Flores tendrá conciencia de este cambio de visión, aunque en su novela apreciemos ciertos rasgos o recursos folletinescos que entorpecen el curso normal de los hechos. Salvadas las distancias y calidades literarias de ambos autores, se puede afirmar que si bien A. Flores representa la faceta urbana de la novela, al describir el Madrid de la época, Fernán Caballero será la primera novelista que describa un contexto regional que con anterioridad había tenido un maestro indiscutible: S. Estébanez Calderón. Una búsqueda más remota de fuentes o precedentes literarios nos llevaría a R. López Soler, el introductor de la novela histórica —*Los bandos de Castilla*— pues en su novela *Jaime el Barbudo* —firmada con el pseudónimo *Gregorio Pérez de Miranda*— afirmará que «de todas las clases de novelas no hay ninguna que tanta utilidad ofrezca como la que despliega a nuestros ojos las costumbres de la patria. Este principio tiene ventajosa aplicación a España, donde conservan las provincias ciertos usos que algún tanto se apartan de la civilización general, siendo por lo mismo notoriamente peligrosa su influencia». Incluso, el mismo autor publicará *Las señoritas de hogaño y las doncellas de antaño* (Barcelona, 1832) novela que se ajusta a los postulado costumbristas desarrollados por los escritores del género y de la propia Fernán. Las novelas de R. López Soler inician de esta forma el ciclo *novela de costumbres* y si bien es verdad que son tímidos ensayos, no por ello debemos prescindir de ellas, pues si hoy en día estos relatos son considerados como verdaderas rarezas bibliográficas, en su momento gozaron de un cierto prestigio entre un determinado sector de lectores.

No pocos de los postulados costumbristas encuentran feliz acogida en LA GAVIOTA, consciente la autora de que lo traducional, lo genuinamente español, se va perdiendo en beneficio de la influencia extranjera. En su novela *Clemencia,* por ejemplo, la autora señala que este cambio se debe al auge «de novelas francesas, sin que tengan presente las mujeres que cada monería les quita una gracia, y cada afectación un encanto, y que de airosas y frescas flores naturales se convierten en tiesas y alambradas flores artificiales» (II, 13). Estas palabras parecen entresacadas de la novela de R. López Soler, *Las señoritas de hogaño y las doncellas de antaño.* En lo que respecta a LA GAVIOTA y a la citada obra de López Soler, se puede observar también una clara concomitancia, pues en ambas el ideal femenino de la mujer emancipada se ridiculiza. El apego a lo tradicional, la añoranza o el recuerdo del pasado son postulados de clara filiación costumbrista. El vehemente deseo de fijar la realidad, de escudriñar las costumbres como si de una cámara fotográfica se tratara, son otros tantos rasgos claramente definidores del arte narrativo de la autora. En el prólogo de LA GAVIOTA dichas pautas aparecen claramente expuestas: «dar una idea exacta, verdadera y genuina de España, y especialmente del estado actual de su sociedad, del modo de opinar de sus habitantes, de su índole, aficiones y costumbres. Escribimos un ensayo sobre la vida íntima del pueblo español, su lenguaje, creencias, cuentos y tradiciones. La parte que pudiera llamarse novela sirve de marco a este vasto cuadro, que no hemos hecho más que bosquejar».

De igual forma, en el prólogo de LA GAVIOTA se censura a un sector absorto y fiel imitador de las costumbres extranjeras, actitud idéntica a la de los escritores costumbristas. Fernán Caballero es consciente de *su* obligación como escritora de novelas de costumbres. De ahí su afán de ofrecer al público una descripción exacta de lo que es España, sus costumbres, tradiciones y peculiar idiosincrasia de los habitantes. Por ello en dicho prólogo afirmará que «es indipenasable que, en lugar de juzgar a los españoles pintados por manos extrañas, nos vean los demás pueblos pintados por sí mismos», clara referencia, una vez más, a la colección *Los españoles pintados por sí mismos*. Al igual que ella, se propondrá la descripción de tipos o retratos, consciente la autora de que la *escena* de costumbres ha dejado de interesar al gran público, reemplazándose por el análisis de *tipos*.

Si en el prólogo de LA GAVIOTA observamo una honda preocupación por la nota descriptiva y análisis de tipos, también a través de la peripecia argumental y del epistolario apreciamos el mismo interés. Por ejemplo, en el capítulo IV de la segunda parte asistimos a una tertulia en la que los personajes razonan y exponen sus argumentos sobre los distintos tipos de novelas existentes en la época. Uno de los contertulios, *alter ego* de Fernán, manifestará que la novela de costumbres es el género novelístico por excelencia, útil y agradable; e, incluso, dicho personaje, en su acendrada defensa, llega a afirmar que en cada país «debería escribirse las suyas. Escritas con exactitud y con verdadero espíritu de observación, ayudarían mucho para el estudio de la humanidad, de la historia, de la moral práctica, para el conocimiento de las localidades y de las épocas». Es indudable que tales aseveraciones se verían cumplidas con creces en innumerables ocasiones, pues la novela española de las segunda mitad del siglo XIX ofrece un buen número de ejemplos en los que el contexto geográfico y la peculiar convivencia de sus moradores emergen con peculiar personalidad. Los personajes de E. Pardo Bazán, Valera, Galdós, Palacio Valdés, Clarín, Blasco Ibáñez, etcétera, están sujetos en numerosas ocasiones a un contexto muy concreto y específico, siendo muy difícil desgajar del medio ambiental los problemas peculiares del mundo de ficción.

En lo que respecta al espistolario, son copiosas las alusiones sobre LA GAVIOTA, desde los problemas editoriales o apuros económicos de la propia autora, hasta la definición exacta de lo que ella entendía por novela de costumbres. En una carta dirigida a Mora, señala lo siguiente: «Habrá juzgado que a nuestra literatura moderna, que ciertamente tiene bellas obras de que gloriarse, le falta un género que en otros países tanto aprecian y a tanta perfección ha llegado. Esto es, la novela de costumbres. No enumeraré las ventajas de esta clase de composición (...) A buen gusto que usted me concederá, en favor de las fuentes en que lo he adquirido, mis padres, algún espíritu de observación, muchas ocasiones de estudiar en la españolísima Sevilla las costumbres de la sociedad, mucha paciencia para recoger en el pueblo del campo dichos, usos, cuentos, creencias, refranes, etcétera, me han hecho hace años recopilar un brillante mosaico (...) Sé que el tiempo les dará valor porque cuanto he pintado desaparecerá como el humo dentro de poco (...) Está llena de *actualidad,* por valerme de una de las frases de moda, y creo pinta la sociedad del día con exactitud» (Valencina, *Cartas,* 15 y sigs.). La cita resume la especial preocupación de una escritora que se muestra consciente del verdadero valor e importancia de la novela de costumbres.

IV. Ruralismo costumbrista e idealizador

En el *corpus* literario de Fernán encontramos un ruralismo costumbrista tendente a la idealización, que no es sólo exclusivo de sus narraciones breves, pues aparece también en sus novelas. El Romanticismo imprimió una profunda huella en las décadas posteriores, hasta llegar, incluso, al naturalismo, ya que el gusto naturalista por lo rural no es sino consecuencia de una actitud romántica. Si en el Neoclasicismo todas las creaciones artísticas eran minoritarias, en el Romanticismo sobreviene una reacción favorecida por la evolución política de las naciones, que desemboca en el cultivo de lo popular, en la popularización de todas las artes. De una filantropía abstracta se pasa al acercamiento apasionado, pues el Romanticismo favorecerá no sólo lo popular, sino también lo regional, tal como sucede, de hecho, en LA GAVIOTA.

En Fernán Caballero observamos la presencia de un realismo costumbrista de significación ideológica y sentimental, inmerso en la idealización típica del Romanticismo. Los personajes de LA GAVIOTA, al igual que otros seres de ficción creados por la autora, resultan convencionalmente idealizados para el lector actual como ya lo resultaron para los novelistas de la segunda mitad del siglo XIX, que ofrecen un panorama bien distinto del creado por Fernán. Los rústicos o aldeanos de las novelas de E. Pardo Bazán, Clarín, V. Blasco Ibáñez, etcétera, están muy distantes de este bucolismo idílico y tradicional, tan arraigado en las letras hispánicas. De todo ello se desprende que Fernán Caballero considera al positivismo como el gran enemigo de la sociedad española. Con su triunfo peligrarían las más bellas tradiciones españolas y el espíritu cristiano de los españoles; de ahí que exprese en sus cuentos y novelas —incluida LA GAVIOTA— el sentimiento y motivo horaciano *Beatus ille,* de tan ilustre tradición en la literatura española. Es un motivo que Fernán recoge y transforma socialmente, porque, al enfrentar campo y corte, hace algo más que cantar las virtudes del uno y los defectos de la otra. En la pugna campo-ciudad ve la escritora un problema nacional: la lucha de la tradición contra el positivismo de signo liberal. De ahí que defienda y exalte la vida campesina —aun cayendo en la idealización excesiva—, porque en ella ve representadas las virtudes raciales que, según la autora, corren peligro de desaparecer, aplastadas por el progreso e influjo extranjerizante. Por todo ello, Fernán recelará de la civilización, del progreso, no sólo desde el punto de vista moral, sino también desde el estético. Si todo esto es patente en su novela LA GAVIOTA, igual sucede en sus relatos breves, como en *Promesa de un soldado a la Virgen del Carmen, Simón Verde, Dicha y suerte, Obrar bien... que Dios es Dios,* etcétera. Por ejemplo, en la primera narración breve un campesino describe el tren como «un monstruo deforme, sin cabeza, que volaba sin alas y arrastraba tras sí una cáfila de galeras». Y la autora comenta: «Esta nueva era acabará con el silencio y soledad del lugar, sustituirá en muchas casas techumbres de tejas a las de aneas; pondrá todo bonito, simétrico, renovado, pero el pueblo dejará de ser tan sencillo, campestre y rústico como hoy lo es, y, por tanto, no será ya tan poético para aquellas mentes que hallan la poesía y lo pintoresco campestre en lo natural, sencillo y rústico». Es, en definitiva, una actitud de fácil identificación con el costumbrismo propiciado por los maestros del género, en especial por Mesoneros Romanos y Estébanez Calderón, al ver con dolor cómo lo tradicionalmente español se iba perdiendo por culpa de la influencia extranjera. Por ello, en sus escritos surge una profunda xenofobia que les lleva a enaltecer y a sobrevalorar todo lo que rezume tradición. Esta actitud hace posible la utilización de argumentos un tanto pueriles —como los que Mesonero Romanos esgrime en sus artículos «La Puerta del Sol», «El brasero...»—, incomprensibles para ciertos sectores de la época y, por supuesto, para el lector actual.

En LA GAVIOTA el tema *menosprecio de corte y alabanza de aldea* aparece con las matizaciones ya expuestas. En lógica consecuencia de este enfrentamiento, el lector podrá observar cómo las descripciones ambientales correspondientes al segundo contexto geográfico están realizadas con sutiles tonos ideológicos conducentes a exaltar la vida campesina, alejada del bullicio, la intriga y el desasosiego social. Villamar representa las virtudes propias de España, remanso de paz, en clara contraposición a la bulliciosa vida de la ciudad. El menosprecio de corte hará posible que dos ciudades, Sevilla y Madrid, sean analizadas desde una perspectiva muy crítica, pues, una vez engarzados los personajes de ficción en estos núcleos geográficos, caerán irremediablemente en el infortunio: ruptura matrimonial, adulterio y muerte del amante. La novela, como si de un ciclo cerrado se tratara, se inicia con un elogio de la vida campesina, apacible ubicación capaz de hacer olvidar los sufrimientos y penalidades. El protagonista, Stein, hombre derrotado y desavalido, encontrará, precisamente, en Villamar el auténtico y verdadero paraíso que le devolverá su fe en la humanidad. El ejemplo de la heroína novelesca, Marisalada, será claro y patético, pues, una vez enraizada en el contexto urbano, se comportará como personaje antónimo de la virtud. De esta forma la proyección ideológica hace posible que la protagonista se convierta en modelo negativo, en un ejemplo práctico que sirve al propósito moral y didáctico ideado por la autora. Narración, en definitiva, que ofrece los síntomas más característicos de un romanticismo aún no caducado: pintoresquismo, campesinos sentimentales y bondadosos, opuesto todo ello a una civilización que amenazaba destruir con sus actitudes el encanto de las viejas aldeas y el comportamiento de sus pobladores.

V. Digresiones, intercalaciones y reflexiones morales

Fernán Caballero interrumpe en más de una ocasión la peripecia argumental para introducir, como si de una cuña se tratara, una serie de digresiones sobre los usos y costumbres de Villamar. Se trata de un recurso narrativo utilizado con insistencia y embadurnado con la peculiar ideología de la autora, una técnica narrativa que no es, en verdad, innovadora, ya que se daba con cierta insistencia tanto en las novelas históricas o folletinescas como en los artículos de costumbres. Dichas reflexiones no solamente son frecuentes en la primera mitad del siglo XIX, sino también en numerosas novelas publicadas en décadas posteriores. Así ocurre en Valera que enlaza hábilmente el escenario costumbrista con el desarrollo novelesco. El precedente más inmediato de Fernán lo constituye el cuadro de costumbres, por ser dicho género el que con más insistencia utiliza el presente recurso. No se puede hablar de un autor en concreto, pues todos introducen la digresión como parte esencial del boceto o tipo analizado. Esto ocurre, por ejemplo, en Larra, Mesonero Romanos, Estébanez Calderón y en la ya citada colección *Los españoles pintados por sí mismos*. Todos ellos manifestarán en forma de cláusulas su opinión personal, teorizando sobre una determinada costumbre o uso y apartándose del verdadero motivo del cuadro. Cuando la digresión aparece con insistencia, el cuadro costumbrista o novela perderá parte de su interés y se convertirá más en una reflexión ideológica que en un estudio costumbrista o relato novelesco. Otro tanto sucede con las novelas históricas —*Los bandos de Castilla, Sancho Saldaña, El doncel de don Enrique el Doliente,* etcétera—. Por ejemplo, Larra en su novela citada prescindirá, en ocasiones, de la acción novelesca para teorizar y emitir reflexiones sobre el sistema penitenciario o la pena de muerte. Con todos estos ejemplos es fácil establecer las concomitancias existentes entre LA GAVIOTA y los géneros literarios pertenecientes al Romanticismo, escuela que en más de una ocasión influirá en la literatura de Fernán.

La intercalación de cantares, coplas, anécdotas, chascarrillos, romances, oraciones, tradiciones, refranes, etcétera, se produce no sólo en LA GAVIOTA sino también en más de un cuadro costumbrista e idealizador, como *Dicha y suerte,* o en otros relatos novelescos de la propia autora para justificar un estilo determinado —incidencia del lenguaje Karr en *Con mal o con bien a los tuyos te ten—* o como simple reflexión de sus ideas literarias —*Lágrimas*—. De esta forma Fernán cumplirá con la intención didáctica de tan ilustre tradición entre los costumbristas, reafirmando, insistentemente, dicho propósito moralizador y docente. Así, por ejemplo, en forma de digresión dirá en LA GAVIOTA que «las novelas escritas con exactitud y con verdadero espíritu de observación, ayudarían mucho para el estudio de la humanidad, de la historia, de la moral práctica, para el conocimiento de las localidades y de las épocas». Con estas premisas es fácil comprender el detallismo costumbrista inserto en LA GAVIOTA, desde largos recorridos por la monumental Sevilla, de la que se ofrecen toda suerte de datos urbanísticos y arquitectónicos, hasta la inclusión de cuadros que se podrían desgajar de la peripecia argumental sin resentirse lo más mínimo, como la descripción del ambiente festivo que protagoniza la corrida de toros. Los personajes de LA GAVIOTA sirven, en ocasiones, de mero pretexto para la introducción de cuentos o historias que forman parte del entramado cultural de Andalucía; incluso, más de una breve historia o cuento de la novela suele anticipar el tema central de LA GAVIOTA o preceder a determinadas soluciones o conflictos de los personajes de ficción. Toda esta veta tradicional afluye constantemente, como si de un raudal se tratara, discurriendo por todos los vericuetos del mundo novelesco creado por Fernán.

En lo que respecta a las reflexiones morales, debemos, una vez más, referirnos al costumbrismo como el modelo más inmediato. Temas como la desamortización, la reforma del sistema penitenciario, la pena de muerte, la reforma educativa, la política, etc., fueron analizados desde múltiples ópticas y siempre de acuerdo con el peculiar talante ideológico del autor. Diferentes son las apreciaciones de un Larra con respecto a Mesonero Romanos, al igual que el resto de los escritores costumbristas —A. Ferrer del Río, A. Flores, García Tessara, S. López Pelegrín, J. Martínez Villergas, Neira de Mosquera, Pérez Calvo, G. Tejada, etcétera— que manifestaron su ideario a través del boceto o tipo estudiado, pues una misma costumbre, oficio, profesión y estado eran examinados y enfocados desde la singular perspectiva del autor. Si bien es verdad que el talante observador de todos estos escritores se ciñe al motivo descrito, no por ello se prescindirá de sutiles matizaciones ideológicas conducentes a un propósito moralizador.

Fernán Caballero encauza su novela teniendo presente esta intencionalidad, pues ella misma confiesa, por ejemplo, en una carta dirigida al conde de Cazal (1852) que «no pretendo escribir novelas, sino cuadros de costumbres, retratos acompañados de reflexiones y descripciones, y que bajo ese punto se me juzgue. No obstante, mis escritos se presentan como novelas porque no hallo otro nombre que darles y, por tanto, no los reivindica mi disculpa». En la presente novela las reflexiones morales se deslizan continuamente, y no sólo desde un punto de vista teórico, sino también práctico, pues sus personajes y continuas digresiones se acoplan perfectamente a la tesis sentida por la propia autora. De esta suerte, los ejemplos morales toman cuerpo a través de los propios personajes, como, por ejemplo, cuando la tía María encuentra a Stein malherido y en estado crítico. Su actitud filantrópica será, en este sentido, el mejor ejemplo de caridad cristiana. Otro tanto sucede con la duquesa de Almansa y Stein. El primer personaje es el modelo de la fidelidad conyugal. El segundo, el prototipo del ser noble, con un alto concepto de la moral y representante de las virtudes cristianas. La propaganda católica subyace a lo largo de la novela, ejemplificándose tanto en los personajes como en las numerosas alusiones tendentes a condenar ciertos hechos de la época que causaron grave quebranto entre las órdenes religiosas, como sus ataques a la desamortización de Mendizábal.

Sus reflexiones morales y su adscripción a un específico credo ideológico fueron aspectos ampliamente comentados por la crítica, y, a menudo, desde una perspectiva extraliteraria. Así, por ejemplo, Eugenio de Ochoa la juzga desde esta óptica al hacer especial hincapié en la importancia política que tuvo LA GAVIOTA. De igual forma actuaron Cándido Nocedal, Fermín de la Puente o el mismo Duque de Rivas. En un sentido contrario, e, igualmente, por razones extraliterarias, la juzgaron negativamente A. Fernández de los Ríos, Juan Valera, Pereda y Menéndez y Pelayo, a quienes molestaba su insistente sermoneo. El tan ponderado y ecuánime Valera llegará a afirmar que «la novela se lee, no obstante con placer y con aplauso, y no puede menos de reconocerse el indiscutible talento de la autora, el cual es de lamentar que se desluzca a veces y se malgaste en disertaciones políticas, religiosas y sociales, que a menudo fatigan al lector, que no siempre vienen muy a propósito y que a veces son verdades de Pero

Grullo y otras son apasionadas declamaciones dictadas por el espíritu de partido» *(Revista de Madrid.*—Cartas al Director de la *Revista Perninsular, O. C.,* II, 84). Periódicos como *La Discusión, La Malva, La Andalucía,* etc., la definieron con frecuencia con epítetos denigratorios y alusivos a su férreo y caduco neo-catolicismo.

De todo esto se deduce, según señala José F. Montesinos, que ciertos sectores que elogiaron su «catalinarias políticas no entendieron su literatura» *(Fernán,* 25). Los ataques y censuras que sufrió la autora a lo largo de su vida se reflejan en numerosas cartas, definiéndose siempre como «hija del Papa y fiel vasallo del Trono y del Altar» (Valenciana, 67). En otras ocasiones su sentido propagandístico se asemejará al del predicador que utiliza sus escritos para llegar a un público que vive ajeno a la realidad cristiana, al igual que años más tarde hará el padre Coloma con su novela *Pequeñeces.* Por ejemplo, en una carta dirigida a Hartzenbusch le confiesa que «los señores quieren relegar (¡y gracias!) las cosas y palabras de Dios a los sermones que no oyen, y a las Iglesias donde no entran. Pero, ¿dónde más estética, más poesía, más drama, más saber, más pureza, más enseñanza que en los asuntos religiosos? —¿cuáles, por Dios, no atañen de más cerca, hablan más al alma y al corazón?—. Yo no quiero a la Religión atrincherada en una fortaleza, la quiero como al pueblo Español, en todo» (T. Heinermann, 203). Si Fernán Caballero utiliza sus escritos para difundir las virtudes cristianas, también es verdad que ciertos autores adscritos a ideologías de distinto cuño se valieron también de sus novelas para difundir sus propios postulados. Recuérdese, por ejemplo, la copiosa producción de folletines que dio a conocer la ideología socialista, conscientes los autores de que la mayoría de sus lectores pertenecían a la clase social peor asalariada y ubicada en los nuevos núcleos urbanos próximos a la incipiente industria de la época. La defensa de una determinada ideología cobrará también especial relieve en la prensa de mediados del siglo XIX. Estamos, pues, ante un fenómeno harto conocido y ampliamente desarrollado en los medios literarios del momento. De la parcialidad de Fernán Caballero surgirá un realismo sujeto a su ideología, capaz de mitificar el entorno social y de aplicar la moral católica tanto en sus digresiones como en el significado y alcance de los personajes de ficción.

VI. «LA GAVIOTA», ENCRUCIJADA DE MOVIMIENTOS LITERARIOS

Hemos podido comprobar cómo Fernán Caballero, acérrima defensora de la religiosidad y del patriotismo, se muestra contraria a las fabulaciones de corte folletinesco, anticlericales y corruptoras de las costumbres españolas. Su preocupación se centra en crear una novela moralizante, didáctica, protagonizada por la oposición binaria «de los vicios ridículos de la época y de las hermosas cualidades que desaparecen» (Valenciana, 191). Su credo político e ideológico puede ser una traba que le impida profundizar en la realidad, pues, como ella misma afirma, su interés se centra en poetizar la vida, en difundir las virtudes cristianas. Por un lado encontramos en LA GAVIOTA una firme decisión por apartarse del subjetivismo romántico —término que le producirá horror— y adaptarse al entorno real. Sus propias palabras sobre la utilización del material novelable suponen una proclamación antirromántica, suscribiendo la afirmación de Stendhal en las páginas que figuran en su prólogo a LA GAVIOTA: «La novela no se inventa; se observa. Escribo en lisa prosa castellana lo que realmente sucede en nuestros pueblos; lo que piensan y hacen nuestros paisanos en las diferentes clases de nuestra sociedad». Tal postulado estará presente en varios relatos, como en *Un servilón y un liberalito,* ya que la autora intenta ser verídica y ajustarse a los pormenores triviales. Lo mismo ocurre en *La familia de Alvareda,* basada en un crimen cometido en una de las posesiones de su familia y que le permitirá introducir una serie de cuadros de costumbres populares propios de Andalucía. De todo ello se desprende, como indica acertadamente Montesinos, que su narrativa se mueve entre el historicismo y el folclorismo, ya que el folclore es un eficaz instrumento de su peculiar realismo. Sin embargo, la incorporación de las costumbres populares, del pintoresquismo, de la superficialidad, están en íntima conexión con las ficciones románticas. Los conflictos sentimentales están sujetos a las reacciones o situaciones propias del romanticismo. El tema trágico del torero y la veleidad amorosa de *Marisalada* nos recuerdan a *Carmen* de P. Merimée; incluso en LA GAVIOTA no faltan tampoco los rasgos externos propios del romanticismo, como la descripción de ruinas, conventos abandonados o fuertes tempestades. Fernán, de igual forma, no alterará el esquema tradicional de la oposición campo-corte, idéntico al del romanticismo, pues corresponderá a los naturalistas —Zola en Francia y E. Pardo Bazán en España— el recordar que no todo es bondad e ingenuidad en el rústico o aldeano, sino que por el contrario hay en ellos ambición y avaricia. Personajes que actúan más como seres irracionales que racionales.

El romanticismo del que hace gala la autora está muy distante del romanticismo español de los años treinta, pues se trata de una década rica en situaciones violentas y desenlaces funestos. Si repasamos la dramaturgia romántica, observaremos que sus autores se sienten atraídos por episodios de difícil solución: enfrentamientos entre padres e hijos, hermanos... Tanto *La conjuración de Venecia* como *El trovador* o *Don Álvaro o la fuerza del sino,* por citar sólo los dramas más representativos, ofrecen un desenlace violento; sin embargo, ya en la década posterior, como de hecho ocurre con algunos dramas de Zorrilla, las situaciones y comportamientos de los personajes están descritos desde una perspectiva más real, actuando más como seres de carne y hueso que como aquellos protagonistas de las obras citadas con anterioridad. En la novela histórica ocurre otro tanto, pues el héroe de *El señor de*

Bembibre, tras asistir a la muerte natural de su amada, doña Beatriz, llevará una existencia eremítica que le permitirá vivir con su dolor durante varias décadas. Estamos ante un período propicio a la sublimación del deseo amoroso y ante la aceptación de aquellas circunstancias contra las cuales habían combatido los personajes del primer romanticismo. Lo violento, lo agresivo y lo vehemente se tornan en todo lo contrario, en pasivo sufrimiento tal como sucede, por ejemplo, con el protagonista de LA GAVIOTA, que, lejos de reaccionar con los códigos impuestos por el primer romanticismo, rehusará a todo signo de violencia y partirá a un lugar lejano.

El personaje se nos ofrece, de igual forma, con los rasgos típicos del romanticismo; su ascendencia y su procedencia le darán ese halo tan característico de este movimiento. Frente al amor pasional de *Marisalada* por Pepe Vera, Stein se decidirá por la huida. Ante la pasión y vehemencia optará por el perdón y el sufrimiento. La teoría de Fernán al respecto es bien clara, ya que el cristiano debe sufrir o evitar las tentaciones impropias de su condición y credo. De ahí que con frecuencia el personaje sentimental renuncie a lo más deseado, apoyado en unas condiciones de tipo religioso. La lenta caída moral de *Marisalada* y el consecuente desenlace novelesco se adapta a estas premisas. La novela se ajusta, así, a los propósitos de su autora y, al igual que un amplio muestrario de situaciones e ideas, el lector podrá observar una vez más el peculiar talante de Fernán Caballero.

BIBLIOGRAFÍA

ALCINA FRANCH, J.: *Fernán Caballero. La Gaviota,* introducción preliminar, bibliografía y notas a cargo del profesor..., Barcelona, Aubí, 1974.

BAQUERO GOYANES, M.: «La novela española en la segunda mitad del siglo XIX», en *Historia General de las Literaturas Hispánicas,* Barcelona, Vergara, 1969, V, págs. 54-142.

CARNERO ARBAT, G.: *Los orígenes del Romanticismo reaccionario español: el matrimonio Böhl de Faber,* Universidad de Valencia, Facultad de Filología, Departamento Lengua y Literatura, Serie Maior, núm. 1, 1978.

CARNERO ARBAT, G.: «Francisca Ruiz de Larrea (1775-1838) y el inicio gaditano del romanticismo español», en *Escritoras Románticas Españolas,* Madrid, Fundación Banco Exterior, 1990, págs. 119-130.

CASTRO CALVO, J. M.: Estudio preliminar a la edición de *Obras Completas,* Madrid, Biblioteca de Autores Españoles, 1961.

CASTILLO R.: «Los prólogos a las novelas de Fernán Caballero y los problemas del realismo», *Letras de Deusto,* VIII, 1978, núm. 15, págs. 185-193.

COLOMA, L.: *Recuerdo de Fernán Caballero,* Bilbao, 1910.

CORBERA FRADERA, C.: *Dulce ocaso* (Bibliografía de Fernán Caballero), Madrid, 1962.

DOMÍNGUEZ IGLESIAS, M.: «Fernán Caballero y la sociedad andaluza de su tiempo», *Anuario de Historia Moderna y Contemporánea,* Granada, VI; 1979, páginas 193-206.

FIGUEROA, MARQUÉS DE: «Fernán Caballero y la novela
de su tiempo», en *La España del siglo XIX,* II, Madrid,
1986, págs. 297-323.

GONZÁLEZ RUIZ, N.: «Los orígenes del realismo en España: Fernán Caballero», *Bulletin of Spanish Studies,*
V, 1928, págs.121-128.

HEINERMANN, T.: *Cecilia Böhl de Faber (Fernán Caballero) y Juan Eugenio Hartzenbusch. Una correspondencia inédita,* Madrid, Espasa-Calpe, 1944.

HERRERO, J.: *Fernán Caballero un nuevo planteamiento,* Madrid, Gredos, 1963.

LANGA LAORGA, M. A.: «Fernán Caballero: El reflejo
de una época», *Cuadernos de Historia Moderna y Contemporánea,* Madrid, VII, 1986, págs. 141-161.

LÓPEZ ARGÜELLO, A.: *Epistolario de Fernán Caballero:
una colección de cartas inéditas de la novelista,* Barcelona, Sucesores de Juan Gili, 1922.

MONTESINOS, J. F.: *Fernán Caballero. Ensayo de justi-
ficación,* México, Colegio de México, 1961.

MONTESINOS, J. F.: *Costumbrismo y novela. Ensayo
sobre el redescubrimiento de la realidad española,* Valencia, Castalia, 1960.

MONTOTO, S.: *Fernán Caballero. Algo más que una biografía,* Sevilla, Gráficas del Sur, 1969.

MOREL-FATIO, A.: «Fernán Caballero, d'après sa corres-
pondance avec Antoine de Latour», *Bulletin Hispanique,* III, 1901, págs. 252-294.

MOREL-FATIO, A.: *Études sur l'Espagne,* París, Bouillon,
1904, págs. 279-370.

OLSON, P. R.: «Reacción y subversión en *La Gaviota* de
Fernán Caballero», *Actas del VIII Congreso Interna-
cional de Hispanistas,* Madrid, Istmo, 1986, II, páginas 375-382.

PALACIO VALDÉS, A.: «Los novelistas españoles. Fernán Caballero», *Revista Europea,* XI, 1878, págs. 241-246.

PITOLLET, C.: «Les premiers essais littéraires de Fernán Caballero», *Bulletin Hispanique,* IX, 1907, págs. 67-86, 286-302; X, 1908, págs. 286-306 y 378-396.

RODRÍGUEZ-LUIS, J.: *Fernán Caballero. La Gaviota.* Edición, prólogo y notas de..., Barcelona, Labor, 1972.

RODRÍGUEZ-LUIS, J.: «*La Gaviota:* Fernán Caballero entre romanticismo y realismo», *Anales Galdosianos,* VIII, 1973, págs. 123-136.

SANLES MARTÍNEZ, R.: «Fernán Caballero y Méndez Núñez (doce cartas inéditas de Cecilia Böhl de Faber)», *Estudios,* Madrid, 1987, XLIII, págs. 341-358.

VALENCINA, FR. D.: *Fernán Caballero y sus obras,* Discursos leídos ante la Real Academia Sevillana de Buenas Letras, por Diego de Valenciana y D. José Muñoz San Román, Sevilla, Imprenta Divina Pastora, 1925.

VALENCINA, FR. D.: *Cartas de Fernán Caballero,* Madrid, Sucesores de Hernando, 1919.

WILLIAMS, S. T.: «Washington Irving and Fernán Caballero», *Journal of English and German Philology,* XXIX, 3, 1930, págs. 352-366.

ZAVALA, I. M.: *Ideología y política en la novela española del siglo XIX,* Salamanca, Anaya, 1971, páginas 123-166.

ESTA EDICIÓN

Como ya hemos indicado en el estudio introductorio a LA GAVIOTA, dicha novela empezó a publicarse en *El Heraldo* el 9 de mayo de 1846. La primera versión en libro aparece en 1856, edición que supone una revisión total y minuciosa del texto. En nuestro estudio hemos optado por dicha edición, llevada a cabo por el establecimiento tipográfico de don Francisco de Paula y Mellado, Madrid, 1856 —ejemplar existente en la Biblioteca Provincial de Alicante—. Hemos creído conveniente actualizar ciertos signos gráficos y errores ortográficos. Sin embargo, hemos respetado las incorrecciones sintácticas realizadas a propósito por la autora y utilizadas por los personajes populares de su mundo de ficción. Incluimos el *Juicio crítico* realizado por don Eugenio de Ochoa, tal como aparece en 1856.

INTRODUCCIÓN

LA GAVIOTA*

---

*   Gaviota es el nombre de un ave marítima. Se aplica familiarmente a la mujer gritona, imprudente, atolondrada y de ásperos modales, como lo indica el conocido refrán: *La gaviota, mientras más vieja, más loca*.

PRÓLOGO*

Apenas puede aspirar esta obrilla a los honores de la novela. La sencillez de su intriga y la verdad de sus pormenores no han costado grandes esfuerzos a la imaginación. Para escribirla, no ha sido preciso más que recopilar y copiar.

Y, en verdad, no nos hemos propuesto componer una novela, sino dar una idea exacta, verdadera y genuina de España, y especialmente del estado actual de su sociedad, del modo de opinar de sus habitantes, de su índole, aficiones y costumbres. Escribimos un ensayo sobre la vida íntima del pueblo español, su lenguaje, creencias, cuentos y tradiciones. La parte que pudiera llamarse novela, sirve de marco a este vasto cuadro, que no hemos hecho más que bosquejar.

Al trazar este bosquejo, sólo hemos procurado dar a conocer lo natural y lo exacto, que son, a nuestro parecer, las condiciones más esenciales de una novela de costumbres. Así es, que en vano se buscarán en estas páginas

---

* Para una edición de *La Gaviota* que se empezó a dar en 1853, escribió el autor este prólogo. Aunque ahora, siendo aquél tanto más conocido, pudiera acaso parecer menos necesario, hemos creído deber conservarlo, porque fija perfectamente el punto de partida del escritor, y el fin moral a que se dirige en sus obras.
Al público toca juzgar si lo ha conseguido. *(N. del E.)*

caracteres perfectos, ni malvados de primer orden, como los que se ven en los melodramas; porque el objeto de una novela de costumbres debe ser ilustrar la opinión sobre lo que se trata de pintar, por medio de la verdad; no extraviarla por medio de la exageración.

Los españoles de la época presente pueden a nuestro juicio, dividirse en varias categorías.

Algunos pertenecen a la raza antigua; hombres exasperados por los infortunios generales, y que, impregnados por la quisquillosa delicadeza que los reveses comunican a las almas altivas, no pueden soportar que se ataque ni censure nada de lo que es nacional, excepto en el orden político. Éstos están siempre alerta, desconfían hasta de los elogios, y detestan y se irritan contra cuanto tiene el menor viso de extranjero.

El tipo de estos hombres es, en la presente novela, el General Santa María.

Hay otros, por el contrario, a quienes disgusta todo lo español, y que aplauden todo lo que no lo es. Por fortuna no abundan mucho estos esclavos de la moda. El centro en que generalmente residen, es en Madrid; más contados en las provincias, suelen ser objeto de la común rechifla.

Eloísa los representa en esta novela.

Otra tercera clase, la más absurda de todas en nuestra opinión, desdeñando todo lo que es antiguo y castizo, desdeña igualmente cuanto viene de afuera, fundándose, a lo que parece, en que los españoles estamos a la misma altura que las naciones extranjeras, en civilización y en progresos materiales. Más bien que indignación, causarán lástima los que así piensan, si consideramos que todo lo moderno que nos circunda, es una imitación servil de modelos extranjeros, y que la mayor parte de lo bueno que aún conservamos, es lo antiguo.

La cuarta clase, a la cual pertenecemos, y que creemos la más numerosa, comprende a los que, haciendo justicia a los adelantos positivos de otras naciones, no quieren dejar remolcar, de grado o por fuerza, y precisamente por el mismo idéntico carril de aquella civilización, a nuestro hermoso país; porque no es ése su camino natural y conveniente: que no somos nosotros un pueblo inquieto, ávido de novedades, ni aficionado a mudanzas. Quisiéramos que nuestra Patria, abatida por tantas desgracias, se alzase independiente y por sí sola, contando con sus propias fuerzas y sus propias luces, adelantando y mejorando, sí, pero graduando prudentemente sus mejoras morales y materiales, y adaptándolas a su carácter, necesidades y propensiones. Quisiéramos que renaciese el espíritu nacional, tan exento de las baladronadas que algunos usan, como de las mezquinas preocupaciones que otros abrigan.

Ahora bien, para lograr este fin, es preciso, ante todo, mirar bajo su verdadero punto de vista, apreciar, amar y dar a conocer nuestra nacionalidad. Entonces, sacada del olvido y del desdén en que yace sumida, podrá ser estudiada, entrar, digámoslo así, en circulación, y como la sangre, pasará de vaso en vaso a las venas, y de las venas al corazón.

Doloroso es que nuestro retrato sea casi siempre ejecutado por extranjeros, entre los cuales a veces sobra el talento, pero falta la condición esencial para sacar la semejanza, conocer el original. Quisiéramos que el público europeo tuviese una idea correcta [1] de lo que es España, y de lo que somos los españoles; que se disipasen esas preocupaciones monstruosas, conservadas y transmitidas de generación en generación en el vulgo, como las momias de Egipto. Y para ello es indispensable que, en lugar de

---

[1] Fernán Caballero expone en todos estos párrafos los postulados costumbristas, consciente de que dichos aspectos desvirtúan y deforman la realidad. La xenofobia y el apego a lo tradicional serán también claros exponentes del mencionado grupo generacional. La falsa visión de España obedece, precisamente, a las monografías publicadas por autores extranjeros y difundidas, especialmente, por la prensa francesa. En realidad Fernán Caballero no es la primera autora que censura tales comportamientos, pues serán las publicaciones eclécticas de la época —*Seminario Pintoresco Español, El Laberinto, El Museo de las Familias,* etcétera— quienes mayor empeño pongan en ese tema.

juzgar a los españoles pintados por manos extrañas, nos vean los demás pueblos pintados por nosotros mismos.

Recelamos que al leer estos ligeros bosquejos, los que no están iniciados en nuestras peculiaridades, se fatigarán a la larga, del estilo chancero que predomina en nuestra sociedad. No estamos distantes de convenir en esta censura. Sin embargo, la costumbre lo autoriza; aguza el ingenio, anima el trato, y amansa el amor propio. La chanza se recibe como el volante en la raqueta, para lanzarla al contrario, sin hiel al enviarla, sin hostil susceptibilidad al acogerla; lo cual contribuye grandemente a los placeres del trato, y es una señal inequívoca de superioridad moral. Este tono sostenidamente chancero, se reputaría en la severidad y escogimiento del buen tono europeo, por de poco fino; sin tener en cuenta que lo fino y no fino del trato, son cosas convencionales. En cuanto a nosotros, nos parece en gran manera preferible al tono de amarga y picante ironía, tan común actualmente en la sociedad extranjera, y de que se sirven muchos, creyendo indicar con ella una gran superioridad, cuando lo que generalmente indica es una gran dosis de necedad, y no poca de insolencia.

Los extranjeros se burlan de nosotros: tengan, pues, a bien perdonarnos el benigno ensayo de la ley del talión, a que les sometemos en los tipos de ellos que en esta novela pintamos, refiriendo la pura verdad.

Finalmente, hase dicho que los personajes de las novelas que escribimos, son retratos. No negamos que lo son algunos; pero sus originales ya no existen. Sonlo también casi todos los principales actores de nuestros cuadros de costumbres populares: más a estos humildes héroes nadie los conoce. En cuanto a los demás, no es cierto que sean retratos, al menos de personas vivas. Todas las que componen la sociedad, prestan al pintor de costumbres cada cual su rasgo característico, que unidos todos como en un mosaico, forman los *tipos* [2] que presenta al público el es-

---

[2] La alusión a *retratos* obedece a que ya por esta década —1840—, la *escena* costumbrista, tal como la difundiera el mismo Mesonero Roma-

critor. Protestamos, pues, contra aquel aserto, que tendría no sólo el inconveniente de constituirnos en un escritor atrevido e indiscreto, sino también el de hacer desconfiados para con nosotros en el trato, hasta a nuestros propios amigos; y si lo primero están tan lejos de nuestro ánimo, con lo segundo no podría conformarse nunca nuestro corazón. Primero dejaríamos de escribir.

---

nos o Estébanez Calderón, tiende a desaparecer. En su lugar irrumpirá con gran fuerza el análisis del *tipo,* como de hecho supone la publicación en 1843 de la primera colección costumbrista española: *Los españoles pintados por sí mismos.* A partir de este año los autores intentan emular dicha colección, hecho que se puede observar en la novela de Antonio Flores *Doce españoles de brocha gorda,* publicada en 1846.

JUICIO CRÍTICO POR EL SEÑOR DON EUGENIO DE OCHOA*

I

Varias veces lo hemos dicho: no es la novela el género de literatura en que más han descollado los españoles en todos tiempos, y señaladamente en los *modernos*[3]. Las causas de este, al parecer, fenómeno de nuestra historia literaria, las hemos dicho también en diferentes escritos, que la escasa porción del público que por tales cuestiones se interesa, recordará tal vez: excusado sería, pues, y aun molesto, repetirlas. Permítasenos, sin embargo, apuntar aquí una sola: la novela, ese género que pasa por tan frívolo, tan fácil, tan sin consecuencia, es, díganlo los que

---

* Creyendo de sumo interés para la historia literaria de Fernán Caballero y de sus obras, cuya edición hemos acometido, conservar el recuerdo del fallo con que acogió el público la aparición de *La Gaviota,* primera de sus novelas que dio a luz, nos hemos decidido a insertar en este sitio, por nuestra cuenta y bajo nuestra responsabilidad, el juicio que sobre ella publicó en el periódico *La España,* en agosto de 1849, el señor don Eugenio de Ochoa, uno de nuestros más autorizados críticos. Creemos hacer con ello un obsequio a nuestros lectores. *(N. del E.)*

[3] Opinión compartida por la gran mayoría de escritores de la época. Apenas se tiene en cuenta el género novelesco y salvo honrosas excepciones que citan al *Quijote* como obra maestra, el resto de la producción novelística española es desconocida por los lectores. Véase, por ejemplo, el *Manual de Literatura,* de A. Gil de Zárate, publicado un año antes de la edición *princeps* de *La Gaviota.*

le han cultivado, de una dificultad suma, y requiere, para
que sea posible descollar en él, hoy que se ve elevado a
tanta altura en las producciones de los más claros inge-
nios de Europa, una aplicación extremada, a más de un
talento de primer orden. Entre nosotros, el talento no es-
casea; pero la aplicación, el estudio, la perseverancia son
dotes raras. Nos gusta conseguir grandes resultados con
poco esfuerzo, y cuando es posible, los conseguimos; por
eso se escriben entre nosotros buenos dramas, y no buenas novelas. Salvas algunas excepciones muy contadas,
nuestras novelas modernas, aun las que tienen un verdadero valor literario, carecen de todo interés novelesco, y
no tienen en realidad, de *novelas* más que el nombre. Su
habitual insulsez es tanta, que el público escamado, con
sólo ver el adjetivo *original* al frente de una de ellas, la
mira con desconfianza, o la rechaza con desdén, al mismo
tiempo que se abalanza con una especie de sed hidrópica
sobre las más desatinadas traducciones de los novelistas
extranjeros. Éstos surten casi exclusivamente nuestras li-
brerías y nuestros folletines: sus obras, vertidas a un castellano generalmente bárbaro, forman el ramo más im-
portante de nuestro moribundo comercio de librería.

Parece a primera vista que esa predilección del público
a las novelas extranjeras es una manía inspirada por la
moda, que tantas extravagancias inspira, un capricho irracional, como tantos otros de que solemos ser necios esclavos, por tener el gusto de parecer hoy ingleses y mañana franceses; pero no es así. Hay una razón decisiva para
que las novelas extranjeras, en especial las francesas, al-
cancen gran valimiento, y las nuestras no; esa razón es
que *interesan* mucho: las nuestras por lo general, ya lo
hemos dicho, interesan poco o nada. Algunas honrosas
excepciones (y *La España* tiene la gloria de haber sumi-
nistrado a la crítica algunas de las más notables), no bastan a destruir la indisputable cuanto triste verdad de esta
proposición. Reflexionando en sus causas, sólo hemos discurrido una plausible para explicar esa singularidad: nuestros escritores no aciertan a interesar con sus novelas, por-

que ninguno ha escrito bastantes para llegar a posesionar-
se, digámoslo así, de todos los recursos del arte: sus producciones no son más que ensayos, y rara vez los ensayos
son perfectos, ni aun buenos. Para escribir una buena novela, es preciso, por regla general, haber escrito antes algunas malas: los casos como el de *La Gaviota*, primera
producción al parecer, y excelente sin embargo, son rarí-
simos.

¿Quién será, nos preguntábamos con curiosidad viva,
desde sus primeros capítulos, quién será el FERNÁN CA-
BALLERO que firma como autor esa preciosa novela, *La
Gaviota*, que ha publicado recientemente *El Heraldo?* Bien
conocíamos que ése era un nombre supuesto; bien conocíamos también que ese libro, en el que desde las primeras líneas, respirábamos con delicia como un perfume de
virginidad literaria, era producto de una inspiración espontánea y pura, y que nada tenía que ver con todas esas
marchitas producciones, que la especulación lanza diariamente al público paciente, frutos apaleados, verdes y po-
dridos al mismo tiempo. Pero por otra parte, se nos hacía
duro creer que el verdadero nombre encubierto bajo aquel
pseudónimo notorio, fuese enteramente desconocido en la
diminuta república —verdadera república de San Marino—, que forman nuestros literatos propiamente tales; y
así íbamos pasando revista a todos los que la fama prego-
na con sus cien trompas, para entresacar de sus gloriosas
filas el que mejor se adaptase a las dotes de la nueva producción. Ninguno nos satisfacía; revolviendo antecedentes, ningunos hallábamos que se ajustasen a aquel marco
tan elegante y correcto; ningunos que justificasen aquel
interés tan hábil y naturalmente sostenido, aquellos caracteres tan nuevos y tan verdaderos, aquellas descripciones tan delicadas, tan lozanas y tan fragantes —permíta-
seme la expresión—, que ora recuerdan el nítido pincel
de la escuela alemana, ora la caliente y viva entonación
de la escuela andaluza. Vése allí el dibujo de Alberto Du-
rero realzado con el colorido de Murillo.

No, ninguna de nuestras celebridades modernas nos

anunciaba ni prometía la caprichosa creación de *Marisalada,* las deliciosas figuras de *Rosa Mística,* Pedro Santaló, la tía María y el comandante del fuerte de San Cristóbal; ninguna nos anunciaba ni prometía el donaire sumo con que están pintadas la simplicidad angélica del hermano Gabriel, contrastando con la malicia diabólica de Momo. No tiene el mismo Walter Scott un carácter más verdadero, más cómico ni mejor sostenido que el de don Modesto Guerrero, el comandante susodicho, prototipo de la lealtad, de la resignación y de la benevolencia características del soldado viejo. ¡Y con qué gracia está delineado en cuatro rasgos el barberillo Ramón Pérez! ¡Y el honrado Manuel, tipo perfecto del campesino andaluz, con su inagotable caudal de chistes, y su travesura y su bondad naturales!

Pero la figura que irresistiblemente se lleva el mayor interés del lector, la que siempre domina el cuadro, porque nunca nos es indiferente, si bien casi siempre nos es simpática, es la de Marisalada. Nada más singular, nada más ilógico, y por lo mismo acaso nada más interesante, que aquel adusto carácter, seco y ardiente al mismo tiempo, duro hasta la ferocidad, y capaz, sin embargo, en amor, del más abyecto servilismo —mujer fantástica a veces como un hada, a veces prosaica y rastrera como una mozuela—; conjunto que no se explica, pero que se siente y se ve, y en el que se cree como en una cosa existente, de sensibilidad e indiferencia, de hermosura y fealdad física y moral, de bondad y depravación, ambas nativas, de ingenio elevado y de materialismo grosero —personaje a quien es imposible amar, y a quien, sin embargo, no acertamos a aborrecer—; carácter altamente complejo, que por un lado se roza con la inculta sencillez de la naturaleza salvaje, y por otro participa de los más impuros refinamientos de la corrupción social. Hay en *Marisalada* algo de la condición indolente y maligna del indio de Cooper, y algo también del escepticismo infernal de la mujer libre de Jorge Sand. Si el autor ha copiado del natural ese singularísimo personaje, es un hábil y muy sagaz observador; si lo ha sacado de su fantasía, es un gran poeta: de todos modos es un profundo conocedor del corazón humano. Por eso sin duda no se empeña en explicar el móvil de las acciones de su protagonista. ¿A qué fin? ni aun la explicación más ingeniosa podría parecer satisfactoria para los que saben que nada hay en el mundo más irracional que la pasión, como nada hay, muchas veces, más inverosímil que la verdad misma. *La Gaviota* es un personaje puramente de pasión; la razón no tiene sobre él dominio alguno. La misma espontaneidad algo insensata, la misma obstinación algo brutal que hallamos en sus primeras palabras al presentarla el autor en escena, vemos en todos sus actos hasta el fin de la novela.

—«Vamos, *Marisalada* —le dijo (la tía María)—, levántate para que el señor (Stein) te examine.»

Marisalada no mudó de postura.

—«Vamos, hija —repitió la buena mujer—, verás cómo quedas sana en menos que canta un gallo.»

Diciendo estas palabras, la tía María, apoderándose de un brazo de Marisalada, procuraba ayudarla a levantarse.

—«No me da la gana.», dijo la enferma arrancándose del brazo de la vieja con una fuerte sacudida.

En el efecto que nos produce el personaje de *La Gaviota*, como en el género de interés que nos inspira, se nos figura que hay algo del sentimiento de inquieta compasión que nos producen ciertos dementes sosegados, pero sombríos y enérgicos, que parece como que siguen en sus ideas y en sus actos una misteriosa inspiración, de que a nadie dan cuenta, y en la que tienen una fe ciega; de aquí su áspera condición, y el agreste desdén con que acogen las advertencias y los consejos que les da lo que llamamos la cordura humana. Al ver su fe robusta en esa voz íntima que al parecer les guía en su oblicua carrera, al paso que la duda y el temor son la inseparable secuela de nuestras opiniones y de nuestros actos *razonables*, alguna vez nos hemos sentido a punto de preguntarnos: «¿Serán ellos los cuerdos? ¿Seremos nosotros los locos?»

El personaje de Stein forma un perfecto contraste con

el de *La Gaviota;* todo en aquél es serenidad y rectitud; todo en ésta es tumulto y desorden. Ambos caracteres están pintados con igual maestría; como concepción literaria, el segundo es muy superior al primero; éste, en cambio, vale mucho más como pintura moral. Stein es el hombre evangélico, el *justo* en toda la extensión de la palabra; nada basta a alterar la límpida tersura de su hermosa alma; es el tipo acabado de esa proverbial mansedumbre germánica, ahora ¡ay! muy desmentida por una reciente experiencia, que hacía decir a Voltaire: «los alemanes son los ancianos de Europa». La dolorosa resignación con que sobrelleva Stein sus desastres conyugales, y más aún la noble ceguera con que por tanto tiempo desconoce la execrable traición de *Marisalada,* están hábilmente preparadas por los antecedentes todos de la historia de aquel hombre, predestinado a la desgracia por una vida toda de bondad, de abnegación y de oscuros padecimientos. Estas pocas palabras del autor explican la conducta del personaje que nos ocupa: «Stein, que tenía un corazón tierno y suave, y en su temple una propensión a la confianza que rayaba en debilidad, se enamoró de su discípula. La pasión que *Marisalada* le había inspirado, sin ser inquieta ni violenta, era profunda, y de aquellas en que el alma se entrega sin reservas.» Y luego: «Stein era uno de esos hombres que pueden asistir a un baile de máscaras, sin llegar a penetrar que detrás de aquellas fisonomías absurdas, detrás de aquellas facciones de cartón pintado, hay otras fisonomías y otras facciones, que son las que el individuo ha recibido de la naturaleza»; rasgos magistrales, que pintan, o más bien, que animan y vivifican a un personaje de novela, mejor que las más menudas y prolijas filiaciones, en que se complacen los pintores vulgares, ya pinten con la pluma, ya con el pincel. Más dice un brochazo de Goya, que todos los toques y retoques que da un mal pintor; más una palabra de Cervantes, que un tomo entero de un mal novelista.

Todos los personajes de *La Gaviota* viven, y nos son conocidos: a todos los hemos visto y tratado más o menos, según el mayor o menor relieve que les da el autor. Sucédenos en la lectura de algunas novelas, que por más que lo procuramos, no nos es posible parar la atención en los personajes que figuran en ellas, ni imaginarnos cómo son física y moralmente. El autor nos lo dice, y al momento se nos olvida; es como si leyéramos distraídos, cuando por el contrario, nos tomamos en aquella lectura un afán tan ímprobo como para resolver un problema difícil. ¿Qué prueba esto? Nada más sino que aquellos personajes *no viven;* son estatuas que aún no han recibido el fuego del cielo, y que como tales, no despiertan en nuestra alma, ni es posible, odio ni amor: en suma, están en la categoría de *cosas*, no son *personas*. Cuando más, se podrán llamar *sombras*. Se les da el nombre de *personajes* por mera licencia poética. Lo mismo que de las pinturas de los caracteres, puede decirse de las descripciones de los sitios. Si el lector no los ve, como si estuviera materialmente en ellos, esas descripciones nacerán muertas; no serán tales descripciones, sino un monótono y estéril hacinamiento de palabras, un fastidioso ruido, que ninguna idea despertará en nuestra mente, ninguna simpatía en nuestro corazón. No diremos al leerlas: «eso es malo, eso está mal escrito»; porque la descripción podrá ser hermosa, y la pintura podrá estar bien hecha; pero diremos: «eso no es verdad», o tal vez: «¿y qué? ¿qué nos importa todo eso que nos van diciendo tan elegantemente, si a medida que lo vayamos leyendo, se nos va borrando de la memoria?»

Descripciones hay en *La Gaviota* que pueden presentarse como dechados. Veamos esta: «Stein se paseaba un día delante del convento, desde donde se descubría una perspectiva inmensa y uniforme: a la derecha, la mar sin límites; a la izquierda, la dehesa sin término. En medio, se dibujaba en la claridad del horizonte el perfil oscuro de las ruinas del fuerte de San Cristóbal, como la imagen de la nada enmedio de la inmensidad. La mar, que no agitaba el soplo más ligero, se mecía blandamente, levantando sin esfuerzo las olas que los reflejos del sol doraban, como una Reina que deja ondear su espléndido manto. El convento, con sus grandes, severos y angulosos lineamentos, estaba en armonía con el paisaje, grave y monótono. Su mole ocultaba el único punto del horizonte interceptado en aquel uniforme panorama.

»En aquel punto se hallaba el pueblo de Villamar, situado junto a un río, tan caudaloso y turbulento en invierno, como mezquino y escaso en el verano. Los alrededores bien cultivados presentaban de lejos el aspecto de un tablero de damas, en cuyos cuadros variaba de mil modos el color verde; aquí el amarillento de la vid todavía cubierta de follaje; allí el verde ceniciento de un olivar, o el verde esmeralda del trigo, que habían fecundado las lluvias de otoño, o el verde sombrío de las higueras; y todo esto dividido por el verde azulado de las pitas de los vallados. Por la boca del río cruzaban algunas lanchas pescadoras; del lado del convento, en una elevación, una capilla; delante, una gran cruz, apoyada en una base piramidal de mampostería blanqueada; detrás, un recinto cubierto de cruces pintadas de negro. Éste era el Campo Santo.

»Delante de la cruz pendía un farol, siempre encendido, y la cruz, emblema de salvación, servía de faro a los marineros: como si el Señor hubiera querido hacer palpables sus parábolas a aquellos sencillos campesinos, del mismo modo que se hace diariamente palpable a los hombres de fe robusta y sumisa, dignos de aquella gracia.»

II

El mayor mérito de *La Gaviota* consiste seguramente en la gran verdad de los caracteres y de las descripciones: en este punto recuerda a cada paso las obras de los grandes maestros del arte, Cervantes, Fielding, Walter Scott y Cooper: a veces compite con ellas. No todos estarán conformes con lo que vamos a decir: a nuestro juicio, ese mérito es el que principalmente debe buscarse en una novela, porque es, digámoslo así, el más esencial, el más característico de este género de literatura. Verdad y nove-

dad en los caracteres, verdad y novedad en las descripciones; tales son los dos grandes ejes sobre que ha de girar
necesariamente toda novela digna de este nombre. Casi
estamos por decir que ellos son la novela misma, y que
todo lo demás es lo accesorio: por lo menos, es muy cierto que no hay mérito que alcance a suplir la ausencia de
estos dos imprescindibles elementos de vida para toda
composición novelesca; ni el lenguaje, ni el estilo, ni la
originalidad del argumento, ni la variedad y multitud de
los lances. Para el vulgo de los lectores, esto será en buena
hora lo principal; para nosotros, aunque muy importan-
te, no pasa de ser lo secundario. La novedad, la variedad,
lo imprevisto y abundante de los acontecimientos, nos parece peculiar del *cuento:* la *novela* vive esencialmente de
caracteres y descripciones. ¡Cosa extraña! es de todas las
composiciones literarias la que menos necesidad tiene de
acción: no puede, en verdad, prescindir de tener alguna,
pero con poca, muy poca, le basta. Una novela en tres
tomos puede ser excelente y tener, sin embargo, menos acción que un drama entres actos. Consiste esto en la distinta índole de ambas composiciones; la segunda es, digámoslo así, una acción condensada, reducida a sus más
estrechos límites; es la exposición sencilla y breve de un
suceso presentado en su más rápido desarrollo; la primera, por el contrario, comporta un desarrollo altísimo, y
en este desarrollo, hábilmente hecho, consiste su mayor
encanto posible.

Hemos dicho que *comporta*, no que necesariamente
exige ese minucioso desarrollo; pues en efecto hay novelas altamente dramáticas, y aún verdaderas monografías,
que, como el *Gil Blas*, tienen todo el movimiento, toda
la rapidez, vida y sucesión de cuadros que se requieren
en un cuento o en una comedia de magia. Esto constituye
una de las muchas variedades del género, el más rico y
fecundo tal vez de los que unidos forman lo que se llama
amena literatura. Por más que en teoría y con arreglo a
las ideas comunes, parezca que no puede haber novela
buena sin mucha acción, la experiencia demuestra lo con-

trario con numerosos ejemplos. ¿Cuál es, a qué se reduce la acción del precioso *Vicario de Wakefield*, de Goldsmith? ¿A qué la del *Jonatham Wild,* de Fielding? ¿A qué las *Aguas de San Ronan,* una de las más apacibles composiciones de Walter Scott? ¿A qué la de la mayor parte de las entretenidísimas escenas de costumbres que nos pinta Balzac con mano maestra? En media cuartilla de papel cabe holgadamente el argumento de cualquiera de esas, y de otras muchas buenas novelas que podríamos citar: sólo que sometiéndolas a esa especie de compendiosa reducción, dejarían de ser *novelas*, y pasarían a ser *cuentos*.

Éstos, menos que los dramas, no exigen desarrollo ni comentario alguno; son meras narraciones de hechos, que van pasando por delante de los ojos del lector como en una linterna mágica; en aquéllas, por el contrario, la narración de lo sucedido ya lo hemos dicho, es lo menos; el desarrollo, el comentario, lo más. Y adviértase que esto es cabalmente, cuando está bien ejecutado, lo que más deleite proporciona al lector. Mucho nos recrea la narración de las aventuras de Don Quijote, por ejemplo; pero ¡cuánto más sabrosa es la lctura de aquellos incomparables diálogos entre el loco y su escudero, que llenan los mejores capítulos de la inmortal fábula de Cervantes!

En *La Gaviota* la acción es casi nula: todo lo que constituye su fondo, puede decirse en poquísimas palabras; ¡rara prueba de ingenio en el autor haber llenado con la narración de sucesos muy vulgares dos tomos, en los que *ni sobra una línea,* ni decae un solo instante el interés, ni cesa un solo punto el embeleso del lector! Consiste esto en la encantadora verdad de sus descripciones, en la grande animación de sus diálogos, y más que todo, en el conocido sello de vida que llevan todos los personajes, desde el primero hasta el último. Ya hemos procurado dar una sucinta idea de los dos principales, *Marisalada* y Stein; los demás, y son muchos, en nada ceden a aquéllos en valor literario, ni en verdad de colorido. Los que están en segundo término, forman deliciosos grupos, sobre los cuales se destacan con singular vigor las figuras principales:

el autor posee en alto grado el arte dificilísimo de las medias tintas.

En dos partes puede considerarse dividida la novela. Pasa la primera en las inmediaciones de Villamar, pueblecito imaginario del condado de Niebla, entre la familia del guarda de un exconvento, de la cual es huésped el cirujano alemán Federico Stein, y varios oscuros personajes del citado pueblecito o de sus cercanías, entre los cuales se cuentan el pescador catalán Pedro Santaló y su hija *Marisalada,* a quien llaman *la Gaviota* por su genio arisco y su afición a vagar por entre las peñas, en la soledad de las playas marinas, soltando al viento el raudal de su hermosísima voz. El amor de Stein a esta mujer singular, su enlace con ella, la llegada a aquellos campos, de un noble y poético magnate, el Duque de Almansa, que gravemente herido en una cacería, es curado por el hábil Stein; y la salida, por fin, de éste y su mujer para Sevilla en compañía del Duque, que los persuade a que vayan a buscar un teatro más digno en que lucir y utilizar sus respectivos talentos, llenan el primer tomo de la novela, que por nuestra parte preferimos con mucho al segundo. No decimos por eso que éste tenga menos mérito que aquél, sino simplemente que aquél nos es más simpático, nos gusta más; a otros acaso les gustará menos. En lo que creemos que todos estaremos conformes, es en reprobar el incidente de los amores de *la Gaviota* con el torero Pepe Vera. ¿A qué rebajar tan cruelmente el carácter de la pobre Marisalada?

Pero volvamos a las hermosas cercanías de Villamar, donde nos esperan aquellas buenas gentes tan superiormente pintadas, la tía María, Dolores, Manuel, don Modesto Guerrero, *Rosa Mística,* Momo y el hermano Gabriel. No acertamos nosotros a explicar el deleite que nos producen aquellas dulces y apacibles escenas que pasan en el exconvento, ni a encarecer la vehemencia con que nos hacemos ilusión de que todo aquello es verdad. Se nos figura asistir a aquellas pacíficas reuniones de familia, amenizadas con las sanas sentencias de la tía María, con

los saladísimos cuentos del inagotable Manuel, y con las
monadas infantiles de Anís y de Manolito; creemos ver
al bienaventurado hermano Gabriel, tan sobrio de palabras, tan rico de lealtad y obediencia *perruna* a la tía
María, tejiendo sus espuertas o rezando su rosario en un
rincón de la estancia. Viva antítesis de aquel bendito,
vemos a Momo el malo y el tonto, pero *tonto* a la manera
particular que tienen de serlo los gansos de Andalucía, es
decir, tonto con mucho talento, díganlo sus réplicas, tales
que sólo a él pudieran ocurrírsele. Así son todos aquellos
llamados tontos: a cada paso le dejan a uno parado con
sus razones, de una sensatez, y al mismo tiempo, de una
originalidad pasmosas. La hermosa y serena figura de
Stein ilumina con un destello de alta poesía este cuadro
que ya por sí tiene tanta —pero una poesía puramente
popular—, la que a cada paso, en cada venta, en cada cabaña, en cada calle nos presentan nuestras pintorescas po-
blaciones meridionales. No es, sin embargo, Stein un *ale-
manuco* lánguido, etéreo e inútil, como los que se
imaginan los malos poetas; su poesía es, digámoslo así,
práctica —es la poesía de la rectitud, de la probidad y de
la nobleza del alma—. Fría e indiferente a aquel cuadro
de íntima felicidad que su alma adusta y vulgar no comprende ni ama, animados sus hermosos ojos negros de un
fuego sombrío, *Marisalada* parece absorta en malos pensamientos, y como reconcentrada en el vago deseo de otra
existencia. Ni la exaltada ternura de su anciano padre, ni
el puro amor de Stein bastan a llenar aquel corazón cerrado a los blandos halagos de la familia y del deber. Una
de las más vigorosas figuras de esta novela es la del viejo
marino Santaló, corazón de cera en un cuerpo de hierro.
Es imposible dejar de amar a aquel hombre tan bueno y
tan amoroso bajo su ruda corteza, y en quien vemos reu-
nidas en el más alto punto la fuerza física con todas las
deliciosas debilidades del amor paternal, llevado hasta el
fanatismo, hasta el increíble delirio de una madre. Tieso
como un huso, don Modesto Guerrero lamenta el completo abandono en que su gobierno imprevisor deja al im-

portante castillo de San Cristóbal, y el lector no puede menos de mirar con viva simpatía aquellas dos nobles ruinas, el castillo y su comandante. La buena Dolores, tipo de mujer del pueblo, sumisa, laboriosa, atenta al bienestar común, es como el alma de aquellas reuniones, en las que, sin embargo, rara vez se oye su voz, ni interviene su voluntad; pero está en todo; es el centro de aquella reducida esfera, el lazo que une a todas aquellas almas; es la esposa y la madre, la buena esposa y la buena madre, luz y calor del hogar doméstico. Para que aquella reunión de personajes amados del lector fuese completa, quisiéramos ver en ella alguna vez a la excelente patrona del comandante; pero mejor pensado, sin duda ha andado discreto el autor en apartar de aquel dulce cuadro de familia la figura triste y grotesca al mismo tiempo de *Rosa Mística,* como para indicar que la soledad y el aislamiento son el patrimonio fatal de esas pobres mujeres, gremio por lo común ridículo y casi siempre digno de lástima, a quienes el desdén de los hombres ha condenado, según la expresión vulgar, *a vestir imágenes. Rosa Mística* es un tipo excelente de la *vieja soltera,* carácter acre, rígido, descontento de los demás y de sí mismo, adusto en el fondo, y, sin embargo, tan cómico como los buenos caracteres de Sheridan, de cuyo género parece haberse inspirado el autor para la pintura de este personaje, uno de los mejores de su novela. *Rosa Mística* yendo a misa al lado de *Turris Davídica* es una deliciosa caricatura, cuyo espectáculo envidiamos a la gente alegre de Villamar.

La mayor parte de los personajes que figuran en el segundo tomo de *La Gaviota,* son distintos de los que entran en la composición del primero; en este concepto decíamos antes que la novela puede considerarse dividida en dos partes, sin más lazo común entre sí que la intervención en ambas de Stein y *Marisalada.* El primer tomo es como la exposición del carácter de estos personajes: el segundo es el campo en que vemos aquel carácter en acción. La pintura de la buena sociedad sevillana está hecha en los primeros capítulos, con una gracia y una verdad sor-

prendentes. Allí abundan los retratos; a algunos se nos
figura haberlos conocido. Los más son verdaderos tipos
característicos de los diferentes grados de nuestra sociedad, pintados con un talento de observación, una seguridad de crítica y una energía de colorido, que no desmere-
cían al lado de los más celebrados *caracteres* de Teofrasto
y Labruyère. El general Santa María con su exagerado españolismo; Eloísa con su extranjerismo impertinente; la
joven condesa de Algar, tan simpática y tan bella; Rita,
la verdadera española de buen sentido; Rafael, la Marquesa de Guadalcanal, son personajes a quienes, como decíamos en nuestro primer artículo, todos hemos conocido bajo otros nombres, o más bien a quienes estamos
viendo todos los días en tertulias y paseos.

Nuestra alta aristocracia debe estar reconocida al autor
por la poética personificación que nos presenta de ella en
los dos nobles personajes del Duque y la Duquesa de Almansa, sobre todo el Duque «uno de aquellos hombres
elevados y poco materiales, en quienes no hacen mella el
hábito ni la afición al bienestar físico; uno de esos seres
privilegiados que se levantan sobre el nivel de las circunstancias, no en ímpetus repentinos y eventuales, sino constantemente, por cierta energía característica, y en virtud
de la inatacable coraza de hierro que se simboliza en el
qué importa? ¡Uno de aquellos corazones que palpitaban
bajo las armaduras del siglo XV, y cuyos restos sólo se encuentran hoy en España!»

Ya hemos dicho que no nos parece bien el incidente de
los amores de *la Gaviota* con el torero Pepe Vera. ¡Cómo
desdicen todos los capítulos en que se desarrolla esta aventura, del tono decorosamente festivo y sencillamente elegante de los capítulos anteriores, y más aún del sabor apacible y campestre, que da tan suave encanto a las escenas
del convento, de la cabaña de Santaló y del pueblecito de
Villamar! No parecen una misma pluma la que describe
el cínico festín a que arrastra Pepe Vera a su degradada
amante, y la que pinta con tan alta elocuencia los últimos
momentos de Santaló, mártir del amor paternal, en uno

de los capítulos mejor escritos del libro y que quisiéramos copiar aquí íntegro.

Para borrar la desagradable impresión que deja aquel cuadro de impuros amores, impresión tanto más desagradable cuanto el gran mérito literario de la pintura la hace más profunda, hemos tenido que volver a buscar en el tomo primero algunos de aquellos diálogos tan apacibles, algunas de aquellas descripciones tan ricas de encantadoras imágenes, de locuciones felicísimas, de pormenores llenos de gracia, de frescura y de novedad. ¿Pueden darse expresiones más pintorescas que éstas? «Stein refirió al Duque sus campañas, sus desventuras, su llegada a parar. El Duque lo oyó con mucho interés, y la narración le inspiró el deseo de conocer a *Marisalada* y al pescador, y la cabaña que Stein estimaba en más que el más espléndido palacio. Así es que la primera salida que hizo en compañía de su médico, se dirigió a la orilla del mar. Empezaba el estío, y su fresca brisa, soplo puro del inmenso elemento, les proporcionó un goce suave en su expedición. El fuerte de San Cristóbal parecía recién adornado con su verde corona, en honra del alto personaje a cuyos ojos se ofrecía por primera vez. Las florecillas que cubrían el techo de la cabaña en imitación de los jardines de Semíramis, se acercaban unas a otras, mecidas por las auras, a guisa de doncellas tímidas que se confían al oído sus amores. La mar impulsaba blanda y pausadamente sus olas hacia los pies del Duque, como para darle la bienvenida. Oíase el canto de la alondra, tan elevada, que los ojos no alcanzaban a verla. El Duque, algo fatigado, se sentó en una peña. Era poeta, y gozaba en silencio de aquella hermosa escena.

De repente sonó una voz, que cantaba una melodía sencilla y melancólica. Sorprendido el Duque, miró a Stein, y éste se sonrió. La voz continuaba.

«Stein —dijo el Duque—, ¿hay sirenas en estas olas, o ángeles en esta atmósfera?»

No queremos multiplicar las citas: vale más que el lector mismo vaya a buscarlas en la novela, que le produci-

rá, a no dudarlo, momentos de sumo recreo. No se asuste
de la calificación de *original* que lleva al frente, pues aunque original y del día, es mejor que la mayor parte de las
que nos vienen del otro lado del Pirineo; tiene tanto interés como ellas, y está escrita con más estudio y mayor conocimiento del corazón humano. Algunos acaso querrán
saber, antes de leerla, quién es su autor, y esperarán a que
por fin se lo digamos: pero es lo cierto que aun cuando
supiéramos su nombre, nos guardaríamos muy bien de re-
velarlo. Nada más justo que respetar esos velos de misterio en que alguna vez se encubren las obras de la fantasía,
verdadero pudor del ingenio, respetable como el de la inocencia. Por lo demás ¿a qué esa curiosidad? ¿qué importa
el nombre del autor? Para nosotros, nada. Cuando nos
encontramos en el campo una flor hermosa y fragante,
nos recreamos mucho con su vista y con su aroma, sin
curarnos nada de averiguar cómo se llama; cuando vemos
un buen cuadro, cuando nos cae en la mano un buen libro,
lo último que se nos ocurre es averiguar el nombre del
autor. Pero hay personas que no saben ver ni pueden admirar las obras anónimas: sólo les inspiran desdén aun las
mejores, si se les presentan desamparadas y huérfanas
—rara manía, pero muy común y que se explica de muchos modos.

Por nuestra parte, bástanos saber, y su obra lo dice,
que el autor de *La Gaviota* es un talento de primer orden,
no contaminado con los vicios literarios de la época, que
son la impaciencia de producir, la pobreza de ideas, el de-
saliño en la forma, la inmoralidad en el fondo. No hay
que dudarlo; el autor de *La Gaviota* es nuevo en el palen-
que de la publicidad literaria; apostaríamos algo bueno
a que no ha escrito su novela para publicarla, y menos
aún para venderla. Es imposible que la literatura sea un
oficio para quien con tanto amor ha desarrollado un argumento tan sencillo y tan detenidamente estudiado. Bas-
tarían para demostrarlo las escenas, ya alegres, ya tiernas
y patéticas, generalmente alegres y patéticas al mismo tiempo, en que se describen con encantadora verdad de por-

menores las bodas de Stein y *la Gaviota,* la salida de ambos para Sevilla en compañía del Duque, la vuelta de Momo a Villamar con la falsa nueva del asesinato de Marisalada, la última entrevista de Stein con su noble amigo, y tantas otras, en cuya lectura, según la expresión de un poeta, la sonrisa se asoma entre lágrimas a nuestro rostro, como suele brillar un rayo de sol en medio de una lluvia de verano. Una imaginación gastada no puede concebir cuadros tan puros y tan lindos, ni derramar sobre ellos ese baño de suave melancolía, que les da tan irresistible atractivo. No es, pues, repetimos, un literato de oficio, como la mayor parte de los que entre nosotros, y más aún en Francia, escriben novelas, el desconocido autor de la que hemos examinado en este y en nuestro anterior artículo; más si se decide a cultivar este género y a publicar nuevos cuadros de costumbres como el que ya nos ha dado, ciertamente *La Gaviota* será en nuestra literatura lo que es *Waverley* en la literatura inglesa, el primer albor de un hermoso día, el primer florón de la gloriosa corona poética que ceñirá las sienes de un Walter-Scott Español.

EUGENIO DE OCHOA.

CAPÍTULO I

Hay en este ligero cuadro lo que más debe
gustar generalmente: novedad y naturalidad.

G. de Molène [4].

Es innegable que las cosas sencillas son las
que más conmueven los corazones profundos y los grandes entendimientos.

Alejandro Dumas [5].

En noviembre del año de 1836, el paquete de vapor [6]
Royal Sovereign se elejaba de las costas nebulosas de Fal-
mouth, azotando las olas con sus brazos, y desplegando

---

[4] Paul Gaschon de Molènes (1820-1862). Escritor francés y autor de
las célebres novelas *Cousins d'Isis* y *Valperi*.

[5] Alejandro Dumas (1824-1895). Autor dramático y novelista, comenzó su carrera literaria con la novela *Aventura de cuatro mujeres y
un papagayo;* pero su celebridad la obtuvo con *La dama de las came-
lias,* que apareció primero en forma de novela y después en la de drama,
y tuvo un éxito resonante (1852). Después de publicar otras novelas, como
La dama de las perlas y *L'affaire Clemenceau,* se dedicó casi por completo al teatro y cultivó las obras de tesis, como *El amigo de las mujeres, La extranjera, Dionisia* y *Le demimonde.* Fue miembro de la Academia Francesa.

[6] En el *Dicicionario de Autoridades* aparece ya *paquebot* con el significado de «embarcación que sirve para llevar los correos de una parte
a otra».

sus velas pardas y húmedas en la neblina, aún más parda y más húmeda que ellas.

El interior del buque presentaba el triste espectáculo del principio de un viaje marítimo. Los pasajeros amontonados luchaban con las fatigas del mareo. Veíanse mujeres en extrañas actitudes, desordenados los cabellos, ajados los camisolines, chafados los sombreros. Los hombres pálidos y de mal humor; los niños abandonados y llorosos, los criados atravesando con angulosos pasos la cámara, para llevar a los pacientes té, café y otros remedios imaginarios, mientras que el buque, rey y señor de las aguas, sin cuidarse de los males que ocasionaba, luchaba a brazo partido con las olas, dominándolas cuando le oponían resistencia, y persiguiéndolas de cerca cuando cedían.

Paseábanse sobre cubierta los hombres que se habían preservado del azote común, por una complexión especial, o por la costumbre de viajar. Entre ellos se hallaba el gobernador de una colonia inglesa, buen mozo y de alta estatura, acompañado de dos ayudantes. Algunos otros estaban envueltos en sus *mackintosh* [7], metidas las manos en los bolsillos, los rostros encendidos, azulados o muy pálidos, y generalmente desconcertados. En fin, aquel hermoso bajel parecía haberse convertido en el alcázar de la displicencia.

Entre todos los pasajeros se distinguía un joven como de veinticuatro años, cuyo noble y sencillo continente, y cuyo rostro hermoso y apacible no daban señales de la más pequeña alteración. Era alto y de gentil talante; y en la apostura de su cabeza reinaban una gracia y una dignidad admirables. Sus cabellos negros y rizados adornaban su frente blanca y majestuosa: las miradas de sus grandes y negros ojos eran plácidas y penetrantes a la vez. En sus labios sombreados por un ligero bigote negro, se notaba una blanda sonrisa, indicio de capacidad y agudeza, y en toda su persona, en su modo de andar y en sus gestos,

_____

[7]   *mackintosch.* Nombre que proviene de C. Macintosh. Anglicismo que significa abrigo impermeable de goma.

se traslucía la elevación de su clase y la del alma, sin el menor síntoma del aire desdeñoso, que algunos atribuyen injustamente a toda especie de superioridad.

Viajaba por gusto, y era esencialmente bueno, aunque un sentimiento virtuoso de cólera no le impeliese a estrellarse contra los vicios y los extravíos de la sociedad. Es decir que no se sentía con vocación de atacar los molinos de viento, como don Quijote. Érale mucho más grato encontrar lo bueno, que buscaba con la misma satisfacción pura y sencilla, que la doncella siente al recoger violetas. Su fisonomía, su gracia, su insensibilidad al frío y a la desazón general, estaban diciendo que era español.

Paseábase observando con mirada rápida y exacta la reunión, que, a guisa de mosaico, amontonaba el acaso en aquellas tablas, cuyo conjunto se llama navío, así como en dimensiones más pequeñas se llama ataúd. Pero hay poco que observar en hombres que parecen ebrios, y en mujeres que semejan cadáveres.

Sin embargo, mucho excitó su interés la familia de un oficial inglés, cuya esposa había llegado a bordo tan indispuesta, que fue preciso llevarla a su camarote; lo mismo se había hecho con el ama, y el padre la seguía con el niño de pecho en los brazos, después de haber hecho sentar en el suelo a otras tres criaturas de dos, tres y cuatro años, encargándoles que tuviesen juicio, y no se moviesen de allí. Los pobres niños, criados quizá con gran rigor, permanecieron inmóviles y silenciosos como los ángeles que pintan a los pies de la Virgen.

Poco a poco el hermoso encarnado de sus mejillas desapareció; sus grandes ojos, abiertos cuan grandes eran, quedaron como amortiguados y entontecidos, y sin que un movimiento ni una queja denunciase lo que padecían, el sufrimiento comprimido se pintó en sus rostros asombrados y marchitos.

Nadie reparó en este tormento silencioso, en esta suave y dolorosa resignación.

El español iba a llamar al mayordomo, cuando le oyó responder de mal humor a un joven que, en alemán y con gestos expresivos, parecía implorar su socorro en favor de aquellas abandonadas criaturas.

Como la persona de este joven no indicaba elegancia ni distinción, y como no hablaba más que alemán, el mayordomo le volvió la espalda, diciéndole que no le entendía.

Entonces el alemán bajó a su camarote a proa, y volvió prontamente trayendo una alhomada, un cobertor y un capote de bayetón. Con estos auxilios hizo una especie de cama, acostó en ella a los niños, y los arropó con el mayor esmero. Pero apenas se habían reclinado, el mareo, comprimido por la inmovilidad, estalló de repente, y en un instante almohada, cobertor y sobretodo quedaron infestados y perdidos.

El español miró entonces al alemán, en cuya fisonomía sólo vio una sonrisa de benévola satisfacción, que parecía decir: ¡gracias a Dios, ya están aliviados!

Dirigióle la palabra en inglés, en francés y en español, y no recibió otra respuesta sino un saludo hecho con poca gracia, y esta frase repetida: *ich verstche nicht* [8] (no entiendo).

Cuando después de comer, el español volvió a subir sobre cubierta, el frío había aumentado. Se embozó en su capa, y se puso a dar paseos. Entonces vio al alemán sentado en un banco, y mirando al mar; el cual, como para lucirse, venía a ostentar en los costados del buque sus perlas de espuma y sus brillantes fosfóricos.

Estaba el joven observador vestido bien a la ligera, porque su levitón había quedado inservible, y debía atormentarle el frío.

El español dio algunos pasos para acercársele; pero se detuvo, no sabiendo cómo dirigirle la palabra. De pronto se sonrió, como de una feliz ocurrencia, y yendo en derechura hacia él, le dijo en latín:

—Debéis tener mucho frío.

Esta voz, esta frase, produjeron en el extranjero la más

---

[8] Suponemos que se trata de un error de transcripción. Lo correcto sería *Ich verstehe nicht*.

viva satisfacción, y sonriendo también como su interlocutor, le contestó en el mismo idioma:

—La noche está en efecto algo rigurosa; pero no pensaba en ello.

—¿Pues en qué pensábais? —le preguntó el español.

—Pensaba en mi padre, en mi madre, en mis hermanos y hermanas.

—¿Porqué viajáis, pues, si tanto sentís esa separación?

—¡Ah! señor; la necesidad... Ese implacable déspota...

—¿Con qué no viajáis por placer?

—Ese placer es para los ricos, y yo soy pobre. ¡Por mi gusto!... Si supiérais el motivo de mi viaje, veríais cuán lejos está de ser placentero!

—¿A dónde vais, pues?

—A la guerra, a la guerra civil[9], la más terrible de todas: a Navarra.

—¡A la guerra! —exclamó el español al considerar el aspecto bondadoso, suave, casi humilde y muy poco belicoso del alemán—. ¿Pues qué, sois militar?

—No señor, no es esa mi vocación. Ni mi afición ni mis principios me inducirían a tomar las armas, sino para defender la santa causa de la independencia de Alemania, si el extranjero fuese otra vez a invadirla. Voy al ejército de Navarra a procurar colocarme como cirujano.

—¡Y no conocéis la lengua!

—No señor, pero la aprenderé.

—¿Ni el país?

—Tampoco: jamás he salido de mi pueblo sino para la universidad.

—¿Pero tendréis recomendaciones?

—Ninguna.

—¿Contaréis con algún protector?

—No conozco a nadie en España.

—¿Pues entonces, qué tenéis?

---

[9] Alusión a la contienda entre dinásticos cristinos y carlistas iniciada en 1833.

—Mi ciencia, mi buena voluntad, mi juventud y mi confianza en Dios.

Quedó el español pensativo al oír estas palabras. Al considerar aquel rostro en que se pintaban el candor y la suavidad; aquellos ojos azules, puros como los de un niño; aquella sonrisa triste y al mismo tiempo confiada, se sintió vivamente interesado y casi enternecido.

—¿Queréis —le dijo después de una breve pausa—, bajar conmigo, y aceptar un ponche para desechar el frío? Entre tanto, hablaremos.

El alemán se inclinó en señal de gratitud, y siguió al español, el cual bajó al comedor, y pidió un ponche.

A la testera de la mesa estaba el gobernador con sus dos acólitos; a un lado había dos franceses. El español y el alemán se sentaron a los pies de la mesa.

—Pero ¿cómo —preguntó el primero—, habéis podido concebir la idea de venir a este desventurado país?

El alemán le hizo entonces un fiel relato de su vida. Era el sexto hijo de un profesor de una ciudad pequeña de Sajonia, el cual había gastado cuanto tenía en la educación de sus hijos. Concluida la del que vamos conociendo, hallábase sin ocupación ni empleo, como tantos jóvenes pobres se encuentran en Alemania, después de haber consagrado su juventud a excelentes y profundos estudios, y de haber practicado su arte con los mejores maestros. Su manutención era una carga para su familia; por lo cual, sin desanimarse, con toda su calma germánica, tomó la resolución de venir a España, donde por desgracia, la sangrienta guerra del Norte le abría esperanzas de que pudieran utilizarse sus servicios.

—Bajo los tilos que hacen sombra a la puerta de mi casa —dijo al terminar su narración—, abracé por última vez a mi buen padre, a mi querida madre, a mi hermana Lotte*, y a mis hermanitos. Profundamente conmovido y bañado en lágrimas, entré en la vida, que otros encuentran cubierta de flores. Pero, ánimo; el hombre ha naci-

---

* Diminutivo alemán de Carlota.

do para trabajar: el cielo coronará mis esfuerzos. Amo
la ciencia que profeso, porque es grande y noble: su objeto es el alivio de nuestros semejantes; y el resultado es
bello, aunque la tarea sea penosa.

—¿Y os llamáis...?

—Fritz Stein, respondió el alemán, incorporándose
algún tanto sobre su asiento, y haciendo una ligera reverencia.

Poco tiempo después, los dos nuevos amigos salieron.

Uno de los franceses, que estaba enfrente de la puerta,
vio que al subir la escalera, el español echó sobre los hombros del alemán su hermosa capa forrada de pieles; que
el alemán hizo alguna resistencia, y que el otro se esquivó, y se metió en su camarote.

—¿Habéis entendido lo que decían? —le preguntó su
compatriota.

—En verdad —repuso el primero (que era comisionista
de comercio)—, el latín no es mi fuerte; pero el mozo rubio
y pálido se me figura una especie de Werther llorón, y he
oído que hay en la historia su poco de Carlota, amén de
los chiquillos, como en la novela alemana. Por dicha, en
lugar de acudir a la pistola para consolarse, ha echado
mano del ponche, lo que si no es tan sentimental, es mucho
más filosófico y alemán. En cuanto al español, le creo un
don Quijote, protector de desvalidos, con sus ribetes de
San Martín, que partía su capa con los pobres: esto, unido
a su talante altanero, a sus miradas firmes y penetrantes
como alambres, y a su rostro pálido y descolorido, a manera de paisaje en noche de luna, forma también un conjunto perfectamente español.

—Sabéis —repuso el otro—, que como pintor de historia, voy a Tarifa, con designio de pintar el sitio de aquella ciudad, en el momento en que el hijo de Guzmán hace
seña a su padre de que le sacrifique antes que rendir la
plaza. Si ese joven quisiera servirme de modelo, estoy seguro del buen éxito de mi cuadro. Jamás he visto la naturaleza más cerca de lo ideal.

—Así sois todos los artistas: ¡siempre poetas! —respon-

dió el comisionista—. Por mi parte, si no me engañan la
gracia de ese hombre, su pie mujeril y bien plantado, y
la elegancia y el perfil de su cintura, le califico desde ahora
de torero. Quizá sea el mismo Montes [10], que tiene poco
más o menos la misma catadura, y que además es rico y
generoso.

—¡Un torero! —exclamó el artista—, ¡un hombre del
pueblo! ¿Os estáis chanceando?

—No por cierto —dijo el otro—; estoy muy lejos de
chancearme. No habéis vivido como yo en España, y no
conocéis el temple aristocrático de su pueblo. Ya veréis,
ya veréis. Mi opinión es, que como gracias a los progresos de la igualdad y fraternidad, los chocantes aires aris-
tocráticos se van extinguiendo, en breve no se hallarán en
España, sino en las gentes del pueblo.

—¡Creer que ese hombre es un torero! —dijo el artista
con tal sonrisa de desdén que el otro se levantó picado,
y exclamó:

—Pronto sabré quién es: venid conmigo, y explorare-
mos a su criado.

Los dos amigos subieron sobre cubierta, donde no tar-
daron en encontrar al hombre que buscaban.

El comisionista, que hablaba algo de español, entabló
conversación con él, y después de algunas frases triviales,
le dijo:

—¿Se ha ido a la cama su amo de usted?

—Sí señor —respondió el criado, echando a su interlocutor una mirada llena de penetración y malicia.

—¿Es muy rico?

—No soy su administrador, sino su ayuda de cámara.

—¿Viaja por negocios?

—No creo que los tenga.

—¿Viaja por su salud?

---

[10]   Francisco Montes, *Paquiro* (1805-1851), natural de Chiclana,
lugar muy querido por Fernán Caballero. Para más información de la
autora sobre el célebre torero, véase, *La Estrella de Vandalia,* en *Obras
de Fernán Caballero,* BAE, Madrid, 1961, vol. III, pág. 115b.

—La tiene muy buena.

—¿Viaja de incógnito?

—No señor: con su nombre y apellido.

—¿Y se llama?...

—Don Carlos de la Cerda[11].

—¡Ilustre nombre por cierto! —exclamó el pintor.

—El mío es Pedro de Guzmán —dijo el criado—, y soy muy servidor de ustedes.

Con lo cual, les hizo una cortesía y se retiró.

—El Gil Blas[12] tiene razón —dijo el francés—. En España no hay cosa más común que apellidos gloriosos: es verdad que en París mi zapatero se llamaba Martel, mi sastre Roland, y mi lavandera Mad. Bayard. En Escocia hay más Estuardos que piedras. ¡Hemos quedado frescos! El tunante del criado se ha burlado de nosotros. Pero bien considerado, yo sospecho que es un agente de la facción; un empleado oscuro de don Carlos[13].

—No por cierto —exclamó el artista—. Es mi Alonso Pérez de Guzmán, el Bueno: el héroe de mis sueños.

El otro francés se encogió de hombros.

Llegado el buque a Cádiz, el español se despidió de Stein.

—Tengo que detenerme algún tiempo en Andalucía —le dijo—. Pedro, mi criado, os acompañará a Sevilla, y os tomará asiento en la diligencia de Madrid. Aquí tenéis una carta de recomendación para el ministro de la Guerra, y otra para el general en jefe del ejército. Si alguna vez necesitáis de mí, como amigo, escribidme a Madrid con este sobre.

Stein no podía hablar de puro conmovido. Con una mano tomaba las cartas, y con otra rechazaba la tarjeta que el español le presentaba.

---

[11]   Don Carlos de la Cerda. Carlos lleva el apellido original de los Duques de Medinaceli. El famoso palacio llamado la *Casa de Pilatos,* en Sevilla, es patrimonio de dichos duques.

[12]   Referencias al protagonista de la novela del mismo título: *Gil Blas de Santillana,* de Lesage, también criado de grandes señores.

[13]   Don Carlos, pretendiente de la corona española, hermano de Fernando VII y jefe del partido carlista.

—Vuestro nombre está grabado aquí —dijo el alemán poniendo la mano en el corazón—. ¡Ah! No lo olvidaré en mi vida. Es el del corazón más noble, el del alma más elevada y generosa, el del mejor de los mortales.

—Con ese sobrescrito —repuso don Carlos sonriendo—, vuestras cartas podrían no llegar a mis manos. Es preciso otro más claro y más breve.

Le entregó la tarjeta, y se despidió.

Stein leyó: *El Duque de Almansa*.

Y Pedro de Guzmán, que estaba allí cerca, añadió:

—Marqués de Guadalmonte, de Val-de-Flores y de Roca-Fiel; Conde de Santa Clara, de Encinasola y de Lara; Caballero del Toisón de Oro, y Gran Cruz de Carlos III; Gentil hombre de cámara de Su Majestad, Grande de España de primera clase, etc., etc.

CAPÍTULO II

En una mañana de octubre de 1838, un hombre bajaba a pie de uno de los pueblos del condado de Niebla [14], y se dirigía hacia la playa. Era tal su impaciencia por llegar a un puertecillo de mar que le habían indicado, que creyendo cortar terreno, entró en una de las vastas dehesas, comunes en el sur de España, verdaderos desiertos destinados a la cría del ganado vacuno, cuyas manadas no salen jamás de aquellos límites.

Este hombre parecía viejo, aunque no tenía más de veintiséis años. Vestía una especie de levita militar, abotonada hasta el cuello. Su tocado era una mala gorra con visera. Llevaba al hombro un palo grueso, del que pendía una cajita de caoba, cubierta de bayeta verde; un paquete de libros, atados con tiras de orillo [15], un pañuelo que contenía algunas piezas de ropa blanca, y una gran capa enrollada.

Este ligero equipaje parecía muy superior a sus fuerzas. De cuando en cuando se detenía, apoyaba una mano en su pecho oprimido, o la pasaba por su enardecida frente, o bien fijaba sus miradas en un pobre perro que le seguía, y que en aquellas paradas se acostaba jadeante a sus pies.

---

[14] Así se llamaba el contexto geográfico que abarcaba toda la zona derecha del Guadalquivir hasta el Guadiana y Portugal. Condado que tenía como núcleo central el pueblo de Niebla.

[15] *orillo:* orilla del paño, hecha de lana basta y de uno o más colores.

«¡Pobre Treu!* —le decía—, ¡único ser que me acredita que todavía hay en el mundo cariño y gratitud! ¡No: jamás olvidaré el día en que por primera vez te vi! Fue con un pobre pastor, que murió fusilado por no haber querido ser traidor. Estaba de rodillas en el momento de recibir la muerte, y en vano procuraba alejarte de su lado. Pidió que te apartasen, y nadie se atrevía. Sonó la descarga, y tú, fiel amigo del desventurado, caiste mortalmente herido al lado del cuerpo exánime de tu amo. Yo te recogí, curé tus heridas, y desde entonces no me has abandonado. Cuando los graciosos del regimiento se burlaban de mí, y me llamaban *cura-perros*, venías a lamerme la mano que te salvó, como queriendo decirme: ''los perros son agradecidos'' ¡Oh Dios mío! Yo amaba a mis semejantes. Hace dos años que, lleno de vida, de esperanza, de buena voluntad, llegué a estos países, y ofrecí a mis semejantes mis desvelos, mis cuidados, mi deber y mi corazón. He curado muchas heridas, y en cambio las he recibido muy profundas en mi alma. ¡Gran Dios! ¡Gran Dios! Mi corazón está destrozado. Me veo ignominiosamente arrojado del ejército, después de dos años de servicio, después de dos años de trabajar sin descanso. Me veo acusado y perseguido, sólo por haber curado a un hombre del partido contrario, a un infeliz, que perseguido como una bestia feroz, vino a caer moribundo en mis brazos! ¿Será posible que las leyes de la guerra conviertan en crimen lo que la moral erige en virtud, y la religión en deber? Y ¿que me queda que hacer ahora? Ir a reposar mi cabeza calva y mi corazón ulcerado a la sombra de los tilos de la casa paterna. ¡Allí no me contarán por delito el haber tenido piedad de un moribundo!»

Después de una pausa de algunos instantes, el desventurado hizo un esfuerzo.

«Vamos, Treu; *worwarst, worwarst*» [16].

---

* Treu significa en alemán *fiel,* y se pronuncia Troy.
[16] *vorwärts:* adelante, adelante.

Y el viajero y el fiel animal prosiguieron su penosa jornada.

Pero a poco rato perdió el estrecho sendero que había seguido hasta entonces, y que habían formado las pisadas de los pastores.

El terreno se cubría más y más de maleza, de matorrales altos y espesos: era imposible seguir en línea recta; no se podía andar sin inclinarse alternativamente a uno u otro lado.

El sol concluía su carrera, y no se descubría el menor aviso de habitación humana en ningún punto del horizonte; no se veía más, sino la dehesa sin fin, desierto verde y uniforme como el Océano.

Fritz Stein, a quien sin duda han reconocido ya nuestros lectores, conoció demasiado tarde que su impaciencia le había inducido a contar con más fuerzas que las que tenía. Apenas podía sostenerse sobre sus pies hinchados y doloridos, sus arterias latían con violencia, partía sus sienes un agudo dolor; una sed ardiente le devoraba. Y para aumento del horror de su situación, unos sordos y prolongados mujidos le anunciaban la proximidad de algunas de las toradas medio salvajes, tan peligrosas en España.

«Dios me ha salvado de muchos peligros —dijo el desgraciado viajero—: también me protegerá ahora, y si no, hágase su voluntad.»

Con esto apretó el paso lo más que le fue posible: pero ¡cuál no sería su espanto, cuando habiendo doblado una espesa mancha de lentiscos, se encontró frente a frente, y a pocos pasos de distancia, con un toro!

Stein quedó inmóvil y como petrificado. El bruto, sorprendido de aquel encuentro y de tanta audacia, quedó también sin movimiento, fijando en Stein sus grandes y feroces ojos, inflamados como dos hogueras. El viajero conoció que al menor movimiento que hiciese, era hombre perdido. El toro, que por el instinto natural de su fuerza y de su valor, quiere ser provocado para embestir, bajó y alzó dos veces la cabeza con impaciencia, arañó la tierra, y suscitó de ella nubes de polvo, como en señal de desafío. Stein no se movía. Entonces el animal dio un paso atrás, bajó la cabeza, y ya se preparaba a la embestida, cuando se sintió mordido en los corvejones. Al mismo tiempo, los furiosos ladridos de su leal compañero, dieron a conocer a Stein su libertador. El toro embravecido, se volvió a repeler el inesperado ataque, movimiento de que se aprovechó Stein para ponerse en fuga. La horrible situación de que apenas se había salvado, le dio nuevas fuerzas para huir por entre las carrascas y lentiscos, cuya espesura le puso al abrigo de su formidable contrario.

Había ya atravesado una cañada de poca extensión, y subiendo a una loma, se detuvo casi sin aliento, y se volvió a mirar el sitio de su arriesgado lance. Entonces vio de lejos entre los arbustos a su pobre compañero, a quien el feroz animal levantaba una y otra vez por alto. Stein extendía sus brazos hacia el leal animal, y repetía sollozando:

«¡Pobre, pobre Treu! ¡Mi único amigo! ¡Qué bien mereces tu nombre! ¡Cuán raro te cuesta el amor que tuviste a tus amos!»

Por sustraerse a tan horrible espectáculo, apresuró Stein sus pasos, no sin derramar copiosas lágrimas. Así llegó a la cima de otra altura, desde donde se desenvolvió a su vista un magnífico paisaje. El terreno descendía con imperceptible declive hacia el mar, que en calma y tranquilo, reflejaba los fuegos del sol en su ocaso, y parecía un campo sembrado de brillantes, rubíes y zafiros. En medio de esta profusión de resplandores, se distinguía como una perla, el blanco velamen de un buque, al parecer clavado en las olas. La accidentada línea que formaba la costa, presentaba ya una playa de dorada arena que las mansas olas salpicaban de plateada espuma, ya rocas caprichosas y altivas, que parecían complacerse en arrostrar el terrible elemento, a cuyos embates resisten, como la firmeza al furor. A lo lejos, y sobre una de las peñas que estaban a su izquierda, Stein divisó las ruinas de un fuerte, obra humana que a nada resiste, a quien servían de base las rocas, obra de Dios, que resiste a todo. Algunos grupos de pinos alzaban sus fuertes y sombrías cimeras, descollando sobre la maleza. A la derecha, y en lo alto de un cerro, descubrió un vasto edificio, sin poder precisar si era una población, un palacio con sus dependencias, o un convento.

Casi extenuado por su última carrera, y por la emoción que recientemente le había agitado, aquel fue el punto a que dirigió sus pasos.

Ya había anochecido cuando llegó. El edificio era un convento, como los que se construían en los siglos pasados, cuando reinaban la fe y el entusiasmo: virtudes tan grandes, tan bellas, tan elevadas, que por lo mismo no tienen cabida en este siglo de ideas estrechas y mezquinas; porque entonces el oro no servía para amontonarlo ni emplearlo en lucros inicuos, sino que se aplicaba a usos dignos y nobles, como que los hombres pensaban en lo grande y en lo bello, antes de pensar en lo cómodo y en lo útil. Era un convento, que en otros tiempos suntuoso, rico, hospitalario, daba pan a los pobres, aliviaba las miserias y curaba los males del alma y del cuerpo; mas ahora, abandonado, vacío, pobre, desmantelado, puesto en venta por unos pedazos de papel, nadie había querido comprarlo, ni aun a tan bajo precio[17].

La especulación, aunque engrandecida en dimensiones gigantescas, aunque avanzando como un conquistador que todo lo invade, y a quien no arredran los obstáculos, suele, sin embargo, detenerse delante de los templos del Señor, como la arena que arrebata el viento del desierto, se detiene al pie de las Pirámides[18].

---

[17] Alusión a la desamortización de Mendizábal (1837) que supuso la venta de los bienes eclesiásticos en pública subasta. Desamortización duramente criticada por Larra en su artículo «El Ministerio de Mendizábal» al afirmar que «dicha desamortización aumentaría el capital de los ricos, pero también el número y mala ventura de los propietarios».

[18] En el *Trienio Liberal* se suprimieron todas las órdenes religiosas, aplicándose sus bienes al *crédito público*. Con la vuelta al absolutismo dichas leyes fueron abolidas. Durante la tercera época constitucional se

El campanario, despojado de su adorno legítimo, se alzaba como un gigante exánime, de cuyas vacías órbitas hubiese desaparecido la luz de la vida. Enfrente de la entrada duraba aún una cruz de mármol blanco, cuyo pedestal medio destruido, la hacía tomar una postura inclinada, como de caimiento y dolor. La puerta, antes abierta a todos de par en par, estaba ahora cerrada.

Las fuerzas de Stein le abandonaron, y cayó medio exánime en un banco de piedra pegado a la pared cerca de la puerta. El delirio de la fiebre turbó su cerebro; parecíale que las olas del mar se le acercaban, cual enormes serpientes, retirándose de pronto, y cubriéndole de blanca y venenosa baba: que la luna le miraba con pálido y atónito semblante: que las estrellas daban vueltas en rededor de él, echándole miradas burlonas. Oía mugidos de toros, y uno de estos animales, salía de detrás de la cruz, y echaba a los pies del calenturiento su pobre perro, privado de la vida. La cruz misma se le acercaba vacilante, como si fuera a caer, y abrumarle bajo su peso. ¡Todo se movía y giraba en rededor del infeliz! Pero en medio de este caos, en que más y más se embrollaban sus ideas, oyó no ya rumores sordos y fantásticos, cual tambores lejanos, como le habían parecido los latidos precipitados de sus arterias, sino un ruido claro y distinto, y que con ningún otro podía confundirse: el canto de un gallo.

Como si este sonido campestre y doméstico le hubiese restituido de pronto la facultad de pensar y la de moverse, Stein se puso en pie, se encaminó con gran dificultad hacia la puerta, y la golpeó con una piedra; le respondió un ladrido. Hizo otro esfuerzo para repetir su llamada, y cayó al suelo desmayado.

Abrióse la puerta y aparecieron en ella dos personas.

Era una mujer joven, con un candil en la mano, la cual

---

intentó de nuevo la desamortización y desde el año 1835 al 1837 se declararon extinguidos los conventos, monasterios, congregaciones, etc. adjudicándose el Estado sus bienes para subastarlos y aplicarlos a la deuda pública.

dirigiendo la luz hacia el objeto que divisaba a sus pies, exclamó:

—¡Jesús María! no es Manuel: es un desconocido... ¡Y está muerto! ¡Dios nos asista!

—Socorrámosle —exclamó la otra que era una mujer de edad, vestida con mucho aseo—. Hermano Gabriel, hermano Gabriel —gritó entrando en el patio—: venga usted pronto. Aquí hay un infeliz que se está muriendo.

Oyéronse pasos precipitados, aunque pesados. Eran los de un anciano, de no muy alta estatura, cuya faz apacible y cándida indicaba un alma pura y sencilla. Su grotesco vestido consistía en un pantalón y una holgada chupa de sayal pardo, hechos al parecer de un hábito de fraile; calzaba sandalias, y cubría su luciente calva un gorro negro de lana.

—Hermano Gabriel —dijo la anciana—, es preciso socorrer a este hombre.

—Es preciso socorrer a este hombre —contestó el hermano Gabriel.

—¡Por Dios, señora! —exclamó la del candil—. ¿Dónde va usted a poner aquí a un moribundo?

—Hija —respondió la anciana—, si no hay otro lugar en que ponerle, será en mi propia cama.

—¿Y va usted a meterle en casa —repuso la otra—, sin saber siquiera quién es?

—¿Qué importa? —dijo la anciana—. ¿No sabes el refrán: haz bien, y no mires a quien? Vamos: ayúdame, y manos a la obra.

Dolores obedeció con celo y temor a un tiempo.

—Cuando venga Manuel —decía—, quiera Dios que no tengamos alguna desazón.

—¡Tendría que ver! —respondió la buena anciana—, no faltaba más sino que un hijo tuviese que decir a lo que su madre dispone!

Entre los tres llevaron a Stein al cuarto del hermano Gabriel. Con paja fresca y una enorme y lanuda zalea se armó al instante una buena cama. La tía María sacó del arca un par de sábanas no muy finas, pero limpias, y una manta de lana.

Fray Gabriel quiso ceder su almohada, a lo que se opuso la tía María, diciendo que ella tenía dos, y podía muy bien dormir con una sola. Stein no tardó en ser desnudado y metido en la cama.

Entretanto se oían golpes repetidos a la puerta.

—Ahí está Manuel —dijo entonces su mujer—. Venga usted conmigo, madre, que no quiero estar sola con él, cuando vea que hemos dado entrado en casa a un hombre sin que él lo sepa.

La suegra siguió los pasos de la nuera.

—¡Alabado sea Dios! Buenas noches, madre: buenas noches, mujer —dijo al entrar un hombre alto y de buen talante, que parecía tener de treinta y ocho a cuarenta años, y a quien seguía un muchacho como de unos trece.

—Vamos, Momo* —añadió—, descarga la burra y llévala a la cuadra. La pobre *Golondrina* no puede con el alma.

Momo llevó a la cocina, punto de reunión de toda la familia, una buena provisión de panes grandes y blancos, unas alforjas y la manta de su padre. En seguida desapareció llevando del diestro a *Golondrina*.

Dolores volvió a cerrar la puerta, y se reunió en la cocina con su marido y con su madre.

—¿Me traes —le dijo—, el jabón y el almidón?

—Aquí viene.

—¿Y mi lino? —preguntó la madre.

—Ganas tuve de no traerlo —respondió Manuel sonriéndose, y entregando a su madre unas madejas.

—¿Y por qué, hijo?

—Es que me acordaba de aquel que iba a la feria, y a quien daban encargos todos sus vecinos. Tráeme un sombrero; tráeme un par de polainas: una prima quería un peine; una tía, chocolate; y a todo esto, nadie le daba un cuarto. Cuando estaba ya montado en la mula, llegó un chiquillo y le dijo: «Aquí tengo dos cuartos para un pito, ¿me lo quiere usted traer?» Y diciendo y haciendo, le puso las monedas en la mano. El hombre se inclinó, tomó el

---

*   Diminutivo de Gerónimo en Andalucía.

dinero, y le respondió: «¡Tú pitarás!» Y en efecto, volvió de la feria, y de todos los encargos no trajo más que el pito.

—¡Pues está bueno! —repuso la madre—: ¿para quién me paso yo hilando los días y las noches? ¿No es para ti y para tus hijos? ¿Quieres que sea como el sastre del Campillo, que cosía de balde y ponía el hilo?

En este momento se presentó Momo a la puerta de la cocina. Era bajo de cuerpo y rechoncho, alto de hombros, y además tenía la mala maña de subirlos más, con un gesto de desprecio y de *qué se me da a mi*, hasta tocar con ellos sus enormes orejas, anchas como abanicos. Tenía la cabeza abultada, el cabello corto, los labios gruesos. Era además chato y horriblemente bizco.

—Padre —dijo con un gesto de malicia—, en el cuarto del hermano Gabriel hay un hombre acostado.

—¡Un hombre en mi casa! —gritó Manuel saltando de la silla—. Dolores, ¿qué es esto?

—Manuel, es un pobre enfermo. Tu madre ha querido recogerlo. Yo me opuse a ello, pero su merced quiso. ¿Qué había yo de hacer?

—¡Bueno está! pero, aunque sea mi madre, no por eso ha de tener en casa al primero que se presenta.

—No; sino dejarle morir a la puerta, como si fuera un perro —dijo la anciana—. ¿No es eso?

—Pero, madre —repuso Manuel—. ¿Es mi casa algún hospital?

—No; pero es la casa de un cristiano; y si hubieras estado aquí, hubieras hecho lo mismo que yo.

—Que no —respondió Manuel—; le habría puesto en cima de la burra, y le habría llevado al lugar; ya que se acabaron los conventos.

—Aquí no teníamos burra ni alma viviente que pudiera hacerse cargo de ese infeliz.

—¡Y si es un ladrón!

—Quien se está muriendo, no roba.

—Y si le da una enfermedad larga, ¿quién la costea?

—Ya han matado una gallina para el caldo —dijo Momo—; yo he visto las plumas en el corral.

—¿Madre, ha perdido usted el sentido? —exclamó Manuel colérico.

—Basta, basta —dijo la madre con voz severa y dignidad—. Caérsete debía la cara de vergüenza de haberte incomodado con tu madre, sólo por haber hecho lo que manda la ley de Dios. Si tu padre viviera, no podría creer que su hijo cerraba la puerta a un infeliz que llegase a ella muriéndose y sin amparo.

Manuel bajó la cabeza, y hubo un rato de silencio general.

—Vaya, madre —dijo en fin—; haga usted cuenta que no he dicho nada. Gobiérnese a su gusto. Ya se sabe que las mujeres se salen siempre con la suya.

Dolores respiró más libremente.

—¡Qué bueno es! —dijo gozosa a su suegra.

—Tú podías dudarlo —respondió ésta sonriendo a su nuera a quien quería mucho, y levantándose para ir a ocupar su puesto a la cabecera del enfermo—. Yo que lo he parido, no lo he dudado nunca.

Al pasar cerca de Momo, le dijo su abuela.

—Ya sabía yo que tenías malas entrañas; pero nunca lo has acreditado tanto como ahora. Anda con Dios; te compadezco: eres malo, y el que es malo, consigo lleva el castigo.

—Las viejas no sirven más que para sermonear —gruñó Momo, echando a su abuela una impaciente y torcida mirada.

Pero apenas había pronunciado la última palabra, cuando su madre que lo había oído, se arrojó a él, y le descargó una bofetada.

—Aprende —le dijo—, a ser insolente con la madre de tu padre, que es dos veces madre tuya.

Momo se refugió llorando a lo último del corral, y desahogó su coraje dando una paliza al perro.

CAPÍTULO III

La tía María y el hermano Gabriel se esmeraban a cual más en cuidar al enfermo; pero discordaban en cuanto al método que debía emplearse en su curación. La tía María, sin haber leído a Brown [19], estaba por los caldos sustanciosos y los confortantes tónicos, porque decía que estaba muy débil y muy extenuado.

Fray Gabriel, sin haber oído el nombre de Brousais [20], quería refrescos y temperantes, porque en su opinión, había fiebre cerebral, la sangre estaba inflamada y la piel ardía.

Los dos tenían razón; y del doble sistema, compuesto de los caldos de la tía María y de las limonadas del hermano Gabriel, resultó que Stein recobró la vida y la salud el mismo día en que la buena mujer mató la última gallina, y el hermano cogía el último limón del árbol.

—Hermano Gabriel —dijo la tía María—, ¿qué casta de pájaro cree usted que será nuestro enfermo? ¿Militar?

—Bien podrá ser que sea militar —contestó fray Gabriel, el cual, excepto en puntos de medicina y de horti-

---

[19] John Brown (1735-1788), médico escocés famoso por su sistema fundado en la excitabilidad.

[20] François-Joseph-Victor Broussais (1772-1838). Médico francés creador de la escuela fisiológica. Fue una teoría que hizo furor en su tiempo e influyó enormemente en la literatura de la época, al igual que los estudios de Gall sobre la frenología. Su terapéutica consistía en sangrar al paciente.

cultura, estaba acostumbrado a mirar a la tía María como a un oráculo, y a no tener otra opinión que la suya, lo mismo que había hecho con el prior de su convento. Así que casi maquinalmente, repetía siempre lo que la buena anciana decía.

—No puede ser —prosiguió la tía María, meneando la cabeza—. Si fuera militar, tendría armas, y no las tiene. Es verdad que al doblar su levitón para quitarlo de en medio, hallé en el bolsillo una cosa a modo de pistola; pero al examinarla con el mayor cuidado, por si acaso, vine a caer en que no era pistola, sino flauta. Luego no es militar.

—No puede ser militar —repitió el hermano Gabriel.

—¿Si será un contrabandista?

—¡Puede ser que sea un contrabandista! —dijo el buen lego.

—Pero no —repuso la anciana—, porque para hacer el contrabando es preciso tener géneros o dineros, y él no tiene ni lo uno ni lo otro.

—Es verdad: ¡no puede ser contrabandista! —afirmó fray Gabriel.

—Hermano Gabriel, ¿a ver qué dicen los títulos de esos libros?, puede ser que por ahí saquemos cuál es su oficio.

El hermano se levantó, tomó sus espejuelos engarzados en cuerno, los colocó sobre la nariz, echó mano al paquete de libros, y aproximándose a la ventana que daba al gran patio interior, estuvo largo rato examinándolos.

—Hermano Gabriel —dijo al cabo la tía María—. ¿Se le ha olvidado a usted el leer?

—No: pero no conozco estas letras: me parece que es hebreo.

—¡Hebreo! —exclamó la tía María—. ¡Virgen Santa! ¿Si será judío?

En aquel momento Stein, que había estado largo tiempo aletargado, abrió los ojos, y dijo en alemán:

—¿*Goth wo bin ich*? (Dios mío, ¿dónde estoy?)

La tía María se puso de un salto en medio del cuarto.

El hermano Gabriel dejó caer los libros, y se quedó hecho una piedra, abriendo los ojos tan grandes como sus espejuelos.

—¿Qué ha hablado? —preguntó la tía María.

—Será hebreo como sus libros —respondió fray Gabriel—. Quizá será judío como usted ha dicho, tía María.

—¡Dios nos asista! —exclamó la anciana—: pero no. Si fuera judío, ¿no le habríamos visto el rabo[21] cuando lo desnudábamos?

—Tía María —repuso el lego—, el padre prior decía que eso del rabo de los judíos es una patraña, una tontería, y que los judíos no tienen tal cosa.

—Hermano Gabriel —replicó la tía María—, desde la bendita constitución todo se vuelve cambios y mudanzas. Esa gente que gobierna en lugar del rey, no quiere que haya nada de lo que antes hubo; y por esto no han querido que los judíos tengan rabo, y toda la vida lo han tenido como el diablo. Si el padre prior dijo lo contrario, le obligaron a ello, como lo obligaron a decir en la misa rey *constitucional*[22].

—¡Bien podrá ser! —dijo el hermano.

—No será judío —prosiguió la anciana—, pero será un moro o un turco que habrá naufragado en estas costas.

—Un pirata de Marruecos —repuso el buen fraile—; ¡puede ser!

—Pero entonces llevaría turbante y chinelas amarillas, como el moro que yo vi hace treinta años cuando fui a Cádiz: se llama el moro Seylan. ¡Qué hermoso era! Pero para mí, toda su hermosura se le quitaba con no ser cristiano. Pero más que sea judío o moro, no importa: socorrámosle.

---

[21] Creencia popular, tal como hemos comprobado en la literatura costumbrista de la época. Periódicos satíricos como *La Risa, El Fandango,* etcétera aluden a esta prominencia como símbolo de ascendencia judaica. A Mendizábal, de origen judío, lo solían dibujar con un largo rabo.

[22] Alusión a Fernando VII, que juró la Constitución en 1837. Durante la celebración de la misa se rogaba por el rey.

—Socorrámosle aunque sea judío o moro —repitió el hermano.

Y los dos se acercaron a la cama.

Stein se había incorporado y miraba con extrañeza todos los objetos que le rodeaban.

—No entenderá lo que le digamos —dijo la tía María—; pero hagamos la prueba.

—Hagamos la prueba —repitió el hermano Gabriel.

La gente del pueblo en España cree generalmente que el mejor medio de hacerse entender es hablar a gritos. La tía María y fray Gabriel, muy convencidos de ello, gritaron a la vez, ella: —¿quiere usted caldo?—, y él: —¿quiere usted limonada?

Stein, que iba saliendo poco a poco del caos de sus ideas, preguntó en español:

—¿Dónde estoy? ¿Quiénes son ustedes?

—El señor —respondió la anciana—, es el hermano Gabriel, y yo soy la tía María, para lo que usted quiera mandar.

—¡Ah! —dijo Stein—, el Santo Arcángel y la bendita Virgen, cuyos nombres lleváis, aquella que es la salud de los enfermos, la consoladora de los afligidos, y el socorro de los cristianos, os pague el bien que me habéis hecho.

—¡Habla español —exclamó alborozada la tía María—, y es cristiano, y sabe las letanías!

Y llena de júbilo, se arrojó a Stein, le estrechó en sus brazos, y le estampó un beso en la frente.

—Y a todo esto, ¿quién es usted? —dijo la tía María, después de haberle dado una taza de caldo—. ¿Cómo ha venido usted a parar enfermo y muriéndose a este despoblado?

—Me llamo Stein, y soy cirujano. He estado en la guerra de Navarra, y volvía por Extremadura a buscar un puerto donde embarcarme para Cádiz, y de allí a mi tierra, que es Alemania. Perdí el camino, y he estado largo tiempo dando rodeos, hasta que por fin he llegado aquí enfermo, exánime y moribundo.

—Ya ve usted —dijo la tía María al hermano Gabriel—, que sus libros no están en hebreo, sino en la lengua de los cirujanos.

—Eso es, están escritos en la lengua de los cirujanos —repitió fray Gabriel.

—¿Y de qué partido era usted? —preguntó la anciana—: ¿de don Carlos, o de los otros?

—Servía en las tropas de la reina —respondió Stein.

La tía María se volvió a su compañero, y con un gesto expresivo, le dijo en voz baja.

—Éste no es de los buenos.

—¡No es de los buenos! —repitió fray Gabriel, bajando la cabeza.

—Pero ¿dónde estoy? —volvió a preguntar Stein.

—Está usted —respondió la anciana—, en un convento, que ya no es convento; es un cuerpo sin alma. Ya no le quedan más que las paredes, la cruz blanca y fray Gabriel. Todo lo demás se lo llevaron los otros. Cuando ya no quedó nada que sacar, unos señores que se llaman *crédito público*, buscaron un hombre de bien para guardar el convento, es decir, el caparazón. Oyeron hablar de mi hijo, y vinimos a establecernos aquí, donde yo vivo con ese hijo, que es el único que me ha quedado. Cuando entramos en el convento, salían de él los padres. Unos iban a América, otros a las misiones de la China, otros se quedaron con sus familias, y otros se fueron a buscar la vida trabajando o pidiendo limosna. Vimos a un hermano lego, viejo y apesadumbrado, que sentado en las gradas de la cruz blanca, lloraba unas veces por sus hermanos que se iban, y otras por el convento que se quedaba solo. «¿No viene su merced?», le preguntó un corista. «¿Y a dónde he de ir? —respondió—. Jamás he salido de estos muros, donde fui recogido niño y huérfano, por los padres. No conozco a nadie en el mundo, ni sé más que cuidar la huerta del convento. ¿A dónde he de ir? ¿Qué he de hacer? Yo no puedo vivir sino aquí!» «Pues quédese usted con nosotros», le dije yo entonces. «Bien dicho, madre —repuso mi hijo—. Siete somos los que nos sentamos a la mesa: nos sentaremos ocho; comeremos más, y comeremos menos, como suele decirse.»

—Y gracias a esta caridad —añadió fray Gabriel—, cáteme usted aquí cuidando la huerta; pero desde que se vendió la noria, no puedo regar ni un palmo de tierra; de modo que se están secando los naranjos y los limones.

—Fray Gabriel —continuó la tía María—, se quedó en estas paredes, a las cuales está pegado como la yedra; pero, como iba diciendo, ya no hay más que paredes. ¡Habrá picardía! Nada, lo que ellos dicen: «Destruyamos el nido, para que no vuelvan los pájaros.»

—Sin embargo —dijo Stein—; yo he oído decir que había demasiados conventos en España.

La tía María fijó en el alemán sus ojos negros vivos y espantados; después, volviéndose al lego, le dijo en voz baja:

—¿Serán ciertas nuestras primeras sospechas?

—¡Puede ser que sean ciertas! —respondió el hermano.

CAPÍTULO IV

Stein, cuya convalecencia adelantaba rápidamente, pudo en breve, con ayuda del hermano Gabriel, salir de su cuarto, y examinar menudamente aquella noble estructura, tan suntuosa, tan magnífica, tan llena de primores y de riquezas artísticas, la cual, lejos de las miradas de los hombres, colocada entre el cielo y el desierto, había sido una digna morada de muchos varones ricos e ilustres, que vivieron en el convento, realzando su nobleza y suntuosidad con las virtudes y grandes prendas de que Dios los había dotado, sin otro testigo que su Criador, ni más fin que glorificarle; porque se engañan mucho los que creen que la modestia y la humildad se ocultan siempre bajo la librea de la pobreza. No: los remiendos y las casuchas abrigan a veces más orgullo que los palacios.

El gran portal embovedado, por donde había sido introducido Stein, daba a un gran patio cuadrado. Desde la puerta hasta el fondo del patio, se extendía una calle de enormes cipreses. Allí se alzaba una vasta reja de hierro, que dividía el patio grande, de otro largo y estrecho, en que continuaba la calle de cipreses, pareciendo entrar en ella con paso majestuoso, y formando una guardia de honor al magnífico portal de la iglesia, que se hallaba en el fondo de este segundo y estrecho patio.

Cuando la puerta exterior y la reja estaban abiertas de par en par, como las iglesias de los conventos no están obstruidas por el coro, desde las gradas de la cruz de mármol blanco, que estaba situada a distancia fuera del edificio, se divisaba perfectamente el soberbio altar mayor, todo dorado desde el suelo hasta el techo, y que cubría la pared de la cabecera del templo. Cuando reverberaban centenares de luces en aquellas refulgentes molduras, y en las innumerables cabezas de los ángeles que formaban parte de su adorno; cuando los sonidos del órgano, armonizando con la grandeza del sitio, y con la solemnidad del culto católico estallaban en la bóveda de la iglesia, demasiado estrecha para contenerlos, y se iban a perder en las del cielo; cuando se ofrecía esta grandiosa escena, sin más espectadores que el desierto, la mar y el firmamento, no parecía sino que para ellos solos se había levantado aquel edificio, y se celebraban los oficios divinos.

A los dos lados de la reja, fuera de la calle de cipreses, había dos grandes puertas. La de la izquierda, que era el lado del mar, daba a un patio interior, de gigantescas dimensiones. Reinaba en torno de él un anchuroso claustro, sostenido en cada lado por veinte columnas de mármol blanco. Su pavimento se componía de losas de mármol azul y blanco. En medio se alzaba una fuente, alimentada por una noria que estaba siempre en movimiento. Representaba una de las obras de misericordia, figurada por una mujer dando de beber a un peregrino, que postrado a sus pies, recibía el agua, que en una concha ella le presentaba. La parte inferior de las paredes, hasta una altura de diez pies, estaba revestida de pequeños azulejos, cuyos brillantes colores se enlazaban en artificiosos mosaicos. En frente de la entrada se abría una anchísima escalera de mármol, construcción aérea, sin más apoyo ni sostén, que la sabia proporción de su masa enorme. Estas admirables obras maestras de arquitectura, eran muy poco comunes en nuestros conventos. Los grandes artistas, autores de tantas maravillas, estaban animados de un santo celo religioso, y por el noble deseo y la creencia de que trabajaban para la más remota posteridad. Sabido es que el primero y el más popular de ellos, no trabajaba en ningún asunto religioso sin haber comulgado antes*.

El claustro alto estaba sostenido por veinte columnas más pequeñas que las del bajo. Reinaba en torno a una balaustrada de mármol blanco, calada, y de un trabajo exquisito. Caían a estos claustros las puertas de las celdas, hechas de caoba, pequeñas, pero cubiertas de adornos de talla. Las celdas se componían de una pequeña antecámara, que daba paso a una sala también chica, con su correspondiente alcoba. El ajuar lo formaban en la pieza principal, algunas sillas de pino, una mesa y un estante, y en la alcoba, una cama que consistía en cuatro tablas sin colchón, y dos sillas.

Detrás de este patio había otro por el mismo estilo: allí estaban el noviciado, la enfermería, la cocina y los refectorios. Consistían éstos en unas mesas largas, de mármol, y una especie de púlpito para el que leía durante las comidas.

El departamento situado a la derecha de la calle de cipreses, contenía un patio semejante a la del lado opuesto. Allí estaba la hospedería, donde eran recibidos los forasteros, ya fuesen legos o religiosos. Estaban también la librería, las sacristías, los guardamuebles y otras oficinas. En el segundo patio, al que se entraba por una puerta exterior, se hallaban abajo los almacenes para el aceite, y arriba los graneros. Estos cuatro patios, en medio de los cuales, precedida de la calle de cipreses, se erguía la iglesia con su campanario, como un enorme ciprés de piedra, formaban el conjunto de aquel majestuoso edificio. El techo se componía de un millón de tejas, sujeta cada una con un gran clavo de hierro, para evitar que las arranca-

---

*   Bartolomé Esteban Murillo.

sen los huracanes en aquel sitio elevado y próximo al mar. A razón de real por clavo, esta sola parte del material había costado cincuenta mil duros.

Rodeaba el convento por delante el patio grande, de que ya hemos hablado , y en él, a izquierda y derecha de la puerta de entrada, había cuartos pequeños de un solo piso, para alojar a los jornaleros, cuando los religiosos cultivaban sus tierras: allí habitaba en la época en que pasa nuestra historia, el guarda Manuel Alerza con su familia. A la izquierda, hacia el lado del mar, se extendía una gran huerta, ostentando bajo las ventanas de las celdas, su fresco verdor, sus árboles, sus flores, el murmullo de sus acequias, el canto de los pájaros y la esquila del buey que tiraba de la noria. Formaba todo esto un pequeño oasis, en medio de un desierto seco y uniforme, cerca de esa mar que se complace en el estrago y en la destrucción, y que se detiene delante de un límite de arena. Pero lo que abundaba en este lugar solitario y silencioso, eran los cipreses y las palmeras, árboles de los conventos, los unos de brote derecho y austero, que aspiran a las alturas; los otros no menos elevados, pero que inclinan sus brazos a la tierra, como para atraer a las plantas débiles que vegetan en ella.

Los pozos y la armazón entera de las norias colocados en colinas artificiales para dar elevación a las aguas, se abrigaban bajo enramadas piramidales de yedra, tan espesa, que, cerrada la puerta de entrada, no se podían distinguir los objetos sin luz artificial. El eje que sostenía la rueda, estaba apoyado en dos troncos de olivo, que habían echado raíces, y cubiértose de una corona de follaje verde oscuro. La espesura vegetal y agreste del techo, daba abrigo a innumerables pajarillos, alegres y satisfechos con tener allí ocultos sus nidos, mientras que el buey giraba con lento paso, haciendo resonar la esquila que le pendía al cuello, y cuyo silencio indicaba al hortelano que el animal disfrutaba el dulce *farniente*.

Las celdas del piso bajo abrian a un terrado con bacos

de piedra, y sentados en ellos los solitarios, podían contemplar aquel estrecho y ameno recinto, animado por el
canto de las aves y perfumado por las emanaciones de las
flores, parecido a una vida tranquila y reconcentrada; o
bien podían esparcir sus miradas por el espacio, en sus
anchos horizontes, en la inmensa extensión del Océano,
tan espléndido como traidor; unas veces manso y tranquilo
como un cordero, otras agitado y violento como una furia,
semejante a esas existencias ingentes y ruidosas, que se agitan en la escena de mundo.

Aquellos hombres de ciencia profunda, de estudios
graves, de vida austera y retirada, cultivaban macetas de
flores en sus terrados, y criaban pajaritos, con paternal esmero; porque si el paganismo puso lo sublime
en la heroicidad, el cristianismo lo ha puesto en la sencillez.

En el lado opuesto a la huerta, un espacio de las
mismas dimensiones, y encerrado en las tapias del convento, contenía los molinos de aceite, cuyas vigas, de cincuenta pies de largo y cuatro de ancho, eran de caoba,
y además las atahonas, los hornos, las caballerizas y los
establos.

Guiado por el buen hermano Gabriel, pudo Stein
admirar aquella grandeza pasada, aquella ruina proscrita, aquel abandono, que a manera de cáncer, devoraba
tantas maravillas; aquella destrucción que se apodera de
un edificio vacío, aunque fuerte y sólido, como los gusanos toman posesión del cadáver de un hombre joven y
robusto.

Fray Gabriel no interrumpía las reflexiones del cirujano alemán. Pertenecía a la excelente clase de pobres
de espíritu, que lo son también de palabras. Concentraba
en sí su tristeza *incolora*, sus uniformes recuerdos, sus
pensamientos monótonos. Por esto solía decirle la tía
María:

«Es usted un bendito, hermano Gabriel; pero no parece que la sangre corre en sus venas, sino que se pasea.
Si algún día tuviese usted una viveza (y sólo podría ser

si volviesen los padres al convento, las campanas a la torre y las norias a la huerta), le ahogaría a usted.»

En la iglesia, vacía y desnuda, todavía quedaban bastantes restos de magnificencia, para poder graduar toda la que se había perdido. Aquel dorado altar mayor, tan brillante cuando reflejaba la luz de los cirios que encendía la devoción de los fieles, estaba empañado por el polvo del olvido. Aquellas preciosas cabezas de angelitos, que ceñían las arañas; aquellas ventanas, cuyas vidrieras habían desaparecido, y que dejaban entrada libre a los mochuelos y otros pájaros, cuyos nidos afeaban las bien talladas y doradas cornisas, y que convertían en inmunda sentina el rico pavimento de mármol; aquellos esqueletos de altares despojados de todos sus adornos; aquellos grandes y hermosos ángeles, que parecían salir de las pilastras; que habían tenido en sus manos lámparas de plata siempre encendidas, y extendían aún sus brazos, mirando aquéllas con dolor vacías. Los lindos frescos de las bóvedas, que no habían podido ser arrebatados, y a los cuales inundaban de llanto las nubes del cielo, pulsadas por los temporales; el yermo santuario, cuyas puertas habían sido de plata maciza y con bajos relieves de Berruguete; las pilas secas y cubiertas de polvo... ¡Dios mío! ¿Qué artista no suspira al verlos? ¿Qué cristiano no se estremece? ¿Qué católico no se prosterna y llora?

En la sacristía, guarnecida en derredor de cómodas, cuya parte superior formaba una mesa prolongada, los cajones estaban abiertos y vacíos. En ellos se guardaron antes las albas de olán guarnecidas de encajes, los ornamentos de terciopelo y de tisú, en los que la plata bordaba el terciopelo; el oro, la plata; y las perlas, el oro. En un retrete [23] inmediato estaban todavía las cuerdas de las campa-

---

[23]   *retrete:* cuarto pequeño en la casa o habitación destinado para retirarse. A partir de esta fecha y de acuerdo con la nueva configuración urbanística y disposición de la vivienda, dicho vocablo adquiere el significado actual.

nas; una, más delgada que las otras, movía la campana clara y sonora, que llamaba los fieles a misa; otra hacía vibrar el bronce retumbante y melodioso, como una banda de música militar; grave, aunque animada, en compañía de sus acólitas, menos estrepitosas, anunciaba las grandes festividades cristianas. Otra, finalmente, despertaba sonidos profundos y solemnes, como los del cañón, para pedir oraciones a los hombres y clemencia al cielo por el pecador difunto. Stein se sentó en el primer escalón de las gradillas del púlpito sostenido por un águila de mármol negro. Fray Gabriel se hincó de rodillas en las gradas de mármol del altar mayor.

—¡Dios mío! —decía Stein, apoyando la cabeza en las manos—: esas hendiduras, ese agua que penetra en las bóvedas, y gotea minando el edificio con su lento y seguro trabajo, ese maderaje que se hunde, esos adornos que se desmoronan..., ¡qué espectáculo tan triste y espantoso! A la tristeza que produce todo lo que deja de existir, se une aquí el horror que inspira todo lo que perece de muerte violenta, y a manos del hombre. ¡Este edificio, alzado en honor de Dios por hombres piadosos, condenado a la nada por sus descendientes!

—¡Dios mío! —decía el hermano Gabriel—, en mi vida he visto tantas telarañas. Cada angelito tiene un solideo de ellas. San Miguel lleva una en la punta de la espada, y no parece sino que me la está presentando. ¡Si el padre prior viera esto!

Stein cayó en una profunda melancolía. «Este santo lugar —pensaba—, respetado por el rumor del mundo, y por la luz del día, donde venían los reyes a inclinar sus cabezas, y los pobres a levantar las suyas; este lugar que daba lecciones severas al orgullo, y suaves alegrías a los humildes, hoy se ve decaído y entregado al acaso, como bajel sin piloto.»

En este momento, un vivo rayo de sol penetró por una de las ventanas, y vino a dar en el remate del altar mayor, haciendo resaltar en la oscuridad con su esplendor, como

si sirviera de respuesta a las quejas de Stein, un grupo de
tres figuras abrazadas. Eran la Fe, la Esperanza y la
Caridad*.

---

* Habíamos pensado acortar la descripción, quizá demasiado pro-
lija, del convento, persuadidos por una parte de que es de poco interés,
y no tiene novedad para la presente generación, que conoce estas obras
portentosas esparcidas por toda España; y por otra, de que la opinión
reinante clasificará tal vez estas suntuosidades, cuando menos, de gastos inútiles; reflexión, y sea dicho de paso, que no se les ocurre a los
fabricadores de las modernas opiniones, cuando de entre las ruinas de
los templos griegos levantados a los falsos dioses, desentierran tantas
maravillas del arte, ni al rebuscar y recoger las riquezas que en los templos americanos e indios se acumulaban. Habíamos, pues, decimos, pensado en acortar esta descripción del convento; hemos dicho la causa.
Pero no lo hemos verificado, acaso por las mismas razones que lo aconsejaban y hemos expuesto. Creemos que nos comprenderá el lector.

CAPÍTULO V

El fin de octubre había sido lluvioso, y noviembre vestía su verde y abrigado manto de invierno.

Stein se paseaba un día por delante del convento, desde donde se descubría una perspectiva inmensa y uniforme: a la derecha el mar sin límites; a la izquierda, la dehesa sin término. En medio, se dibujaba en la claridad del horizonte el perfil oscuro de las ruinas del fuerte de San Cristóbal, como la imagen de la nada en medio de la inmensidad. La mar, que no agitaba el soplo más ligero, se mecía blandamente, levantando sin esfuerzo sus olas, que los reflejos del sol doraban, como una reina que deja ondear su manto de oro. El convento, con sus grandes, severos y angulosos lineamentos, estaba en armonía con el grave y monótono paisaje; su mole ocultaba el único punto del horizonte interceptado en aquel uniforme panorama.

En aquel punto se hallaba el pueblo de Villamar [24], situado junto a un río tan caudaloso y turbulento en invierno, como pobre y estadizo en verano. Los alrededores bien cultivados, presentaban de lejos el aspecto de un tablero de damas, en cuyos cuadros variaba de mil modos el color verde; aquí, el amarillento de la vid aún cubierta de follaje; allí, el verde ceniciento de un olivar, o el verde esmeralda del trigo, que habían hecho brotar las lluvias de

---

[24] Este topónimo con connotaciones apacibles y tranquilas, al igual que la Villalegre de Valera, aparecerá más tarde en su novela *Lágrimas*.

otoño; o el verde sombrío de las higueras; y todo esto dividido por el verde azulado de las pitas de los vallados. Por la boca del río cruzaban algunas lanchas pescadoras; del lado del convento, en una elevación, se alzaba una capilla; delante, una gran cruz, apoyada en una base piramidal de mampostería blanqueada; detrás había un recinto cubierto de cruces pintadas de negro. Éste era el Campo Santo.

Delante de la cruz pendía un farol, siempre encendido; y la cruz, emblema de salvación, servía de faro a los marineros; como si el Señor hubiera querido hacer palpables sus parábolas a aquellos sencillos campesinos, del mismo modo que se hace diariamente palpable a los hombres de fe robusta y sumisa, dignos de aquella gracia.

No puede compararse este árido y uniforme paisaje con los valles de Suiza, con las orillas del Rhin o con la costa de la isla de Wight. Sin embargo, hay una magia tan poderosa en las obras de la naturaleza, que ninguna carece de bellezas y atractivos; no hay en ellas un solo objeto desprovisto de interés, y si a veces faltan las palabras para explicar en qué consiste, la inteligencia lo comprende, y el corazón lo siente.

Mientras Stein hacía estas reflexiones, vio que Momo salía de la hacienda en dirección al pueblo. Al ver a Stein, le propuso que le acompañase; éste aceptó, y los dos se pusieron en camino en dirección al lugar.

El día estaba tan hermoso, que sólo podía compararse a un diamante de aguas exquisitas, de vivísimo esplendor, y cuyo precio no aminora el más pequeño defecto. El alma y el oído reposaban suavemente en medio del silencio profundo de la naturaleza. En el azul turquí del cielo no se divisaba más que una nubecilla blanca, cuya perezosa inmovilidad la hacía semejante a una odalisca, ceñida de velos de gasa, y muellemente recostada en su otomana azul.

Pronto llegaron a la colina próxima al pueblo, en que estaban la cruz y la capilla.

La subida de la cuesta, aunque corta y poco empinada,

había agotado las fuerzas, aún no restablecidas de Stein. Quiso descansar un rato, y se puso a examinar aquel lugar.

Acercóse al cementerio. Estaba tan verde y tan florido, como si hubiera querido apartar de la muerte el horror que inspira. Las cruces estaban ceñidas de vistosas enredaderas, en cuyas ramas revoloteaban los pajarillos, cantando: *¡Descansa en paz!* Nadie habría creído que aquella fuese la mansión de los muertos, si en la entrada no se leyese esta inscripción: «CREO EN LA REMISIÓN DE LOS PECADOS, EN LA RESURRECCIÓN DE LA CARNE Y EN LA VIDA PERDURABLE. AMÉN.» La capilla era un edificio cuadrado, estrecho y sencillo, cerrado con una reja, y coronada su modesta media naranja por una cruz de hierro. La única entrada era una puertecita inmediata al altar.

En éste había un gran cuadro pintado al óleo, que representaba una de las caídas del Señor con la cruz. Detrás, la Virgen, San Juan y las tres Marías; al lado del Señor, los feroces soldados romanos. De puro vieja, había tomado esta pintura un tono tan oscuro, que era difícil discernir los objetos; pero aumentando al mismo tiempo el efecto de la profunda devoción que inspiraba su vista, sea porque la meditación y el espiritualismo se avienen mal con los colores chillones y relumbrantes, o sea por el sello de veneración que imprime el tiempo a las obras de arte, mayormente cuando representan objetos de devoción; que entonces parecen doblemente santificados por el culto de tantas generaciones. Todo pasa y todo muda en torno de esos piadosos monumentos; menos ellos que permanecen sin haber agotado los tesoros de consuelos que a manos llenas prodigan. La devoción de los fieles había adornado el cuadro con indiferentes objetos de hojuela de plata, colocados de tal modo, que parecían formar parte de la pintura: eran éstos una corona de espinas sobre la cabeza del Señor; una diadema de rayos sobre la de la Virgen, y remates en las extremidades de la cruz. Esta costumbre extraña y aun ridícula a los ojos del artista, a los del cristiano es buena y piadosa. Pero a bien que la capilla del Cristo del Socorro no era un museo; jamás había atravesado un artista sus umbrales: allí no acudían más que sencillos devotos, que sólo iban a rezar.

Las dos paredes laterales estaban cubiertas de exvotos, de arriba a abajo.

Los exvotos son testimonios públicos y auténticos de beneficios recibidos, consignados por el agradecimiento al pie de los altares, unas veces antes de obtener la gracia que se pide; otras se prometen en grandes infortunios y circunstancias apuradas. Allí se ven largas trenzas de cabello, que la hija amante ofreció, como su más precioso tesoro, el día en que su madre fue arrancada a las garras de la muerte; niños de plata colgados de cintas color de rosa, que una madre afligida, al ver a su hijo mortalmente herido, consagró por obtener su alivio al Señor del Socorro; brazos, ojos, piernas de plata o de cera, según las facultades del votante; cuadros de naufragios o de otros grandes peligros, en medio de los cuales los fieles tuvieron la sencillez de creer que sus plegarias podrían ser oídas y otorgadas por la misericordia divina; pues por lo visto las gentes *de alta razón, los ilustrados, los que dicen ser los más, y se tienen por los mejores* no creen que la oración es un lazo entre Dios y el hombre. Estos cuadros no eran obras maestras del arte; pero quizá si lo fueran, perderían su fisonomía, y sobre todo, su candor. ¡Y hay todavía personas que presumiendo hallarse dotadas de un mérito superior, cierran sus almas a las dulces impresiones del candor, que es la inocencia y la serenidad del alma! ¿Acaso ignoran que el candor se va perdiendo, al paso que el entusiasmo se apaga? Conservad, españoles, y respetad los débiles vestigios que quedan de cosas tan santas como inestimables. No imitéis al mar Muerto, que mata con sus exhalaciones los pájaros que vuelan sobre sus olas, ni, como él, sequéis las raíces de los árboles, a cuya sombra han vivido felices muchos países y tantas generaciones*.

---

*   Que los hombres sin fe en el alma, ni simpatía en el corazón para los sentimientos religiosos, desdeñen estas prácticas, lo entiendo; por

Entre los exvotos había uno que por su singularidad causó mucha extrañeza a Stein. La mesa del altar no era perfectamente cuadrada desde arriba abajo, sino que se estrechaba en línea curva hacia el pie. Entre su base y el enladrillado había un pequeño espacio. Stein percibió allí en la oscuridad un objeto apoyado contra la pared; y a fuerza de fijar en él sus miradas, vino a distinguir que era un trabuco. Tal era su volumen, y tal debía ser su peso, que no podía entenderse como un hombre podía manejarlo: lo mismo que sucede cuando miramos las armaduras de la edad media. Su boca era tan grande que podía entrar holgadamente por ella una naranja. Estaba roto, y sus diversas partes toscamente atadas con cuerdas.

—Momo —dijo Stein—, ¿qué significa eso? ¿Es de veras un trabuco?

—Me parece —dijo Momo—, que bien a la vista está.

—Pero, ¿por qué se pone un arma homicida en este lugar pacífico y santo? En verdad que aquí puede decirse aquello de que pega como un par de pistolas a un Santo Cristo.

—Pero ya ve usted —respondió Momo—, que no está en manos del Señor, sino a sus pies, como ofrenda. El día en que se trajo aquí ese trabuco (que hace muchísimos años) fue el mismo en que se le puso a ese Cristo el nombre del Señor del Socorro.

—Y ¿con qué motivo? —preguntó Stein.

—Don Federico —dijo Momo abriendo tantos ojos—, todo el mundo sabe eso. ¡Y usted no lo sabe!

—¿Has olvidado que soy forastero? —replicó Stein.

—Es verdad —repuso Momo—; pues se lo diré a su merced. Hubo en esta tierra un salteador de caminos, que no se contentaba con robar a la gente, sino que mataba a los hombres como moscas, o porque no le delatasen, o por

---

mucho que me aflija; pero que uno de los primeros y más acreditados escritores de Francia, Jorge Sand, haya escrito estas palabras, hablando de los ex-votos: *cés fétiches affreux, ces exvotos me font peur,* sólo puede atribuirse a una completa ignorancia de lo que son y de lo que significan.

antojo. Un día, dos hermanos vecinos de aquí, tuvieron que hacer un viaje. Todo el pueblo fue a despedirlos, deseándoles que no topasen con aquel forajido que no perdonaba vida, y tenía atemorizado al mundo. Pero ellos, que eran buenos cristianos, se encomendaron a este Señor, y salieron confiando en su amparo. Al emparejar con un olivar, se echaron en cara al ladrón, que les salía al encuentro con su trabuco en la mano. Echóselo al pecho, y les apuntó. En aquel trance se arrodillaron los hermanos clamando al Cristo: «¡Socorro, Señor!» El desalmado disparó el trabuco, pero quien quedó alma del otro mundo fue él mismo, porque quiso Dios que en las manos se le reventase el trabuco. ¡Y el trabuquillo era flojo en gracia de Dios! Ya lo está usted mirando; porque en memoria del milagroso socorro, lo ataron con esas cuerdas, y lo depositaron aquí, y al Señor se le quedó la advocación del Socorro*. ¿Con que no lo sabía usted, don Federico?

—No lo sabía, Momo —respondió éste, y añadió como respondiendo a sus propias reflexiones—, ¡si tú supieras cuánto ignoran aquellos que dicen que se lo saben todo!

—Vamos, ¿se viene usted, don Federico? —dijo Momo después de un rato de silencio—: mire usted que no me puedo detener.

—Estoy cansado —contestó éste—, vete tú, que aquí te aguardaré.

---

* Esta leyenda del Señor del Socorro, o por mejor decir, esta relación verídica del suceso que es asunto del cuadro, la testificaba el mencionado trabuco, que a los pies del altar se veía en su capilla, sita en la calle del ganado, del Puerto de Santa María. Ha poco (en 1855) ha sido cerrada. El señor vicario de dicho punto, según tenemos entendido, reclama el cuadro para que se le dé culto en la Iglesia Mayor. Estamos persuadidos de que si logra su deseo, no se atreverá, merced a la *ilustración que tanto realza y distingue a nuestra próspera y culta era,* poner a los pies del altar el antiguo y roto trabuco, que al reventar, salvó la vida a los dos devotos que al Señor pedían socorro. ¿Qué diría el *decoro protestante,* que se nos va inoculando como un humor frío, de ver un trabuco en una iglesia? ¿Que los que acatan la *letra,* y no el *espíritu?*...

—Pues con Dios —repuso Momo, poniéndose en camino y cantando.

Quédate con Dios y a Dios,
Dice la común sentencia;
Que el pobre puede ser rico.
Y el rico no compra ciencia.

Stein contemplaba aquel pueblecito tan tranquilo, medio pescador, medio marinero, llevando con una mano el arado y con la otra el remo. No se componía, como los de Alemania, de casas esparcidas sin orden con sus techos tan campestres, de paja, y sus jardines; ni reposaba, como los de Inglaterra, bajo la sombra de sus pintorescos árboles; ni como los de Flandes formaba dos hileras de lindas casas a los lados del camino. Constaba de algunas calles anchas, aunque mal trazadas, cuyas casas de un solo piso y de desigual elevación, estaban cubiertas de vetustas tejas: las ventanas eran escasas, y más escasas aún las vidrieras y toda clase de adorno. Pero tenía una gran plaza, a la sazón verde como una pradera, y en ella una hermosísima iglesia; y el conjunto era diáfano, aseado y alegre.

Catorce cruces iguales a la que cerca de Stein estaba, se seguían de distancia en distancia, hasta la última, que se alzaba en medio de la plaza haciendo frente a la iglesia. Era esto la *Via crucis*.

Momo volvió, pero no volvía solo. Venía en su compañía un señor de edad, alto, seco, flaco y tieso como un cirio. Vestía chaqueta y pantalón de basto paño pardo, chaleco de piqué de colores moribundos, adornado de algunos zurcidos, obras maestras en su género, faja de lana encarnada, como las gastan las gentes del campo, sombrero calañés de ala ancha, con una cucarda [25], que había sido encarnada, y que el tiempo, el agua y el sol habían convertido en color de zanahoria. En los hombros de la chaqueta había dos estrechos galones de oro problemáti-

---

25 *cucarda:* escarapela.

co, destinados a sujetar dos charreteras; y una espada vieja, colgada de un cinturún ídem, completaba este conjunto medio militar y medio paisano. Los años habían hecho grandes estragos en la parte delantera del largo y estrecho cráneo de este sujeto. Para suplir la falta de adorno natural, había levantado y traído hacia adelante los pocos restos de cabellera que le quedaban, sujetándolos por medio de un cabo de seda negra sobre la parte alta del cráneo, de donde formaban un hopito con la gracia chinesca más genuina.

—Momo, ¿quién es este señor? —preguntó Stein a media voz.

—El Comandante —respondió éste en su tono natural.

—¡Comandante! ¿de qué? —tornó Stein a preguntar.

—Del fuerte de San Cristóbal.

—¡Del fuerte de San Cristóbal!... —exclamó Stein estático.

—Servidor de usted —dijo el recién venido, saludando con cortesía—; mi nombre es Modesto Guerrero, y pongo mi inutilidad a la disposición de usted.

Ese usual cumplido tenía en este sujeto una aplicación tan exacta, que Stein no pudo menos de sonreírse al devolver al militar su saludo.

—Sé quién es usted —prosiguió don Modesto—, tomo parte en sus contratiempos, y le doy el parabién por su restablecimiento, y por haber caído en manos de los Alerzas, que son, a fe mía, unas buenas gentes; mi persona y mi casa están a la disposición de usted, para lo que guste mandar. Vivo en la plaza de la iglesia, quiero decir, de la Constitución, que es como ahora se llama. Si alguna vez quiere usted favorecerla, el letrero podrá indicarle la plaza.

—Si en todo el lugar hay otra, ¿a qué tantas señas? —dijo Momo.

—¿Con que tiene una inscripción? —preguntó Stein, que en su vida agitada de campamentos no había tenido ocasión de aprender los usuales cumplidos, y no sabía contestar a los del cortés español.

—Sí señor —respondió éste—; el alcalde tuvo que obedecer las órdenes de arriba. Bien ve usted que en un pueblo pequeño no era fácil proporcionarse una losa de mármol con letras de oro, como son las lápidas de Cádiz y de Sevilla. Fue preciso mandar hacer el letrero al maestro de escuela, que tiene una hermosa letra, y debía ponerse a cierta altura en la pared del Cabildo. El maestro preparó pintura negra con hollín y vinagre, y encaramado en una escalera de mano, empezó la obra, trazando unas letras de un pie de alto. Por desgracia, queriendo hacer un gracioso floreo, dio tan fuerte sacudida a la escalera, que ésta se vino al suelo con el pobre maestro y el puchero de tinta, rodando los dos hasta el arroyo. Rosita, mi patrona, que observó la catástrofe desde su ventana, y vio levantarse al caído, negro como el carbón, se asustó tanto, que estuvo tres días con flatos, y de veras, me dio cuidado. El alcalde, sin embargo, ordenó al magullado maestro que completase su obra, en vista de que el letrero no decía todavía más que *consti;* el pobre maestro tuvo que apechugar con la tarea; pero esta vez no quiso escalera de mano, y fue preciso traer una carreta, y poner encima una mesa, y atarla con cuerdas. Encaramado allí el pobre, estaba tan turulato acordándose de lo de marras, que no pensó sino en despachar pronto; y así es, que las últimas letras, en lugar de un pie de alto como las otras, no tienen más que una pulgada; y no es esto lo peor, sino que con la prisa, se le quedó una letra en el tintero, y el letrero dice ahora: PLAZA DE LA CONSTItucin. El alcalde se puso furioso; pero el maestro se cerró a la banda, y declaró que ni por Dios ni por sus santos volvía a las andadas, y que más bien quería montar en un toro de ocho años, que en aquel tablado de volatines. De modo que el letrero se ha quedado como estaba; pero a bien que no hay en el lugar quien lo lea. Y es lástima que el maestro no lo haya enmendado, porque era muy hermoso, y hacía honor a Villamar.

Momo, que traía al hombro unas alforjas bien rellenas, y tenía prisa, preguntó al Comandante si iba al fuerte de San Cristóbal.

—Sí —respondió—, y de camino, a ver a la hija del tío Pedro Santaló, que está mala.

—¿Quién? *¿la Gaviota?* —preguntó Momo—. No lo crea usted. Si la he visto ayer encaramada en una peña, y chillando como las otras gaviotas.

—¡Gaviota! —exclamó Stein.

—Es un mal nombre —dijo el Comandante—, que Momo le ha puesto a esa pobre muchacha.

—Porque tiene las piernas largas —respondió Momo—; porque tanto vive en el agua como en la tierra; porque canta y grita, y salta de roca en roca como las otras.

—Pues tu abuela —observó don Modesto—, la quiere mucho, y no la llama más que *Marisalada,* por sus graciosas travesuras, y por la gracia con que canta y baila, y remeda a los pájaros.

—No es eso —replicó Momo—; sino porque su padre es pescador, y ella nos trae sal y pescado.

—¿Y vive cerca del fuerte? —preguntó Stein, a quien habían excitado la curiosidad aquellos pormenores.

—Muy cerca —respondió el Comandante—. Pedro Santaló tenía una barca catalana, que, habiendo dado a la vela para Cádiz, sufrió un temporal, y naufragó en la costa. Todo se perdió, el buque y la gente, menos Pedro, que iba con su hija; como que a él le redobló las fuerzas el ansia de salvarla. Pudo llegar a tierra, pero arruinado; y quedó tan desanimado y triste, que no quiso volver a su tierra. Lo que fue labrar una choza entre esas rocas con los destrozos que habían quedado de la barca, y se metió a pescador. Él era el que proveía de pescado al convento, y los padres, en cambio, le daban pan, aceite y vinagre. Hace doce años que vive ahí en paz con todo el mundo.

Con esto llegaron al punto en que la vereda se dividía, y se separaron.

—Pronto nos veremos —dijo el veterano—. Dentro de un rato iré a ponerme a la disposición de usted y saludar a sus patronas.

—Dígale usted de mi parte a *la Gaviota* —gritó Momo—,

que me tiene sin cuidado su enfermedad, porque mala yerba nunca muere.

—¿Hace mucho tiempo que el Comandante está en Villamar? —preguntó Stein a Momo.

—Toma... ciento y un años, desde antes que mi padre naciera.

—¿Y quién es esa Rosita, su patrona?

—¡Quién, Señá *Rosa Mística!* —respondió Momo con un gesto burlón—. Es la maestra de amiga [26]. Es más fea que el hambre; tiene un ojo mirando a Poniente y otro a Levante; y unos hoyos de viruelas, en que puede retumbar un eco. Pero, don Federico, el cielo se encapota; las nubes van como si las corrieran galgos. Apretemos el paso.

---

[26] *amiga.* En la edición de *El Heraldo* aparece «de escuela de las muchachas del lugar». El uso del término se observa en varias novelas de Fernán Caballero, como aquella de *Lágrimas, op. cit.,* vol. II, pág. 133b, que dice: «Dos tazones de cristal, uno con dulce de huevo y otro con dulce de tomate elaborado por las hábiles manos de *Rosa Mística,* la maestra amiga.»

CAPÍTULO VI

Antes de seguir adelante, no será malo trabar conocimiento con este nuevo personaje.

Don Modesto Guerrero era hijo de un honrado labrador, que no dejaba de tener buenos papeles de nobleza, hasta que se los quemaron los franceses en la guerra de la Independencia, como quemaron también su casa, bajo el pretesto de que los hijos del dueño eran *brigantes* [27], esto es, reos del grave delito de defender a su patria. El buen hombre pudo reedificar su casa. Pero a los pergaminos [28] no les cupo la suerte del Fénix.

Modesto cayó soldado, y como su padre no tenía lo bastante para comprarle un sustituto [29], pasó a las filas de un regimiento de infantería, en calidad de distinguido.

Como era un bendito, y además, de larga y seca catadura, pronto llegó a ser el objeto de las burlas y de las chanzas pesadas de sus compañeros. Éstos, animados por su mansedumbre, llevaron al extremo sus bromas, hasta que Modesto les puso término del modo siguiente. Un día que había gran formación, con motivo de una revista, Modesto ocupaba su lugar al extremo de una fila. Allí cerca había una carreta: con gran destreza y prontitud sus com-

---

27   *brigantes:* bandoleros, ladrones. Los franceses llamaban de esta forma a los españoles en la guerra de la Independencia.

28   Alusión a los documentos de limpieza de sangre.

29   Con arreglo a la ley de quintas el designado podía ofrecer un sustituto. Más tarde, después de las reformas de 1885 y 1896, el sorteado evadía su obligación militar mediante una cantidad en metálico.

pañeros le echaron a una pierna un lazo corredizo, atando la extremidad del cordel a una de las ruedas de la carreta. El coronel dio la voz de «marchen». Sonaron los tambores, y todas las mitades se pusieron en marcha, menos Modesto, que se quedó parado con una pierna en el aire, como los escultores figuran a Céfiro [30].

Terminada la revista, Modesto volvió al cuartel tan sosegado como de él había salido, y sin alterar su paso, pidió una satisfacción a sus compañeros. Como ninguno quería cargar con la responsabilidad del chasco, declaró con la misma calma que mediría sus armas con las de todos y cada uno de ellos, uno después de otro. Entonces salió al frente el que había inventado y dirigido la burla: se batieron, y de sus resultas perdió un ojo su adversario. Modesto le dijo con su calma acostumbrada, que si quería perder el otro, él estaba a su disposición, cuando gustase.

Entretanto, Modesto, sin parientes ni protectores en la corte, sin miras ambiciosas, sin disposiciones para la intriga, hizo su carrera a paso de tortuga, hasta que en la época del sitio de Gaeta, en 1805 [31], su regimiento recibió orden de juntarse como auxiliar con las tropas de Napoleón. Modesto se distinguió allí por su valor y serenidad, en términos que mereció una cruz, y los mayores elogios de sus jefes.

Su nombre lució en la *Gaceta* [32], como un meteoro, para hundirse después en la eterna oscuridad. Estos laureles fueron los primeros y los últimos que le ofreció su

---

[30]   Las referencias a la mitología griega en *La Gaviota* están insertas en *Pequeño curso de mitología para niños,* en *op. cit.,* vol. V, capítulo XVI.

[31]   Dicha plaza fuerte resistió al ejército de Masséna y José Bonaparte durante la invasión del reino de Nápoles. Los franceses la sitiaron en febrero de 1806 y consiguieron tomarla finalmente en julio del mismo año. Gaeta estuvo sitiada de nuevo en 1815, en esta ocasión por los austriacos, y, finalmente, en 1860, por Garibaldi.

[32]   *La Gaceta.* Publicación que ha tenido distintos títulos, tales como *Gazeta nueva, Gazeta Ordinaria de Madrid, Gaceta de la Regencia de las Españas, Gaceta del Gobierno, Gaceta de Madrid...*

carrera militar; porque habiendo recibido una profunda herida en el brazo, quedó inutilizado para el servicio, y en recompensa, le nombraron Comandante del fuertecillo abandonado de San Cristóbal. Hacía, pues, cuarenta años que tenía bajo sus órdenes el esqueleto de un castillo y una guarnición de lagartijas.

Al principio no podía nuestro Guerrero conformarse con aquel abandono. No pasaba año sin que dirigiese una representación al Gobierno, pidiendo los reparos necesarios, y los cañones y tropa que aquel punto de defensa requería. Todas estas representaciones habían quedado sin respuesta, a pesar de que, según las circunstancias de la época, no había omitido hacer presente la posibilidad de un desembarco de ingleses, de insurgentes americanos, de franceses, de revolucionarios y de carlistas. Igual acogida habían recibido sus continuas plegarias para obtener algunas pagas. El Gobierno no hizo el menor caso de aquellas dos ruinas: el castillo y su Comandante. Don Modesto era sufrido; con que acabó por someterse a su suerte sin acritud y sin despecho.

Cuando vino a Villamar, se alojó en casa de la viuda del sacristán, la cual vivía entregada a la devoción, en compañía de su hija, todavía joven. Eran excelentes mujeres: algo remilgadas y secas, con sus ribetes de intolerantes; pero buenas, caritativas, morigeradas y de esmerado aseo.

Los vecinos del pueblo, que miraban con afición al Comandante, o, más bien al *Comendante*, que era como le llamaban, y que al mismo tiempo conocían sus apuros, hacían cuanto podía para aliviarlos. No se hacía matanza en casa alguna, sin que se le enviase su provisión de tocino y morcillas. En tiempo de la recolección, un labrador le enviaba trigo, otro garbanzos; otros le contribuían con su porción de miel o de aceite. Las mujeres le regalaban los frutos del corral; de modo que su beata patrona tenía siempre la despensa bien provista, gracias a la benevolencia general que inspiraba don Modesto; el cual, de índole correspondiente a su nombre, lejos de envanecerse de tantos favores, solía decir que la Providencia estaba en todas partes, pero que su cuartel general era Villamar. Bien es verdad que él sabía corresponder a tantos favores, siendo con todos, por extremo servicial y complaciente. Levantábase con el sol, y lo primero que hacía, era ayudar a misa al cura. Una vecina le hacía un encargo, otra le pedía una carta para un hijo soldado; otra, que le cuidase los chiquillos, mientras salía a una diligencia. Él velaba a los enfermos, rezaba con sus patronas; en fin, procuraba ser útil a todo el mundo, en todo lo que no pudiese ofender su honradez y su decoro. No es esto nada raro en España, gracias a la inagotable caridad de los españoles, unida a su noble carácter, el cual no les permite atesorar, sino dar cuanto tienen al que lo necesita: díganlo los exclaustrados, las monjas, los artesanos, las viudas de los militares, y los empleados cesantes [33].

Murió la viuda del sacristán, dejando a su hija Rosa con cuarenta y cinco años bien contados, y una fealdad que se veía de lejos. Lo que más contribuía a esta desgracia, eran las funestas consecuencias de las viruelas. El mal se había concentrado en un ojo, y sobre todo en el párpa-

---

[33]   *cesantes.* El cesante es uno de los tipos más estudiados por los costumbristas. Recuérdese el tema de la cesantía en el artículo «El empleado», de Gil y Zárate, publicado en *Los españoles pintados por sí mismos* y el personaje Hombono Quiñones, protagonista del artículo de Mesonero Romanos titulado «El cesante».

Si en todos estos autores este personaje aparece como tipo aislado, Galdós lo introducirá en su mundo novelesco dotado ya de vida propia. Recuérdese a Ramón de Villamil, cesante crónico que aparece episódicamente en *Fortunata y Jacinta* con el apodo de *Ramsés II;* o don José Ido del Sagrario, novelista por entregas, cesante y pálido como un cirio que aparece en *El doctor Centeno, Tormento, Lo prohibido y Fortunata y Jacinta;* o aquel alto empleado que estuviera en Cuba, llamado Aguado, de *La incógnita y Realidad;* el mismo don Simón Babel, de *Ángel Guerra;* don Basilio Andrés de la Caña, personaje que conoce sucesivas cesantías en su trasiego novelesco de *El doctor Centeno, Fortunata y Jacinta, Miau y Ángel Guerra;* o los Cornelio Malibrán y Orsini, don Manuel José Ramón del Pez, Gonzalo Torres y Juan Pablo Rubín, conocedores del amargo pan de la cesantía.

En lo que respecta a la figura del exclaustrado, Fernán Caballero lo tratará también en sus relatos *La estrella de Vandalia, ¡Pobre Dolores!* y *La viuda del cesante.*

do, que no podía levantarse sino a medias; de lo que resultaba que la pupila, medio apagada, daba a toda la fisonomía cierto aspecto poco inteligente y vivo, contrastando notablemente el ojo entornado con su compañero, del cual salían llamas, como de una hoguera de sarmientos, al menor motivo de escándalo; y en verdad que los solía encontrar con harta frecuencia.

Después del entierro, y pasados los nueve días de duelo, la señora Rosa dijo un día a don Modesto:

—Don Modesto, siento mucho tener que decir a usted que es preciso separarnos.

—¡Separarnos! —exclamó el buen hombre abriendo tantos ojos, y poniendo la jícara de chocolate sobre el mantel, en lugar de ponerla en el plato—. ¿Y porqué, Rosita?

Don Modesto se había acostumbrado por espacio de treinta años a emplear este diminutivo cuando dirigía la palabra a la hija de su antigua patrona.

—Me parece —respondió ella arqueando las cejas—, que no debía usted preguntarlo. Conocerá usted que no parece bien que vivan juntas, y solas, dos personas de estado honesto. Sería dar pábulo a las malas lenguas.

—Y ¿qué pueden decir de usted las malas lenguas? —repuso don Modesto—; ¡usted que es la más ejemplar del pueblo!

—¡Acaso hay nada seguro de ellas? ¿Qué dirá usted cuando sepa que usted con todos sus años, y su uniforme y su cruz, y yo, pobre mujer que no pienso más que en servir a Dios, estamos sirviendo de diversión a estos deslenguados?

—¿Qué dice usted, Rosita? —exclamó don Modesto asombrado.

—Lo que está usted oyendo. Ya nadie nos conoce sino por el mal nombre que nos han puesto esos condenados monacillos.

—¡Estoy atónito, Rosita! no puedo creer...

—Mejor para usted si no lo cree —dijo la devota—; pero yo le aseguro que esos inicuos (Dios los perdone) cuando nos ven llegar a la iglesia todas las mañanas a misa de alba, se dicen unos a otros: «Llama a misa, que ahí viene *Rosa Mística* y *Turris Davidica*, en amor y compaña como en las letanías.» A usted le han puesto ese mote por ser tan alto y tan derecho.

Don Modesto se quedó con la boca abierta, y los ojos fijos en el suelo.

—Sí señor —continuó *Rosa Mística*—: la vecina es quien me lo ha dicho, escandalizada, y aconsejándome que vaya a quejarme al señor cura. Yo *la* [34] he respondido que mejor quiero sufrir y callar. Más padeció nuestro Señor sin quejarse.

—Pues yo —dijo don Modesto—, no aguanto que nadie se burle de mí, y mucho menos de usted.

—Lo mejor será —continuó Rosa—, acreditar con nuestra paciencia que somos buenos cristianos, y con nuestra indiferencia, el poco caso que hacemos de los juicios del mundo. Por otra parte, si castigan a esos irreverentes, lo harían peor; créame usted don Modesto.

—Tiene usted razón, como siempre, Rosita —dijo don Modesto—. Yo sé lo que son los *guasones;* si les cortasen las lenguas, hablarían con las narices. Pero si en otro tiempo alguno de mis camaradas se hubiese atrevido a llamarme *Turris Davídica,* bien hubiera podido añadir: *Ora pro nobis.* Mas ¿es posible que siendo usted una santa bendita, les tenga miedo a los maldicientes?

—Ya sabe usted, don Modesto, lo que vulgarmente dicen los que piensan mal de todo: entre santa y santo, pared de cal y canto.

—Pero entre usted y yo —dijo el Comandante—, no hay necesidad de poner ni tabique. Yo, con tantos años a cuestas: yo, que en toda mi vida no he estado enamorado más que una vez... y por más señas que lo estuve de una buena moza, con quien me habría casado a no haberla sorprendido en chicoleos [35] con el tambor mayor, que...

---

[34]   El laísmo aparece con frecuencia en la obra de Fernán Caballero.
[35]   *chicoleos:* devaneos.

—Don Modesto, don Modesto —gritó Rosa poniéndose erguida—. Honre usted su nombre y mi estado, y déjese de recuerdos amorosos.

—No ha sido mi intención escandalizar a usted —dijo don Modesto en tono contrito—: basta que usted sepa y yo le jure que jamás ha cabido ni cabrá en mí un mal pensamiento.

—Don Modesto —dijo *Rosa Mística* con impaciencia (mirándole con un ojo encendido, mientras el otro hacía vanos esfuerzos por imitarlo)—, ¿me cree usted tan simple que pueda pensar que dos personas como usted y yo, sensatas y temerosas de Dios, se conduzcan como los casquivanos, que no tienen pudor, ni miedo al pecado? Pero en este mundo no basta obrar bien; es preciso no dar que decir, guardando en todo las apariencias.

—¡Esta es otra! —repuso el Comandante—. ¿Qué apariencias puede haber entre nosotros? ¿No sabe usted que el que se excusa se acusa?

—Dígole a usted —respondió la devota—, que no faltará quien murmure.

—¿Y qué voy yo a hacer sin usted? —preguntó afligido don Modesto—. ¿Qué será de usted sin mí, sola en este mundo?

—El que da de comer a los pajaritos —dijo solemnemente Rosa—, cuidará de los que en Él confían.

Don Modesto, desconcertado, y no sabiendo dónde dar de cabeza, pasó a ver a su amigo el cura, que lo era también de Rosita, y le contó cuanto pasaba.

El cura hizo patente a Rosita, que sus escrúpulos eran exagerados, e infundados sus temores; que por el contrario, la proyectada separación daría lugar a ridículos comentarios.

Siguieron, pues, viviendo juntos como antes, en paz y gracia de Dios. El Comandante, siempre bondadoso y servicial; Rosa, siempre cuidadosa, atenta, y desinteresada; porque don Modesto no se hallaba en el caso de remunerar pecuniariamente sus servicios, puesto que si la empuñadura de su espada de gala no hubiera sido de plata, bien podría haber olvidado de qué color era aquel metal.

CAPÍTULO VII

Cuando Stein llegó al convento, toda la familia estaba reunida, tomando el sol en el patio.

Dolores, sentada en una silla, remendaba una camisa de su marido. Sus dos niñas, Pepa y Paca, jugaban cerca de la madre. Eran dos lindas criaturas, de seis y ocho años de edad. El niño de pecho, encanastado en su andador, era el objeto de la diversión de otro chico de cinco años, hermano suyo, que se entretenía en enseñarle gracias que son muy a propósito para desarrollar la inteligencia, tan precoz en aquel país. Este muchacho era muy bonito, pero demasiado pequeño; con lo que Momo le hacía rabiar frecuentemente llamándolo Francisco de *Anís*, en lugar de Francisco de Asís [36], que era su verdadero nombre. Vestía un diminuto pantalón de tosco paño con chaqueta de lo mismo, cuyas reducidas dimensiones permitían a la camisa formar en torno de su cintura un pomposo buche, como que los pantalones estaban mal sostenidos por un solo tirante de orillo.

—Haz una vieja, Manolillo —decía *Anís*.

Y el chiquillo hacía un gracioso mohín, cerrando a medias los ojos, frunciendo los labios y bajando la cabeza.

—Manolillo, mata un morito.

Y el chiquillo abría tantos ojos, arrugaba las cejas, ce-

---

[36] Clara alusión al débil y enfermizo esposo de Isabel II. Su figura delgada contrastaba enormemente con la de la reina.

rraba los puños, y se ponía como una grana, a fuerza de fincharse en actitud belicosa. Después *Anís* le tomaba las manos, y las volvía y revolvía cantando:

> ¡Qué lindas manitas
> que tengo yo!
> ¡Qué chicas! ¡qué blancas!
> ¡Qué monas que son!

La tía María hilaba, y el hermano Gabriel estaba haciendo espuertas con hojas secas de palmito*.

Un enorme y lanudo perro blanco, llamado *Palomo,* de la hermosa casta del perro pastor de Extremadura, dormía tendido cuan largo era, ocupando un gran espacio con sus membrudas patas y bien poblada cola, mientras que *Morrongo,* corpulento gato amarillo, privado desde su juventud de orejas y de rabo, dormía en el suelo, sobre un pedazo de la enagua de la tía María.

Stein, Momo y Manuel llegaron al mismo tiempo por diversos puntos. El último venía de rondar la hacienda, en ejercicio de sus funciones de guarda; traía en una mano la escopeta y en otra tres perdices y dos conejos.

Los muchachos corrieron hacia Momo, quien de un golpe vació las alforjas, y de ellas salieron, como de un cuerno de la Abundancia, largas cáfilas[37] de frutas de invierno, con las que se suele festejar en España la víspera de Todos Santos: nueces, castañas, granadas, batatas, etc.

—Si *Marisalada* nos trajera mañana algún pescado —dijo la mayor de las muchachas, tendríamos *jolgorio*.

—Mañana —repuso la abuela—, es día de Todos Santos; seguramente no saldrá a pescar el tío Pedro.

—Pues bien —dijo la chiquilla—, será pasado mañana.

—Tampoco se pesca el día de los Difuntos.

—¿Y por qué? —preguntó la niña.

---

* Palmera enana: el *Camerops* de los botánicos.
[37] *cáfilas.* Fernán Caballero utiliza esta palabra siguiendo la acepción popular: variedad y desorden de cosas.

—Porque sería profanar un día que la Iglesia consagra a las ánimas benditas: la prueba es que unos pescadores que fueron a pescar tal día como pasado mañana, cuando fueron a sacar las redes, se alegraron al sentir que pesaban mucho; pero en lugar de pescado, no había dentro más que calaveras. ¿No es verdad lo que digo, hermano Gabriel?

—¡Por supuesto! yo no lo he visto; pero como si lo hubiera visto —dijo el hermano.

—¿Y por eso nos hacéis rezar tanto el día de Difuntos a la hora del Rosario? —preguntó la niña.

—Por eso mismo —respondió la abuela—. Es una costumbre santa, y Dios no quiere que la descuidemos. En prueba de ello, voy a contaros un ejemplo. Érase una vez un obispo, que no tenía mucho empeño en esta piadosa práctica, y no exhortaba a los fieles a ella. Una noche soñó que veía un abismo espantoso, y en su orilla había un ángel, que con una cadena de rosas blancas y encarnadas, sacaba de adentro a una mujer hermosa, desgreñada y llorosa. Cuando se vio fuera de aquellas tinieblas, la mujer, cubierta de resplandor, echó a volar hacia el cielo. Al día siguiente el obispo quiso tener una explicación del sueño, y pidió a Dios que le iluminase. Fuese a la iglesia, y lo primero que vieron sus ojos fue un niño hincado de rodillas, y rezando el rosario sobre la sepultura de su madre.

—¿Acaso no sabías eso, chiquilla? —decía Pepa a su hermana—. Pues mira tú que había un zagalillo que era un bendito y muy amigo de rezar: había también en el Purgatorio un alma más deseosa de ver a Dios que ninguna. Y viendo al zagalillo rezar tan de corazón, se fue a él y le dijo: «¿Me das lo que has rezado?» «Tómalo» dijo el muchacho; y el alma se lo presentó a Dios, y entró en la gloria de sopetón. ¡Mira tú si sirve el rezo para con Dios! [38].

—Ciertamente —dijo Manuel—, no hay cosa más justa

---

[38] Este cuento falta en la edición de *El Heraldo*.

que pedir a Dios por los difuntos; y yo me acuerdo de un cofrade de las ánimas, que estaba una vez pidiendo por ellas a la puerta de una capilla, y diciendo a gritos: «El que eche una peseta en esta bandeja, saca un alma del Purgatorio.» Pasó un chusco, y habiendo echado la peseta, preguntó: «Diga usted, hermano, ¿cree usted que ya está el alma fuera?» «Qué duda tiene» repuso el hermano. «Pues entonces —dijo el otro—, recojo mi peseta, que no será tan boba ella que se vuelva a entrar.»

—Bien puede usted asegurar, don Federico —dijo la tía María—, que no hay asunto para el cual no tenga mi hijo, venga a pelo o no venga, un cuento, chascarrillo o cuchufleta.

En este momento se entraba don Modesto por el patio, tan erguido, tan grave, como cuando se presentó a Stein en la salida del pueblo, sin más diferencia que llevar colgada de su bastón una gran *pescada* *, envuelta en hojas de col.

—¡El Comendante!, ¡el Comendante! —gritaron todos los presentes.

—¿Viene usted de su castillo de San Cristóbal? —preguntó Manuel a don Modesto, después de los primeros cumplidos, y de haberle convidado a sentarse en el apoyo, que también servía de asiento a Stein—. Bien podía usted empeñarse con mi madre, que es tan buena cristiana, para que rogase al Santo Bendito que reedificase las paredes del fuerte, al revés de lo que hizo Josué con las del otro.

—Otras cosas de más entidad, tengo que pedirle al Santo —respondió la abuela.

—Por cierto —dijo fray Gabriel—, que la tía María tiene que pedir al Santo cosas de más entidad, que reedificar las paredes del castillo. Mejor sería pedirle que rehabilitase el convento.

Don Modesto, al oír estas palabras, se volvió con gesto severo hacia el hermano, el cual visto este movimiento, se metió detrás de la tía María, encogiéndose de tal ma-

---

* Una merluza.

nera, que casi desapareció de la vista de los concurrentes.

—Por lo que veo —prosiguió el veterano—, el hermano Gabriel no pertenece a la Iglesia militante. ¿No se acuerda usted de que los judíos, antes de edificar el templo, habían conquistado la tierra prometida, espada en mano? ¿Habría iglesias y sacerdotes en la Tierra Santa, si los Cruzados no se hubieran apoderado de ella, lanza en ristre?

—Pero, ¿porqué? —dijo entonces Stein, con la sana intención de distraer de aquel asunto al Comandante, cuya bilis empezaba a exaltarse.

—Eso no importa —contestó Manuel—, ni reparan en ello las ancianas; sino, aquélla que le pedía a Dios sacar la lotería, y habiéndole preguntado uno si había echado, respondió: «¿pues si hubiese echado, dónde estaría el milagro?»

—Lo cierto es —opinó Modesto—, que yo quedaría muy agradecido al santo, si tuviese a bien inspirar al Gobierno el pensamiento laudable de rehabilitar el fuerte.

—De reedificarlo, querrá usted decir —respuso Manuel—; pero cuidado con arrepentirse después, como le sucedió a una devota del Santo, la cual tenía una hija tan fea, tan tonta y tan para nada, que no pudo hallar un desesperado que quisiese cargar con ella. Apurada la pobre mujer, pasaba los días hincada delante del Santo Bendito, pidiéndole un novio para su hija: en fin, se presentó uno, y no es ponderable la alegría de la madre; pero no duró mucho, porque salió tan malo, y trataba tan mal a su mujer y a su suegra, que ésta se fue a la iglesia, y puesta delante del Santo, le dijo:

> San Cristobalón
> Patazas, manazas, cara de cuerno,
> tan judío eres tú como mi yerno.

Durante toda esta conversación, *Morrongo* despertó, arqueó el lomo tanto como el de un camello, dio un gran bostezo, se relamió los bigotes, y olfateando en el aire ciertas para él gratas emanaciones, fuese acercando poquito a poco a don Modesto, hasta colocarse detrás del perfumado paquete colgado de su bastón. Inmediatamente recibió en sus patas de terciopelo una piedrecilla lanzada por Momo, con la singular destreza que saben emplear los de su edad en el manejo de esa clase de armas arrojadizas. El gato se retiró con prontitud; pero no tardó en volver a ponerse en observación, haciéndose el dormido. Don Modesto cayó en la cuenta, y perdió su tranquilidad de ánimo.

Mientras pasaban estas evoluciones, *Anís* preguntaba al niño:

—Manolito, ¿cuántos dioses hay?

Y el chiquillo levantaba los tres dedos.

—No —decía *Anís,* levantando un dedo solo—: no hay más que uno, uno, uno.

Y el otro persistía en tener los tres dedos levantados.

—Mae-abuela —gritó *Anís* ofuscado—. El niño dice que hay tres dioses.

—Simple —respondió ésta—, ¿acaso tienes miedo de que le lleven a la Inquisición? [39]. ¿No ves que es demasiado chico para entender lo que le dicen y aprender lo que le enseñan?

—Otros hay más viejos —dijo Manuel—, y que no por eso están más adelantados; como por ejemplo, aquel ganso que fue a confesarse, y habiéndole preguntado el confesor ¿cuántos dioses hay? respondió muy en sí: «¡siete!» «¡Siete! —exclamó atónito el confesor—. ¿Y cómo ajustas esa cuenta?» «Muy fácilmente. Padre, Hijo y Espíritu Santo, son tres; tres personas distintas, son otros tres, y van seis; y un solo Dios verdadero, siete cabales.» «Palurdo —le contestó el padre—, ¿no sabes que las tres Personas no hacen más que un Dios?» «¡Uno no más! —dijo el penitente—. ¡Ay Jesús! ¡Y qué reducida se ha quedado la familia!»

---

[39]   Fernando VII la restableció en 1814. Durante el *Trienio Liberal* fue abolida. Finalizando dicho período constitucional (1823), volvió a establecerse. La regente María Cristina la suprimió definitivamente el 15 de julio de 1834.

—¡Vaya —prorrumpió la tía María—, si tiene que ver cuánta chilindrina [40] ha aprendido mi hijo mientras sirvió al rey! Pero hablando de otra cosa, ¿no nos ha dicho usted, señor Comandante, cómo está *Marisaladilla.*

—Mal, muy mal, tía María, desmejorándose por días. Lástina me da de ver al pobre padre, que está pasadito de pena. Esta mañana la muchacha tenía un buen calenturón; no toma alimento, y la tos no la deja un instante.

—¿Qué está usted diciendo, señor? —exclamó la tía María—. ¡Don Federico! usted que ha hecho tan buenas curas, que le ha sacado un lobanillo a fray Gabriel, y enderezado la vista a Momo, ¿no podría usted hacer algo por esa pobre criatura?

—Con mucho gusto —respondió Stein—. Haré lo que pueda por aliviarla.

—Y Dios se lo pagará a usted; mañana por la mañana iremos a verla. Hoy está usted cansado de su paseo.

—No le arriendo la ganancia —dijo Momo refunfuñando—. Muchacha más soberbia...

—No tiene nada de eso —repuso la abuela—; es un poco arisca, un poco huraña... ¡Ya se ve! se ha criado sola, en un solo cabo: con un padre que es más blando que una paloma, a pesar de tener la corteza algo dura, como buen catalán y marinero. Pero Momo no puede sufrir a *Marisalada,* desde que dio en llamarle *romo*, a causa de serlo.

En este momento se oyó un estrépito: era el Comandante que perseguía, dando grandes trancos al pícaro de *Morrongo,* el cual, frustrando la vigilancia de su dueño, había cargado con la pescada.

—Mi Comandante —le gritó Manuel riéndose—, sardina que lleva el gato, tarde o nunca vuelve al plato. Pero aquí hay una perdiz en cambio.

---

[40] *chilindrina:* «Anécdota ligera, equívoco picante, chiste para amenizar la conversación» *(DRAE).* Este término aparece en numerosas ocasiones, como en sus novelas *Elia, op. cit.,* vol. III, pág. 38b, o en *La familia de Alvareda, ibíd.,* vol. I, pág. 151.

Don Modesto agarró la perdiz, dio gracias, se despidió, y se fue echando pestes contra los gatos.

Durante toda esta escena, Dolores había dado de mamar al niño, y procuraba dormirle, meciéndole en sus brazos, y cantándole:

> Allá arriba, en el monte Calvario,
> matita de oliva, matita de olor,
> arrullaban la muerte de Cristo
> cuatro jilgueritos y un ruiseñor.

Difícil será a la persona que recoge al vuelo, como un muchacho las mariposas, estas emanaciones poéticas del pueblo [41], responder al que quisiese analizarlas, el porqué los ruiseñores y los jilgueros plañeron la muerte del Redentor; porqué la golondrina arrancó las espinas de su corona; porqué se mira con cierta veneración el romero, en la creencia de que la Virgen secaba los pañales del Niño Jesús en una mata de aquella planta; porqué, o más bien, cómo se sabe que el sauce es un árbol de mal agüero, desde que Judas se ahorcó de uno de ellos; porqué no sucede nada malo en una casa, si se sahuma con romero la noche de Navidad; porqué se ven todos los instrumentos de la pasión en la flor que ha merecido aquel nombre. Y en verdad, no hay respuestas a semejantes preguntas. El pueblo no las tiene ni las pide: ha recogido esas especies como vagos sonidos de una música lejana, sin indagar su origen, ni analizar su autenticidad. Los *sabios* y los hombres *positivos* honrarán con una sonrisa de desdeñosa compasión a la persona que estampa estas líneas. Pero a nosotros nos basta la esperanza de hallar alguna simpatía en el corazón de una madre, bajo el humilde techo del que sabe poco y siente mucho, o en el místico retiro de un claustro, cuando decimos que por nuestra parte creemos

---

[41]   La autora parece atribuir estos versos a una espontánea creación del *volksgeist*. En la nota que aparece en el capítulo décimo, Fernán Caballero, en las referencias a las obras de su padre, prescinde de toda teorización acerca del origen de estas cancioncillas.

que siempre ha habido y hay para las almas piadosas y ascéticas, revelaciones misteriosas, que el mundo llama delirios de imaginaciones sobreexcitadas, y que las gentes de fe dócil y ferviente, miran como favores especiales de la Divinidad.

Dice Henri Blaze [42], «¡cuántas ideas pone la tradición en el aire en estado del germen, a las que el poeta da vida con un soplo!» Esto mismo nos parece aplicable a estas cosas, que nada obliga a creer, pero que nada autoriza tampoco a condenar. Un origen misterioso puso el germen de ellas en el aire, y los corazones creyentes y piadosos le dan vida. Por más que talen los apóstoles del racionalismo el árbol de la fe, si tiene éste sus raíces en buen terreno, esto es, en un corazón sano y ferviente, ha de echar eternamente ramas vigorosas y floridas, que se alcen al Cielo.

—Pero, don Federico —dijo la tía María, mientras éste se entregaba a las reflexiones que preceden—: todavía a la hora ésta no nos ha dicho usted qué tal le parece nuestro pueblo.

—No puedo decirlo —respondió Stein—, porque no lo he visto: me quedé afuera aguardando a Momo.

—¿Es posible que no haya usted visto la iglesia, ni el cuadro de Nuestra Señora de las Lágrimas, ni el San Cristóbal, tan hermoso y tan grande, con la gran palmera y el Niño Dios en los hombros, y una ciudad a sus pies, que si diera un paso, la aplastaba como un hongo? ¿Ni el cuadro en que está Santa Ana enseñando a leer a la Virgen? ¿Nada de eso ha visto usted?

—No he visto —repuso Stein—, sino la capilla del Señor del Socorro.

—Yo no salgo del convento —dijo el hermano Gabriel—, sino para ir todos los viernes a esa capilla, a pedir al Señor una buena muerte.

---

[42] Henri Blaze de Bury (1813-1888), hijo del célebre compositor y crítico francés François-Henri Blaze. Fernán Caballero conoció sus trabajos críticos sobre música y literatura a través de la *Revue des Deux-Mondes*.

—¿Y ha reparado usted, don Federico —continuó la tía María—, en los milagros? ¡Ah, don Federico! No hay un Señor más milagroso en el mundo entero. En aquel Calvario empieza la *Via Crucis*. Desde allí hasta la última cruz, hay el mismo número de pasos, que desde la casa de Pilatos al Calvario. Una de aquellas cruces viene a caer frente por frente de mi casa, en la calle Real. ¿No ha reparado usted en ella? Es justamente la que forma la octava estación, donde el Salvador dijo a las mujeres de Jerusalén: «No lloréis sobre mí; llorad sobre vosotras y vuestros hijos!» Estos hijos —añadió la tía María dirigiéndose a fray Gabriel—, son los perros judíos.

—¡Son los judíos! —repitió el hermano Gabriel.

—En esta estación —continuó la anciana—, cantan los fieles:

> Si a llorar Cristo te enseña,
> y no tomas la lección,
> o no tienes corazón,
> o será de bronce o peña.

—Junto a la casa de mi madre —dijo Dolores—, está la novena cruz, que es donde se canta:

> Considera cuán tirano,
> serás con Jesús rendido,
> si en tres veces que ha caído
> no le das una la mano.

O también de esta manera:

> ¡Otra vez yace postrado!
> ¡Tres veces Jesús cayó!
> ¡Tanto pesa mi pecado!
> ¡Y tanto he pecado yo!

> Y ¡Rompa el llanto y el gemir,
> porque es Dios quien va a morir!

—¡Oh, don Federico! —continuó la buena anciana—, no hay cosa que tanto me parta el corazón, como la Pa-

sión del que vino a redimirnos! El Señor ha revelado a
los Santos los tres mayores dolores que le angustiaron: primero, el poco fruto que produciría la tierra que regaba
con su sangre: segundo, el dolor que sintió cuando exten-
dieron y ataron su cuerpo para clavarlo en la cruz, desco-
yuntando todos sus huesos, como lo había profetizado
David *. El tercero… —añadió la buena mujer fijando en
su hijo sus ojos enternecidos—, el tercero, cuando pre-
senció la angustia de su Madre. He aquí la única razón
—prosiguió después de algunos instantes de silencio—,
porque no estoy aquí tan gustosa como en el pueblo: porque aquí no puedo seguir mis devociones. Mi marido, sí,
Manuel, tu padre, que no había sido soldado, y que era
mejor cristiano que tú, pensaba como yo. El pobre (en
gloria esté), era hermano del Rosario de la Aurora, que
sale después de la media noche a rezar por las ánimas. Ren-
dido de haber trabajado todo el día, se echaba a dormir,
y a las doce en punto, venía un hermano a la puerta, y
tocando una campanilla, cantaba:

> A tu puerta está una campanilla:
> ni te llama ella, ni te llamo yo:
> que te llaman tu Padre y tu Madre,
> para que por ellos le ruegues a Dios [43].

—Cuando tu padre oía esta copla, no sentía ni cansan-
cio ni gana de dormir. En un abrir y cerrar de ojos se levantaba y echaba a correr detrás del hermano. Todavía
me parece que estoy oyéndole cantar al alejarse:

> La corona se quita María,
> y a su propio Hijo se la presentó,
> y le dijo: «ya yo no soy Reina,
> si tú no suspendes tu justo rigor.»

---

* *Dinumeraverunt omnia ossa mea.*
[43] La versión completa de las coplas del Rosario de la Aurora se encuentra en *Cantos, coplas y trobos populares, op. cit.,* vol. V, pág. 182.

Jesús respondió:
«Si no fuera por tus ruegos, Madre,
ya hubiera acabado con el pecador.»

Los chiquillos, que gustan tanto de imitar lo que ven hacer a los grandes, se pusieron a cantar en la lindísima tonada de las coplas de la Aurora:

¡Si supieras la entrada que tuvo
el Rey de los Cielos en Jerusalén!...
Que no quiso coche llevar, ni calesa,
sino un jumentillo que prestado fue!

—Don Federico —dijo la tía María después de un rato de silencio—. ¿Es verdad que hay por esos mundos de Dios, hombres que no tienen fe?

Stein calló.

—¡Qué no pudiera usted hacer con los ojos del entendimiento de los tales, lo que ha hecho con los de la cara de Momo! —contestó con tristeza, y quedándose pensativa, la buena anciana.

CAPÍTULO VIII

Al día siguiente, caminaba la tía María hacia la habitación de la enferma, en compañía de Stein y de Momo, escudero pedestre de su abuela, la cual iba montada en la formal *Golondrina*, que siempre servicial, mansa y dócil, caminaba derecha, con la cabeza caída y las orejas gachas, sin hacer un solo movimiento espontáneo, excepto si se encontraba con un cardo, su homónimo [44], al alcance de su hocico.

Llegados que fueron, se sorprendió Stein de hallar en medio de aquella uniforme comarca, de tan grave y seca naturaleza, un lugar frondoso y ameno, que era como un oasis en el desierto.

Abríase paso la mar por entre dos altas rocas, para formar una pequeña ensenada circular, en forma de herradura, que estaba rodeada de finísima arena, y parecía un plato de cristal, puesto sobre una mesa dorada. Algunas rocas se asomaban tímidamente entre la arena, como para brindar con asientos y descanso en aquella tranquila orilla. A una de estas rocas estaba amarrada la barca del pescador, balanceándose al empuje de la marea, cual se impacienta el corcel que han sujetado.

Sobre el peñasco del frente descollaba el fuerte de San Cristóbal, coronado por las copas de higueras silvestres, como lo está un viejo druida por hojas de encina.

---

[44] Cardo borriquero.

A pocos pasos de allí descubrió Stein un objeto que le sorprendió mucho. Era una especie de jardín subterráneo, de los que llaman en Andalucía *navazos*. Fórmanse éstos excavando la tierra hasta cierta profundidad, y cultivando el fondo con esmero. Un cañaveral de espeso y fresco follaje circundaba aquel enterrado huerto, dando consistencia a los planos perpendiculares que le rodeaban con su fibrosa raigambre, y preservándolo con sus copiosos y elevados tallos contra las irrupciones de la arena. En aquella hondura, no obstante la proximidad de la mar, la tierra produce sin necesidad de riego, abundantes y bien sazonadas legumbres; porque el agua del mar, filtrándose por espesas capas de arenas, se despoja de su acritud, y llega a las plantas adaptable para su alimentación. Las sandías de los navazos, en particular, son exquisitas, y algunas de ellas de tales dimensiones, que bastan dos para la carga de una caballería mayor.

—¡Vaya si está hermoso el navazo del tío Pedro! —dijo la tía María—. No parece sino que lo riega con agua vendita. El pobrecito siempre está trabajando; pero bien le luce. Apuesto a que coge ogaño tomates como naranjas, y sandías como ruedas de molino.

—Mejores han de ser —repuso Momo—, las que acá cojamos en el cojumbral de la orilla del río.

Un *cojumbral*[45] es el plantío de melones, maíz y legumbres sembrado en un terreno húmedo, que el dueño del cortijo suele ceder gratuitamente a las gentes del campo pobres, que cultivándolo, lo benefician.

—A mí no me hacen gracia los cojumbrales —contestó la abuela meneando la cabeza.

—¿Pues acaso no sabe usted, señora —replicó Momo—, lo que dice el refrán que «un cojumbral da dos mil reales, una capa, un cochino gordo y un chiquillo más a su dueño».

—Te se olvidó la cola —repuso la tía María—, que es

---

45   Vocablo no académico y que aparece en otros relatos de la autora como en *¡Pobre Dolores!* y en *Elia*.

«un año de tercianas», las cuales se tragan las otras ganancias, menos la del hijo.

El pescador había construido la cabaña con los despojos de su barca, que el mar había arrojado a la playa. Había apoyado el techo en la peña, y cobijaba éste una especie de gradería natural, que formaba la roca; lo que hacía, que la habitación tuviese tres pisos. El primero se componía de una pieza alta, bastante grande para servir de sala, cocina, gallinero y establo de invierno para la burra. El segundo, al cual se subía por unos escalones abiertos a pico en la roca, se componía de dos cuartitos. En el de la izquierda, sombrío y pegado a la peña, dormía el tío Pedro; el de la derecha era el de su hija, que gozaba del privilegio exclusivo de una ventanita que había servido en el barco, y que daba vista a la ensenada. El tercer piso, al que conducía el pasadizo que separaba los cuartitos del padre y de su hija, lo formaba un oscuro y ahogado desván. El techo, que como hemos dicho, se apoyaba en la roca, era horizontal y hecho de enea [46], cuya primera capa, podrida por las lluvias, producía una selva de yerbas y florecillas, de manera que cuando en otoño, con las aguas, resucitaba allí la naturaleza de los rigores del verano, la choza parecía techada con un pensil.

Cuando los recién venidos entraron en la cabaña, encontraron al pescador triste y abatido, sentado a la lumbre, frente de su hija, que con el cabello desordenado y colgando a ambos lados de su pálido rostro, encogida y tiritando, envolvía sus desordenados miembros en un toquillón de bayeta parda. No parecía tener arriba de trece años. La enferma fijó sus grandes y ariscos ojos negros en las personas que entraban, con una expresión poco benévola, volviendo en seguida a acurrucarse en el rincón del hogar.

—Tío Pedro —dijo la tía María—: usted se olvida de

---

[46] *enea* o anea, planta que crece en sitios pantanosos, hasta dos metros de altura, con tallos cilíndricos y sin nudos, hojas envainadoras por la base y flores en forma de espiga maciza y vellosa.

sus amigos; pero ellos no se olvidan de usted. ¿Me querrá usted decir para qué le dio el Señor la boca? ¿No hubiera usted podido venir a decirme que la niña estaba mala? Si antes me lo hubiese usted dicho, antes hubiese yo venido aquí con el señor, que es un médico de los pocos, y que en un dos por tres se la va a usted a poner buena.

Pedro Santaló se levantó bruscamente, se adelantó hacia Stein; quiso hablarle; pero de tal suerte estaba conmovido, que no pudo articular palabra, y se cubrió el rostro con las manos.

Era un hombre de edad, de aspecto tosco y formas colosales. Su rostro tostado por el sol, estaba coronado por una espesa y bronca cabellera cana: su pecho, rojo como el de los indios del Ohio, estaba cubierto de vello.

—Vamos, tío Pedro —siguió la tía María, cuyas lágrimas corrían hilo a hilo por sus mejillas, al ver el desconsuelo del pobre padre—; ¡un hombre como usted, tamaño como un templo, con un aquel que parece que se va a comer los niños crudos, se amilana así sin razón! ¡Vaya! ¡ya veo que es usted todo fachada!

—¡Tía María! —respondió en voz apagada el pescador—, ¡con ésta serán cinco hijos enterrados!

—¡Señor! ¿y porqué se ha de descorazonar usted de esta manera? Acuérdese usted del santo de su nombre, que se hundió en la mar cuando le faltó la fe que le sostenía[47]. Le digo a usted que con el favor de Dios, don Federico curará a la niña en un decir Jesús.

El tío Pedro meneó tristemente la cabeza.

—¡Qué cabezones son estos catalanes! —dijo la tía María con viveza, y pasando por delante del pescador, se acercó a la enferma, y añadió:

—Vamos, *Marisalada,* vamos, levántate, hija, para que este señor pueda examinarte.

Marisalada no se movió.

---

[47] Alusión a San Pedro al no poder caminar en el mar como su Maestro *(San Mateo,* cap. XIV).

—Vamos, criatura —repitió la buena mujer—; verás cómo te va a curar como por ensalmo.

Diciendo estas palabras, cogió por un brazo a la niña, procurando levantarla.

—¡No me da la gana! —dijo la enferma, desprendiéndose de la mano que la retenía, con una fuerte sacudida.

—Tan suavita es la hija como el padre; quien lo hereda no lo hurta, murmuró Momo, que se había asomado a la puerta.

—Como está mala, está impaciente —dijo su padre, tratando de disculparla.

Marisalada tuvo un golpe de tos. El pescador se retorció las manos, de angustia:

—Un resfriado —dijo la tía María—: vamos que eso no es cosa del otro jueves. Pero también, tío Pedro de mis pecados, ¿quién consiente en que esa niña con el frío que hace, ande descalza de pies y piernas por esas rocas y esos ventisqueros?

—¡Quería! —respondió el tío Pedro.

—¿Y por qué no se le dan alimentos sanos, buenos caldos, leche, huevos? Y no que lo que come no son más que mariscos.

—¡No quiere! —respondió con desaliento el padre.

—Morirá de mal mandada —opinó Momo, que se había apoyado cruzado de brazos en el quicio de la puerta.

—¿Quieres meterte la lengua en la faltriquera? —le dijo impaciente su abuela; y volviéndose a Stein—, don Federico, procure usted examinarla sin que tenga que moverse, pues no lo hará aunque la maten.

Stein empezó por preguntar al padre algunos pormenores sobre la enfermedad de su hija; acercándose después a la paciente, que estaba amodorrada, observó que sus pulmones se hallaban oprimidos en la estrecha cavidad que ocupaban, y estaban irritados de resultas de la opresión. El caso era grave. Tenía una gran debilidad por falta de alimentos, tos honda y seca, y calentura continua; en fin, estaba en camino de la consunción.

—¿Y todavía le da por cantar? —preguntó la anciana durante el examen.

—Cantará crucificada como los *murciégalos*[48] —dijo Momo, sacando la cabeza fuera de la puerta, para que el viento se llevase sus suaves palabras y no las oyese su abuela.

—Lo primero que hay que hacer —dijo Stein—, es impedir que esta niña se exponga a la intemperie.

—¿Lo estás oyendo? —dijo a la niña su angustiado padre.

—Es preciso —continuó Stein—, que gaste calzado y ropa de abrigo.

—¡Si no quiere! —exclamó el pescador, levantándose precipitadamente, y abriendo un arca de cedro, de la que sacó cantidad de prendas de vestir—. Nada le falta; ¡cuanto tengo y puedo juntar, es para ella! María, hija, ¿te pondrás estas ropas? ¡hazlo por Dios, Mariquilla! ya ves que lo manda el médico.

La muchacha, que se había despabilado con el ruido que había hecho su padre, lanzó una mirada díscola a Stein, diciendo con voz áspera.

—¿Quién me gobierna a mí?

—No me dieran a mí más trabajo que ése, y una vara de acebuche —murmuró Momo.

—Es preciso —prosiguió Stein—, alimentarla bien, y que tome caldos sustanciosos.

La tía María hizo un gesto expresivo de aprobación.

—Debe nutrirse con leche, pollos, huevos frescos, y cosas análogas.

—¡Cuando yo le decía a usted —prorrumpió la abuelita encarándose con el tío Pedro—, que el señor es el mejor médico del mundo entero!

—Cuidado que no cante —advirtió Stein.

---

[48]   *murciégalos:* murciélagos. No se trata de una deformación popular del vocablo. Ambas formas se pueden adoptar indistintamente, pues están aceptadas por el *Diccionario de la Real Academia Española*.

—¡Que no vuelva yo a oírla! —exclamó con dolor el pobre tío Pedro.

—¡Pues mira qué desgracia! —contestó la tía María—. Deje usted que se ponga buena, y entonces podrá cantar de día y de noche como un reloj. Pero estoy pensando que lo mejor será que yo me la lleve a mi casa; porque aquí no hay quien la cuide, ni quien haga un buen puchero, como lo sé yo hacer.

—Lo sé por experiencia —dijo Stein sonriéndose—; y puedo asegurar que el caldo hecho por manos de mi buena enfermera, se le puede presentar a un rey.

La tía María se esponjó tan satisfecha.

—Conque, tío Pedro, no hay más que hablar; me la llevo.

—¡Quedarme sin ella! ¡No, no puede ser!

—Tío Pedro, tío Pedro, no es esa la manera de querer a los hijos —replicó la tía María—; el amar a los hijos es anteponer a todo, lo que a ellos conviene.

—Pues bien está —repuso el pescador levantándose de repente—; llévesela usted: en sus manos la pongo, al cuidado de ese señor la entrego, y al amparo de Dios la encomiendo.

Diciendo esto, salió precipitadamente de la casa, como si temiese volverse atrás de su determinación; y fue a aparejar su burra.

—Don Federico —preguntó la tía María, cuando quedaron solos con la niña, que permanecía aletargada—, ¿no es verdad que la pondrá usted buena con la ayuda de Dios.

—Así lo espero —contestó Stein—, ¡no puedo expresar a usted cuánto me interesa ese pobre padre!

La tía María hizo un lío de ropa que el pescador había sacado, y éste volvió trayendo del diestro la bestia. Entre todos colocaron encima a la enferma, la que siguiendo amodorrada con la calentura, no opuso resistencia. Antes que la tía María se subiese en *Golondrina*, que parecía bastante satisfecha de volverse en compañía de *Urca* (que tal era *la gracia* de la burra del tío Pedro), éste llamó aparte a la tía María, y le dijo dándole unas monedas de oro.

—Esto pude escapar de mi naufragio; tómelo usted y déselo al médico; que cuanto yo tengo, es para quien salve la vida de mi hija.

—Guarde usted su dinero —respondió la tía María—, y sepa que el doctor ha venido aquí en primer lugar por Dios, y en segundo... por mí. —La tía María dijo estas últimas palabras con un ligero tinte de fatuidad.

Con esto, se pusieron en camino.

—No ha de parar usted, madre abuela —dijo Momo que caminaba detrás de *Golondrina*—, hasta llenar de gentes el convento, tan grande como es. Y qué, ¿no es bastante buena la choza para la principesa [49] *Gaviota?*

—Momo —respondió su abuela—, métete en tus calzones: ¿estás?

—Pero ¿qué tiene usted que ver, ni qué le toca esa gaviota montaraz, para que asina la tome a su cargo, señora?

—Momo, dice el refrán «¿quién es tu hermana? la vecina más cercana»; y otro añade: «al hijo del vecino quitarle el moco y meterlo en casa», y la sentencia reza: «al prójimo como a ti mismo».

—Otro hay que dice, al prójimo contra una esquina —repuso Momo—. ¡Pero nada! usted se ha encalabrinado en ganarle la palmeta [50] a San Juan de Dios.

—No serás tú el ángel que me ayude —dijo con tristeza la tía María.

Dolores recibió a la enferma con los brazos abiertos, celebrando como muy acertada la determinación de su suegra.

Pedro Santaló, que había llevado a su hija, antes de vol-

---

[49]   *Principesa*. Término anticuado, pero correcto, y que solían utilizar, en los tiempos de Fernán Caballero, los rústicos o aldeanos.

[50]   *ganar la palmeta*. El alumno que llegaba primero a la escuela recibía como premio la palmeta, instrumento usado por los maestros de escuelas para castigar a los muchachos. Era una tabla pequeña, redonda, en que regularmente había unos agujeros o unos nudos con un mango proporcionado, y servía para dar golpes en la palma de la mano. Dicho instrumento aparecerá también con el mismo significado en *La estrella de Vandalia, op. cit.*, vol. III, 131.

verse, llamó aparte a la caritativa enfermera, y poniéndole las monedas de oro en la mano, le dijo:

—Esto es para costear la asistencia, y para que nada le falte. En cuanto a la caridad de usted, tía María, Dios será el premio.

La buena anciana vaciló un instante, tomó el dinero, y dijo:

—Bien está; nada le faltará; vaya usted descuidado, tío Pedro, que su hija queda en buenas manos.

El pobre padre salió aceleradamente, y no se detuvo hasta llegar a la playa. Allí se paró, volvió la cara hacia el convento, y se echó a llorar amargamente.

Entretanto, la tía María decía a Momo:

—Menéate, ves al lugar, y tráeme un jamón de en casa del Serrano, que me hará el favor de dártelo añejo, en sabiendo que es para un enfermo; tráete una libra de azúcar, y una cuarta de almendras.

—¡Eche usted y no se derrame! —exclamó Momo—, y eso ¿piensa usted que me lo den fiado, o por mi buena cara?

—Aquí tienes con que pagar —repuso la abuela, poniéndole en la mano una moneda de oro de cuatro duros.

—¡Oro! —exclamó estupefacto Momo, que por primera vez en su vida veía ese metal acuñado. ¿De dónde demonios ha sacado usted esa moneda?

—¿Qué te importa? —repuso la tía María—; no te metas en camisa de once varas. Corre, vuela, ¿estás de vuelta?

—¡Pues sólo faltaba —repuso Momo—, el que sirviese yo de criado a esa pilla de playa, a esa condenada *Gaviota!* No voy, ni por los catalanes.

—Muchacho, ponte en camino, y *liberal* *.

—Que no voy ni hecho trizas —recalcó Momo.

—José —dijo la tía María al ver salir al pastor—, ¿vas al lugar?

—Sí señora, ¿qué me tiene usted que mandar?

---

* Es decir: pronto, ve deprisa.

Hízole la buena mujer sus encargos, y añadió:

—Ese Momo, ese mal alma, no quiere ir, y yo no se lo quiero decir a su padre, que le haría ir de cabeza, porque llevaría una soba tal, que no le había de quedar en su cuerpo hueso sano.

—Sí, sí, esmérese usted en cuidar a esa cuerva, que le sacará los ojos —dijo Momo—. ¡Ya verá el pago que le da! y si no... al tiempo.

CAPÍTULO IX

Un mes después de las escenas que acabamos de referir, *Marisalada* se hallaba con notable alivio, y no demostraba el menor deseo de volverse con su padre.

Stein estaba completamente restablecido. Su índole benévola, sus modestas inclinaciones, sus naturales simpatías le apegaban cada día más al pacífico círculo de gentes buenas, sencillas y generosas en que vivía. Disipábase gradualmente su amargo desaliento, y su alma revivía y se reconciliaba cordialmente con la existencia y con los hombres.

Una tarde, apoyado en el ángulo del convento que hacía frente al mar, observaba el grandioso espectáculo de uno de los temporales, que suelen inaugurar el invierno. Una triple capa de nubes pasaba por cima de él, rápidamente impelida por el vendaval. Las más bajas, negras y pesadas parecían la vetusta cúpula de una ruinosa catedral, que amenazase desplomarse. Cuando caían al suelo desgajándose en agua, veíase la segunda capa, menos sombría y más ligera, que era la que desafiaba en rapidez al viento que la desgarraba, descubriéndose por sus aberturas otras nubes más altas y más blancas, que corrían aún más de prisa, como si temiesen mancillar, su albo ropaje al rozarse con las otras. Daban paso estos intersticios a unas súbitas ráfagas de claridad, que unas veces caían sobre las olas, y otras sobre el campo, desapareciendo en breve, reemplazadas por la sombra de otras mustias nubes; cuyas alternativas de luz y de sombra daban extraordinaria animación al paisaje. Todo ser viviente había buscado un refugio contra el furor de los elementos, y no se oía sino el lúgubre dúo del mugir de las olas y del bramido del huracán. Las plantas de la dehesa doblaban sus ásperas cimas a la violencia del viento, que después de azotarlas, iba a perderse a lo lejos con sordas amenazas. La mar agitada, formaba esas enormes olas, que gradualmente, se «hinchan, vacilan y revientan mugientes y espumosas», según la expresión de Goethe, cuando las compara en su Torcuato Tasso, con la ira en el pecho del hombre. La reventazón rompía con tal furor en las rocas del fuerte de San Cristóbal, que salpicaba de copos de blanca espuma las hojas secas y amarillentas de las higueras, árbol del estío, que no se place sino a los rayos de un sol ardiente, y cuyas hojas, a pesar de su tosco exterior, no resisten al primer golpe frío que las hiere.

—¿Es usted un aljibe, don Federico, para querer recoger toda el agua que cae del Cielo? —preguntó a Stein el pastor José—; colemos a dentro; que los tejados se hicieron para estas noches. Algo darían mis pobres ovejas, por el amparo de unas tejas.

Entraron ambos, en efecto, hallando a la familia de Alerza reunida a la lumbre.

A la izquierda de la chimenea, Dolores, sentada en una silla baja, sostenía en el brazo al niño de pecho, el cual, vuelto de espaldas a su madre, se apoyaba en el brazo que le rodeaba y sostenía, como en el barandal de un balcón, moviendo sin cesar sus piernecitas y sus bracitos desnudos, con risas y chillidos de alegría, dirigidos a su hermano *Anís;* éste, muy gravemente sentado en el borde de una maceta vacía, frente al fuego, se mantenía tieso e inmóvil, temeroso de que su parte posterior perdiese el equilibrio, y se hundiese en el tiesto, percance que su madre le había vaticinado.

La tía María estaba hilando al lado derecho de la chimenea; sus dos nietecitas, sentadas sobre troncos de pita

secos, que son excelentes asientos, ligeros, sólidos y seguros. Casi debajo de la campana de la chimenea, dormían
el fornido *Palomo* y el grave *Morrongo,* tolerándose por
necesidad, pero manteniéndose ambos recíprocamente a
respetuosa distancia.

En medio de la habitación había una mesa pequeña y
baja, en la que ardía un velón de cuatro mecheros; junto a
la mesa estaban sentados el hermano Gabriel, haciendo sus
espuertas de palma; Momo, que remendaba el aparejo de
la buena *Golondrina,* y Manuel, que picaba tabaco. Hervía
al fuego un perol lleno de batatas de Málaga, vino blanco,
miel, canela y clavos; y la familia menuda aguardaba con
impaciencia que la perfumada compota acabase de cocer.

—¡Adelante, adelante! —gritó la tía María al ver llegar
a su huésped y al pastor—; ¿qué hacen ustedes ahí fuera,
con un temporal como éste, que parece se quiere tragar el
mundo? Don Federico, aquí, aquí; junto al fuego, que está
convidando. Sepa usted que la enferma ha cenado como
una princesa, y ahora está durmiendo como una reina. Va
como la espuma su cura, ¿no es verdad, don Federico?

—Su mejoría sobrepuja mis esperanzas.

—Mis caldos —opinó con orgullo la tía María

—Y la leche de burra —añadió por lo bajo fray
Gabriel.

—No hay duda —repuso Stein—, y debe seguir tomán-
dola.

—No me opongo —dijo la tía María—; porque la tal
leche de burra es como el *redaño*[51]; si no hace bien, no
hace daño.

—¡Ah! ¡qué bien se está aquí! —dijo Stein acariciando
a los niños—; ¡si se pudiese vivir pensando sólo en el día
de hoy, sin acordarse del de mañana!...

—Sí, sí, don Federico —exclamó alegremente
Manuel—, «media vida es la candela; pan y vino, la otra
media».

---

[51] *redaño:* tela que cubre las tripas, en figura de bolsa *(Diccionario
de Autoridades).*

—¿Y qué necesidad tiene usted de pensar en ese mañana? —repuso la tía María—. ¿Es regular que el día de mañana nos amargue el de hoy? De lo que tenemos que cuidar es del hoy, para que no nos amargue el de mañana.

—El hombre es un viajero —dijo Stein—, y tiene que mirar al camino.

—Cierto —dijo la tía María—, que el hombre es un viajero; pero si llega a un lugar donde se encuentra bien, debe decir como Elías, o como San Pedro, que no estoy cierta: «bien estamos aquí: armemos las tiendas».

—Si va usted a echarnos a perder la noche —dijo Dolores—, con hablar de viaje, creeremos que le hemos ofendido, o que no está aquí a gusto.

—¿Quién habla de viajes en mitad de diciembre? —preguntó Manuel. ¿No ve usted, santo señor, los humos que tiene la mar? Escuche usted las seguidillas que está cantando el viento. Embárquese usted con este tiempo, como se embarcó en la guerra de Navarra, y saldrá con las manos en la cabeza, como salió entonces.

—Además —añadió la tía María—, que todavía no está enteramente curada la enferma.

—Madre —dijo Dolores, sitiada por los niños—, si no llama usted a esas criaturas, no se cocerán las batatas de aquí al día del Juicio.

La abuela arrimó la rueca a un rincón, y llamó a sus nietos.

—No vamos —respondieron a una voz—, si no nos cuenta usted un cuento.

—Vamos, lo contaré —dijo la buena anciana.

Entonces los muchachos se le acercaron; *Anís* recobró su posición en el tiesto, y ella tomó la palabra en los términos siguientes:

MEDIO-POLLITO

Cuento

—Érase vez y vez una hermosa gallina, que vivía muy holgadamente en un cortijo, rodeada de su numerosa familia, entre la cual se distinguía un pollo deforme y estropeado. Pues éste era justamente el que la madre quería más; que así hacen siempre las madres. El tal aborto había nacido de un huevo muy *rechiquetetillo* [52]. No era más que un pollo a medias; y no parecía sino que la espada de Salomón había ejecutado en él la sentencia que en cierta ocasión pronunció aquel rey tan sabio. No tenía más que un ojo, un ala y una pata: y con todo eso, tenía más humos que su padre, el cual era el gallo más gallardo, más valiente y más galán que había en todos los corrales de veinte leguas a la redonda. Creíase el polluelo el Fénix de su casa. Si los demás pollos se burlaban de él, pensaba que era por envidia; y si lo hacían las pollas, decía que era de rabia, por el poco caso que de ellas hacía.

Un día le dijo a su madre: «Oiga usted, madre. El campo me fastidia. Me he propuesto ir a la corte; quiero ver al rey y a la reina.»

—La pobre madre se echó a temblar al oír aquellas palabras.

«Hijo —exclamó—, ¿quién te ha metido en la cabeza semejante desatino? Tu padre no salió jamás de su tierra, y ha sido la honra de su casta. ¿Dónde encontrarás un corral como el que tienes? ¿Dónde un montón de estiércol más soberbio? ¿Un alimento más sano y abundante, un gallinero tan abrigado cerca del andén, una familia que más te quiera?»

«*Nego* —dijo Medio-pollito en latín, pues la echaba de leído y escribido—, mis hermanos y mis primos son unos ignorantes y unos palurdos.»

«Pero, hijo mío —repuso la madre—, ¿no te has mi-

---

[52] En la edición de *El Heraldo* figura *pequeñísimo huevo*.

rado al espejo? ¿No te ves con una pata y con un ojo de menos?»

«Ya que me sale usted por ese registro —replicó Medio-pollito—, diré que debía usted caerse muerta de vergüenza al verme en este estado. Usted tiene la culpa, y nadie más. ¿De qué huevo he salido yo al mundo? ¿A que fue del de un gallo viejo?*.»

«No, hijo mío —dijo la madre—; de esos huevos no salen más que basiliscos. Naciste del último huevo que yo puse; y saliste débil e imperfecto, porque aquel era el último de la overa. No ha sido por cierto, culpa mía.»

«Puede ser —dijo Medio-pollito con la cresta encendida como la grama—, puede ser que encuentre un cirujano diestro, que me ponga los miembros que me faltan. Con que, no hay remedio; me marcho.»

—Cuando la pobre madre vio que no había forma de disuadirle de su intento, le dijo:

«Escucha a lo menos, hijo mío, los consejos prudentes de una buena madre. Procura no pasar por las iglesias donde está la imagen de San Pedro: el santo no es muy aficionado a gallos, y mucho menos a su canto. Huye también de ciertos hombres que hay en el mundo, llamados *cocineros*, los cuales son enemigos mortales nuestros, y nos tuercen el cuello en un *santi-amen*. Y ahora, hijo mío, Dios te guíe y San Rafael Bendito, que es abogado de los caminantes. Anda, y pídele a tu padre su bendición.»

—Medio-pollito se acercó al respetable autor de sus días, bajó la cabeza para besarle la pata y le pidió la bendición. El venerable pollo se la dio con más dignidad que ternura, porque no le quería, en vista de su carácter díscolo. La madre se enterneció, en términos de tener que enjugarse las lágrimas con una hoja seca.

»Medio-pollito tomó el portante, batió el ala, y cantó tres

---

* Es común en el pueblo la superstición de que los gallos viejos ponen un huevo, del que sale a los siete años un basilisco. Añaden que éste mata con la vista a la primera persona que ve; pero que muere él si la persona le ve a él primero.

veces, en señal de despedida. Al llegar a las orillas de un arroyo casi seco, porque era verano, se encontró con que el escaso hilo de agua se hallaba detenido por unas ramas. El arroyo al ver al caminante, le dijo:

«Ya ves, amigo, qué débil estoy: apenas puedo dar un paso ; ni tengo fuerzas bastantes para empujar esas ramillas incómodas, que embarazan mi senda. Tampoco puedo dar un rodeo para evitarlas, porque me fatigaría demasiado. Tú puedes fácilmente sacarme de este apuro, apartándolas con tu pico. En cambio, no sólo puedes apaciguar tu sed en mi corriente, sino contar con mis servicios cuando el agua del cielo haya restablecido mis fuerzas.»

—El pollito le respondió:

«Puedo, pero no quiero. ¿Acaso tengo yo cara de criado de arroyos pobres y sucios?»

«¡Ya te acordarás de mí cuando menos lo pienses!», murmuró con voz debilitada el arroyo.

«¡Pues no faltaba más que la echaras de buche! —dijo Medio-pollito con socarronería—: no parece sino que te has sacado un terno [54] a la lotería, o que cuentas de seguro con las aguas del diluvio.»

—Un poco más lejos encontró al viento, que estaba tendido, y casi exánime en el suelo:

«Querido Medio-pollito —le dijo—: en este mundo todos tenemos necesidad unos de otros. Acércate y mírame. ¿Ves cómo me ha puesto el calor del estío; a mí, tan fuerte, tan poderoso; a mí, que levanto las olas, que araso los campos, que no hallo resistencia a mi empuje? Este día de canícula me ha matado; me dormí embriagado con la fragancia de las flores con que jugaba, y aquí me tienes desfallecido. Si tu quisieras levantarme dos dedos del suelo con el pico, y abanicarme con tu ala, con esto tendría bastante para tomar vuelo, y dirigirme a mi caverna, donde mi madre y mis hermanas, las tormentas, se emplean en remendar unas nubes viejas que yo desgarré. Allí me darán unas sopitas, y cobraré nuevos bríos.»

---

[54] *terno:* suerte de tres números en la lotería primitiva.

«Caballero —respondió el malvado pollito—: hartas veces se ha divertido usted conmigo, empujándome por detrás, y abriéndome la cola, a guisa de abanico, para que se mofaran de mí todos los que me veían. No, amigo; a cada puerco le llega su San Martín; y a más ver, señor farsante.»

—Esto dijo, cantó tres veces con voz clara, y pavoneándose muy hueco, siguió su camino.

»En medio de un campo segado, al que habían pegado fuego los labradores, se alzaba una columnita de humo. Medio-pollito se acercó, y vio una chispa diminuta, que se iba apagando por instantes entre las cenizas.

«Amado Medio-pollito —le dijo la chispa al verle—: a buena hora vienes para salvarme la vida. Por falta de alimento estoy en el último trance. No sé dónde se ha metido mi primo el viento, que es quien siempre me socorre en estos lances. Tráeme unas pajitas para reanimarme.»

«¿Qué tengo yo que ver con la jura del rey? —le contestó el pollito—. Revienta si te da gana; que maldita la falta que me haces.»

«¿Quién sabe si te haré falta algún día? —repuso la chispa—. Nadie puede decir de este agua no beberé.»

«¡Hola! —dijo el perverso animal—. ¿Con que todavía echas *plantas*[55]? Pues tómate ésa.»

—Y diciendo esto, le cubrió de cenizas; tras lo cual, se puso a cantar, según su costumbre, como si hubiera hecho una gran hazaña.

»Medio-pollito llegó a la capital; pasó por delante de una iglesia, que le dijeron era la de San Pedro; se puso enfrente de la puerta, y allí se desgañitó cantando, no más que por hacer rabiar al santo, y tener el gusto de desobedecer a su madre.

»Al acercarse a palacio, donde quiso entrar para ver al

---

[55] *echas planta:* «echar bravatas y amenazas» *(DRAE).* En *Un servidor y un liberalito,* en *op. cit.,* vol. III, pág. 439, leemos: «Pero me hago cargo que querrá decir un hombre muy rudo, muy basto y muy templado a la antigua. ¡Puede echar planta lo moderno!»

rey y a la reina, los centinelas le gritaron: «¡Atrás!» Entonces dio la vuelta, y penetró por una puerta trasera en una pieza muy grande, donde vio entrar y salir mucha gente. Preguntó quiénes eran, y supo que eran los cocineros de su majestad. En lugar de huir, como se lo había prevenido su madre, entró muy erguido de cresta y cola; pero uno de los *galopines* [56] le echó el guante, y le torció el pescuezo en un abrir y cerrar de ojos.

«Vamos —dijo—, venga agua para desplumar a este penitente.»

«¡Agua, mi querida Doña Cristalina! —dijo el pollito—, hazme el favor de no escaldarme. ¡Ten piedad de mí!»

«¿La tuviste tú de mí, cuando te pedí socorro, mal engendro?», le respondió el agua, hirviendo de cólera; y le inundó de arriba abajo, mientras los galopines le dejaban sin una pluma para un remedio.

Paca, que estaba arrodillada junto a su abuela, se puso colorada y muy triste.

—El cocinero entonces —continuó la tía María—, agarró a Medio-pollito, y le puso en el asador.

«¡Fuego, brillante fuego! —gritó el infeliz—, tú, que eres tan poderoso y tan resplandeciente, duélete de mi situación; reprime tu ardor, apaga tus llamas, no me quemes».

«¡Bribonazo! —respondió el fuego—: ¿cómo tienes valor para acudir a mí, después de haberme ahogado, bajo el pretexto de no necesitar nunca de mis auxilios? Acércate, y verás lo que es bueno.»

—Y en efecto, no se contentó con dorarle, sino que le abrasó hasta ponerle como un carbón.

Al oír esto, los ojos de Paca se llenaron de lágrimas.

—Cuando el cocinero le vio en tal estado —continuó la abuela—, le agarró por la pata, y le tiró por la ventana. Entonces el viento se apoderó de él.

«Viento —gritó Medio-pollito—, mi querido, mi ve-

---

[56] *galopines*. Equivalente a los pinches de cocina. Oficio con connotaciones de pícaro, bribón, sin crianza ni vergüenza.

nerable viento, tú, que reinas sobre todo, y a nadie obedeces, poderoso entre los poderosos, ten compasión de mí, déjame tranquilo en ese montón de estiércol.»

«¡Dejarte! —rugió el viento arrebatándole en un torbellino, y volteándole en el aire como un trompo—; no en mis días.»

Las lágrimas que se asomaron a los ojos de Paca, corrían ya por sus mejillas.

—El viento —siguió la abuela—, depositó a Medio-pollito en lo alto de un campanario. San Pedro extendió la mano, y lo clavó allí de firme. Desde entonces ocupa aquel puesto, negro, flaco y desplumado, azotado por la lluvia, y empujado por el viento, del que guarda siempre la cola. Ya no se llama Medio-pollito, sino veleta; pero sépanse ustedes que allí está pagando sus culpas y pecados; su desobediencia, su orgullo y su maldad.

—Madre abuela —dijo Pepa—, vea usted a Paca que está llorando por Medio-pollito. ¿No es verdad que todo lo que usted nos ha contado, no es más que un cuento?

—Por supuesto —saltó Momo—, que nada de esto es verdad; pero aunque lo fuera, ¿no es una tontería llorar por un bribón que llevó el castigo merecido?

—Cuando yo estuve en Cádiz hace treinta años —contestó la tía María—, vi una cosa que se me ha quedado bien impresa. Voy a referírtela, Momo, y quiera Dios que no se te borre de la memoria, como no se ha borrado de la mía. Era un letrero dorado, que está sobre la puerta de la cárcel, y dice así:

ODIA EL DELITO, Y COMPADECE AL DELINCUENTE

—¿No es verdad, don Federico, que parece una sentencia del Evangelio?

—Si no son las mismas palabras —respondió Stein—, el espíritu es el mismo.

—Pero es que Paca tiene siempre las lágrimas pegadas a los ojos —dijo Momo.

—¿Acaso es malo llorar? —preguntó la niña a su abuela.

—No, hija, al contrario; con lágrimas de compasión y de arrepentimiento, hace su diadema la Reina de los Ángeles.

—Momo —dijo el pastor—, si dices una palabra más que pueda incomodar a mi ahijada, te retuerzo el pescuezo, como hizo el cocinero con Medio-pollito.

—Mira si es bueno tener padrino —dijo Momo dirigiéndose a Paca.

—No es malo tampoco tener una ahijada —repuso Paca muy oronda.

—¿De veras? —preguntó el pastor—. ¿Y por qué lo dices?

Entonces Paca se acercó a su padrino, el cual la sentó en sus rodillas con grandes muestras de cariño, y ella empezó la siguiente relación, torciendo su cabecita para mirarle.

—Érase una vez un pobre, tan pobre, que no tenía con qué vestir al octavo hijo, que iba a traerle la cigüeña, ni que dar de comer a los otros siete. Un día se salió de su casa, porque le partía el corazón oírlos llorar y pedirle pan. Echó a andar, sin saber adónde, y después de haber estado andando, andando, todo el día, se encontró por la noche... ¿a que no acierta usted dónde, Padrino? Pues se encontró a la entrada de una cueva de ladrones. El capitán salió a la puerta; ¡más *feróstico* [57] era! «¿Quién eres? ¿Qué quieres?», le preguntó con una voz de trueno. «Señor —respondió el pobrecillo hincándose de rodillas—; soy un infeliz que no hago mal a nadie, y me he salido de mi casa por no oír a mis pobres hijos, pidiéndome pan, que no puedo darles.» El capitán tuvo compasión

---

[57]   *feróstico:* irritable, díscolo y feo en sumo grado. Aparece también en otros textos de Fernán Caballero: «Y no digo nada de aquel matamoros feróstico que bailó con tu sobrina», *Elia, op. cit.,* vol. III, pág. 57; «Lo que puedo decir a ustedes sin mentir, es que es feróstico y tan gigante que tiene un hombro en Flandes y otro en Aragón», *Un servilón y un liberalito,* en *op. cit.,* vol. II, pág. 444b.

del pobrecito; y habiéndole dado de comer, y regalándole una bolsa de dinero y un caballo, «vete —le dijo—, y cuando la cigüeña te traiga el otro hijo, avísame, y seré su padrino.»

—Ahora viene lo bueno —dijo el pastor.

—Aguarde usted, aguarde usted —continuó la niña—, y verá lo que sucedió. Pues señor, el hombre se volvió a su casa tan contento, que no le cabía el corazón en el pecho. «¡Qué holgorio van a tener mis hijos!» decía.

—Cuando llegó, ya la cigüeña había traido al niño, el cual estaba en la cama con su madre. Entonces se fue a la cueva, y le dijo al bandolero lo que había sucedido, y el capitán le prometió que aquella noche estaría en la iglesia, y cumpliría su palabra. Así lo hizo, y tuvo al niño en la pila, y le regaló un saco lleno de oro.

»Pero a poco tiempo el niño se murió, y se fue al cielo. San Pedro, que estaba a la puerta, le dijo que colara; pero él respondió: «Yo no entro, si no entra mi padrino conmigo.»

«¿Y quién es tu padrino?», preguntó el Santo.

«Un capitán de bandoleros», respondió el niño.

«Pues, hijo —continuó San Pedro—, tú puedes entrar; pero tu padrino, no.»

—El niño se sentó a la puerta, muy triste, y con la mano puesta en la mejilla. Acertó a pasar por allí la Virgen, y le dijo:

«¿Por qué no entras, hijo mío?»

—El niño respondió que no quería entrar si no entraba su padrino, y San Pedro dijo que eso era pedir imposibles. Pero el niño se puso de rodillas, cruzó sus manecitas, y lloró tanto, que la Virgen, que es Madre de la misericordia, se compadeció de su dolor. La Virgen se fue, y volvió con una copita de oro en las manos: se la dio al niño y le dijo:

«Ve a buscar a tu padrino, y dile que llene esta copa de lágrimas de contrición, y entonces podrá entrar contigo en el cielo. Toma estas alas de plata, y echa a volar.»

—El ladrón estaba durmiendo en una peña, con el trabuco en una mano, y un puñal en la otra. Al despertar, vio enfrente de sí, sentado en una mata de alhucema, a un hermoso niño desnudo, con unas alas de plata que relumbraban al sol, y una copa de oro en la mano.

»El ladrón se refregó los ojos creyendo que estaba soñando; pero el niño le dijo: «No, no creas que estás soñando. Yo soy tu ahijado.» Y le contó todo lo que había ocurrido. Entonces el corazón del ladrón se abrió como una granada, y sus ojos vertían agua como una fuente. Su dolor fue tan agudo, y tan vivo su arrepentimiento, que le pentraron el pecho como dos puñales, y se murió. Entonces el niño tomó la copa llena de lágrimas; y voló con el alma de su padrino al cielo, donde entraron, y donde quiera Dios que entremos todos.

—Y ahora, padrino —continuó la niña torciendo su cabecita y mirando de frente al pastor—, ya ve usted lo bueno que es tener ahijados.

Apenas acababa la niña de referir su ejemplo, cuando se oyó un gran estrépito: el perro se levantó, aguzó las orejas, apercibido a la defensa; el gato erizado el pelo, asombrados los ojos, se aprestó a la fuga, pero bien pronto al susto sucedieron alegres risas. Era el caso que *Anís* se había quedado dormido durante la narración que había hecho su hermana; de lo que resultó que perdiendo el equilibrio, cumplió el vaticinio de su madre, cayendo en lo interior del tiesto, en el que quedó hundida toda su diminuta persona, a excepción de sus pies y piernas, que se alzaban del interior de la maceta, como una planta de nueva especie. Impaciente su madre, le agarró con una mano por el cuello de la chaqueta, le sacó de aquella profundidad, y a pesar de su resistencia, le tuvo algún tiempo suspenso en el aire, de manera que parecía uno de esos muñecos de cartón que cuelgan de un hilo, y que tirándoles de otro, mueven desaforadamente brazos y piernas.

Como su madre le regañaba y todos se reían, *Anís,* que tenía el genio fuerte, como dicen que lo tienen todos los chicos (lo que no quita que lo tengan también los altos), reventó en un estrepitoso llanto de coraje.

—No llores, *Anís* —le dijo Paca—, no llores y te daré dos castañas que tengo en la faltriquera.

—¿De verdad? —preguntó *Anís*.

Paca sacó las castañas y se las dio; y en lugar de lágrimas se vieron tan luego brillar a la luz de la llama, dos hileras de blancos dientecitos en el rostro de *Anís*.

—Hermano Gabriel —dijo la tía María, dirigiéndose a éste—, ¿no me ha dicho usted que le duelen los ojos? ¿A qué trabaja usted de noche?

—Me dolían —contestó fray Gabriel—; pero don Federico me ha dado un remedio que me ha curado.

—Bien puede don Federico saber muchos remedios para los ojos, pero no sabe su merced el que no marra —dijo el pastor.

—Si usted lo sabe, le agradecería que me lo comunicase —le dijo Stein.

—No puedo decirlo —repuso el pastor—, porque aunque sé que lo hay, no lo conozco.

—¿Quién lo conoce, pues? —preguntó Stein.

—Las golondrinas —contestó el pastor *.

—¿Las golondrinas?

—Pues sí señor —prosiguió el pastor—: es una hierba que se llama *pito-real*, pero que nadie ve ni conoce sino las golondrinas: si se le sacan los ojos a sus polluelos, van y se los restriegan con un *pito-real*, y vuelven a recobrar la vista. Esta yerba tiene también la virtud de quebrar el

---

* Las cosas que cree y refiere el pueblo, aunque adornadas por su rica y poética imaginación, tiene siempre algún origen. En la segunda parte de la obra intitulada *Simples incógnitos en la medicina,* escrita por fray Esteban de Villa, e impresa en Burgos en 1654, hallamos este párrafo, que coincide con lo que dice el pastor:

«La ibis (que quieren sea la cigüeña) enseñó el uso de las ayudas, que se echa a sí misma llenando de agua la boca, sirviéndole lo largo del pico para el efecto. El perro, el uso del vomitivo, comiendo la grama, que para él es de virtud vomitiva. El caballo marino la sangría, cuando se siente cargado de sangre, abriéndose la vena con punta de caña que le sirve de lanceta, y el barro de venda, revolcándose en él, con lo que cierra la cisura. *La golondrina, el colirio en la Celidonia,* con que da vista a sus pollos y nombre a esta planta, que se dijo *hirundinaria,* por su inventor la golondrina, etc.»

hierro, no más que con tocarla; y así cuando a los sega-
dores o a los podadores, se les rompe la herramienta en
las manos sin poder atinar por qué, es porque tocaron al
pito-real. Pero por más que la han buscado, nadie la ha
visto; y es una providencia de Dios que así sea, pues si
toparan con ella, poca tracamundana se armaría en el
mundo, puesto que no quedarían a vida ni cerraduras, ni
cerrojos, ni cadenas, ni aldabas.

—¡Las cosazas que se engulle José, que tiene unas tra-
gaderas como un tiburón! —dijo riéndose Manuel—. Don
Federico, ¿sabe usted otra que dice, y que se cree como
artículo de fe? que las culebras no se mueren nunca.

—Pues ya se ve que las culebras no se mueren nunca
—repuso el pastor—. Cuando ven que la muerte se les
acerca, sueltan el pellejo, y arrancan a correr. Con los años
se hacen serpientes; entonces, poco a poco, van criando
escamas y alas, hasta que se hacen dragones, y se vuelan
al desierto. Pero tú, Manuel, nada quieres creer: ¿si querrás negar también que el lagarto es enemigo de la mujer,
y amigo del hombre? si no lo quieres creer, pregúntaselo
a tío Miguel.

—¿Ése lo sabe?

—¡Toma! por lo que a él mismo le pasó.

—¿Y qué fue? —preguntó Stein.

—Estando durmiendo en el campo —contestó José—,
se le vino acercando una culebra; pero apenas la vio venir
un lagarto, que estaba en el vallado, salió a defender al
tío Miguel, y empezaron a pelearse la culebra y el lagarto, que era tamaño y tan grande. Pero como el tío Miguel, ni por esas despertaba, el lagarto le metió la punta
del rabo por las narices. Con eso despertó el tío Miguel,
y echó a correr como si tuviese chispas en los pies. El lagarto es un bicho bueno, y bien inclinado; nunca se recoge a puestas de sol sin bajarse por las paredes y venir a
besar la tierra.

Cuando había empezado esta conversación tratando de
las golondrinas, Paca había dicho a *Anís,* que sentado en
el suelo entre sus hermanas con las piernas cruzadas pa-

recía el gran Turco en miniatura. —*Anís,* ¿sabes tú lo que dicen las golondrinas?

—Yo no; no me *jan jablao.*

—Pues atiende: dicen —remedando la niña el gorgeo de las golondrinas, se puso a decir con celeridad—.

> Comer y beber:
> buscar emprestado,
> y si te quieen prender *
> por no haber pagado,
> huir, huir, huir, huiiiir,
> comadre Beatriiiiz.

—¿Por eso se van? —preguntó *Anís.*

—Por eso —afirmó su hermana.

—¡Yo las quiero más...! —dijo Pepa.

—¿Por qué? —preguntó *Anís.*

—Porque has de saber —respondió la niña

> Que en el monte Calvario
> las golondrinas
> le quitaron a Cristo
> las cinco espinas.
>   En el monte Calvario
> los jilgueritos
> le quitaron a Cristo
> los tres clavitos.

—Y los gorriones, ¿qué hacían? —preguntó *Anís.*

—Los gorriones —respondió su hermana—, nunca he sabido que hicieran más que comer y pelearse.

Entretanto Dolores, llevando a su niño dormido en un brazo, había puesto con la mano que le quedaba libre, la mesa, y colocado en medio las batatas, y distribuido a cada cual su parte. En su propio plato comían los niños; y Stein observó que Dolores ni aún probaba el manjar que con tanto esmero había confeccionado.

---

* Este verso no se puede decir, sino con la manera de abreviar las palabras que el pueblo gasta pronunciando *quieen* por *quieren.*

—Usted no come, Dolores —le dijo.

—¿No sabe usted —respondió ésta riendo— el refrán: el que tiene hijos al lado, no morirá ahitado? Don Federico, lo que ellos comen, me engorda a mí.

Momo, que estaba al lado de este grupo, retiraba su plato, para que no cayesen sus hermanos en tentación de pedirle de lo que contenía.

Su padre que lo notó, le dijo:

—No seas ansioso, que es vicio de ruines; ni avariento, que es vicio de villanos. Sabrás que una vez se cayó un avariento en un río. Un paisano que vio se le llevaba la corriente, alargó el brazo y le gritó: «Deme la mano:» ¡Qué había de dar!, ¡dar!, antes de dar nada, dejó que se le llevase la corriente. Fue su suerte que le arrastró el agua cerca de un pescador, que le dijo: «hombre, *tome* usted esta mano.» Conforme se trató de tomar, estuvo mi hombre muy pronto, y se salvó.

—No es ese chascarrillo el que debías contar a tu hijo, Manuel —dijo la tía María—, sino ponerle por ejemplo lo que acaeció a aquel rico miserable, que no quiso socorrer a un pobre desfallecido, ni con un pedazo de pan, ni con un trago de agua. «Permita Dios —le dijo el pobre—, que todo cuanto toquéis, se convierta en ese oro y esa plata a que tanto apegado estáis.» Y así fue. Todo cuanto en la casa del avaro había, se convirtió en aquellos metales tan duros como su corazón. Atormentado por el hambre y la sed, salió al campo, y habiendo visto una fuente de agua cristalina, se arrojó con ansia a ella; pero al tocarla con los labios, el agua se cuajó y convirtió en plata. Fue a tomar una naranja del árbol, y al tocarla se convirtió en oro; y así murió rabiando, y maldiciendo aquello mismo, por lo que ansiado había.

Manuel, *el espíritu fuerte* [58] de aquel círculo, meneó la cabeza.

---

[58] *espíritu fuerte*. Del francés *esprit fort,* aquel que está por encima de las opiniones y de las máximas recibidas. El racionalista, según terminología de la época. Véase, también, *Elia:* «Dice Fernando que el

—¡Lo ve usted, tía María —dijo José—; Manuel no lo quiere creer! Tampoco cree que el día de la Asunción, en el momento de alzar en la misa mayor, todas las hojas de los árboles, se unen de dos en dos, para formar una cruz; las altas se doblan, las bajas se empinan, sin que ni una sola deje de hacerlo. Ni cree que el diez de agosto, día del martirio de San Lorenzo, que fue quemado en unas parrillas, en cavando la tierra, se halla carbón por todas partes.

—Cuando llegue ese día —dijo Manuel—, he de cavar un hoyo delante de ti, José, y veremos si te convenzo de que no hay tal.

—¿Y qué pica en Flandes habrás puesto, si no hallas carbón? —le dijo su madre—: ¿acaso crees que lo hallarás si lo buscas sin creerlo? Pero Manuel, tú te has figurado que todo lo que no sea artículo de fe, no se ha de creer, y que la credulidad es cosa de bobos; cuando no es, hijo mío, sino cosa de sanos.

—Pero, madre —repuso Manuel—, entre correr y estar parado, hay un medio.

—¿Y para qué —dijo la buena anciana—, escatimar tanto la fe, que al fin es la primera de las virtudes? ¿Qué te parecería, hijo de mis entrañas, si yo te dijese: te parí, te crié, te puse en camino; cumplí pues, con mi obligación? ¿si sólo como obligación mirase al amor de madre?

—Que no era usted buena madre, señora.

—Pues, hijo, aplica esto a lo otro; el que no cree, sino por *obligación,* y sólo aquello que no puede dejar de creer, sin ser renegado, es mal cristiano: como sería yo mala madre, si sólo te quisiese por obligación.

—Hermano Gabriel —dijo Dolores—, ¿cómo es que no quiere usted probar mis batatas?

—Es día de ayuno para nosotros —respondió fray Gabriel.

---

tal médico, que goza de gran renombre, tanto en su facultad como en punto a su ilustrado, es un pedante insufrible, un filósofo, un espíritu fuerte, según se apellidan los de su clase», en *op. cit.,* vol. III, págs. 17-18.

—¡Qué! ya no hay conventos, reglas ni ayunos —dijo campechanamente Manuel, para animar al pobre anciano a que participase del regalo general—. Además, usted ha cumplido cuanto ha los sesenta años; con que así, fuera escrúpulos, y a comer las batatas, que no se ha de condenar usted por eso.

—Usted me ha de perdonar —repuso fray Gabriel—; pero yo no dejo de ayunar, como ante, mientras no me lo dispense el padre prior.

—Bien hecho, hermano Gabriel —dijo la tía María—, Manuel, no te metas a diablo tentador, con su espíritu de rebeldía, y sus incitativos a la gula.

Con esto, la buena anciana se levantó, y guardó en una alacena el plato que Dolores había servido al lego, diciéndole:

—Aquí se lo guardo a usted para mañana, hermano Gabriel.

Concluida la cena dieron gracias, quitándose los hombres los sombreros que siempre conservan puestos dentro de casa.

Después del Padre nuestro, dijo la tía María.

> Bendito sea el Señor,
> que nos da de comer
> sin merecerlo. Amén.
> Como nos da sus bienes,
> nos dé su gloria, Amén.
> Dios se lo dé
> al pobrecito que no lo tiene. Amén.

Anís, al acabar, dio un salto a pie-juntillas tan espontáneo, derecho y repentino, como lo dan los peces en el agua.

CAPÍTULO X

Marisalada estaba ya en convalecencia; como si la naturaleza hubiera querido recompensar el acertado método curativo de Stein, y el caritativo esmero de la buena tía María.

Habíase vestido decentemente, y sus cabellos, bien peinados y recogidos en una *castaña* [59], acreditaban el celo de Dolores, que era quien se había encargado de su tocado.

Un día en que Stein estaba leyendo en su cuarto, cuya ventanilla daba al patio grande, donde a la sazón se hallaban los niños jugando con *Marisalada,* oyó que ésta se puso a imitar el canto de diversos pájaros con tan rara perfección, que aquél suspendió su lectura para admirar una habilidad tan extraordinaria. Poco después, los muchachos entablaron uno de esos juegos tan comunes en España, en que se canta al mismo tiempo. *Marisalada* hacía el papel de madre; Pepa, el de un caballero que venía a pedirle la mano de su hija. La madre se la niega; el caballero quiere apoderarse de la novia por fuerza, y todo este diálogo se compone de coplas cantadas en una tonada cuya melodía es sumamente agradable.

El libro se cayó de las manos de Stein, que como buen alemán, tenía gran afición a la música. Jamás había llegado a sus oídos una voz tan hermosa. Era un metal puro

---

[59] *castaña:* especie de moño que con la mata de pelo se hacen las mujeres en la parte posterior de la cabeza.

y fuerte como el cristal, suave y flexible como la seda. Apenas se atrevía a respirar Stein, temeroso de perder la menor nota.

—Se quisiera usted volver todo orejas —dijo la tía María, que había entrado en el cuarto sin que él lo hubiese echado de ver—. ¿No le he dicho a usted que es un canario sin jaula? Ya verá usted.

Y con esto se salió al patio, y dijo a *Marisalada* que cantase una canción.

Ésta, con su acostumbrado desabrimiento, se negó a ello.

En este momento entró Momo mal enjestado, precedido de *Golondrina* cargada de *picón*[60].

Traía las manos y el rostro tiznados y negros como la tinta.

—¡El rey Melchor! —gritó al verlo *Marisalada*.

—¡El rey Melchor! —repitieron los niños.

—Si yo no tuviera más que hacer —respondió Momo rabioso—, que cantar y brincar como tú, grandísima holgazana, no estaría tiznado de pies a cabeza. Por fortuna don Federico te ha prohibido cantar; y con esto no me mortificarás las orejas.

La respuesta de *Marisalada* fue entonar a trapo tendido una canción.

El pueblo andaluz tiene una infinidad de cantos; son estos boleras ya tristes, ya alegres; el olé, el fandango, la caña, tan linda como difícil de cantar, y otras con nombre propio, entre las que sobresale el *romance*. La tonada del romance es monótona, y no nos atrevemos a asegurar que puesta en música, pudiese satisfacer a los *dilettanti*, ni a los filarmónicos. Pero en lo que consiste su agrado (por no decir encanto), es en las modulaciones de la voz que lo canta; es en la manera con que algunas notas se ciernen, por decirlo así, y mecen suavemente, bajando, subiendo, arreciando el sonido o dejándolo morir. Así es

---

[60] *cargada de picón:* «especie de carbón muy menudo hecho de ramas de encina, jara o pino, que sólo sirve para los braseros» *(DRAE).*

que el romance, compuesto de muy pocas notas, es dificilísimo cantarlo bien y genuinamente. Es tan peculiar del pueblo, que sólo a esas gentes, y de entre ellas, a pocos, se lo hemos oído cantar a la perfección: parécenos que los que lo hacen, lo hacen como por intuición. Cuando a la caída de la tarde, en el campo, se oye a lo lejos una buena voz cantar el romance con melancólica originalidad, causa un efecto extraordinario, que sólo podemos comparar al que producen en Alemania, los toques de corneta de los postillones, cuando tan melancólicamente vibran suavemente repetidos por los ecos, entre aquellos magníficos bosques y sobre aquellos deliciosos lagos. La letra del romance trata generalmente de asuntos moriscos, o refiere piadosas leyendas o tristes historias de reos.

Este famoso y antiguo romance que ha llegado hasta nosotros, de padres a hijos, como una tradición de melodía, ha sido más estable sobre sus pocas notas confiadas al oído, que las grandezas de España, apoyadas con cañones y sostenidas por las minas del Perú.

Tiene, además, el pueblo canciones muy lindas y expresivas, cuya tonada es compuesta expresamente para las palabras, lo que no sucede con las arriba mencionadas, a las que se adaptan esa innumerable cantidad de coplas, de que cada cual tiene un rico repertorio en la memoria.

María cantaba una de aquellas canciones, que transcribiremos aquí con toda su sencillez y energía popular.

> Estando un caballerito
> En la isla de León,
> se enamoró de una dama
> y ella le correspondió.
>   Que con el aretín, que con el aretón.

> —Señor, quédese una noche
> quédese una noche o dos;
> que mi marido está fuera
> por esos montes de Dios.
>   Que con el aretín, que con el aretón.

Estándola enamorando,
el marido que llegó:
—Ábreme la puerta, Cielo,
ábreme la puerta, Sol.
    Que con el aretín, que con el aretón.

Ha bajado la escalera
quebradita de color;
—¿Has tenido calentura?
¿O has tenido nuevo amor?
    Que con el aretín, que con el aretón.

—Ni he tenido calentura
ni he tenido nuevo amor.
Me se ha perdido la llave
de tu rico tocador.
    Que con el aretín, que con el aretón.

—Si las tuyas son de acero,
de oro las tengo yo.
¿De quién es aquel caballo
que en la cuadra relinchó?
    Que con el aretín, que con el aretón.

—Tuyo, tuyo, dueño mío,
que mi padre lo mandó,
porque vayas a la boda
de mi hermana la mayor.
    Que con el aretín, que con el aretón.

—Viva tu padre mil años,
que caballos tengo yo.
¿De quién es aquel trabuco
que en aquel clavo colgó?
    Que con el aretín, que con el aretón.

—Tuyo, tuyo, dueño mío,
que mi padre lo mandó,
para llevarte a la boda
de mi hermana la mayor.
    Que con el aretín, que con el aretón.

—Viva tu padre mil años,
que trabucos tengo yo.
¿Quién ha sido el atrevido
que en mi casa se acostó?
   Que con el aretín, que con el aretón.

—Es una hermanita mía,
que mi padre la mandó
para llevarme a la boda
de mi hermana la mayor.
   Que con el aretín, que con el aretón.

La ha agarrado de la mano
al padre se la llevó:
toma allá, padre, tu hija,
que me ha jugado traición.
   Que con el aretín, que con el aretón.

—Llévatela tú, mi yerno,
que la iglesia te la dio;
la ha agarrado de la mano
al campo se la llevó.
   Que con el aretín, que con el aretón.

Le tiró tres puñaladas
y allí muerta la dejó,
la Dama murió a la una,
y el Galán murió a las dos.
   Que con el aretín, que con el aretón*.

---

*   El ilustre literato, el estudioso recopilador, el sabio bibliófilo don
Juan Nicolás Böhl de Faber, a quien debe la literatura española el *Teatro anterior a Lope de Vega,* y la *Floresta de rimas castellanas,* trae en
el primer tomo de esta colección, página 255, el siguiente romance antiguo, de autor no conocido. Nos ha parecido curioso el reproducirlo aquí,
por tratar el mismo asunto que trata esta canción. No somos competen-
tes para juzgar si habrá sido que el canto popular subió del pueblo al
poeta culto que lo rehizo, o si bajaría del poeta culto al popular que
lo simplificó y trató a su manera, o si bien sería el suceso un hecho cierto, que simultáneamente cantaron, aunque parece el lenguaje de la canción del pueblo más moderno.

Apenas hubo acabado de cantar, Stein que tenía un excelente oído, tomó la flauta, y repitió nota por nota la canción de *Marisalada*. Entonces fue cuando ésta a su vez quedó pasmada y absorta, volviendo a todas partes la ca-

Blanca sois, Señora mía,
más que no el rayo del sol,
si la dormiré esta noche
desarmado y sin pavor,
que siete años había, siete,
que no me desarmó, no;
más negras tengo mis carnes
que un tiznado carbón.
—Dormidla, Señor, dormidla,
desarmado y sin temor,
que el conde es ido a la caza
a los montes de León:
Rabia, le mate los perros
y águilas el su halcón,
y del monte hasta casa
a él lo arrastre el morón.
Ellos en aquesto estando,
su marido que llegó:
—¿Qué hacéis, la blanca niña,
hija de padre traidor?
—Señor, peino mis cabellos
péinolos con gran dolor,
que me dejéis a mí sola
y a los montes os vais vos.
—Esa palabra, la niña
no era sino traición.
¿Cuyo es aquel caballo
que allá bajo relinchó?
—Señor, era de mi padre,
y enviáralo para vos.
—¿Cuyas son aquellas armas
que están en el corredor?
—Señor, eran de mi hermano,
y hoy se las envió.
—¿Cuya es aquella lanza,
desde aquí la veo yo?
—Tomadla, Conde, tomadla,
matadme con ella vos,
que aquesta muerte, buen Conde,
bien os la merezco yo.

Pudiéramos además dar otra versión de este mismo tema recogida en otro pueblo del campo de Andalucía; pero nos abstenemos, por considerar que la poesía popular no tiene para todo el mundo el interés y el encanto que para nosotros.

beza, como si buscase el sitio en que reverberaba aquel eco, tan exacto y tan fiel.

—No es eco —clamaron las niñas—; es don Federico que está soplando en una caña agujereada.

María entró precipitadamente en el cuarto en que se hallaba Stein, y se puso a escucharle con la mayor atención, inclinando el cuerpo hacia adelante, con la sonrisa en los labios, y el alma en los ojos.

Desde aquel instante, la tosca aspereza de María se convirtió, con respecto a Stein, en cierta confianza y docilidad, que causó la mayor extrañeza a toda la familia. Llena de gozo la tía María, aconsejó a Stein que se aprovechase del ascendiente que iba tomando con la muchacha, para inducirla a que se enseñase a emplear bien su tiempo aprendiendo la ley de Dios, y a trabajar, para hacerse buena cristiana, y mujer de razón, nacida para ser madre de familia y mujer de su casa. Añadió la buena anciana, que para conseguir el fin deseado, así como para domeñar el genio soberbio de María, y sus hábitos bravíos, lo mejor sería suplicar a *señá* Rosita, la maestra de amiga, que la tomase a su cargo, puesto que era dicha maestra mujer de razón y temerosa de Dios, y muy diestra en labores de mano.

Stein aprobó mucho la propuesta, y alcanzó de *Marisalada,* que se prestase a ponerla en ejecución, prometiéndole en cambio ir a verla todos los días y divertirla con la flauta.

Las disposiciones que aquella criatura tenía para la música, despertaron en ella una afición extraordinaria a su cultivo, y la habilidad de Stein fue la que le dio el primer impulso.

Cuando llegó a noticia de Momo que *Marisalada* iba a ponerse bajo la tutela de *Rosa Mística,* para aprender allí a coser, barrer y guisar, y sobre todo, como él decía, a tener juicio, y que el doctor era quien la había decidido a este paso, dijo que ya caía en cuenta de lo que don Federico le había contado de allá en su tierra, que había ciertos hombres, detrás de los cuales echaban a correr todas las ratas del pueblo, cuando se ponían a tocar un *pito* [61].

Desde la muerte de su madre, *señá* Rosa había establecido una escuela de niñas, a que en los pueblos se da el nombre de amiga, y en las ciudades, el más a la moda, de academia. Asisten a ella las niñas en los pueblos, desde por la mañana hasta mediodía, y sólo se enseña la doctrina cristiana y la costura. En las ciudades aprenden a leer, escribir, el bordado y el dibujo. Claro es que estas casas no pueden crear pozos de ciencia, ni ser semilleros de artistas, ni modelos de educación cual corresponde a la *mujer emancipada*. Pero en cambio suelen salir de ellas mujeres hacendosas y excelentes madres de familia; lo cual vale algo más.

Una vez restablecida la enferma, Stein exigió de su padre que la confiase por algún tiempo a la buena mujer que debía suplir con aquella indómita criatura, a la madre que había perdido, y adoctrinarla en las obligaciones propias de su sexo.

Cuando se propuso a *señá* Rosa que admitiese en su casa a la *bravía* hija del pescador, su primera respuesta fue una terminante negativa, como suelen hacer en tales casos las personas de su temple; pero acabó por ceder cuando se le dieron a entender los buenos efectos que podría tener aquella obra de caridad; como hacen en iguales circunstancias todas las personas religiosas, para las cuales la obligación no es cosa convencional, sino una línea recta trazada con mano firme.

No es ponderable lo que padeció la infeliz mujer, mientras estuvo a su cargo *Marisalada*. Por parte de ésta no cesaron las burlas ni las rebeldías, ni por parte de la maestra los sermones sin provecho, y las exhortaciones sin fruto.

---

61 Alusión a la célebre historia del flautista de Hamelin, que primero encantó con el sonido de su flauta a las ratas, verdadera plaga del pueblecito alemán, llevándolas tras de sí hasta el río. Al negarle los habitantes de Hamelin su paga, se llevó por el mismo sistema a todos los niños del pueblo a una montaña encantada.

Dos ocurrencias agotaron la paciencia de *señá* Rosa, con tanta más razón, cuanto que no era en ella virtud innata, sino trabajosamente adquirida.

Marisalada había logrado formar una especie de conspiración en las filas del batallón que *señá* Rosa capitaneaba. Esta conspiración llegó por fin a estallar un día, tímida y vacilante a los principios, mas después osada y con el cuello erguido; y fue en los términos siguientes:

—No me gustan las rosas de a libra —dijo de repente *Marisalada*.

—¡Silencio! —mandó la maestra; cuya severa disciplina no permitía que se hablase en las horas de clase.

Se restableció el silencio.

Cinco minutos después, se oyó una voz muy aguda, y no poco insolente, que decía:

—No me gustan las rosas lunarias.

—Nadie te lo pregunta —dijo *señá* Rosa, creyendo que esta intempestiva declaración, había sido provocada por la de *Marisalada*.

Cinco minutos después, otra de las conspiradoras dijo, recogiendo el dedal que se le había caído:

—A mí no me gustan las rosas blancas.

—¿Qué significa esto? —gritó entonces *Rosa Mística,* cuyo ojillo negro brillaba como un fanal—. ¿Se están ustedes burlando de mí?

—No me gustan las rosas del pitiminí —dijo una de las más chicas, ocultándose inmediatamente debajo de la mesa.

—Ni a mí las rosas de Pasión.

—Ni a mí las rosas de Jericó.

—Ni a mí las rosas amarillas.

La voz clara y fuerte de *Marisalada,* oscureció todas las otras gritando:

—A las rosas secas no las puedo ver.

—A las rosas secas —exclamaron en coro todas las muchachas—, no las puedo ver.

Rosa Mística, que al principio había quedado atónita, viendo tanta insolencia, se levantó, corrió a la cocina, y volvió armada de una escoba.

Al verla, todas las muchachas huyeron como una bandada de pájaros. *Rosa Mística* quedó sola, dejó caer la escoba, y se cruzó de brazos.

—¡Paciencia, Señor! —exclamó, después de haber hecho lo posible por serenarse—: sobrellevaba con resignación mi apodo, como tú cargaste con la cruz; pero todavía me faltaba esta corona de espinas. ¡Hágase tu santa voluntad!

Quizá se habría prestado a perdonar a *Marisalada* en esta ocasión, si no se hubiera presentado muy en breve otra, que la obligó por fin a tomar la resolución de despedirla de una vez. Fue el caso, que el hijo del barbero, Ramón Pérez, gran tocador de guitarra, venía todas las noches a tocar y cantar coplas amorosas bajo las ventanas severamente cerradas de la beata.

—Don Modesto —dijo ésta un día a su huésped—, cuando usted oiga de noche a este ave nocturna de Ramón desollarnos las orejas con su canto, hágame usted favor de salir y decirle que se vaya con la música a otra parte.

—Pero, Rosita —contestó don Modesto—, ¿quiere usted que me indisponga con ese muchacho, cuando su padre (Dios se lo pague) me está afeitando de balde desde el día de mi llegada a Villamar? Y vea usted lo que es: a mí me gusta oírle, porque no puede negarse que canta y toca la guitarra con mucho primor.

—Buen provecho le haga a usted —dijo *señá* Rosa—. Puede ser que tenga usted los oídos a prueba de bomba. Pero si a usted le gusta, a mí no. Eso de venir a cantar a las rejas de una mujer honrada, ni le hace favor, ni viene a qué.

La fisonomía de don Modesto, expresó una respuesta muda, dividida en tres partes. En primer lugar, la extrañeza, que parecía decir. ¡Qué! ¡Ramón galantea a mi patrona! En segundo lugar, la duda, como si dijera: ¿será posible? En tercer lugar, la certeza, concretada en estas frases: ¡ciertos son los toros! Ramón es un atrevido.

Después de pensarlo, continuó *señá* Rosa:

—Usted podría resfriarse, pasando del calor de su cama

al aire. Más vale que se quede usted quieto, y sea yo la
que diga al tal chicharra, que si se quiere divertir, que compre una mona.

Al sonar las doce de la noche, se oyó el rasgueo de una
guitarra, y en seguida una voz que cantaba:

> ¡Vale más lo moreno
> de mi morena,
> que toda la blancura
> de una azucena!

—¡Qué tonterías! —exclamó *Rosa Mística,* levantándose de la cama—. ¡Qué larga será la cuenta que haya de
dar a Dios de tanta palabra vana!

La voz prosiguió cantando:

> Niña, cuando vas a misa,
> la iglesia se resplandece:
> La hierba seca que pisas,
> al verte, se reverdece.

—¡Dios nos asista! —exclamó *Rosa Mística,* poniéndose las terceras enaguas—; también saca a colación la
misa en sus coplas profanas; y los que lo oigan, como
saben que soy dada a las cosas de Dios, dirán que lo canta
por lavarme la cara. ¿Si pensará ese barbilampiño burlarse de mí? ¡No faltara más!

Rosa llegó a la sala, y ¡cuál no se quedaría al ver a *Marisalada* asomada al postigo, y oyendo al cantor con toda
la atención de que era capaz! Entonces se persignó, ex-
clamando:

—¡Y todavía no ha cumplido trece años! ¡Sobre que
ya no hay niñas!

Tomó a *Marisalada* por el brazo, la apartó de la ventana, y se colocó en ella a tiempo que Ramón, dándole de
firme a la guitarra, entonaba desgañitándose, esta copla:

> Asómate a esa ventana,
> esos bellos ojos abre;

nos alumbrarás con ellos,
porque está oscura la calle.

Y siguió más violento y desatinado que nunca el rasgueo.

—Yo seré quien te alumbraré con un blandón del infierno —gritó con agria y colérica voz *Rosa Mística*—: li-
bertino, profanador, cantor sempiterno e insufrible!

Ramón Pérez, vuelto en sí de la primera sorpresa, echó
a correr más ligero que un gamo, sin volver la cara atrás.

Este fue el golpe decisivo. *Marisalada* fue despedida de
una vez, a pesar del empeño que hizo tímidamente don
Modesto en su favor.

—Don Modesto —respondió Rosita—, dice el refrán:
cargos son cargos; y mientras esta descaradota esté al mío,
tengo que dar cuenta de sus acciones a Dios y a los hombres. Pues bien, cada cual tiene bastante con responder
de lo suyo, sin necesidad de cargar con pecados ajenos.
Además de que, usted lo está viendo, es una criatura que
no se puede meter por vereda; por más que se la inclina
a la derecha, siempre ha de tirar a la izquierda.

CAPÍTULO XI

Tres años había que Stein permanecía en aquel tranquilo rincón. Adoptando la índole del país en que se hallaba, vivía al día, o como dicen los franceses, *au jour le jour*, y como en otros términos le aconsejara su buena patrona la tía María, diciendo que el día de mañana no debía echarnos a perder el de hoy, y que de lo sólo que se debía cuidar era de que el de hoy no nos echase a perder el de mañana.

En estos tres años había estado el joven médico en correspondencia con su familia. Sus padres habían muerto, mientras él se hallaba en el ejército en Navarra; su hermana Carlota había casado con un arrendatario bien acomodado, el cual había hecho de los dos hermanos pequeños de su mujer dos labradores poco instruidos, pero hábiles y constantes en el trabajo. Stein se veía, pues, enteramente libre y árbitro de su suerte.

Habíase dedicado a la educación de la niña enferma, que le debía la vida, y aunque cultivaba un suelo ingrato y estéril, había conseguido a fuerza de paciencia hacer germinar en él los rudimentos de la primera enseñanza. Pero lo que excedió sus esperanzas, fue el partido que sacó de las extraordinarias facultades filarmónicas con que la naturaleza había dotado a la hija del pescador. Era su voz incomparable, y no fue difícil a Stein, que era buen músico, dirigirla con acierto, como se hace con las ramas de la vid, que son a un tiempo flexibles y vigorosas, dóciles y fuertes.

Pero el maestro, que tenía un corazón tierno y suave, y en su temple una propensión a la confianza que rayaba en ceguedad, se enamoró de su discípula, contribuyendo a ello el amor exaltado que tenía el pescador a su hija, y la admiración que ésta excitaba en la buena tía María; ambos tenían cierto poder simpático y comunicativo que debió ejercer su influencia en un alma abierta, benévola y dócil como la de Stein. Se persuadió, pues, con Pedro Santaló de que su hija era un ángel, y con la tía María, de que era un portento. Era Stein uno de aquellos hombres que pueden asistir a un baile de máscaras, sin llegar a persuadirse de que detrás de aquellas fisonomías absurdas, detrás de aquellas facciones de cartón piedra, hay otras fisonomías y otras facciones, que son las que el individuo ha recibido de la naturaleza. Y si a Santaló cegaba el cariño apasionado, y a la tía María la bondad suma, ambos llegaron a la vez a cegar a Stein.

Pero después de todo, lo que más le sedujo fue la voz pura, dulce, expresiva y elocuente de María.

«Es preciso —se decía a sus solas—, que la que expresa de un modo tan admirable los sentimientos más sublimes, posea un alma llena de elevación y ternura.»

Mas, como el grano de trigo en un rico terreno se esponja y echa raíces antes de que sus brotes suban a la luz del día, así crecía y echaba raíces este tranquilo y sincero amor, en el corazón de Stein, antes sentido que definido.

También María, por su parte, se había aficionado a Stein, no porque agrediese sus esmeros, ni porque apreciase sus excelentes prendas, ni porque comprendiese su gran superioridad de alma e inteligencia, ni aun siquiera por el atractivo que ejerce el amor en la persona que lo inspira, sino porque agradecimiento, admiración, atractivo, los sentía y se los inspiraba el *músico*, el maestro que en el arte la iniciaba. Además, el aislamiento en que vivía, apartaba de ella todo otro objeto que hubiese podido disputar a aquel la preferencia. Don Modesto no estaba en edad de figurar en la palestra de amor; Momo, además de ser extraordinariamente feo, conservaba toda su animosidad contra *Marisalada,* y no cesaba de llamarla *Gaviota;* y ella le miraba con el más alto desprecio. Es cierto que no faltaban mozalbetes en el lugar, empezando por el barberillo, que persistía en suspirar por María; pero todos estaban lejos de poder competir con Stein.

Por este tranquilo estado de cosas habían pasado tres veranos y tres inviernos, como tres noches y tres días, cuando acaeció lo que vamos a referir.

Forjábase en el tranquilo Villamar (¿quién lo diría?) una intriga; era su promotor y jefe (¿quién lo pensara?) la tía María; era el confidente (¿quién no se asombra?) ¡Don Modesto!

Aunque sea una indiscreción, o por mejor decir, una bajeza el acechar, oigámoslos en la huerta escondidos detrás de este naranjo, cuyo tronco permanece firme, mientras sus flores se han marchitado y sus hojas se han caído, como queda en el fondo del alma la resignación, cuando se ha ajado la alegría y se han muerto las esperanzas; oigamos, volvemos a decir, el coloquio que en secreto conciliábulo tienen los mencionados confidentes, mientras fray Gabriel, que está a mil leguas, aunque pegado a ellos, amarra con vencejos [62] las lechugas para que crezcan blancas y tiernas.

—No es que me lo figuro, don Modesto —decía la instigadora—, es una realidad; para no verlo era preciso no tener ojos en la cara. Don Federico quiere a *Marisalada,* y a ésta no le parece el doctor costal de paja.

—Tía María, ¿quién piensa en amores? —respondió don Modesto, en cuya calma y tranquila existencia no se había realizado el eterno, clásico, pero invariable axioma de la inseparable alianza de Marte y Cupido—. ¿Quién piensa

---

[62] *vencejos:* lazo o ligadura con que se ata una cosa, especialmente los haces de las mieses.

en amores —repitió don Modesto en el mismo tono en que hubiese dicho: ¿quién piensa en jugar a la *billarda*[63], o en remontar un *pandero*[64]?

—La gente moza, don Modesto, la gente moza; y si no fuera por eso, se acabaría el mundo. Pero el caso es que es preciso darles a éstos un espolazo, porque esa gente de por allá arriba quiéreme parecer que se andan con gran pachorra, pues dos años ha que nuestro hombre está queriendo a su ruiseñor, como él la llama, que eso salta a la cara; y estoy para mí, que no le ha dicho buenos ojos tienes. Usted que es hombre que supone, un señor *considerable*, y que don Federico le aprecia tanto, debería usted darle una puntadilla sobre el asunto, un buen consejo, en bien de ellos y de todos nosotros.

—Dispénseme usted, tía María —respondió don Modesto—, pero Ramón Pérez está por medio; es amigo, y no quiero hacerle mal tercio; me afeita por mi buena cara, e ir así contra sus intereses, sería una mala partida. Tiene mucha pena en ver que *Marisalada* no le quiere, y se ha puesto amarillo y delgado que es un dolor. El otro día dijo que si no se casaba con *Marisalada,* rompería su guitarra, y ya no podía meterse fraile, se metería a *faccioso*[65]. Ya ve usted, tía María, que de todas maneras me comprometo, metiéndome en ese asunto.

—Señor —dijo la tía María—, ¿y va usted a tomar a dinero contado lo que dicen los enamorados? ¿Si Ramón Pérez, el pobrecillo, no es capaz de matar un gorrión, cómo puede usted creer que se vaya a matar cristianos? Pero considere usted que si se casa don Federico se nos quedará aquí para siempre, ¿y qué suerte no sería ésta para todos? Le aseguro a usted que se me abren las carnes, así que habla de irse. Por fortuna que cada vez se lo quita-

---

[63] *jugar a la billarda.* Creemos que se trata de un juego popular que consiste en construir trampas para cazar lagartos. También se ha identificado esta palabra con el juego francés del *billard.*

[64] *remontar un pandero:* reparar el instrumento.

[65] *faccioso:* los carlistas.

mos de la cabeza. Pues y la niña, ¡qué suerte haría! Que
ha de saber usted que gana don Federico muy buenos cuartos. Cuando asistió y sacó en bien al hijo del alcalde don
Perfecto, le dio éste cien reales, como cien estrellas. ¡Qué
linda pareja harían, mi comandante!

—No digo que no, tía María —repuso don Modesto—;
pero no me dé usted cartas en el asunto, y déjeme observar mi estricta neutralidad. No tengo dos caras; tengo la
que me afeita Ramón, y no otra.

En este momento entró *Marisalada* en la huerta. No era
ya por cierto la niña que conocimos desgreñada y mal compuesta; primorosamente peinada y vestida con esmero,
venía todas las mañanas al convento, al que si bien no la
atraían el cariño ni la gratitud a los que lo habitaban, traía-
la el deseo de oír y aprender música de Stein, al paso que
la echaba de la cabaña el fastidio de hallarse sola en ella
con su padre, que no la divertía.

—¿Y don Federico? —dijo al entrar.

—Aún no ha vuelto de ver a sus enfermos —respondió
la tía María—; hoy iba a vacunar más de doce niños.
¡Tales cosas, don Modesto! Sacó el *pues*, como dice su
merced, de la teta de una vaca: ¡que las vacas tengan un
contraveneno para las viruelas! Y verdad será, porque don
Federico lo dice.

—Y tanta verdad que es —repuso don Modesto—, y
que lo inventó un *Suizo* [66]. Cuando estaba en Gaeta vi a
los Suizos, que son la guardia del Papa; pero ninguno me
dijo ser él el inventor.

—Si yo hubiese sido Su Santidad prosiguió la tía María, hubiese premiado al inventor con una indulgencia
plenaria. Siéntate, saladilla mía, que tengo hambre de
verte.

—No —contestó María—, me voy.

—¿Dónde has de ir que más te quieran? —dijo la tía
María.

---

[66]   E. Jenner (1742-1823), médico inglés que descubrió un antídoto
contra la viruela.

—¿Qué se me da a mí que me quieran? —respondió *Marisalada*—, ¿qué hago yo aquí si no está don Federico?

—¡Vamos allá! ¿con que no vienes aquí sino por ver a don Federico, ingratilla?

—Y si no, ¿a qué había de venir? —contestó María—; ¿a hallarme con *Romo,* que tiene los ojos, la cara y el alma todo atravesado?

—¿Con que esto es que quieres mucho a don Federico? —tornó a preguntar la buena anciana.

—Le quiero —respondió María—; si no fuera por él, no ponía aquí los pies, por no encontrarme con ese demonio de *Romo,* que tiene un aguijón en la lengua, como las avispas en la parte de atrás.

—¿Y Ramón Pérez? —preguntó con *chuscada* [67] la tía María, como para convencer a don Modesto de que su protegido podía archivar sus esperanzas.

Marisalada soltó una carcajada. —Si ese *Ratón Pérez* —(Momo había puesto este sobrenombre al barberillo) respondió—, se cae en la olla, no seré yo la hormiguita que lo canta y lo llora, y sobre todo la que lo escuche *cantar* [68]; porque su canto me ataca el *sistema nervioso,* como dice don Federico, que asegura que lo tengo más tirante que las cuerdas de una guitarra. Verá usted cómo canta ese *Ratón Pérez,* tía María.

Cogió *Marisalada* rápidamente una hoja de pita, que estaba en el suelo, y era de las que servían al hermano Gabriel, para poner como biombos contra el viento Norte delante de las tomateras cuando empezaban a nacer; y apoyándola en su brazo, a estilo de una guitarra, se puso a remedar de una manera grotesca los ademanes de Ramón Pérez, y con su singular talento de imitación y su modo de cantar y hacer gorgoritos, de esta suerte cantó:

---

[67]   *chuscada:* con gracia o donaire.
[68]   Alusión al cuento de la hormiguita y al ratoncito Pérez, que se calló en la olla al ir a mirar la comida. Fernán lo incluye en sus *Cuentos de encantamientos.* Véase *Cuentos, oraciones adivinas y refranes populares,* en *op. cit.,* vol. V, págs. 196 y sigs.

> ¡Qué tienes, hombre de Dios,
> que te vas poniendo flaaaaco?
> —Es porque puse los ojos
> en un castillo muy aaaalto!

—Sí —dijo don Modesto, que recordó las serenatas a la puerta de Rosita—; ese pobre Ramón siempre ha puesto alto los ojos.

A don Modesto no le habían podido disuadir los ulteriores sucesos, de que no fuese Rosita el objeto que atrajo las consabidas serenatas, porque una idea que entraba en la cabeza de don Modesto, caía como en una alcancía; ni él mismo la podía volver a sacar. Eran las casillas de su entendimiento tan estrechas y bien ordenadas, que una vez que penetraba una idea en la que le correspondía, quedaba encajada, embutida, e incrustada *per in saecula saeculorum*.

—Me voy —dijo María, tirando la pita, de modo que vino a dar ruidosamente contra fray Gabriel, que vuelto de espalda y agachado, ataba su centésimo vigésimo quinto vencejo.

—¡Jesús! —exclamó asombrado fray Gabriel; pero en seguida se volvió a atar sus vencejos, sin añadir palabra.

—¡Qué puntería! —dijo María riéndose—: Don Modesto, tómeme usted para artillero, cuando logre los cañones para su fuerte.

—Ésas no son gracias, María; son chanzas pesadas, que sabes que no me gustan —dijo incomodada la buena anciana—. Dime a mí lo que quieras; pero a fray Gabriel déjale en paz, que es el único bien que le ha quedado.

—Vamos, no se enfade usted, tía María —repuso *la Gaviota*—; consuélese usted con pensar, que nada tiene de vidrio fray Gabriel, sino sus *espejuelos* [69]. Mi Comandante, dígale usted a *señá Rosa Mística,* que traslade su *amiga* al fuerte de usted cuando tenga cañones de veinti-

---

[69] Clara alusión a la novela cervantina *El licenciado Vidriera*.

cuatro, para que estén bien guardadas las niñas de las ase-
chanzas del demonio, que se meten en guitarras destem-
pladas. Me voy, porque don Federico no viene; estoy para
mí que está vacunando a todo el lugar, inclusos *señá Mística,* el maestro de escuela y el alcalde.

Pero la buena anciana, que estaba acostumbrada a las
maneras desabridas de María, y a la que por tanto no
herían, la llamó, y le dijo se sentase a su lado .

Don Modesto, que infirió que la buena mujer iba a
armar sus baterías, fiel a la neutralidad que había prometido, se despidió, dio media vuelta a la derecha, y tocó
retirada; pero no sin que la tía María le diese un par de
lechugas y un manojo de rábanos.

—Hija mía —dijo la anciana cuando estuvieron solas—;
¿qué no sería, que se casase contigo don Federico, y que
fueses tú así la *señá* médica, la más feliz de las mujeres,
con ese hombre que es un San Luis Gonzaga, que sabe
tanto, que toca tan bien la flauta, y gana tan buenos cuartos? Estarías vestida como un palmito, comida y bebida
como una mayorazga; y sobre todo, hija mía, podrías
mantener al pobrecito de tu padre, que se va haciendo
viejo , y es un dolor verle echarse a la mar, que llueva o
ventee, para que a tí no te falta nada. Así don Federico
se quedaría entre nosotros, consolando y aliviando males,
como un ángel que es.

María había escuchado a la anciana con mucha atención, aunque afectando tener la vista distraída: cuando
hubo acabado de hablar, calló un rato, y dijo después con
indiferencia:

—Yo no quiero casarme.

—¡Oiga! —exclamó tía María—, ¿pues acaso te quieres meter monja?

—Tampoco —respondió *la Gaviota.*

—¿Pues qué? —preguntó asombrada la tía María—,
¿no quieres ser ni carne, ni pescado? ¡No he oído otra!
La mujer, hija mía, o es de Dios, o del hombre; si no,
no cumple con su vocación, ni con la de arriba, ni con
la de abajo.

—¿Pues qué quiere usted, señora?, no tengo vocación ni para casada ni para monja.

—Pues, hija —repuso la tía María—, será tu vocación la de la mula. A mí, Mariquita, no me gusta nada de lo que sale de lo regular; en particular a las mujeres, les está tan mal no hacer lo que hacen las demás, que si fuese hombre, le había de huir a una mujer así, como a un toro bravo. En fin, tu alma en tu palma; allá te las avengas. Pero —añadió con su acostumbrada bondad—, eres muy niña y tienes que dar más vueltas que da una llave. El tiempo quiebra, sin canto ni piedra.

Marisalada se levantó y se fue.

«¡Sí! —iba pensando, tocándose el pañolón por la cabeza—; me quiere; eso ya me lo sabía yo. Pero... como fray Gabriel a la tía María, esto es, como se quieren los viejos. ¿A que no sufría un aguacero en mi reja por no resfriarse? Ahora, si se casa conmigo se me hará buena vida; ¡eso sí! me dejará hacer lo que me dé la gana, me tocará su flauta cuando se lo pida, y me comprará lo que quiera y se me antoje. Si fuera su mujer, tendría un pañolón de *espumilla* [70], como Quela, la hija de tío Juan López, y una mantilla de blonda de Almagro, como la alcaldesa. ¡Lo que rabiarían de envidia! Pero me parece que don Federico, que se derrite como tocino en sartén, cuando me oye cantar, lo mismo piensa en casarse conmigo, que piensa don Modesto en casarse con su querida Rosa... de todos los diablos.»

En todo este bello monólogo mental, no hubo un pensamiento ni un recuerdo para su padre, cuyo alivio y bienestar habían sido las primeras razones que había aducido la tía María.

---

[70]   *pañolón de espumilla:* de tela muy ligera, semejante al crespón.

CAPÍTULO XII

Convencida la tía María de que ningún apoyo ni ayuda alguna tenía que aguardar del hombre de influencia, al cual había querido asociarse en su empresa matrimonial, se determinó a llevarla a cabo por sí y ante sí, segura de vencer las objeciones de María, y las que pudiese poner don Federico, como Sansón a los filisteos. Nada le arredraba, ni el despego de María, ni la inmovilidad de Stein; porque el amor es perseverante como una hermana de la caridad, y arrojado como un héroe; y el amor era el gran móvil de todo lo que hacía aquella buenísima mujer. Así fue, que sin más ni mas, le dijo un día a Stein:

—¿Sabe usted don Federico, que días atrás estuvo aquí *Marisalada,* y nos dijo muy clarito, y con esa gracia que Dios le ha dado, que no venía aquí sino por usted? ¿Qué le parece a usted la franqueza?

—Que a ser cierto, sería una ingratitud, y que mi ruiseñor no es capaz de ella: habrá sido una broma.

—Ello es, don Federico, que barbas mayores quitan menores, y el primer lugar compete a quien compete. ¿Tan mal le sabrá a usted que le quieran, señor mío?

—No por cierto, que estamos de acuerdo en aquel axioma que usted tanto repite, *amor no dice basta.* Pero... tía María, en querer siempre he sido mejor donador, que no recaudador.

—Eso no habla conmigo —exclamó con viveza la buena mujer.

—No por cierto, mi querida tía María —respondió Stein tomando y estrechando entre las suyas la mano de la anciana—. En sentimientos, estamos en cuenta corriente y pagada; pero en pruebas he quedado muy atrás; ¡ojalá pudiese dar a usted alguna de mi cariño y de mi gratitud!

—Pues fácil es, don Federico, y voy a pedírsela a usted.

—Desde luego, mi querida tía María, ¿y cuál es esa prueba? Decidlo pronto.

—Que se quede con nosotros, y para eso, que se case usted, don Federico: de esta suerte se nos quitaría el continuo sobresalto en que vivimos, de que se nos quiera usted ir a su país; porque, como dice el refrán: ¿Cuál es tu tierra? La de mi *mujer* [71].

Stein se sonrió.

—¿Que me case? —dijo—; pero ¿con quién, mi buena tía María?

—¿Con quién ¿con quién había de ser? con su *ruiseñor;* así tendrá usted eterna primavera en el corazón. ¡Es tan guapa, tan sandunguera, está tan amoldada a sus mañas de usted, que ni ella puede vivir sin usted, ni usted sin ella. ¡Si se están ustedes queriendo como dos tortolillos! que eso salta a la cara.

—Soy viejo para ella, tía María —respondió Stein suspirando, y sonrojándose al darse cuenta de que en cuanto a él, llevaba razón la buena mujer—; soy viejo —repitió—, para una niña de dieciséis años, y mi corazón es un inválido a quien deseo hacer la vida dulce y tranquila, y no exponerlo a nuevas heridas.

—¡Viejo! —exclamó la tía María—, ¡qué disparate! ¡Pues si apenas tiene usted treinta años! Vamos, que eso es una razón de pie de banco, don Federico.

—¿Qué más desearía yo —replicó Stein—, que disfru-

---

[71] Palabras que tal vez obedezcan a recuerdos personales, pues su padre, don Nicolás, no pudo convencer a su esposa para que viviera en Alemania. Fernán Caballero escribió también al respecto una comedia titulada *Matrimonio bien avenido, la mujer junto al marido*.

tar con una inocente joven, de la dulce y santa felicidad doméstica, que es la verdadera, la perfecta, la sólida que puede disfrutar el hombre, y que Dios bendice, porque es la que nos ha trazado? Pero, tía María, ella no me puede querer a mí.

—¡Esta es otra que mejor baila! Delicadita de gusto había de ser, a fe mía, la que a usted le hiciese *fo* [72], don Federico. ¡Jesús! no diga usted lo contrario; que parece burla. Pues si la mujer que usted quiera, ha de ser la más feliz del mundo entero.

—¿Lo cree usted así, mi buena tía María?

—Como me he de salvar, don Federico; y la que no lo fuese, era preciso asparla viva.

A la mañana siguiente, cuando llegó *Marisalada,* al entrar en el patio, se dio de frente con Momo, que sentado sobre una piedra de molino, almorzaba pan y sardinas.

—¿Ya estás ahí, *Gaviota?* —este fue el suave recibimiento que le hizo Momo—; ¡sobre que un día te hemos de hallar en la olla del potaje! ¿No tienes nada que hacer en tu casa?

—Todo lo dejo yo —respondió María—, por venir a ver esa cara tuya, que me tiene hechizada, y esas orejas que te envidia *Golondrina.* Oyes, ¿sabes por qué tenéis vosotros las orejas tan largas? Cuando padre Adán se halló en el paraíso con tanto animal, les dio a cada cual su nombre; a los de tu especie los nombró borricos. Unos días después, los juntó y les fue preguntando a cada cual su nombre; todos respondieron, menos los de tu casta, que ni su nombre sabían. Dióle tal rabia a padre Adán, que cogiendo al desmemoriado por las orejas, se puso a gritar a la par que tiraba desaforadamente de ellas; te llamas borriicooo.

Diciendo y haciendo, había cogido María las orejas a Momo, ya se las tiraba de manera de arrancárselas.

---

[72] *hacer fó:* hacer asco. Expresión que aparece también en *Lady Virginia,* en *op. cit.,* vol. III, pág. 22, «Pero ello es que aquellos dineros que se le entraron a su hijo de usted por las puertas no le vinieron malamente para estar feliz, y usted no les hizo fo».

Fue la suerte de María, que al primer berrido que dio
Momo, con toda la fuerza de sus anchos pulmones, se le
atravesó un bocado de pan y sardina, lo que le ocasionó
tal golpe de tos, que ella, ligera como buena gaviota, pudo
escaparse del buitre.

—Buenos días, mi ruiseñor —dijo Stein que al oírla
había salido al patio.

—Por vía del ruiseñor, ¡ehe, ehe, ehe, ehe! —gruñía y
tosía Momo—, ¡ruiseñor y es la chicharra más cansada
que ha criado el estío! ¡ehe, ehe, ehe, ehe!

—Ven, María —prosiguió Stein—, ven a escribir y a leer
los versos que traduje ayer. ¿No te gustaron?

—No me acuerdo de ellos —respondió María—; ¿eran
aquellos del país donde florecen los naranjos? Ésos no
pegan aquí, donde se han secado por no bastar a su riego
las lágrimas de fray Gabriel. Déjese usted de versos, don
Federico, y tóqueme usted el *Nocturno* de *Wehber* [73],
cuyas palabras son: «¡Escucha, escucha, amada mía! se
oye el canto del ruiseñor; en cada rama, florece una flor;
antes que aquél calle, y éstas se ajen, escucha, escucha,
amada mía!»

—¡Los terminachos que ha aprendido esa *Gaviota*!
—murmuraba Momo—, y que le sientan como confites
a un ajo molinero.

—Después que leas, tocaré la serenata de Carl de Wehber —dijo Stein, que sólo a favor de esta recompensa,
podía obligar a María a aprender lo que quería enseñarle.
María tomó con mal gesto el papel que le presentaba Stein,
y leyó corrientemente, aunque de mala gana:

---

[73]   *Carl de Wehber*. Carl María von Weber (1781-1826), compositor romántico alemán, autor del *Freischütz* y de *Oberon*.

AL RETIRO

Traducido del poeta alemán Salis [74]

En la suave sombra del retiro hallé la paz, la paz que a un mismo tiempo nos ablanda y fortalece, y que mira tranquila los golpes de la suerte como el santo mira los sepulcros.

Dulce olvido de la marcha del tiempo, suave alejamiento de los hombres, que llevas a amarlos más que su trato! tú sacas blandamente de la herida el dardo que en el alma clavó la injusticia.

Aquel que *tolera y aprecia*, aquel que exige mucho de sí mismo y poco de los demás, para éste brotan las más suaves hojas del olivo, con las que coronará la moderación su frente.

En cuanto a mí, corono a mis *Penates* [75] con *loto* [76], y los cuidados por el porvenir no se acercan a mis umbrales, pues el hombre cuerdo concreta su felicidad a un estrecho círculo.

—María —dijo Stein cuando esta hubo acabado la lectura—; tú, que no conoces al mundo, no puedes graduar cuánta y qué profunda verdad hay en estos versos, y cuánta filosofía. ¿Te acuerdas que te expliqué lo que era filosofía?

—Sí señor —respondió María—, la ciencia de ser feliz. Pero en eso, señor, no hay reglas ni ciencia que valga; cada cual entiende el modo de serlo a su manera. Don Modesto, en que le pongan cañones a su fuerte, tan ruinoso como él. Fray Gabriel, en que le vuelvan su convento, su prior y sus campanas; tía María, en que usted no se vaya; mi padre en coger una corbina, y Momo, en hacer todo el mal que pueda.

Stein se echó a reír, y poniendo cariñosamente su mano sobre el hombro de María.

—¿Y tú —le dijo—, en qué la haces consistir?

María vaciló un momento sobre lo que había de contes-

---

[74] Johann Gaudenz Freiherr von Salis (1762-1834), poeta suizo.

[75] *Penates:* dioses domésticos de los gentiles. Véase *Pequeño curso de mitología para niños,* en *op. cit.,* vol. V, cap. XIV.

[76] *loto.* Según los antiguos poetas, el extranjero que comía el fruto de este árbol olvidaba su patria.

tar, levantó sus grandes ojos, miró a Stein, los volvió a
bajar, miró de soslayo a Momo, se sonrió en sus adentros
al verle las orejas más coloradas que un tomate, y contestó al fin.

—¿Y usted, don Federico, en qué la haría consistir? ¿en
irse a su tierra?

—No —respondió Stein.

—¿Pues en qué? —prosiguió preguntando María.

—Yo te lo diré, ruiseñor mío —respondió Stein—; pero
antes, dime tú en que harías consistir la tuya.

—En oír siempre tocar a usted —respondió María con
sinceridad.

En este momento, salió la tía María de la cocina, con
la buena intención de meter el palo en candela; sucedién-
dole lo que a muchos, que por un exceso de celo, entorpecen las mismas cosas que desean.

—¿No ve usted, don Federico —le dijo—, qué guapa
moza está *Marisalada,* y qué corpachón ha echado?

Momo, al oír a su abuela, murmuró guillotinando una
sardina:

—¡Idéntica a la caña de pescar de su padre!, con unas
piernas y brazos que le dan el garbo de un cigarrón, tan
alta y tan seca, que haría buena tranca para mi puerta, ¡jui!

—Anda, desaborido, rechoncho, que pareces una col
sin troncho, repuso *la Gaviota* a media voz.

—Sí, sí —respondió Stein a la tía María—: es bella, sus
ojos son el tipo de los tan nombrados de los árabes.

—Parecen dos erizos, y cada mirada una púa —gruñó
Momo.

—¿Y esta boca tan hermosa que canta como un serafín?
—prosiguió la tía María, tomando la cara a su protegida.

—¡Vea usted! —dijo Momo—, una boca como una es-
puerta, que echa fuera sapos y culebras.

—¿Y tu jeta? —dijo María con una rabia, que esta vez
no pudo contener—, ¿y tu jeta espantosa, que no ha llegado de oreja a oreja, porque tu cara es tan ancha, que
se cansó a medio camino?

Momo, en respuesta, cantó en tres tonos diferentes.

—¡*Gaviota!* ¡*Gaviota!* ¡*Gaviota!*

—¡*Romo*! ¡*Romo*! ¡*Romo*! chato, nariz de rabadilla de pato —cantó María con su magnífica voz.

—¿Es posible, Mariquita —le dijo Stein—, que hagas caso de lo que dice Momo sólo por molerte? Son sus bromas tontas y groseras, pero sin malicia.

—Alguna de la que a él le sobra, le hace falta a usted, don Federico —respondió María—. Y para que usted lo sepa, no me da la gana de aguantar a ese zopenco, más rudo que un canto, más bronco que un *escambrón* [77], y más áspero que un cuero sin curtir. Así, me voy.

Diciendo esto, se salió *la Gaviota*, y Stein la siguió.

—Eres un desvergonzado —dijo la tía María a su nieto—; tienes más hiel en tu corazón, que buena sangre en tus venas: ¡a las faldas, se las respeta, ganso! Pero en todo el lugar hay otro más díscolo ni más desamoretado que tú.

—Como está usted hecha a la finura de esa pilla de playa —respondió Momo—, que me ha puesto las orejas como usted las ve, le parecen a usted los demás bastos! El demonio que acierte de qué hechizo se ha valido esa agua-mala * para cortarle a usted y a don Federico el ombligo. Mire usted una gaviota *leía y escribía!*... ¿quién ha visto eso? Así es que esa gran *jaragana*, que no se cuida de otra cosa en todo el día, sino de hacer gorgoritos como el agua al fuego, ni le guisa la comida a su padre, que tiene que guisársela él mismo, ni le cuida la ropa; de manera que tiene usted que cuidársela. Pero su padre, don Federico y usted no saben dónde ponerla, y querían que Su Santidad la santificara. ¡Ella dará el pago! ¡ella dará el pago! y si no ¡al tiempo! Cría cuervos...

Stein había alcanzado a *Marisalada,* y le decía:

—¿De qué sirve, Mariquita, cuanto he procurado ilustrar tu entendimiento, si no has llegado siquiera a adqui-

---

* Agua-mala es el nombre vulgar de un pólipo marino, que vive rodeado de una materia glutinosa que flota en el mar, y cuyo contacto produce un escozor en la piel, parecido al que causa el de la ortiga.

[77] *escambrón:* espino.

rir la poca superioridad necesaria para sobreponerte a ne-
cedades sin valor ni importancia?

—Oiga usted, don Federico —contestó María—, yo entiendo que la superioridad me ha de valer para que por
ella me tengan en más, y no en menos.

—Válgame Dios, María, ¿es posible que así trueques
los frenos? La superioridad enseña cabalmente a no en-
greírse con lauros, y a no rebelarse contra injusticias. Pero
esas son —añadió riéndose—, cosas de tu edad casi infantil, y de tu efervescente sangre meridional. Tú habrás
aprendido, cuando tengas canas como yo, el poco valor
de esas cosas. ¿Has notado que tengo canas, María?

—Sí —respondió ésta.

—Pues mira, bien joven soy; pero el sufrir madura
pronto la cabeza. Mi corazón ha quedado joven, María;
y te ofrecería flores de primavera, si no temiese te asusta-
sen las tristes señales de invierno que ciñen mi frente.

—Verdad es —respondió María (que no pudo contener
su natural impulso)—, que un novio con canas, no pega.

—¡Bien lo pensé así! —dijo Stein con tristeza—; mi corazón es leal, y la tía María se engañó cuando al asegu-
rarme posible la felicidad, hizo nacer en él esperanzas,
como nace la flor del aire, sin raíces, y sólo al soplo de
la brisa.

María, que echó de ver que había rechazado con su aspereza, a un alma demasiado delicada para insistir, y a
un hombre bastante modesto para persuadirse de que
aquella sola objeción bastaba para anular sus demás ventajas, dijo precipitadamente:

—Si un novio con canas no pega, un marido con canas
no asusta.

Stein quedó sumamente sorprendido de esta brusca salida, y aún más, de la decisión e impasibilidad con que
se hacía. Luego, se sonrió, y la dijo:

—¿Te casarías, pues, conmigo, bella hija de la naturaleza?

—¿Por qué no? —respondió *la Gaviota*.

—María —dijo conmovido Stein—, la que admite a un

hombre para marido, y se aviene a unirse a él para toda
la vida, o mejor dicho, a hacer de dos vidas una, como
en una antorcha dos pábilos forman una misma llama,
le favorece más, que la que le acoge por amante.

—¿Y para qué sirven —dijo María con mezcla de inocencia y de indiferencia—, los peladeros de pava en la reja?
¿a qué sirven los guitarreos, si tocan y cantan mal, sino
para ahuyentar los gatos?

Habían llegado a la playa, y Stein suplicó a María se
sentase a su lado, sobre unas rocas. Callaron largo rato:
Stein estaba profundamente conmovido; María, aburrida, había tomado una varita, y dibujaba con ella figuras
en la arena.

—¡Cómo habla la naturaleza al corazón del hombre!
—dijo al fin Stein—; ¡qué simpatía une a todo lo que Dios
ha creado! Una vida pura es como un día sereno; una vida
de pasiones desenfrenadas, es como un día de tormenta.
Mira esas nubes, que llegan lentas y oscuras, a interponerse entre el sol y la tierra: son como el deber, que se
interpone entre el corazón y un amor ilícito, dejando caer
sobre el primero sus frías, pero claras y puras emanaciones. ¡Dichoso el terreno sobre el que no resbalan! Pero
nuestra felicidad será inalterable como el cielo de mayo;
porque tú me querrás siempre, ¿no es verdad, María?

María, en cuya alma tosca y áspera no esperimentaba
la poesía ni hacia los sentimientos ascéticos de Stein, no
tenía ganas de responder; pero como tampoco podía dejar
de hacerlo, escribió en la arena con la varita, con que dis-
traía su ocio, la palabra «¡Siempre!»

Stein tomó el fastidio por modestia, y prosiguió conmovido:

—Mira la mar: ¿oyes cómo murmuran sus olas con una
voz tan llena de encanto y de terror? parecen murmurar
graves secretos, en una lengua desconocida. Las olas son,
María, aquellas sirenas seductoras y terribles, en cuya creación fantástica las personificó la florida imaginación de
los griegos: seres bellos y sin corazón, tan seductores como
terribles, que atraían al hombre con tan dulces voces para

perderle. Pero tú, María, no atraes con tu dulce voz, para pagar con ingratitud; no: tú serás la sirena en la atracción, pero no en la perfidia. ¿No es verdad, María, que nunca serás ingrata?

«¡*Nunca!*», escribió María en la arena; y las olas se divertían en borrar las palabras que escribía María, como para parodiar el poder de los días, olas del tiempo, que van borrando en el corazón, cual ellas en la arena, lo que se asegura tener grabado en él para siempre.

—¿Por qué no me respondes con tu dulce voz? —dijo Stein a María.

—¿Qué quiere usted, don Federico? —contestó ésta—, se me anuda la garganta para decirle a un hombre que lo quiero. Soy seca y descastada, como dice la tía María, que no por eso deja de quererme; cada uno es como Dios lo ha hecho. Soy como mi padre; palabras, pocas.

—Pues si eres como tu padre, nada más deseo, porque el buen tío Pedro —diré mi padre, María—, tiene el corazón más amante que abrigó pecho humano. Corazones como el suyo, sólo laten en los diáfanos pechos de los ángeles, y en los de los hombres selectos.

«¡Selecto mi padre! —dijo para sí María, pudiendo apenas contener una sonrisa burlona—. ¡Anda con Dios! más vale que así le parezca.»

—Mira, María —dijo Stein acercándose a ella—; ofrezcamos a Dios nuestro amor puro y santo: prometámosle hacerlo grato con la fidelidad en el cumplimiento de todos los deberes que impone, cuando está consagrado en sus aras; y deja que te abrace como a mi mujer, y a mi compañera.

—¡Eso no! —dijo María dando un rápido salto atrás, y arrugando el entrecejo—, ¡a mí no me toca nadie!

—Bien está, mi bella esquiva —repuso Stein con dulzura—; respeto todas las delicadezas, y me someto a todas tus voluntades. ¿No es acaso, como dice uno de vuestros antiguos y divinos poetas, la mayor de las felicidades, la de *obedecer amando?*

CAPÍTULO XIII

El agradecimiento que sentía el pescador hacia el que había salvado a su hija, se había convertido al verle tan interesado por ella, en una amistad exaltada, que sólo podía compararse a la admiración que excitaban en él las grandes prendas que adornaban a Stein. Grande fue igualmente el regocijo que causó la noticia del casamiento de Stein en todas las personas que le conocían y le amaban.

Así fue que cuando se le ofreció por yerno, el buen padre enmudeció, profundamente conmovido por el gozo que sintió en su corazón, y sólo suplicó a Stein cogiéndole la mano, que por Dios se quedasen a vivir en la choza; en lo que consintió Stein de mil amores. Entonces el pescador pareció recobrar las fuerzas y la agilidad de su juventud, para emplearlas en mejorar, asear y primorear su habitación. Despejó el pequeño desván, al que se retiró, dejando los cuartitos del segundo piso para sus hijos. Enlució las paredes, las enjalbegó, aplanó el suelo, y le cubrió después con una primorosa estera de palma, que al efecto tejió, encargando a la tía María el sencillo ajuar correspondiente.

Desde que se conocieron el tosco marinero y el ilustrado estudiante, habían congeniado; porque las personas de buenos y análogos sentimientos sienten tal atracción cuando se ponen en contacto, que venciendo las distancias, desde luego se saludan hermanas.

De puro gozo, la tía María no pudo dormir en tres noches seguidas. Pronosticó, que puesto que don Federico iba a residir en aquel país, ninguno de sus habitantes moriría sino de viejo.

Fray Gabriel se manifestó tan contento de aquella resolución, y sobre todo de ver a la tía María tan alegre, que abundando en los sentimientos de ésta, se aventuró a soltar un gracejo, que fue el primero y el último de su vida. En voz baja dijo que el señor cura iba a olvidarse del *De profundis*.

Tanto agradó este chiste a la tía María, que por espacio de quince días, no habló con alma viviente, a quien después de los buenos días, no se lo refiriese, en honra y gloria de su protegido. Y a él le causó tal embarazo el asombroso éxito de su chiste, que hizo voto de no caer en semejante tentación en todo el resto de su vida.

Don Modesto fue de opinión que *la Gaviota* había ganado el premio grande de la lotería, y la gente del lugar, el segundo; porque él no se hallaría manco si se hubiese encontrado en el sitio de Gaeta, un cirujano tan hábil como Stein.

La opinión de Dolores fue, que si el pescador había dado dos veces la vida a su hija, la voluntad de Dios le había dado dos veces la felicidad, proporcionándole tal padre y tal marido.

Manuel observó que había una torta en el cielo reservada para los maridos que no se arrepintiesen de serlo; y que hasta ahora nadie le había metido el diente. Su mujer le respondió que eso era porque los maridos no entraban allí, habiéndolo prometido así San Pedro a Santa Genoveva[78].

En cuanto a Momo, sostuvo que una vez que *la Gaviota* había encontrado marido, bien podía la epidemia no perder las esperanzas.

Rosa Mística lo tomó por otro estilo. María había aumentado el catálogo de sus agravios con uno de fecha reciente. Había llegado el mes de María, y en el culto que se le tributaba, algunas devotas se reunían a cantar co-

---

[78]   Alusión a Genoveva de Brabante, perseguida, injustamente, por su marido.

plas en honor de la Virgen, acompañadas por un mal clavicordio que tocaba el viejo y ciego organista. Rosita presidía esta sociedad filarmónica y religiosa. Algunas voces puras y agradables, se unían en este concierto a la suya, que no dejaba de ser áspera y chillona. Rosa, que no podía desconocer la admirable aptitud de *Marisalada,* impuso silencio a sus antiguos resentimientos, en obsequio del mes de María, y pensó en aprovecharse de la mediación de don Modesto, para que la hija del pescador tomase parte en aquel coro virginal.

Don Modesto agarró el bastón, y se puso en marcha.

Marisalada, que no la echaba de devota, y que no se cuidaba mucho de ejercer su habilidad bajo aquel maestro *al cembalo* [79]; respondió al veterano con un *no* pelado, sin preámbulo y sin epílogo.

Este monosílabo aterró a don Modesto más que una descarga de artillería; y no supo qué hacer.

Era don Modesto uno de aquellos hombres que tienen bastante buen corazón para desear sinceramente el bien de sus amigos, pero no poseen el valor necesario para contribuir a su logro, ni imaginación bastante fecunda para hallar los medios de conseguirlo.

—Tío Pedro —dijo al pescador después de aquel perentorio rechazo—: ¿Sabe usted que me tiemblan las carnes? ¿Qué dirá Rosita? ¿Qué dirá el padre cura? ¿Qué dirá todo el pueblo? ¿No podría usted hallar medio de convencerla?

—¡Si no quiere! ¿qué le hago? —respondió el pescador.

De modo que el pobre don Modesto tuvo que resignarse a ser el portador de tan triste embajada, la cual no sólo debía ofender, sino escandalizar a su mística patrona.

—Mil veces más quisiera —decía volviendo a Villamar—, presentarme delante de todas las baterías de Gaeta, que delante de Rosita, con este *no* en la boca. ¡Jesús, cómo se va a poner!

---

[79] *cembalo:* antiguo instrumento musical de teclado, parecido al piano de cola, en el que las cuerdas se herían con lengüetas.

Y tenía razón; porque en vano adornó don Modesto su
mensaje con un exordio modificador; en vano lo comentó
con notas explicativas: en vano lo exornó con verbosas
paráfrasis: no por esto dejó de ofender mucho a Rosita,
la cual exclamó en tono sentencioso:

—Quien recibe dones del cielo, y no los emplea en su
servicio merece perderlos.

Así fue, que cuando supo el proyectado casamiento,
dijo, dando un suspiro, y alzando los ojos al cielo:

—¡Pobre don Federico! ¡Tan bueno, tan piadoso, tan
bendito! Dios los haga felices, como hacerlo puede, ya que
nada es imposible a su omnipotencia.

Momo, con su acostumbrada mala intención, tuvo el
gusto de dar la noticia del casamiento a Ramón Pérez.

—Oye, *Ratón Pérez* —le dijo—, ya puedes comer ce-
bolla, hasta hartarte, que a don Federico le ha tentado
el diablo, y se casa con *la Gaviota*.

—¿De veras? —exclamó consternado el barbero.

—¿Te asombras? más me asombré yo; ¡sobre que hay
gustos que merecen palos! ¡Mire usted, prendarse de esa
descastada, que parece una culebra en pie, echando centellas por los ojos, y veneno por la boca! Pero en don Federico, se cumplió aquello de que *quien tarde casa, mal casa*.

—No me asombro —repuso Ramón Pérez—, de que
don Federico la quiera; sino de que *Marisalada* quiera a
ese *desgavilado* [80], que tiene pelo de lino, cara de manzana, y ojos de pescado. Que no haya tenido presente esa
ingrata de que *¡quien lejos se va a casar, o va engañado,
o va a engañar!*

—A fe que no será lo primero, porque lo que es él es
un hombre de los buenos; no hay que decir. Pero esa ma-
riparda lo ha engatusado con su canto, que dura desde
que echa el sol sus luces, hasta que las recoge; pues no
hace *naita* más. Ya se lo dije yo: don Federico, dice el refrán, *toma casa con hogar, y mujer que sepa hilar;* y no
ha hecho caso: es un Juan Lanas. En cuanto a ti, *Ratón*

------

[80] *desgavilado:* desgarbado, desaliñado.

Pérez, te has quedado con más narices que un pez espada.

—Siempre se ha visto —contestó el barbero dando tan brusca vuelta a la clavija de su guitarra que saltó la prima—, que de fuera vendrá, quien de casa nos echará. Pero has de saber tú, *Romo,* que a mí se me da tres pitos. Tal día hará un año; a rey muerto, rey puesto.

Y poniéndose a rasguear furiosamente la guitarra, cantó con voz arrogante:

> Dicen que tú no me quieres,
> no me da pena maldita;
> que la mancha de la mora
> con otra verde se quita.
>
> Si no me quieres a mí,
> se me da tres caracoles;
> con ese mismo dinero
> compro yo nuevos amores.

CAPÍTULO XIV

El casamiento de Stein y *la Gaviota* se celebró en la iglesia de Villamar. El pescador llevaba en lugar de su camisa de bayeta colorada, una blanca muy almidonada, y una chaqueta nueva de paño azul basto; con cuyas galas estaba tan embarazado, que apenas podía moverse.

Don Modesto, que era uno de los testigos, se presentó con toda la pompa de un uniforme viejo y raído a fuerza de cepillazos, el que habiendo su dueño enflaquecido, le estaba anchísimo. El pantalón de mahón, que *Rosa Mística* había lavado por milésima vez, pasándolo por agua de paja, que por desgracia, no era el agua de Juvencio, se había encogido de tal modo, que apenas le llegaba a media pierna. Las charreteras se habían puesto de color de cobre. El tricornio, cuyo erguido aspecto no habían podido alterar ocho lustros de duración, ocupaba dignamente su elevado puesto. Pero al mismo tiempo brillaba sobre el honrado pecho del pobre inválido la cruz de honor ganada valientemente en el campo de batalla, como un diamante puro en un engaste deteriorado.

Las mujeres, según el uso, asistieron de negro a la ceremonia; pero mudaron de traje para la fiesta. *Marisalada* iba de blanco. Tía María y Dolores llevaban vestidos, que Stein les había regalado para aquella ocasión. Eran de tejido de algodón, traído de Gibraltar, de contrabando: el dibujo, el que entonces estaba de moda, y se llamaba *Arco Iris*, por ser una reunión de los colores más opuestos y menos capaces de armonizar entre sí. No parecía sino que el fabricante había querido burlarse de sus consumidores andaluces. En fin, todos se compusieron y engalanaron, excepto Momo, que no quiso molestarse en una ocasión como aquella; lo que dio motivo a que *la Gaviota* le dijese:

—Has hecho bien, gaznápiro; por aquello de que «aunque la mona se vista de seda, mona se queda». La misma falta haces tú en mi boda, que los perros en misa.

—¿Si te habrás figurado tú, que por ser *méica* dejas de ser *Gaviota* —repuso Momo—, y que por estar recompuesta, estás bonita? Sí, ¡bonita estás con ese vestido blanco! Si te pusieras un gorro colorado, parecerías un fósforo.

Y en seguida se puso a cantar con destemplada voz:

> Eres blanca como el cuervo,
> y bonita como el hambre,
> *coloráa* como la cera,
> y gorda como el alambre.

Marisalada repostó en el acto:

> Tienes la boca,
> que parece un canasto
> de colar ropa:
>   Con unos dientes,
> que parecen zarcillos
> de tres pendientes.

y le volvió la espalda.

Momo, que no era hombre que se quedase atrás, en tratándose de insolencias y denuestos, replicó con coraje:

—Anda, anda, a que te echen la bendición; que será la primera que te hayan echado en tu vida, y que estoy para mí que será la última.

Celebróse la boda en el pueblo, en la casa de la tía María, por ser demasiado pequeña la choza del pescador para contener tanta concurrencia. Stein, que había hecho algunos ahorros en el ejercicio de su profesión (aunque hacía de

balde la mayor parte de las curas) quiso celebrar la fiesta
en grande, y que hubiese diversión para todo el mundo:
por consiguiente se llegaron a reunir hasta tres guitarras,
y hubo abundancia de vino, mistela, bizcochos y tortas. Los
concurrentes cantaron, bailaron, bebieron, gritaron; y no
faltaron los chistes y agudezas propias del país.

La tía María iba, venía, servía las bebidas, sostenía el
papel de madrina de la boda, y no cesaba de repetir:

—Estoy tan contenta, como si fuera yo la novia.

A lo que fray Gabriel añadía indefectiblemente.

—Estoy tan contento, como si fuera yo el novio.

—Madre —le dijo Manuel, viéndola pasar a su
lado—; muy alegre es el color de ese vestido para una
viuda.

—Cállate, mala lengua —respondió su madre—. Todo
debe ser alegre en un día como hoy: además, que a caballo regalado, no se le mira el diente. Hermano Gabriel,
vaya esta copa de mistela, y esta torta. Eche usted un brindis a la salud de los novios, antes de volver al convento.

—Brindo a la salud de los novios antes de volver al convento —dijo fray Gabriel.

Y después de apurada la copa, se escurrió, sin que nadie,
excepto la tía María, hubiese echado de ver su presencia,
ni notado su ausencia.

La reunión se animaba por grados.

—¡Bomba [81]! —gritó el sacristán, que era bajito, encogido y cojo.

Calló todo el mundo al anuncio del brindis de aquel personaje.

—Brindo —dijo—, a la salud de los recién casados, a
la de toda la honrada compañía, y por el descanso de las
ánimas benditas!

—¡Bravo! bebamos, y viva la Mancha, que da vino en
lugar de agua!

---

[81] *¡Bomba!* Exclamación con que se brindaba. Nos recuerda a *fray
Gerundio Campazas,* del Padre Isla, pues el protagonista de esta sátira literaria contra la oratoria hueca y pomposa la utiliza en numerosas ocasiones.

—A ti te toca, Ramón Pérez; echa una copla, y no guardes tu voz para mejor ocasión.

Ramón cantó:

> Para bien a la novia
> le rindo y traigo:
> Pero al novio no puedo,
> sino envidiarlo.

—¡Bien, salero! —gritaron todos—. Ahora el fandango, y a bailar.

Al oír el preludio del baile eminentemente nacional, un hombre y una mujer se pusieron simultáneamente en pie, colocándose uno en frente de otro. Sus graciosos movimientos se ejecutaban casi sin mudar de sitio, con un elegante balanceo de cuerpo, y marcando el compás con el alegre repiqueteo de las castañuelas. Al cabo de un rato, los dos bailarines cedían sus puestos a otros dos, que se les ponían delante, retirándose los dos primeros. Esta operación se repetía muchas veces, según la costumbre del país.

Entretanto, el guitarrista cantaba:

> Por el sí que dio la niña
> a la entrada de la iglesia,
> por el sí que dio la niña,
> entró libre, y salió presa.

—¡Bomba! —gritó de pronto uno de los que la echaban de graciosos—. Brindo por ese *cúralo-todo* que Dios nos ha enviado a esta tierra, para que todos vivamos más años que Matusalén; con condición de que, cuando llegue el caso, no trate de prolongar la vida de mi mujer, y mi purgatorio.

Esta ocurrencia ocasionó una explosión de vivas y palmadas.

—Y ¿qué dices tú a todo esto, Manuel? —le gritaron todos.

—Lo que yo digo —repuso Manuel—, es que no digo nada.

—Ésa no pasa. Si has de estar callado, vete a la iglesia. Echa un brindis y espabílate.

Manuel tomó un vaso de mistela, y dijo:

—Brindo por los novios, por los amigos, por nuestro Comandante y por la resurrección de San Cristóbal.

—¡Viva el Comandante, viva el Comandante! —gritó todo el concurso—; y tú Manuel, que lo sabes hacer, echa una copla.

Manuel cantó la siguiente:

> Mira, hombre, lo que haces
> casándote con bonita;
> hasta que llegues a viejo,
> el susto no te se quita.

Después que se hubieron cantado algunas otras coplas, dijo el que la echaba de gracioso:

—Manuel, cantan esos unos despilfarros que no llevan idea ni consonante: tú que sabes decir las cosas en buen versaje, y más cuando estás *calamocano* [82], echa una décima en regla a los novios, y toma este vaso de vino para que te se ponga la lengua *espeíta* [83].

Manuel tomó el vaso de vino, y dijo:

> Ven acá, quita-pesares,
> alivio de mi congoja:
> criado entre verde hoja,
> y pisado en los lagares;

---

[82] *calamocano:* algo ebrio.
[83] *espeíta:* expedita. El uso del vulgarismo denota, una vez más, la influencia de los escritores costumbristas, preocupados no sólo por la descripción ambiental y estudio de tipos, sino también interesados por la reproducción exacta de todo tipo de vulgarismos y variantes idiomáticas, como Mesonero Romanos, Estébanez Calderón, A. Flores, etc. El caso de Larra sería distinto, pues no presta atención ni interés por los tipos populares; incluso, cuando los analiza mostrará un desdén harto significativo.

> te pido *de que* [84] me *aclares*
> esta garganta y *galillo* [85]
> para brindar a los novios
> empinando este vasillo.

—Ahora te toca a ti, Ramón del diablo, ¿te ha embotado el licor la garganta? estás más soso que una ensalada de tomates.

Ramón tomó la guitarra, y cantó:

> Cuando la novia va a misa
> y yo la llego a encontrar;
> toda mi dicha es besar
> la dura tierra que pisa.

Habiendo sucedido a esta copla, otra que *verdeaba*, la tía María se acercó a Stein, y le dijo:

—Don Federico, el vino empieza a explicarse; son las doce de la noche, los chiquillos están solos en casa con Momo y fray Gabriel, y me temo que Manuel empine el codo más de lo regular: el tío Pedro se ha dormido en un rincón, y no creo que sería malo tocar la retirada. Los burros están aparejados. ¿Quiere usted que nos despidamos a la francesa?

Un momentos después, las tres mujeres cabalgaban sobre sus burras hacia el convento. Los hombres las acompañaban a pie, entretanto que Ramón, en un arrebato de celos y despecho, al ver partir a los novios, rasgueando la guitarra con unos bríos insólitos, berreaba más bien que cantaba la siguiente copla:

> Tú me diste calabazas;
> me las comí con tomates;
> más bien quiero calabazas;
> que no entrar en tu linaje.

—¡Qué hermosa noche! —decía Stein a su mujer, alzando los ojos al cielo—. ¡Mira ese cielo estrellado, mira

---

[84] *Te pido de que.* Expresión vulgar y propia del habla popular.
[85] *galillo:* gaznate.

esa luna en todo su lleno, como yo estoy en el lleno de
mi dicha! ¡Como mi corazón, nada le falta, ni nada echa
de menos!

—¡Y yo que me estaba divirtiendo tanto! —respondió
María impaciente; no sé por qué dejamos tan temprano
la fiesta.

—Tía María —decía Pedro Santaló a la buena
anciana—, ahora sí que podemos morir en paz.

—Es cierto —respondió ésta—; pero también podemos
vivir contentos, y esto es mejor.

—¿Es posible que no sepas contenerte, cuando tomas
el vaso en la mano? —decía Dolores a su marido—. Cuando sueltas las velas, no hay cable que te sujete.

—¡Caramba! —replicó Manuel—. Si me he venido,
¿qué más quieres? Si hablas una palabra más, viro de
bordo, y me vuelvo a la fiesta.

Distinguíanse aún los cantos de los bebedores.

—¡Viva la Mancha que da vino en lugar de agua!

Dolores calló, temerosa de que Manuel realizase su amenaza.

—José —dijo Manuel a su cuñado, que también era de
la comitiva—; ¿está la luna llena?

—Por supuesto que sí —repuso el pastor—. ¿No le ves
lo que le está saliendo del ojo? ¿a que no sabes lo que es?

—Será una lágrima —dijo Manuel riendo.

—No es sino un hombre.

—¡Un hombre! —exclamó Dolores plenamente convencida de lo que decía su hermano—. ¿Y quién es ese
hombre?

—No sé —respondió el pastor—; pero sé como se llama.

—¿Y cómo se llama? —preguntó Dolores.

—Se llama Venus —repuso José.

Manuel soltó la carcajada. Había bebido más de lo regular, y tenía el vino alegre, como suele decirse.

—Don Federico —dijo Manuel—: ¿quiere usted que le
dé un consejo, como más antiguo en la cofradía?

—Calla, por Dios, Manuel —le dijo Dolores.

—¿Quieres dejarme en paz? si no, vuelvo la grupa. Oiga

usted, don Federico. En primer lugar, a la mujer y al perro, el pan en una mano, y el palo en la otra.

—Manuel —repitió Dolores.

—¿Me dejas en paz, o me vuelvo? —contestó Manuel—; Dolores calló.

—Don Federico —prosiguió Manuel—; casamiento y señorío, ni quieren fuerza, ni quieren brío.

—Hazme el favor de callar, Manuel, le interrumpió su madre.

—También es fuerte cosa —gruñó Manuel—. No parece sino que estamos asistiendo a un entierro.

—¿No sabes, Manuel —observó el pastor—, que a don Federico no le gustan esas chanzas?

—Don Federico —dijo Manuel, despidiéndose de los novios, que seguían hacia la choza—; cuando usted se arrepienta de lo que acaba de hacer, nos juntaremos, y cantaremos a dos voces la misma letra.

Y siguió hacia el convento, oyéndose en el silencio de la noche, su clara y buena voz, que cantaba:

> Mi mujer y mi caballo,
> se me murieron a un tiempo.
> ¡Qué mujer, ni qué demonio!
> Mi caballo es lo que siento.

—Vete a acostar, Manuel, y *liberal* —le dijo su madre cuando llegaron.

De eso cuidará mi mujer —respondió éste—. ¿No es verdad, morena?

—Lo que yo quisiera es que estuvieses dormido ya —contestó Dolores.

—¡Mentira! ¡cómo habías tú de querer guardarte en el buche el sermón sin paño, que me tengo que zampar yo, entre duerme y vela, si he de dormir en cama! ¡fácil era!

—¿Y no sabes tú taparle la boca? —le dijo riendo su cuñado.

—Oye, José —contestó Manuel—, ¿has hallado tú entre las breñas o cuevas del campo, lo que a una mujer pueda

tapar la boca? Mira que si lo has hallado no faltará quien
te lo compre a peso de oro; por esos mundos no lo he encontrado ni conocido en la vida de Dios.

Y se puso a cantar:

> Más fácil es apagarle
> sus rayos al sol que abrasa,
> que atajarle la sin hueso
> a una mujer enojada.
>
> No sirve el halago,
> ni tampoco el palo,
> ni sirve ser bueno,
> ni sirve ser malo.

CAPÍTULO XV

Tres años habían transcurrido. Stein, que era de los pocos hombres que no exigen mucho de la vida, se creía feliz. Amaba a su mujer con ternura; se había apegado cada día más a su suegro, y a la excelente familia que le había acogido moribundo, y cuyo buen afecto no se había desmentido jamás. Su vida uniforme y campestre estaba en armonía con los gustos modestos y el temple suave y pacífico de su alma. Por otra parte, la monotonía no carece de atractivos. Una existencia siempre igual es como el hombre que duerme apaciblemente y sin soñar; como las melodías compuestas de pocas notas, que nos arrullan tan blandamente. Quizá no hay nada que deje tan gratos recuerdos, como lo monótono, ese encadenamiento sucesivo de días, ninguno de los cuales se distingue del que le sigue, ni del que le precede.

¡Cuál no sería, pues, la sorpresa de los habitantes de la cabaña, cuando vieron venir una mañana a Momo, corriendo, azorado, y gritando a Stein, que fuese, sin perder un instante, al convento!

—¿Ha caído enfermo alguno de la familia? —preguntó Stein asustando.

—No —respondió Momo—; es *Usía* [86] que le dicen *su Esencia* [87], que estaba cazando en el coto jabalíes y venados, con sus amigos; y al saltar un barranco, resbaló el caballo, y los dos cayeron en él. El caballo reventó, y la *Esencia* se ha quebrado cuantos huesos tiene su cuerpo.

Le han llevado allá en unas parihuelas, y aquello se ha
vuelto una Babilonia. Parece el día del juicio. Todos andan
desatentados, como rebaño en que entra el lobo. El único
que está *cariparejo* [88], es el que dio el batacazo. Y un real
mozo que es, por más señas. Allí andaban todos aturrulla-
dos sin saber qué hacer. Madre abuela les dijo que había
aquí un cirujano de los pocos; mas ellos no lo querían
creer. Pero como para traer uno de Cádiz, se necesitan
dos días, y para traer uno de Sevilla, se necesitan otros
tantos, dijo su *Esencia* que lo que quería, era que fuese
allá el recomendado de mi abuela; y para eso he tenido
que venir yo: pues no me parece sino que ni en el mundo
ni en la vida de Dios, hay de quien echar mano sino de
mí. Ahora le digo a usted mi verdad: si yo fuera que usted,
ya que me habían despreciado, no iba ni a dos tirones.

—Aunque yo fuese capaz —respondió Stein—, de in-
fringir mi obligación de cristiano, y de profesor, necesi-
taría tener un corazón de bronce para ver padecer a uno
de mis semejantes sin aliviar sus males pudiendo hacerlo.
Además, que esos caballeros no pueden tener confianza
en mí, sin conocerme; y esto no es ofensa: ni aún lo sería,
si no la tuviesen, conociéndome.

Con esto llegaron al convento.

La tía María, que aguardaba a Stein con impaciencia,
le llevó a donde estaba el desconocido. Habíanle puesto
en la celda prioral, donde apresuradamente, y lo mejor
que se pudo, se le había armado una cama. La tía María
y Stein atravesaron la turba multa de criados y cazadores

---

86   *Usía:* síncopa de usiría. Vuestra señoría. Utilizado por los escritores costumbristas con un sentido más laxo, como en los artículos de
Mesonero Romanos o Antonio Flores. Los rústicos o aldeanos lo apli-
caban a los lechuguinos o petimetres de Madrid.

87   *Esencia:* excelencia. No es habitual este vulgarismo entre los escritores costumbristas de la época, incluido el caso del autor de las *Escenas andaluzas,* Serafín Estébanez Calderón.

88   *cariparejo:* imperturbable, inmutable. Dicho vocablo suele aparecer en numerosos textos de Fernán Caballero como en *Clemencia* y *Un
servilón,* en *op. cit.,* vol. II, pág. 442b y vol. III, pág. 15, respectivamente.

que rodeaban al enfermo. Era este un joven de alta estatura. En torno de su hermoso rostro, pálido, pero tranquilo, caían los rizos de su negra cabellera. Apenas le hubo mirado Stein, lanzó un grito, y se arrojó hacia él: pero temeroso de tocarle, se detuvo de pronto, y cruzando sus manos trémulas, exclamó:

—¡Dios mío, señor Duque!

—¿Me conoce usted? —preguntó el Duque; porque en efecto, la persona que Stein había reconocido, era el Duque de Almansa.

—¿Me conoce usted? —repitió alzando la cabeza, y fijando en Stein sus grandes ojos negros, sin poder caer en quién era el que le dirigía la palabra.

—¡No se acuerda de mí! —murmuró Stein, mientras que dos gruesas lágrimas corrían por sus mejillas. No es extraño: las almas generosas olvidan el bien que hacen, como las agradecidas conservan eternamente en la memoria el que reciben.

—¡Mal principio! —dijo uno de los concurrentes. Un cirujano que llora: ¡estamos bien!

—¡Qué desgraciada casualidad! —añadió otro.

—Señor doctor —dijo el Duque a Stein—, en vuestras manos me pongo. Confío en Dios, en vos, y en mi buena estrella. Manos a la obra, y no perdamos tiempo.

Al oír estas palabras, Stein levantó la cabeza; su rostro quedó perfectamente sereno, y con un ademán modesto, pero imperativo y firme, alejó a los circunstantes. En seguida examinó al paciente con mano hábil y práctica en este género de operaciones: todo con tanta seguridad y destreza, que todos callaron, y sólo se oía en la pieza el ruido de la agitada respiración del paciente.

—El señor Duque —dijo el cirujano, después de haber concluido su examen—, tiene el tobillo dislocado y la pierna rota, sin duda por haber cargado en ella todo el peso del caballo. Sin embargo, creo que puedo responder de la completa curación.

—¿Quedaré cojo? —preguntó el Duque.

—Me parece que puedo asegurar que no.

—Hacedlo así —continuó el Duque—, y diré que sois el primer cirujano del mundo.

Stein, sin alterarse, mandó llamar a Manuel, cuya fuerza y docilidad le eran conocidas, y de quien podía disponer con toda seguridad. Con su auxilio, empezó la cura, que fue ciertamente terrible; pero Stein parecía no hacer caso del dolor que padecía el enfermo, y que casi le embargaba el sentido. Al cabo de media hora, reposaba el Duque, dolorido, pero sosegado. En lugar de muestras de desconfianza y recelo, Stein recibía de los amigos del personaje enhorabuenas cumplidas y pruebas de aprecio y admiración; y él, volviendo a su natural modesto y tímido, respondía a todos con cortesías. Pero quien se estaba bañando en agua rosada, era la tía María.

—¿No lo decía yo? —repetía sin cesar a cada uno de los presentes; ¿no lo decía yo?

Los amigos del Duque, tranquilizados ya, a ruegos de éste, se pusieron en camino de vuelta. El paciente había exigido que le dejasen solo, bajo la tutela de su hábil doctor, su antiguo amigo, como le llamaba, y aun despidió a casi todos sus criados.

Así él y su médico pudieron renovar conocimiento a sus anchas. El primero era uno de aquellos hombres elevados y poco materiales, en quienes no hacen mella el hábito ni la afición al bienestar físico; uno de los seres privilegiados, que se levantan sobre el nivel de las circunstancias, no en ímpetus repentinos y eventuales, sino constantemente, por energía característica, y en virtud de la inatacable coraza de hierro, que se simboliza en el *¿qué importa?;* uno de aquellos corazones que palpitaban bajo las armaduras del siglo XV, y cuyos restos sólo se encuentran hoy en España.

Stein refirió al Duque sus campañas, sus desventuras, su llegada al convento, sus amores y su casamiento. El Duque lo oyó con mucho interés; y la narración le inspiró deseo de conocer a *Marisalada,* al pescador, y la cabaña que Stein estimaba en más que un espléndido palacio. Así es que en la primera salida que hizo, en compañía de su médico, se dirigió a la orilla del mar. Empezaba el verano; y la fresca brisa, puro soplo del inmenso elemento, les proporcionó un goce suave en su romería. El fuerte de San Cristóbal parecía recién adornado con su verde corona, en honra del alto personaje, a cuyos ojos se ofrecía por primera vez. Las florecillas que cubrían el techo de la cabaña, en imitación de los jardines de Semíramis, se acercaban unas a otras, mecidas por las auras, a guisa de doncellas tímidas, que se confían al oído sus amores. La mar impulsaba blanda y pausadamente sus olas hacia los pies del Duque, como para darle la bienvenida. Oíase el canto de la alondra, tan elevada, que los ojos no alcanzaban a verla. El Duque, algo fatigado, se sentó en una peña. Era poeta, y gozaba en silencio de aquella hermosa escena. De repente sonó una voz, que cantaba una melodía sencilla y melancólica. Sorprendido el Duque, miró a Stein, y éste sonrió. La voz continuaba.

—Stein —dijo el Duque—, ¿hay sirenas en estas olas, o ángeles en esta atmósfera?

En lugar de responder a esta pregunta, Stein sacó su flauta, y repitió la misma melodía.

Entonces el Duque vio que se les acercaba medio corriendo, medio saltando, una joven morena, la cual se detuvo de pronto al verle.

—Ésta es mi mujer —dijo Stein—; mi María.

—Que tiene —dijo el Duque entusiasmado—, la voz más maravillosa del mundo. Señora, yo he asistido a todos los teatros de Europa; pero jamás han llegado a mis oídos, acentos que más hayan excitado mi admiración.

Si el cutis moreno, inalterable y terso de María, hubiera podido revestirse de otro colorido, la púrpura del orgullo y de la satisfacción se habría hecho patente en sus mejillas, al escuchar estos exaltados elogios en boca de tan eminente personaje y competente juez. El Duque prosiguió:

—Entre los dos poseéis cuanto es necesario para hacerse camino en el mundo. ¿Y queréis permanecer enterrados en la oscuridad y el olvido? No puede ser: el no hacer participar a la sociedad de vuestras ventajas, repito que no puede ser, ni será.

—¡Somos aquí tan felices, señor Duque! —respondió Stein; que cualquier mudanza que hiciera en mi situación, me parecería una ingratitud a la suerte.

—Stein —exclamó el Duque—, ¿dónde está el firme y tranquilo denuedo que admiraba yo en vos, cuando navegábamos juntos a bordo del *Royal Sovereign?* ¿Qué se ha hecho de aquel amor a la ciencia, de aquel deseo de consagrarse a la humanidad afligida? ¿Os habéis dejado enervar por la felicidad? ¿Será cierto que la felicidad hace a los hombres egoístas?

Stein bajó la cabeza.

—Señora —continuó el Duque—; a vuestra edad, y con esas dotes, ¿podéis decidiros a quedaros para siempre apegada a vuestra roca, como esas ruinas?

María, cuyo corazón palpitaba impulsado por intensa alegría y por seductoras esperanzas, respondió, sin embargo, con aparente frialdad:

—¿Qué más da?

—¿Y tu padre? —le preguntó su marido en tono de reconvención.

—Está pescando —respondió ella—, fingiendo no entender el verdadero sentido de la pregunta.

El Duque entró en seguida en una larga explicación de todas las ventajas a que podría conducir aquella admirable habilidad, que le labraría un trono y un caudal.

María lo escuchaba con avidez, mientras el Duque admiraba el juego de aquella fisonomía sucesivamente fría y entusiasmada; helada y enérgica.

Cuando el Duque se despidió, María habló al oído a Stein, y le dijo con la mayor precipitación:

—Nos iremos; nos iremos. ¡Y qué! ¿la suerte me llama y me brinda coronas, y yo me haría sorda? ¡No, no!

Stein siguió tristemente al Duque.

Cuando entraron en el convento, la tía María preguntó a éste, que trataba con mucha bondad a su enfermera, ¿qué tal le había parecido su querida María?

—¿No es verdad —preguntó—, que *Marisalada* es una linda criatura?

—Ciertamente —respondió el Duque—. Sus ojos son de aquellos que sólo puede mirar frente a frente un águila, según la expresión de un poeta.

—¿Y su gracia? —prosiguió la buena anciana—, ¿y su voz?

—En cuanto a su voz —dijo el Duque—, es demasiado buena para perderse en estas soledades. Bastante tenéis vosotros con vuestros ruiseñores y jilgueros. Es preciso que marido y mujer se vengan conmigo.

Un rayo que hubiese caído a los pies de la tía María, no la habría aterrado, como lo hicieron aquellas palabras.

—¿Y quieren ellos? —exclamó asustada.

—Es preciso que quieran —respondió el Duque, entrando en su departamento.

La tía María quedó consternada y confusa por algunos momentos. En seguida fue a buscar al hermano Gabriel.

—¡Se van! —le dijo bañada en lágrimas.

—¡Gracias a Dios! —repuso el hermano—. Bastante han echado a perder las losas de mármol de la celda prioral. ¿Qué dirá su reverencia cuando vuelva?

—No me ha entendido usted —dijo la tía María, interrumpiéndole—. Quienes se van, son don Federico y su mujer.

—¿Que se van? —dijo fray Gabriel—; ¡no puede ser!

—¿Será verdad? —preguntó la tía María a Stein que venía buscándola.

—¡Ella lo quiere! —respondió él con semblante abatido.

—Eso es lo que dice siempre su padre —continuó la tía María—; y con esa respuesta, la habría dejado morir, si no hubiera sido por nosotros. ¡Ah don Federico! ¡está usted tan bien aquí! ¿Va usted a ser como el español, que estando bueno, quiso estar mejor?

—No espero ni creo hallarme mejor en ninguna parte del mundo, mi buena tía María —dijo Stein.

—Algún día —repuso ella—, se ha de arrepentir usted.

¡Y el pobre tío Pedro! ¡Dios mío! ¿Por qué ha llegado acá el barullo del mundo?

Don Modesto entró en aquel instante. Hacía algún tiempo que había escaseado sus visitas, no porque el Duque no le hubiese recibido perfectamente, ni porque dejase de ejercer sobre el veterano, la misma irresistible atracción que ejercía en todos los que se le acercaban. Pero como era regular, don Modesto se había impuesto la regla de no presentarse ante el Duque, general y exministro de la guerra, sino de rigurosa ceremonia. *Rosa Mística,* empero, le había dicho que su uniforme no se hallaba capaz de un servicio activo, y esta era la causa de escasear sus visitas. Cuando la tía María le notificó que el Duque pensaba emprender la marcha dentro de dos días, don Modesto se retiró inmediatamente. Había formado un proyecto, y necesitaba tiempo para realizarlo.

Cuando *Marisalada* comunicó a su padre la resolución que había tomado de seguir el consejo que le diera el Duque, el dolor del pobre anciano habría partido un corazón de piedra. Este dolor era, sin embargo, silencioso. Oyó los magníficos proyectos de su hija, sin censurarlos ni aplaudirlos, y sus promesas de volver a la choza, sin exigirlas ni rechazarlas. Consideraba a su hija como el ave a su polluelo, cuando se esfuerza a salir del nido, al cual no ha de volver jamás. El buen padre lloraba hacia dentro, si es lícito decirlo así.

Al día siguiente, llegaron los caballos, los criados y las acémilas que el Duque había mandado venir para su partida. Los gritos, los votos y los preparativos del viaje, resonaban en todos los ángulos del convento. El hermano Gabriel tuvo que irse a trabajar en sus espuertas bajo la yedra, a cuya sombra estaban en otro tiempo las norias.

Morrongo se subió al tejado más alto, y se recostó al sol, echando una mirada de desprecio al tumulto que había en el patio; *Palomo* ladró, gruñó y protestó tan enérgicamente contra la invasión extranjera, que Manuel mandó a Momo que le encerrase.

—No hay duda —decía Momo—, que mi abuela que

es la más *aferrada* [89] curandera que hay debajo de la capa
del cielo, tiene imán para atraer enfermos a esta casa. Ya
va de tres con éste, ¡sobre que en el cielo se ha de poner
su mercé a curar a San Lázaro!

Llegó el día de la partida. El Duque estaba ya prepara-
do en su aposento. Habían llegado Stein y María, segui-
dos del pobre pescador, el cual no alzaba los ojos del suelo,
doblado el cuerpo con el peso del dolor. Este dolor le había
envejecido más que los años y todas las borrascas del mar.
Al llegar, se sentó en los escalones de la cruz de mármol.

En cuanto a don Modesto, también había acudido; pero
con la consternación pintada en el rostro. Sus cejas formaban dos arcos, de una elevación prodigiosa. La diminuta mecha de sus cabellos se inclinaba desfallecida hacia
un lado. De su pecho, se exhalaban hondos suspiros.

—¿Qué tiene usted, mi Comandante? —le preguntó la
tía María.

—Tía María —le respondió—: hoy somos 15 de
junio [90], día de mi santo, día tristemente memorable en
los fastos de mi vida. ¡Oh San Modesto! ¿Es posible que
me trates así el mismo día en que la Iglesia te reza?

—Pero, ¿qué novedad hay? —volvió a preguntar la tía
María, con inquietud.

—Vea usted —dijo el veterano, levantando el brazo, y
descubriendo un gran desgarrón en su uniforme, por el
cual se divisaba el forro blanco, que parecía la dentadura
que se asoma por detrás de una risa burlona. Don Modesto estaba identificado con su uniforme; con él habría
perdido el último vestigio de su profesión.

—¡Qué desgracia! —exclamó tristemente la tía María.

—Una jaqueca le cuesta a Rosita —prosiguió don Modesto.

—S.E. suplica al señor Comandante que se sirva pasar
a su habitación —dijo entonces un criado.

---

[89] *aferrada:* obstinada, tal como aparece en la edición de *El Heraldo*.

[90] Aunque se censuren los galicismos en teoría, a veces, en la práctica, se incurre en el uso de los mismos.

Don Modesto se puso muy erguido: tomó en su mano un pliego cuidadosamente doblado y sellado, apretó lo más que pudo al cuerpo el brazo, bajo el cual se hallaba la desventurada rotura, y presentándose ante el magnate, le saludó respetuosamente, colocándose en la estricta posición de ordenanza.

—Deseo a V.E. —dijo—, un felicísimo viaje, y que encuentre a mi señora la Duquesa y a toda su familia, en la más cumplida salud; y me tomo la libertad de suplicar a V.E. se sirva poner en manos del señor ministro de Guerra esta representación relativa al fuerte que tengo la honra de mandar. V.E. ha podido convencerse por sí mismo de cuán urgentes son los reparos que el castillo de San Cristóbal necesita, especialmente hablándose de guerra con el emperador de Marruecos.

—Mi querido don Modesto —contestó el Duque—, no me atrevo a responder del éxito de esa solicitud: más bien le aconsejaría que pusiera una cruz en las almenas del fuerte, como se pone sobre una sepultura. Pero en cambio, prometo a usted conseguir que se le faciliten algunas pagas atrasadas.

Esta agradable promesa no fue parte a borrar la triste impresión que había hecho en el Comandante la especie de sentencia de muerte pronunciada por el Duque sobre su fuerte.

—Entretanto —continuó el Duque—, suplico a usted que acepte como recuerdo de un amigo...

Y diciendo esto, indicó una silla inmediata.

¿Cuál no sería la sorpresa de aquel excelente hombre al ver expuesto sobre una silla un uniforme completo, nuevo, brillante, con unas charreteras dignas de adornar los hombros del primer capitán del siglo? Don Modesto, como era natural, quedó confuso, atónito, deslumbrado al ver tanto esplendor y tanta magnificencia.

—Espero —dijo el Duque—, señor Comandante, que viva usted bastante años, para que le dure ese uniforme otro tanto, cuando menos, como su predecesor.

—¡Ah! señor excelentísimo —contestó don Modesto,

recobrando poco a poco el uso de la palabra—; ¡esto es demasiado para mí!

—Nada de eso, nada de eso —respondió el Duque—. ¡Cuántos hay que usan uniformes más lujosos que ése, sin merecerlo tanto! Sé, además —continuó—, que tiene usted una amiga, una excelente patrona, y que no le pesaría llevarle un recuerdo. Hágame el favor de poner en sus manos esta fineza.

Era un rosario de filigrana de oro y coral.

En seguida, sin dar tiempo a don Modesto para volver en sí de su asombro, el Duque se dirigió a la familia a quien había mandado convocar, con el objeto de acreditarle su gratitud, y dejarles una memoria. El Duque no hacía el bien con la indiferencia y dadivosidad desdeñosa, y tal vez ofensiva, con que lo hacen generalmente los ricos; sino que lo verificaba como lo practican los que no lo son: es decir, estudiando las necesidades y gustos de cada cual. Así es, que todos los habitantes del convento recibieron lo que más falta les hacía, o lo que más podía agradarles. Manuel una capa y un buen reloj; Momo un vestido completo, una faja de seda amarilla, y una escopeta; las mujeres y los niños, telas para trajes y juguetes; *Anís,* un *barrilete*, o cometa de tan vastas dimensiones, que cubierto con él desaparecía su diminuta persona, como un ratón detrás del escudo de Aquiles. A la tía María, a la infatigable enfermera del ilustre huésped, a la diestra fabricante de caldos sustanciosos, señaló el Duque una pensión vitalicia.

En cuanto al pobre fray Gabriel, se quedó sin nada. Hacía tan poco ruido en el mundo, y se había ocultado tanto a los ojos del Duque, que éste no le había echado de ver.

La tía María, sin que nadie la observase, cortó algunas varas de una de las piezas de cera [91], que el Duque le había regalado, y dos pañuelos de algodón, y fue a buscar a su protegido.

—Aquí tiene usted, fray Gabriel —le dijo—, un regalito que le hace el señor Duque. Yo me encargo de hacerle la camisa.

El pobrecillo se quedó todavía más aturdido que el Comandante. Fray Gabriel era más que modesto: ¡era humilde!

Estando todo dispuesto para el viaje, el Duque se presentó en el patio.

—Adiós, *Romo,* honra de Villamar —le dijo *Marisalada—;* si te vide, no me acuerdo.

—Adiós, *Gaviota* —respondió éste—; si todos sintieran tu ida como el hijo de mi madre, se habían de echar las campanas al vuelo.

El tío Pedro se mantenía sentado en los escalones de mármol. La tía María estaba a su lado, llorando a lágrima viva.

—No parece —dijo *Marisalada—,* sino que me voy a la China, y que ya no nos hemos de ver más en la vida. Cuando les digo a ustedes que he de volver. ¡Vaya, que esto parece un duelo de gitanos! ¡Si se han empeñado ustedes en aguarme el gusto de ir a la ciudad!

—Madre —decía Manuel, conmovido al presenciar el llanto de la buena mujer—; si llora usted ahora a jarrillas [92], ¿qué haría si me muriera yo?

—No lloraría, hijo de mi corazón —respondió la madre, sonriendo en medio de su llanto—. No tendría tiempo para llorar tu muerte.

Vinieron las caballerías. Stein se arrojó en los brazos de la tía María.

—No nos eche usted en olvido, don Federico —dijo sollozando la buena anciana—. ¡Vuelva usted!

—Si no vuelvo —respondió éste—, será porque habré muerto.

El Duque había dispuesto que *Marisalada* montase apresuradamente en la mula que se le había destinado, a fin

---

[91] *crea:* tela de hilo que se utilizaba para sábanas, camisas, etc.
[92] *jarrillas:* en cantidad.

de sustraerla a tan penosa despedida. El animal rompió al trote; siguiéronla los otros, y toda la comitiva desapareció muy en breve detrás del ángulo del convento.

El pobre padre tenía los brazos extendido hacia su hija.

—¡No la veré más! —gritó sofocado, dejando caer el rostro en las gradas de la cruz.

Los viajeros proseguían apresurando el trote. Stein al llegar al Calvario, desahogó la aflicción que le oprimía, dirigiendo una ferviente oración al Señor del Socorro, cuyo benigno influjo se esparcía en toda aquella comarca, como la luz en torno del astro que la dispensa.

Rosa Mística estaba en su ventana cuando los viajeros atravesaron la plaza del pueblo.

«¡Dios me perdone! —exclamó al ver a *Marisalada,* cabalgando al lado del Duque—; ni siquiera me saluda, ni siquiera me mira. ¡Vaya, si ha soplado ya en su corazón el demonio del orgullo! Apuesto —añadió, asomando la cabeza a la reja—, que tampoco saluda al señor cura, que está en los porches de la iglesia. Sí; pero es porque ya le da ejemplo el Duque. ¡Hola! y se detiene para hablarle... y le pone una bolsa en las manos, ¡qué será para los pobres!... Es un señor muy bueno, y muy dadivoso. Ha hecho mucho bien: ¡Dios se lo remunere!»

Rosa Mística no sabía todavía la doble sorpresa que le aguardaba.

Al pasar Stein, la saludó tristemente con la mano.

—Vaya usted con Dios! —dijo Rosa, meneando un pañuelo—. «¡Más buen hombre! Ayer al despedirse de mí, lloraba como un niño. ¡Qué lástima que no se quede en el lugar! Y se quedaría, si no fuera por esa loca de *Gaviota,* como le dice muy bien Momo.»

La comitiva había llegado a una colina, y empezó a bajarla. Las casas de Villamar desaparecieron muy en breve a los ojos de Stein, quien no podía arrancarse de un sitio en que había vivido tan tranquilo y feliz.

El Duque, entretanto, se tomaba el inútil trabajo de consolar a María, pintándole lisonjeros proyectos para el porvenir. ¡Stein no tenía ojos sino para contemplar las escenas de que se alejaba!

La cruz del Calvario y la capilla del Señor del Socorro desaparecieron a su vez. Después, la gran masa del convento pareció poco a poco hundirse en la tierra. Al fin, de todo aquel tranquilo rincón del mundo, no percibió más que las ruinas del fuerte, dibujando sus masas sombrías en el fondo azul del firmamento, y la torre, que según la expresión de un poeta, como un dedo, señalaba el cielo con muda elocuencia.

Por último, toda aquella perspectiva se desvaneció. Stein ocultó sus lágrimas, cubriéndose con las manos el rostro,

CAPÍTULO XVI

En España, cuyo carácter nacional es enemigo de la afectación, ni se exige ni se reconoce lo que en otras partes se llama *buen tono*. El buen tono es aquí la naturalidad; porque todo lo que en España es natural, es por sí mismo elegante.

EL AUTOR.

El mes de julio había sido sumamente caluroso en Sevilla. Las tertulias se reunían en aquellos patios deliciosos, en que las hermosas fuentes de mármol, con sus juguetones saltaderos, desaparecían detrás de una gran masa de tiestos de flores. Pendían del techo de los corredores, que guarnecían el patio, grandes faroles, o bombas de cristal, que esparcían en torno torrentes de luz. Las flores perfumaban el ambiente, y contribuían a realzar la gracia y el esplendor de esta escena de ricos muebles que la adornaban, y sobre todo las lindas sevillanas, cuyos animados y alegres diálogos competían con el blando susurro de las fuentes.

En una noche, hacia fines del mes, había gran concurrencia en casa de la joven, linda y elegante Condesa de Algar. Teníase a gran dicha ser introducido en aquella casa; y por cierto, no había cosa más fácil; porque la dueña era tan amable y tan accesible, que recibía a todo el mundo con la misma sonrisa y la misma cordialidad. La facili-

dad con que admitía a todos los presentados no era muy
del gusto de su tío el General Santa María, militar de la
época de Napoleón, belicoso por excelencia, y (como solían ser los militares de aquellos tiempos) algo brusco, un
poco exclusivo, un tanto cuanto absoluto y desdeñoso, en
fin, un hijo clásico de Marte, plenamente convencido de
que todas las relaciones entre los hombres consisten en
mandar u obedecer, y de que el objeto y principal utilidad de la sociedad es clasificar a todos y a cada uno de
sus miembros. En lo demás, español como Pelayo, y bizarro como el Cid.

El General, su hermana la Marquesa de Guadalcanal,
madre de la Condesa, y otras personas estaban jugando
al tresillo. Algunos hablaban de política, paseándose por
los corredores; la juventud de ambos sexos, sentada junto
a las flores, charlaba y reía, como si la tierra sólo produjese flores, y el aire sólo resonase con alegres risas.

La Condesa medio recostada en un sofá, se quejaba de
una fuerte jaqueca, que, sin embargo, no le impedía estar
alegre y risueña. Era pequeña, delgada, y blanca como el
alabastro. Su espesa y rubia cabellera ondeaba en tirabu-
zones a la inglesa. Sus ojos pardos y grandes, su nariz,
sus dientes, su boca, el óvalo de su rostro, eran modelos
de perfección; su gracia, incomparable. Querida en extremo por su madre, adorada por su marido, que, no gus-
tando de la sociedad, le daba, sin embargo, una libertad
sin límites, porque ella era virtuosa y él confiado, era la
Condesa en realidad una niña mimada. Pero, gracias a
su excelente carácter, no abusaba de los privilegios de tal.
Sin grandes facultades intelectuales, tenía el talento del
corazón; sentía bien y con delicadeza. Toda su ambición
se reducía a divertirse y agradar sin exceso, como el ave
que vuela sin saberlo, y canta sin esfuerzo. Aquella noche,
había vuelto de paseo, cansada y algo indispuesta: se había
quitado el vestido, y puéstose una sencilla blusa de museli-
na blanca. Sus brazos blancos y redondos, asomaban por
los encajes de sus mangas perdidas: se había olvidado de
quitarse un brazalete y las sortijas. Cerca de ella estaba sen-

tado un Coronel joven, recién venido de Madrid, después
de haberse distinguido en la guerra de Navarra. La Condesa, que no era hipócrita, tenía fijada en él toda su atención.

El General Santa María, los miraba de cuando en cuando, mordiéndose los labios de impaciencia.

—¡Fruta nueva! —decía—; dejaría ella de ser hija de
Eva, sino le *petase*[93] la novedad. ¡Un mequetrefe! ¡Veinticuatro años, y ya con tres galones! ¿Cuándo se ha visto
tal prodigalidad de grados? ¡Hace cinco o seis años que
iba a la escuela, y ya manda un Regimiento! Sin duda ven-
drán a decirnos que ganó sus grados con acciones brillantes. Pues yo digo que el valor no da experiencia; y que
sin experiencia, nadie sabe mandar. ¡Coronel del ejército
con veinticuatro años de edad! Yo lo fui a los cuarenta,
después de haber estado en el Rosellón, en América, en
Portugal; y no gané la faja de general, sino de vuelta del
Norte con la Romana, y de haber peleado en la guerra
de la Independencia[94]. Señores, la verdad es que todos
nos hemos vuelto locos en España; los unos por lo que
hacen, y los otros por lo que dejan de hacer.

En este momento se oyeron algunas exclamaciones ruidosas. La Condesa misma salió de su languidez, y se levantó de un salto.

—Por fin, ¡ya apareció el perdido! —exclamó—. Mil
veces bien venido, desventurado cazador, y mal parado
jinete. ¡Buen susto nos hemos llevado! Pero, ¿qué es esto?
Estáis como si nada os hubiese acaecido. ¿Es cierto lo que
se dice de un maravilloso médico alemán, salido de entre
las ruinas de un fuerte y las de un convento, como una
de esas creaciones fantásticas? Contadnos, Duque, todas
esas cosas extraordinarias.

_____

[93] *petase:* agradase, complaciese.
[94] La reconquista de Rosellón se intentó en 1793 sin éxito. El general de esta expedición fue Ricardos. El general Santa María parece ser
que participó también en la invasión de Portugal en 1807. En dicho año
el marqués de la Romana estaba al frente de un cuerpo expedicionario
español de quince mil hombres en Dinamarca, el cual fue repatriado en
1808 para participar en la guerra de la Independencia.

El Duque, después de haber recibido las enhorabuenas de todos los concurrentes por su regreso y curación, tomó asiento en frente de la Condesa, y entró en la narración de todo lo que el lector sabe. En fin, después de hablar mucho de Stein y de María, concluyó diciendo que había conseguido de él que viniese con su mujer a establecerse en Sevilla, para utilizar y dar a conocer, él su ciencia, y ella los dotes extraordinarios con que la naturaleza la había favorecido.

—Mal hecho —falló en tono resuelto el General.

La Condesa se volvió hacia su tío, con prontitud.

—¿Y por qué es mal hecho, señor? —preguntó.

—Porque esas gentes —respondió el General—, vivían contentos y sin ambición, y desde ahora en adelante, no podrán decir otro tanto; y según el título de una comedia española, que es una sentencia, *Ninguno debe dejar lo cierto por lo dudoso* [95].

—¿Creéis, tío —repuso la Condesa—, que esa mujer, con una voz privilegiada, echará de menos la roca a que estaba pegada como una ostra, sin ventajas y sin gloria para ella, para la sociedad ni para las artes?

—Vamos, sobrina, ¿querrás hacernos creer con toda formalidad que la sociedad humana adelantará mucho, con que una mujer suba a las tablas, y se ponga a cantar *di tanti palpiti?*

—Vaya —dijo la Condesa—; bien se conoce que no sois filarmónico.

—Y doy muchas gracias a Dios de no serlo —contestó el General—. ¿Quieres que pierda el juicio, como tantos lo pierden, con ese furor melománico, con esa inundación de notas que por toda Europa se ha derramado como un alud, o una avalancha, como malamente dicen ahora? ¿quieres que vaya a engrandecer con mi imbécil entusiasmo el portentoso orgullo de los reyes y reinas del gorgorito? ¿Quieres que vayan mis pesetas a sumirse en sus

---

[95]   Alusión a la comedia de Lope de Vega *Lo cierto por lo dudoso*, de 1630.

colosales ingresos, mientras se están muriendo de hambre tantos buenos oficiales cubiertos de cicatrices, mientras que tantas mujeres de sólido mérito y de virtudes cristianas, pasan la vida llorando, sin un pedazo de pan que llevar a la boca? Esto sí que clama al cielo, y es un verdadero *sarcasmo*, como también dicen ahora, en una época en que no se les cae de la boca a esos hipocritones vocingleros la palabra *humanidad!* ¡Pues ya iría yo a echar ramos de flores a una *prima donna*, cuyas recomendables prendas se reducen al do, re, mi, fa, sol!

—Mi tío —dijo la Condesa—, es la mismísima personificación del *statu quo*. Todo lo nuevo le disgusta. Voy a envejecer lo más pronto posible, para agradarle.

—No harás tal, sobrina —repuso el General—; y así no exijas tampoco que yo me rejuvenezca para adular a la generación presente.

—¿Sobre qué está disputando mi hermano? —preguntó la Marquesa, que, distraída hasta entonces por el juego, no había tomado parte en la conversación.

—Mi tío —dijo un oficial joven que había entrado calmadito, y sentándose cerca del Duque—, mi tío está predicando una cruzada contra la música. Ha declarado la guerra a los andantes, proscribe los *moderatos*, y no da cuartel ni a los *allegros*.

—¡Querido Rafael! —exclamó el Duque abrazando al oficial, que era pariente suyo, y a quien tenía mucho afecto. Era éste pequeño, pero de persona fina, bien formada y airosa; su cara, de las que se dice que son demasiado bonitas para hombres.

—¡Y yo! —respondió el oficial, apretando en sus manos las del Duque—; ¡yo que me habría dejado cortar las dos piernas por evitaros los malos ratos que habéis pasado! Pero estamos hablando de la ópera, y no quiero cantar en tono de melodrama.

—Bien pensado —dijo el Duque—; y más valdrá que me cuentes lo que ha pasado aquí, durante mi ausencia. ¿Qué se dice?

—Que mi prima la Condesa de Algar —dijo Rafael—, es la perla de las sevillanas.

—Pregunto lo que hay de nuevo —repuso el Duque, y no lo sabido.

—Señor Duque —continuó Rafael—, Salomón ha dicho, y muchos sabios (y yo entre ellos) han repetido, que nada hay nuevo debajo de la capa azul del cielo.

—¡Ojalá fuera cierto! —dijo el General suspirando—; pero mi sobrino Rafael Arias, es una contradicción viva de su axioma. Siempre nos trae caras nuevas a la tertulia, y eso es insoportable.

—Ya está mi tío —dijo Rafael—, esgrimiendo la espada contra los extranjeros. El extranjero es el _bu_ [96] del General Santa María. Señor Duque, si no me hubierais nombrado ayudante vuestro, cuando erais ministro de Guerra, no habría contraído tantas relaciones con los diplomáticos extranjeros de Madrid, y no me estarían quemando la sangre con cartas de recomendación. ¿Creeis, tío, que me divierte mucho el servir de _cicerone_, como lo estoy haciendo desde que vine a Sevilla, con todo viandante?

—¿Y quién nos obliga —repuso el General—, a abrir las puertas de par en par a todo el que llega, y a ponernos a sus órdenes? No lo hacen así en París, y mucho menos en Londres.

—Cada nación tiene su carácter —dijo la Condesa—, y cada sociedad sus usos. Los extranjeros son más reservados que nosotros: lo son igualmente entre sí. Es preciso ser justos.

—¿Han venido algunos recientemente? —preguntó el Duque—. Lo digo, porque estoy aguardando a lord G.,

---

[96] _bu:_ fantasma imaginario con que se asusta a los niños o persona que pretende meter miedo. En esta época se solía decir a los niños lo siguiente: «o duermes y te callas o llamo al bu o a Alcalá Galiano». En las reseñas de los oradores del Ateneo aparecidas en la prensa siempre se aludía a su excelente oratoria y a su fealdad, en especial a sus espesísimas cejas.

que es uno de los hombres más distinguidos que conozco.
¿Si estará ya en Sevilla?

—No ha llegado aún —contestó Rafael—. Por ahora
tenemos aquí, en primer lugar, al mayor Fly, a quien llamamos la *mosca*, que es lo que su nombre significa. Sirve
en los guardias de la reina, y es sobrino del duque de
W. uno de los más altos personajes de Inglaterra.

—¡Sí! ¡Sobrino del duque de W. —dijo el General—,
como yo lo soy del Gran Turco!

—Es joven —prosiguió Rafael—, elegante y buen
mozo; pero un coloso de estatura: de modo que es preciso colocarse a cierta distancia, para poder hacerse cargo
del conjunto. De cerca parece tan grande, tan robusto, tan
anguloso, tan tosco, que pierde un ciento por ciento. Cuando
no está sentado a la mesa, siempre le tengo al lado, dentro o fuera de casa; cuando mi criado le dice que he salido, responde que me aguardará; y al entrar él por la puerta, salgo yo por la ventana. Tiene la costumbre de tirar
al florete con su bastón, y aunque sus botonazos sean ino-
centes, y no hiera más que el aire, como tiene el brazo fuerte y tan largo, y mi cuarto es pequeño, me agujerea las
paredes, y ha roto varios cristales de la ventana. En las
sillas se sienta, se mece, se contonea y repanchiga de tal
modo, que ya van cuatro rotas. Mi patrona, al verlo, se
pone hecha una furia. Algunas veces toma un libro, y es
lo mejor que puede hacer, porque entonces se queda dormido. Pero su fuerte son las conquistas; éste es su caballo
de batalla, su idea fija y toda su esperanza, aunque todavía en verde. Tiene con respecto al bello sexo, la misma
ilusión que con respecto a los pesos duros el gallego que
fue a México, creyendo que no tendría más que bajarse
para recogerlos. He tratado de desengañarle; pero ha sido
predicar en desierto. Cuando le hablo en razón, se sonríe
con cierto aire de incredulidad, acariciando sus enormes
bigotes. Está apalabrado con una heredera millonaria, y
lo curioso es, que este Ayax de treinta años, que devora
cuatro libras de carne en *beef-stake*, y se bebe tres botellas de Jerez de una sentada, hace creer a la novia que viaja

por necesitarlo su *salud*[97]. El otro *maulo* como dice mi
tío, es un francés: el barón de Maude.

—¡Barón! —dijo el General con socarronería—. ¡Sí!
¡barón como yo Papa!

—Pero, por Dios, tío —dijo la Condesa—, ¿qué razón
hay para que no sea barón?

—La razón es, sobrina —dijo el General—, que los verdaderos barones (no los de Napoleón, ni los constitucio-
nales), sino los de antaño, no viajaban ni escribían por
dinero, ni eran tan mal criados, tan curiosos y tan cansa-
damente preguntones.

—Pero tío, por Dios; bien se puede ser barón, y ser pre-
guntón. Por preguntar no se pierde la nobleza. A su
regreso a su país va a casarse con la hija de un Par de
Francia.

—Así se casará él con ella —replicó el General—, como
yo con el Gran Turco.

—Mi tío —dijo Arias—, es como Santo Tomás: ver y
creer. Pero volviendo a nuestro barón, es preciso confesar que es hombre de muy buena presencia, aunque como
yo, acabó de crecer antes de tiempo. Tiene un carácter
amable; pero la da de sabio y de literato; y lo mismo habla
de política, que de artes; lo mismo de historia que de música, de estadística, de filosofía, de hacienda y de modas.
Ahora está escribiendo un libro serio, como él dice, el cual
debe servirle de escalón para subir a la Cámara de dipu-
tados. Se intitula: «*Viaje científico filosófico, fisiológi-
co, artístico y geológico por España* (a) *Iberia, con observaciones críticas sobre su gobierno, sus cocineros, su literatura, sus caminos y canales, su agricultura, sus boleros*

---

[97]   Tal vez se trate del barón Isidore Taylor (1789-1879), que visitó
España en varias ocasiones. La primera, como parte de la expedición
de los «Cien mil hijos de San Luis»; la segunda con propósitos eruditos
y de recreo; y la tercera, en 1835, con el encargo del rey Luis Felipe de
comprar cuadros españoles. Fernán debió reconocerlo en Andalucía,
hacia el año 1823. Véase J. Herrero, *Fernán Caballero: un nuevo
planteamiento,* Madrid, Gredos, 1963, págs. 167-183.

y su sistema tributario [98].» Afectadamente descuidado en
su traje, grave, circunspecto, económico en demasía, viene
a ser una fruta imperfecta de ese invernáculo de hombres
públicos, que cría productos prematuros, sin primavera,
sin brisas animadoras y sin aire libre; frutos sin sabor ni
perfume. Esos hombres se precipitan en el porvenir, en
vapor a toda máquina, a caza de lo que ellos llaman una
posición, y a esto sacrifican todo lo demás: ¡tristes existencias atormentadas, para las que el día de la vida no tiene
aurora!

—Rafael, eso es filosofar —dijo el Duque sonriéndose—. ¿Sabes que si Sócrates hubiera vivido en nuestros tiempos, serías su discípulo más bien que mi ayudante?

—No cambio la ayudantía por el apostolado, mi General
—respondió Arias—. Pero la verdad es, que si no hubiera tanto discípulo necio, no habría tanto perverso
maestro.

—¡Bien dicho, sobrino! —exclamó el anciano
General—; ¡tanto nuevo maestro! y cada cual enseña una
cosa, y predica una doctrina a cual más nueva y más pe-
regrina. ¡El progreso! ¡el magnífico y nunca bien ponderado progreso!

—General —contestó el Duque—; para sostener el equilibrio en este nuestro globo, es preciso que haya gas y haya
lastre; ambas fuerzas deberían mirarse recíprocamente
como necesarias, en lugar de querer aniquilarse con tanto
encarnizamiento.

—Lo que decís —repuso el General—, son doctrinas del

---

[98] El barón Taylor es autor de *Voyage pittoresque en Espagne, en
Portugal et sur la côte d'Afrique, de Tanger a Tétovan,* París, 1826.
Los relatos de viajeros extranjeros por España son muy frecuentes en
la Europa romántica. Desde la peculiar perspectiva de estos viajeros se
analizan tanto los usos, costumbres y carácter de los españoles como
su gastronomía, fondas, caminos, monumentos, etc. Las impresiones
de viajes de Richard Ford, por ejemplo, adquirieron una difusión poco
común. Esta moda llegó hasta tal punto que la prensa romántica solía
incluir una sección dedicada a dicho motivo.

odioso justo-medio, que es el que más nos ha perdido con sus opiniones vergonzantes, y sus terminachos *curruscantes*, como dice el pueblo, que habla con mejor sentido que los *ilustrados* secuaces del modernismo; hipocritones con buena corteza y mala pulpa; adoradores del *Ser Supremo*, que no creen en Jesucristo.

—Mi tío —dijo Rafael—, odia tanto a los *moderados*, que pierde toda *moderación* para combatirlos.

—Calla, Rafael —respondió la Condesa—; tú combates y te burlas de todas las opiniones, y no tienes ninguna, por tal de no tomarte el trabajo de defenderla.

—Prima —exclamó Rafael—, soy liberal; dígalo mi bolsa vacía.

—¡Qué habías tú de ser liberal [99]! —dijo con voz estridente el General.

—¿Y por qué no había de serlo, señor? El Duque también lo es.

—¡Qué habías de ser liberal! —tornó a decir el veterano en tono fuerte y recalcado, como un redoble de tambor.

—Vamos —murmuró Rafael—; mi tío, por lo visto, no consiente en que sean liberales sino las artes que llevan esa denominación. Señor —añadió dirigiéndose a su tío, al que hallaba su sobrino un sabroso placer en hacer rabiar—. ¿Por qué no puede ser el Duque liberal? ¿Quién se lo puede estorbar si se le antoja ser liberal? ¿Se pondrá más feo por ser liberal? ¿Por qué no podemos ser liberales, señor, por qué?

—Porque el militar —contestó el General—, no es ni debe ser otra cosa que el sostén del Trono, el mantenedor del orden, y el defensor de su Patria: ¿estás, sobrino?

—Pero, tío...

—Rafael —le interrumpió la Condesa—, no te metas en honduras, y prosigue tu relación.

—Obedezco; ¡ah prima! en el ejército que estuviese a tus órdenes, no se vería jamás una falta de subordina-

---

[99]   *liberal:* en el sentido de generoso y bizarro.

ción. Otro extranjero tenemos en Sevilla, un tal sir John Burnwood. Es un joven de cincuenta años; hermosote, sonrosado, con grandes melenas, como león *genuino* del Atlas; lente inamovible, sonrisa ídem, apretones de manos a diestro y siniestro; gran parlanchín, bulle-bulle, turbulento para echarla de vivo; como aquel alemán, que con el mismo objeto se tiró por la ventana; gran amigo de apuestas; célebre *sportman;* poseedor de vastas minas de carbón de piedra, que le producen veinte mil libras de renta.

—¿Supongo —dijo el General—, que serán veinte mil libras de carbón de piedra?

—Mi tío —dijo Rafael—, es como los bolsistas, que suben y bajan las rentas a su albedrío. Sir John apostó que subiría a la Giralda a caballo, y ese es el gran objeto que le trae a Sevilla. Es verdad que uno de nuestros antiguos reyes lo hizo; pero el pobre caballo en que subió, no pudo bajar, y se quedó, como el sepulcro de Mahoma, suspenso entre el cielo y la tierra; fue preciso matarlo en su elevado puesto. Sir John está desesperado porque no le permiten gozar de este monárquico pasatiempo. Ahora quiere, a ejemplo de Lord Elgin [100] y del barón Taylor, comprar el Alcázar, y llevárselo a su hacienda señorial, piedra por piedra, sin omitir las que, según dicen, están manchadas para siempre con la sangre de don Fadrique, a quien mandó dar muerte su hermano el rey don Pedro, hace quinientos años! [101].

—No hay cosa —dijo el General—, de que no sean capaces esos *sires*, ni idea, por descabellada que sea, que no se les ocurra.

—Hay más —continuó Rafael—. El otro día me preguntó si podría yo obtener del Cabildo de la Catedral que vendiese las llaves doradas que el rey moro presentó en una fuente de plata a San Fernando cuando con-

---

[100] Lord Elguin, aristócrata inglés (1766-1841) que llevó a Londres las esculturas y frisos del Partenón. En la actualidad se encuentran en el Museo Británico.

[101] Don Fadrique, hermanastro de don Pedro el Cruel, asesinado por el rey en el Alcázar.

quistó a Sevilla, y la copa de ágata en que solía beber el gran rey.

El General dio tal porrazo sobre la mesa, que uno de los candeleros vino al suelo.

—Mi General —dijo el Duque—, ¿no echáis de ver que Rafael está recargando los colores de sus cuadros, y que son puras extravagancias todo lo que está diciendo?

—No hay extravagancia —repuso el General—, que sea improbable en los ingleses.

—Pues aún falta lo mejor —continuó Rafael fijando sus miradas en una linda joven, que estaba al lado de la Marquesa, viéndola jugar—. Sir John está enamorado perdido de mi prima Rita, y la ha pedido. Rita, que no sabe absolutamente cómo se pronuncia el monosílabo *sí*, le ha dado un *no*, pelado y recio como un cañonazo.

—¿Es posible, Ritita —dijo el Duque—, que hayáis rehusado veinte mil libras de renta?

—No he rehusado la renta —contestó la joven con soltura, sin dejar de mirar el juego—; lo que he rehusado ha sido al que la posee.

—Ha hecho bien —dijo el General—: cada cual debe casarse en su país. Este es el modo de no exponerse a tomar gato por liebre.

—Bien hecho —añadió la Marquesa—. ¡Un protestante! Dios nos libre.

—¿Y qué decis vos, Condesa? —preguntó el Duque.

—Digo lo que mi madre —respondió ésta—. No es cosa de chanza que el jefe de una familia sea de distinta religión que la de ésta; creo como mi tío, que cada cual debe casarse en su país; y digo lo que Rita: que no me casaría jamás con un hombre, sólo porque tuviese veinte mil libras de renta.

—Además —dijo Rita—, está muy enamorado de la bolera Lucía del Salto; y así, aunque el señor fuera de mi gusto, le habría dado la misma respuesta. No estoy por las competencias; y mucho menos con gente de entre bastidores.

Rita era sobrina de la Marquesa y del General. Huérfana desde su niñez, había sido criada por un hermano suyo, que la amaba con ternura, y por su nodriza, que adoraba en ella, y la mimaba; sin que por esto dejase de haberse hecho una joven buena y piadosa. El aislamiento y la independencia en que había pasado los primeros años de su vida, habían impreso en su carácter el doble sello de la timidez y de la decisión. Era de esas personas que algunos llaman oscuras, por enemigas del ruido y del brillo; altiva al mismo tiempo que bondadosa; caprichosa y sencilla; burlona y reservada. A este carácter picante se agregaba el exterior más seductor y más lindo. Su estatura era medianamente alta, su talle, que jamás se había sometido a la presión del corsé, poseía toda la soltura, toda la flexibilidad que los novelistas franceses atribuyen falsamente a sus heroínas, embutidas en apretados estuches de ballena. A esa graciosa soltura de cuerpo y de movimientos, unida a la franqueza y naturalidad en el trato, tan encantadora cuando la acompañan la gracia y la benevolencia, deben las españolas su tan celebrado atractivo. Rita tenía el blanco mate limpio y uniforme de las estatuas de mármol; su hermoso cabello era negro; sus ojos, notablemente grandes, de un color pardo oscuro, guarnecidos de grandes pestañas negras, y coronados de cejas que parecían trazadas por la mano de Murillo. Su fresca boca, generalmente seria, se entreabría de cuando en cuando, para lanzar por entre su blanquísima dentadura una pronta y alegre carcajada, que su encogimiento habitual comprimía inmediatamente; porque nada le era más repugnante que llamar la atención, y cuando esto le sucedía, se ponía de mal humor.

Había hecho voto a la Virgen de los Dolores de llevar hábito; y así vestía siempre de negro, con cinturón de cuero barnizado, y un pequeño corazón de oro atravesado por una espada, en la parte superior de la manga.

Rita era la única mujer que su primo Rafael Arias había amado seriamente: no con una pasión lacrimosa y elegiaca, cosa que no estaba en su carácter, el más antisentimental que entre otros muchos resecó el Levante indíge-

na, sino con un afecto vivo, sincero y constante. Rafael, que era un excelente joven, leal, juicioso y noble
en su porte y por su cuna, y que gozaba de un buen patrimonio, era el marido que la familia de Rita le deseaba.
Pero ella, a pesar de la vigilancia de su hermano, había
entregado su corazón sin saberlo aquél. El objeto de
su preferencia era un joven de ilustre cuna; arrogante
mozo, pero jugador; y esto bastaba para que el hermano
de Rita se opusiese de tal modo a sus amores, que le había
prohibido rigurosamente verle y hablarle. Rita, con su firmeza de temple y su perseverancia de española (que
debiera emplear mejor que lo hacía en esto), aguardaba
tranquilamente, sin quejas, suspiros ni lágrimas, que
llegase el día de cumplir veintiún años, para casarse sin
escándalo, a pesar de la oposición de su hermano. Entretanto, su amante le paseaba la calle, vestido y montado
a lo majo, en soberbios caballos, y se carteaban diariamente.

Aquella noche rita había entrado, como siempre, en la
tertulia, sin hacer ruido, y se había sentado en el sitio acostumbrado, cerca de su tía, para verla jugar. Ésta no había
observado la proximidad de su sobrina, sino cuando preguntada por el Duque acerca del enlace que había rehusado, se había visto obligada a responder.

—¡Jesús! Rita —dijo la Marquesa—. ¡Qué susto me has
dado! ¿Cómo has llegado hasta aquí, sin que nadie te haya
sentido?

—¿Queríais —respondío—, que entrase con tambor y
trompeta como un regimiento?

—Pero al menos —repuso la Marquesa—, bien hubieras podido saludar a las gentes.

—Se distraen los jugadores —dijo Rita—; y si no, ved
vuestros naipes. Oros van jugados, y ya ibais a hacer un
renuncio, por echarme una *peluca* [102].

Durante este diálogo, Rafael se había sentado detrás de
su prima, y le decía al oído:

─────────
[102]   *peluca:* reprensión severa.

—Rita, ¿cuándo pido la *dispensa?* [103]

—Cuando yo te avise —contestó sin volverle la cara.

—¿Y qué he de hacer para merecer que llegue ese venturoso instante?

—Encomendarte a mi Santa, que es abogada de imposibles.

—Cruel, algún día te arrepentirás de haber rechazado mi blanca mano. Pierdes el mejor y el más agradecido de los maridos.

—Y tú la peor y la más ingrata de las mujeres.

—Escucha, Rita —continuó Arias—; ¿tiene nuestro tío, que está enfrente de nosotros, alguna custodia en la cabeza, que te impide volver la cara a quien te habla?

—Tengo una torcedura en el pescuezo.

—Esa torcedura se llama Luis de Haro. ¿Todavía estás encaprichada con ese consumidor de barajas?

—Más que nunca.

—¿Y qué dice a eso tu hermano?

—Si te interesa, pregúntaselo.

—¿Y me dejarás morir?

—Sin pestañear.

—Hago voto al diablo que está a los pies del San Miguel de la parroquia, de que le he de dorar los cuernos, si carga de una vez con tu Luis de Haro.

—Deséale mal; que los malos deseos de los envidiosos, engordan.

—Paréceme que te fastidio —dijo Rafael, después de algunos minutos de silencio, viendo bostezar a su prima.

—¿Hasta ahora no lo habías echado de ver? —respondió Rita.

—Esto es que deseas que me vaya. Ya se ve ¡como Luis *Barajas* es tan celoso!

—¡Celoso de ti! —respondió su prima, lanzando una de sus carcajadas repentinas—: tan celoso está de ti, como del inglés gordo.

—Gracias por la comparación, amable primita; y ¡adiós para siempre!

---

[103] Requisito imprescindible cuando existían lazos consanguíneos.

—¡La del humo! —respondió Rita sin volver la cara.
Rafael se levantó furioso.

—¿Qué tenéis, Rafael? —le preguntó en tono lánguido
una joven, al pasar delante de ella.

Esta nueva interlocutora acababa de llegar de Madrid,
adonde un pleito de consideración había exigido la presencia de su padre. Volvía de esta expedición, completamente modernizada; tan rabiosamente inoculada en lo que
se ha dado en llamar buen tono extranjero, que se había
hecho insoportablemente ridícula. Su ocupación incesan-
te era leer; pero novelas casi todas francesas. Profesaba
hacia la moda una especie de culto; adoraba la música,
y despreciaba todo lo que era español.

Al oír Rafael la pregunta que se le dirigía, procuró serenarse, y respondió:

—Eloisita, tengo un día más que ayer, y uno menos de
vida.

—Ya sé lo que tenéis, Arias; y conozco cuanto sufrís.

—Eloisita, me vais a meter aprensión como a D. Basilio —y se puso a cantar— ¡Qué mala cara!

—En vano disimuláis; hay lágrimas en vuestra risa,
Arias.

—Pero decidme por Dios, Eloisita, lo que tengo, pues
es una obra de misericordia, enseñar al que no sabe.

—Lo que tenéis, Arias, harto lo sabéis.

—¿El qué?

—Una *decepción* —murmuró Eloísa.

—¿Una qué? —preguntó Rafael que no la entendió.

—Una decepción —repitió Eloísa.

—¡Ah! ¡ya! había entendido deserción; y mi honor militar se había horripilado. En cuanto a decepción, tengo
un ciento, como cada hijo de vecino, amiga mía; y no es
poca el inspiraros lástima en lugar de agrado, que es lo
que más deseo.

—Pero una hay entre todas que descolora vuestra vida,
y hace que sea para vos la felicidad un sarcasmo que os
llevará a mirar la tumba como un descanso y la muerte
como una sonriente amiga.

—¡Ah, Eloisita! —contestó Rafael—; un dedo de la mano habría dado, por haber tenido en la acción de Mendigorría [104] tales pensamientos; no que cuando me llevaron al hospital con un balazo en el costado, maldito si me sonreían ni la muerte ni la tumba.

—¡Qué prosaico sois! —exclamó indignada Eloísa.

—¿Es esto un anatema, Eloisita?

—No señor —repuso con ironía la interrogada—; es un magnífico cumplido.

—Lo que es una verdad de a folio —dijo Rafael—, es el que estáis lindísima con ese peinado, y que ese vestido es del mejor gusto.

—¿Os agrada? —exclamó la elegante joven, dejando de repente el tono sentimental—. Son estas telas las últimas *nouveautés, es gro Ledru-Rollin* [105].

—No es extraño —dijo Rafael—, que se muera por España y por las españolas aquel inglés que veis allí enfrente, y cuya cabeza descuella sobre todas las plantas del macetero.

—¡Qué mal gusto! —contestó Eloísa con un gesto de desdén.

—Dice —continuó Rafael—, que no hay cosa más bonita en el mundo, que una española con su mantilla, que es el traje que más favor les hace.

—¡Qué injusticia! —exclamó la joven—. ¿Creen acaso que el sombrero es demasiado elegante para nosotras?

—Dice —prosiguió Rafael—, que manejáis el abanico con una gracia incomparable.

—¡Qué calumnia! —dijo Eloísa—. Ya no lo usamos las *elegantas*.

—Dice, que esos piececitos tan monos, tan breves, tan lindos, están pidiendo a gritos medias y zapatos de seda,

---

104   Alusión a la derrota de los carlistas en julio de 1835.
105   *gro Ledru-Rollin:* del francés *gros,* tela de seda sin brillo y de más cuerpo que el tafetán. Lendru-Rollin fue un político francés, miembro del gobierno provisional de 1848, promotor del sufragio universal. Era frecuente que las telas adoptaran nombres de personas como E. Pardo Bazán que cita, por ejemplo, el marrón Bismarck.

en lugar de esas horrendas botas, borceguíes, *brodequines* [106], o llámense como quiera.

—Eso es insultarnos —exclamó Eloísa—; es querer que retrogrademos medio siglo, como dice muy bien la ilustrada prensa madrileña.

—Que los ojos negros de las españolas son los más hermosos del mundo.

—¡Qué vulgaridad! Esos son ojos de las gentes del pueblo, de cocineras y cigarreras.

—Que el modo de andar de las españolas tan ligero, tan gracioso, tan sandunguero, es lo más encantador que pueda imaginarse.

—Pero ¿no conoce ese señor que nos mira como parias —dijo Eloísa—, y que estamos haciendo todo lo posible para enmendarnos y andar como se debe?

—Lo mejor será que le convirtáis —dijo Rafael—. Voy a presentárosle.

Arias echó a correr pensando: «Eloísa tiene blando el corazón, y la echa de romántica: es pintiparada para el Mayor, que anda a caza de estos avechucos.»

Entretanto, la Condesa preguntaba al Duque si era bonita la Filomena de Villamar [107].

—No es ni bonita, ni fea —respondió—. Es morena, y sus facciones no pasan de correctas. Tiene buenos ojos; es en fin, uno de esos conjuntos, que se ven por donde quiera en nuestro país.

—Una vez que su voz es tan extraordinaria —dijo la Condesa, por honor de Sevilla—, es preciso que hagamos de ella una eminente *prima donna*. ¿No podremos oírla?

—Cuando queráis —respondió el Duque—. La traeré aquí una noche de estas, con su marido, que es un excelente músico, y ha sido su maestro.

En esto llegó la hora de retirarse.

---

[106] *brodequines:* del francés *brodequin.*
[107] *Filomena:* ruiseñor. Se trata de la heroína mitológica Filomela, convertida en ruiseñor.

Cuando el Duque se acercó a la Condesa para despedirse, ésta levantó el dedo con aire de amenaza.

—¿Qué significa eso? —preguntó el Duque.

—Nada, nada —contestó ella—: esto significa ¡cuidado!

—¿Cuidado? ¿De qué?

—¿Fingís que no me entendéis? no hay peor sordo que el que no quiere oír.

—Me ponéis en ascuas, Condesa.

—Tanto mejor.

—¿Queréis, por Dios, explicaros?

—Lo haré, ya que me obligáis. Cuando he dicho *cuidado*, he querido decir, ¡cuidado con echarse una cadena encima!

—¡Ah! Condesa —repuso el Duque con calor—: por Dios, que no venga una injusta y falsa sospecha a oscurecer la fama de esa mujer, aun antes de que nadie la conozca. Esa mujer, Condesa, es un ángel.

—Eso por supuesto —dijo la Condesa—. Nadie se enamora de diablos.

—Y sin embargo, tenéis mil adoradores —repuso sonriendo el Duque.

—Pues no soy diablo —dijo la Condesa—; pero soy zahorí.

—El tirador no acierta cuando el tiro salva el blanco.

—Os aplazo para dentro de aquí a seis meses, invulnerable Aquiles —repuso la Condesa.

—Callad por Dios, Condesa —exclamó el Duque—; lo que en vuestra bella boca es una chanza ligera, en las bocas de víboras que pululan en la sociedad, sería una mortal ponzoña.

—No tengáis cuidado: no seré yo quien tire la primera piedra. Soy indulgente como una santa, o como una gran pecadora; sin ser ni lo uno ni lo otro.

Nada satisfecho salía el Duque de esta conversación, cuando a la puerta le detuvo el general Santa María.

—Duque —le dijo—, ¿habéis visto cosa semejante?

—¿Qué cosa? —preguntó escamado el Duque.

—¡Qué cosa, preguntáis!

—Sí, lo pregunto y deseo respuesta.

—¡Un coronel de veintitrés años!

—En efecto, es algo prematuro —contestó el Duque sonriéndose.

—Es un bofetón al Ejército.

—No hay duda.

—Es dar un solemne mentís al sentido común.

—¡Por supuesto!

—¡Pobre España! —exclamó el general, dando la mano al Duque, y levantando los ojos al cielo.

CAPÍTULO XVII

El Duque había proporcionado a Stein y a su mujer una casa de pupilos, a cargo de una familia pobre, pero honrada y decente. Stein había encontrado en una cómoda, cuya llave le entregaron al tomar posesión de su aposento, una suma de dinero, bastante a sobrepujar las más exageradas pretensiones. Adjunto se hallaba un billete, que contenía las siguientes líneas: «*He aquí un justo tributo a la ciencia del cirujano. Los esmeros y las vigilias del amigo no pueden ser recompensadas sino con una gratitud y una amistad sincera.*»

Stein quedó confundido.

—¡Ah, María! —exclamó, enseñando el papel a su mujer. Este hombre es grande en todo: lo es por su clase, lo es por su corazón, y por sus virtudes. Imita a Dios, levantando a su altura a los pequeños y los humildes. ¡Me llama amigo, a mí, que soy un pobre cirujano; y habla de gratitud, cuando me colma de beneficios!

—¿Y qué es para él todo ese oro? —respondió María—; un hombre que tiene millones, según me ha dicho la patrona, y cuyas haciendas son tamañas como provincias. Además, que si no hubiera sido por ti, se habría quedado cojo para toda la vida.

En este momento entró el Duque, y cortando el hilo a los desahogos de agradecimiento en que Stein se deshacía, le dijo a su mujer:

—Vengo a pediros un favor: ¿me lo negaréis María?

—¿Qué es lo que podremos negaros? —se apresuró a contestar Stein.

—Pues bien, María —continuó el Duque—, he prometido a una íntima amiga mía, que iríais a cantar a su casa.

María no respondió.

—Sin duda que irá —dijo Stein—. María no ha recibido del cielo un don tan precioso como su voz, sin contraer la obligación de hacer participar a otros de esa gracia.

—Estamos, pues, convenidos —prosiguió el Duque—. Y ya que Stein es tan diestro en el piano como en la flauta, tendréis uno a vuestra disposición esta tarde, así como una colección de las mejores piezas de ópera modernas. Así podréis escoger las que más os agraden, y repasarlas; porque es preciso que María triunfe y se cubra de gloria. De eso depende su fama de cantatriz.

Al oír estas últimas palabras, los ojos de María se animaron.

—¿Cantaréis, María? —le preguntó el Duque.

—¿Y por qué no? —respondió ésta.

—Ya sé —dijo el Duque—, que habéis visto muchas de las buenas cosas que encierra Sevilla. Stein vive de entusiasmo, y ya sabe de memoria a Ceán [108], Ponz [109] y Zúñiga [110]. Pero lo que no habéis visto, es una corrida de toros. Aquí quedan billetes para la de esta tarde. Estaréis cerca de mí; porque quiero ver la impresión que os causa este espectáculo.

Poco después el Duque se retiró.

Cuando por la tarde Stein y María llegaron a la plaza, ya estaba llena de gente. Un ruido sostenido y animado, servía de preludio a la función, como las olas del mar se agitan y mugen antes de la tempestad. Aquella reunión in-

---

[108]   *Ceán.* Juan Agustín Ceán Bermúdez (1749-1829), autor del conocido *Diccionario de Bellas Artes.*
[109]   *Ponz.* Antonio Ponz (1725-1792). Autor del famoso *Viaje por España.*
[110]   *Ortiz.* Diego Ortiz de Zúñiga (1633-1680). Historiador sevillano, autor de *Anales de Sevilla* (1677).

mensa, a la que acude toda la población de la ciudad y la
de sus cercanías; aquella agitación, semejante a la de la sangre cuando se agolpa al corazón en los parasismos[111] de
una pasión violenta; aquella atmósfera ardiente, embriaga-
dora, como la que circunda a una bacante; aquella reunión
de innumerables simpatías en una sola; aquella expectación
calenturienta; aquella exaltación frenética, reprimida sin
embargo, en los límites del orden; aquellas vociferaciones
estrepitosas, pero sin grosería; aquella impaciencia, a que
sirve de tónico la inquietud; aquella ansiedad, que comunica estremecimientos al placer, forman una especie de gal-
vanismo moral, al cual es preciso ceder, o huir.

Stein, aturdido, y con el corazón apretado, habría de
buena gana preferido la fuga. Su timidez le detuvo. Veía
que todos cuantos le rodeaban estaban contentos, alegres
y animados, y no se atrevió a singularizarse.

La plaza estaba llena; doce mil personas formaban vas-
tos círculos concéntricos en su circuito. La gente rica estaba a la sombra; el pueblo lucía a los rayos del sol el va-
riado colorido del traje andaluz.

En los grandes teatros donde brillan la Grisi[112], Lablache[113], la Rachel[114] y Macready[115], la *sala* no se llena
sino cuando le toca salir al artista favorito; pero la función bárbara que se ejecuta en este inmenso circo, no ha
pasado jamás por semejante humillación.

Salió el *despejo*[116], y la plaza quedó limpia. Entonces
se presentaron los picadores montados en sus infelices ca-

---

[111]   *parasismos:* paroxismos.
[112]   *Grisi.* Giula Grisi (1811-1869). Célebre cantante que tuvo un
éxito fuera de lo común en los teatros europeos. La prensa española dio
cumplida noticia de sus éxitos. De igual forma numerosos periódicos
y revistas madrileñas incluyeron bellos grabados de la famosa cantante,
como *El Semanario Pintoresco Español* y *El Laberinto*.
[113]   *Lablache.* Luigi Lablache (1791-1856), famoso cantante que
triunfó en La Scala de Milán, en 1817.
[114]   La Rachel. Famosa actriz trágica francesa. Durante la revolución de 1848 entusiasmó al pueblo francés recitando *La Marsellesa*.
[115]   *Macready.* William Macready (1793-1873), actor inglés que re-
presentó los dramas de Shakespeare.
[116]   *Salió el despejo.* Término propio de la tauromaquia: acto de des-
pejar de gente la arena antes de la corrida.

ballos, que con sus cabezas bajas y sus ojos tristes parecían (y eran en realidad) víctimas que se encaminaban al sacrificio [117] *.

Sólo con ver a estos pobres animales, cuya suerte preveía, la especie de desazón que ya sentía Stein, se convirtió en compasión penosa. En las provincias de la Península que había recorrido hasta entonces, desoladas por la guerra civil, no había tenido ocasión de asistir a estas grandiosas fiestas nacionales y populares, en que se combinan los restos de la brillante y ligera estrategia morisca, con la feroz intrepidez de la raza goda. Pero había oído hablar de ellos, y sabía que el mérito de una corrida, se calcula generalmente por el número de caballos que en ella mueren. Su compasión, pues, se fijaba principalmente en aquellos infelices animales, que, después de haber hecho grandes servicios a sus amos, contribuido a su lucimiento, y quizá salvádoles la vida, hallaban por toda recompensa, cuando la mucha edad y el exceso del trabajo habían agotado sus fuerzas, una muerte atroz, que por un refinamiento de crueldad, les obligan a ir a buscar por sí mismo: muerte que su instinto les anuncia, y a la cual resisten algunos, mientras otros, más resignados, o más abatidos, van a su encuentro dócilmente, para abreviar su agonía. Los tormentos de estos seres desventurados destrozarían el cora-

---

* Damos un sincero parabién al *Clamor Público,* por haber tomado la iniciativa en la prensa española, en contra de la inaudita crueldad con que aquí se trata a los pobres animales, y haber pedido se diese fin a la agonía de los miserables caballos por medio de la puntilla. Como para nada de lo *bueno* (para que podría servir) sirve la libertad de imprenta, tan justa y caritativa advertencia no ha sido atendida.

[117] Fernán Caballero entronca de esta forma con los detractores de las corridas de toros. Actitud que ya arrancaba desde los tiempos de Jovellanos y adquiriría cierta virulencia en los tiempos de Larra, autor que, a diferencia de los escritores costumbristas de su generación, censuró dicho espectáculo por considerarlo impropio de un pueblo culto y civilizado.

En la presente novela y en lo que concierne a este hecho, se puede afirmar que el protagonista, Stein, representa el *alter ego* de la autora. Es posible, también, que Fernán Caballero tuviera en cuenta las *fisiologías de toreros* publicadas en *El Semanario Pintoresco Español.*

zón más empedernido; pero los aficionados no tienen ojos, ni atención, ni sentimientos, sino para el toro. Están sometidos a una verdadera fascinación; y ésta se comunica a muchos de los extranjeros más preocupados contra España, y en particular contra esta feroz diversión. Además, es preciso confesarlo, y lo confesaremos con dolor. En España, la compasión en favor de los animales es, particularmente en los hombres, por punto general, un sentimiento más bien teórico que práctico. En las clases ínfimas no existe. ¡Ah, míster Martín! ¡Cuánto más acreedor sois al reconocimiento de la humanidad, que muchos filántropos de nuestra época, que hacen tanto daño a los hombres, sin aumentar ni en un ápice su bienestar!*.

Los toros deleitan a los extranjeros de gusto estragado o que se han empalagado de todos los goces de la vida, y que ansían por una emoción, como el agua que se hiela, por un sacudimiento que la avive; o a la generalidad de los españoles, hombres enérgicos y poco sentimentales, y que además se han acostumbrado desde la niñez a esta clase de espectáculos. Muchos, por otra parte, concurren por hábito; otros, sobre todo, las mujeres, para ver y ser vistas; otros que van a los toros, no se divierten, padecen, pero que quedan, merced a la parte *carneril*, de que fue liberalmente dotada nuestra humana naturaleza.

Los tres picadores saludaron al presidente de la plaza, precedidos de los banderilleros y chulos espléndidamente vestidos, y con capas de vivos y brillantes colores. Capitaneaban a todos, los primeros espadas y sus sobresalientes, cuyos trajes eran todavía más lujosos que los de aquéllos.

—¡Pepe Vera! ¡Ahí está Pepe Vera! —gritó el concurso—. ¡El discípulo de Montes! ¡Guapo mozo! ¡Qué

---

* Mister Martín de Galloway, miembro del Parlamento Británico, fue quien propuso en él un célebre *Bill* para evitar y castigar la crueldad contra los animales. Fundó además una Sociedad con el mismo objeto; sociedad que, aun después de la muerte de su ilustre fundador, trabaja con infatigable celo en la línea de principios y de conducta que le dejó trazada.

gallardo! ¡Qué bien plantado! ¡Qué garbo en toda su persona! ¡Qué mirada tan firme y tan serena!

—¿Saben ustedes —decía un joven que estaba sentado junto a Stein—, cuál es la gran lección que da Montes a sus discípulos? Los empuja cruzado de brazos hacia el toro, y les dice: *no temas al toro*.

Pepe Vera se acercó a la valla. Su vestido era de raso color de cereza, con hombreras y profusas guarniciones de plata. De las pequeñas faltriqueras de la chupa salían las puntas de dos pañuelos de holán. El chaleco de rico tisú de plata, y la graciosa y breve montera de terciopelo, completaban su elegante, rico y airoso vestido de majo.

Después de haber saludado con mucha soltura y gracia a las autoridades, fue a colocarse, como los demás lidiadores, en el sitio que le correspondía.

Los tres picadores ocuparon los suyos, a igual distancia unos de otros, cerca de la barrera. Los matadores y chulos estaban esparcidos por el redondel. Entonces todo quedó en silencio profundo, como si aquella masa de gente, tan ruidosa poco antes, hubiese perdido de pronto la facultad de respirar.

El alcalde hizo la seña; sonaron los clarines, que, como harán las trompetas el día del último juicio, produjeron un levantamiento general; y entonces, como por magia, se abrió la ancha puerta del toril, situada enfrente del palco de la autoridad. Un toro colorado se precipitó en la arena, y fue saludado por una explosión universal de gritos, de silbidos, de injurios y de elogios. Al oír este tremendo estrépito, el toro se paró, alzó la cabeza y pareció preguntar con sus encendidos ojos, si todas aquellas provocaciones se dirigían a él, a él, fuerte atleta que hasta allí había sido generoso y hecho merced al hombre, tan pequeño y débil enemigo: reconoció el terreno, y volvió precipitadamente la amenazadora cabeza a uno y otro lado. Todavía vaciló: crecieron los recios y penetrantes silbidos; entonces se precipitó con una prontitud que parecía incompatible con su peso y su volumen, hacia el picador.

Pero retrocedió al sentir el dolor que le produjo la puya

de la garrocha en el morrillo. Era un animal aturdido, de
los que se llaman en el lenguaje tauromáquico, *boyantes*[118]. Así es que no se encarnizó en este primer ataque,
sino que embistió al segundo picador.

Éste no le aguardaba tan prevenido como su antecesor,
y el puyazo no fue tan derecho, ni tan firme ; así fue que
hirió al animal sin detenerlo. Las astas desaparecieron en
el cuerpo del caballo, que cayó al suelo. Alzóse un grito
de espanto en todo el circo; al punto todos los chulos ro-
dearon aquel grupo horrible; pero el feroz animal se había
apoderado de la presa, y no se dejaba distraer de su venganza. En este momento, los gritos de la muchedumbre,
se unieron en un clamor profundo y uniforme, que hubiera llenado de terror a la ciudad entera, si no hubiera
salido de la plaza de los toros.

El trance iba siendo horrible, porque se prolongaba. El
toro se cebaba en el caballo; el caballo abrumaba con su
peso y sus movimientos convulsivos al picador, aprensa-
do bajo aquellas dos masas enormes. Entonces se vio llegar, ligero como un pájaro de brillantes plumas, tranquilo como un niño que va a coger flores, sosegado y risueño,
a un joven cubierto de plata, que brillaba como una estrella. Se acercó por detrás del toro; y este joven, de delicada estructura y de fino aspecto, cogió de sus manos la
cola de la fiera, y la atrajo a sí, como si hubiera sido un
perrito faldero. Sorprendido el toro, se revolvió furioso,
y se precipitó contra su adversario, quien, sin volver la
espalda, y andando hacia atrás, evitó el primer choque con
una media vuelta a la derecha. El toro volvió a embestir,
y el joven lo esquivó segunda vez, con un recorte a la izquierda, siguiendo del mismo modo, hasta llegar cerca de
la barrera. Allí desapareció a los ojos atónitos del animal,
y a las ansiosas miradas del público, el cual, ebrio de entusiasmo, atronó los aires con inmensos aplausos; porque
siempre conmueve ver que los hombres jueguen así con

---

[118]   *boyantes*. Término propio de la tauromaquia: toro que da juego
fácil.

la muerte, sin baladronada, sin afectación y con rostro inalterable.

—¡Vean ustedes si ha tomado bien las lecciones de Montes! Vean ustedes si Pepe Vera sabe jugar con el toro —clamó el joven sentado junto a Stein, con voz, que a fuerza de gritar, se había enronquecido.

El Duque fijó entonces su atención en *Marisalada*. Desde su llegada a la capital de Andalucía, ahora fue lalso primera vez que notó alguna emoción en aquella fisonomía fría y desdeñosa. Hasta aquel momento nunca la había visto animada. La organización áspera de María, demasiado vulgar para admitir el exquisito sentimiento de la admiración, y demasiado indiferente y esquiva para entregarse al de la sorpresa, no se había dignado admirar, ni interesarse en nada. Para imprimir algo, para sacar algún partido de aquel duro metal, era preciso hacer uso del fuego y del martillo.

Stein estaba pálido y conmovido.

—Señor Duque —le dijo con aire de suave reconvención—. ¿Es posible que esto os divierta?

—No —respondió el Duque con bondadosa sonrisa—: no me divierte; me interesa.

Entretanto habían levantado al caballo. El pobre animal no podía tenerse en pie. De su destrozado vientre colgaban hasta el suelo los intestinos. También estaba en pie el picador, agitándose entre los brazos de los chulos, furioso contra el toro, y queriendo evitar a viva fuerza, con ciega temeridad, y a pesar del aturdimiento de la caída, volver a montar y continuar el ataque. Fue imposible disuardirle; y volvió, en efecto, a montar sobre la pobre víctima, hundiéndole las espuelas en sus destrozados ijares.

—Señor Duque —dijo Stein—, quizá voy a pareceros ridículo; pero en realidad me es imposible asistir a este espectáculo. ¿María, quieres que nos vayamos?

—No —respondió María, cuya alma parecía concentrarse en los ojos—. ¿Soy yo alguna melindrosa, y temes por ventura que me desmaye?

—Pues entonces —dijo Stein—, volveré por ti cuando se acabe la corrida.

Y se alejó.

El toro había despachado ya un número considerable de caballos. El infeliz de que acabamos de hacer mención, se iba dejando arrastrar por la brida, con las entrañas colgando, hasta una puerta, por la que salió [119]. Otros, que no habían podido levantarse, yacían tendidos, con las convulsiones de la agonía; a veces alzaban la cabeza, en que se pintaba la imagen del terror. A estas señales de vida, el toro volvía a la carga, hiriendo de nuevo con sus fieras astas los miembros destrozados, aunque palpitantes todavía, de su víctima. Después, ensangrentadas la frente y las astas, se paseaba alrededor del circo, en actitud de provocación y desafío, unas veces alzando soberbio la cabeza a las gradas, donde la gritería no cesaba un momento; otras hacia los brillantes chulos, que pasaban delante de él, a manera de meteoros, clavándole las banderillas. A veces, una red oculta entre los adornos de la banderilla, salían unos pajarillos y se echaban a volar. ¿Quién sería el primero a quien se ocurrió la idea de producir este notable contraste? No tendría por cierto, intención de simbolizar a la inocencia idefensa, alzándose sin esfuerzo sobre los horrores y las feroces pasiones de la tierra. Más bien sería una de esas ideas poéticas, que brotan espontáneas, aun en los corazones más duros y crueles del pueblo español, como una planta de *resedá* [120] florece espontá-

---

[119]   La bravura del toro solía medirse con frecuencia por el número de caballos muertos. En más de una crónica periodística se señala que las autoridades se vieron obligadas a solicitar ayuda de los empresarios de postas, propietarios de los carruajes que permanecían en las puertas de las plazas de toros en espera de sus clientes. La empresa Simón, la más famosa de Madrid en aquella época, cedió con frecuencia los caballos destinados al transporte público.

[120]   *planta de resedá*. Alterna la pronunciación aguda con la llana: planta herbácea que se cultiva en los jardines por su agradable olor. Fernán Caballero utiliza este vocablo en más de una ocasión, como en *Una en otra*.

neamente en Andalucía entre los cantos y la cal de un balcón.

A una señal del presidente, sonaron otra vez los clarines. Hubo un rato de tregua en aquella lucha encarnizada, y todo volvió a quedar en silencio.

Entonces Pepe Vera, con una espada y una capa encarnada en la mano izquierda, se encaminó hacia el palco del Ayuntamiento. Paróse enfrente, y saludó, en señal de pedir licencia para matar al toro.

Pepe Vera había echado de ver la presencia del Duque, cuya afición a la tauromaquia era conocida. También había percibido a la mujer que estaba a su lado; porque esta mujer a quien hablaba el Duque frecuentemente, no quitaba los ojos del matador.

Éste se dirigió al Duque, y quitándose la montera: «Brindo —dijo—, por V.E. y por la real moza que tiene al lado.» Y al decir esto, arrojó al suelo la montera con inimitable desgaire, y partió adonde su obligación le llamaba.

Los chulillos le miraban atentamente, prontos a ejecutar sus órdenes. El matador escogió el lugar que más le convenía; después indicándolo a su cuadrilla:

—¡Aquí! —les gritó.

Los chulos corrieron hacia el toro para incitarle, y el toro persiguiéndolos, vino a encontrarse frente a frente con Pepe Vera, que le aguardaba a pie firme. Aquel era el instante solemne de la corrida. Un silencio profundo sucedió al tumulto estrepitoso y a las excitaciones vehementes que se habían prodigado poco antes al primer espada.

El toro, viendo aquel enemigo pequeño, que se había burlado de su furor, se detuvo como para reflexionar. Temía sin duda que se le escapase otra vez. Cualquiera que hubiera entrado a la sazón en el circo, no habría creído asistir a una diversión pública, sino a una solemnidad religiosa. ¡Tanto era el silencio!

Los dos adversarios se contemplaban recíprocamente.

Pepe Vera agitó la mano izquierda. El toro le embistió:

sin hacer más que un ligero movimiento, él le pasó de muleta, y volviendo a quedar en suerte, en cuanto la fiera volvió a acometerle, dirigió la espada por entre las dos espaldillas; de modo que el animal, continuando su arranque, ayudó poderosamente a que todo el hierro penetrase en su cuerpo, hasta la empuñadura. Entonces se desplomó sin vida.

Es absolutamente imposible describir la explosión general de gritos y de aplausos que retumbaron en todo el ámbito de la plaza. Sólo pueden comprenderlo los que acostumbraban presenciar semejantes lances. Al mismo tiempo sonó la música militar.

Pepe Vera atravesó tranquilamente el circo en medio de aquellos frenéticos testimonios de admiración apasionada, de aquella unánime ovación, saludando con la espada a derecha e izquierda, en señal de gratitud, sin que excitase en su pecho sorpresa ni orgullo un triunfo, que más de un emperador romano habría envidiado. Fue a saludar al ayuntamiento, y después al Duque y a la real moza.

El Duque entregó disimuladamente una bolsa de monedas de oro a María, y ésta, envolviéndola en su pañuelo, las arrojó a la plaza [121].

Al hacer Pepe Vera una nueva demostración de agradecimiento, las miradas de sus ojos negros se cruzaron con las de María. Al mentar este encuentro de miradas, un escritor clásico diría que Cupido había herido aquellos dos corazones con tanto tino, como Pepe Vera al toro. Nosotros, que no tenemos la temeridad de afiliarnos en aquella escuela severa e intolerante, diremos buenamente que estas dos naturalezas estaban formadas para entenderse y simpatizar una con otra, y que en efecto se entendieron y simpatizaron.

En verdad, Pepe Vera había estado admirable. Todo

---

[121] Este gesto de magnanimidad era ya frecuente en el siglo XVIII, bien en la plaza o en fiestas donde concurrían los nobles, el torero y su cuadrilla.

lo que había hecho en una situación que le colocaba entre la muerte y la vida, había sido ejecutado con una destreza, una soltura, una calma y una gracia, que no se habían desmentido ni un solo instante. Es preciso para esto, que a un temple firme y a un valor temerario, se agregue un grado de exaltación, que sólo pueden excitar veinticuatro mil ojos que miran, y veinticuatro mil manos que aplauden.

CAPÍTULO XVIII

Durante las escenas que hemos procurado describir en el anterior capítulo, Stein daba la vuelta alrededor de Sevilla, siguiendo la línea de sus antiguas murallas, alzadas por Julio César, como lo testifica esta inscripción colocada sobre la puerta de Jerez.

HÉRCULES ME EDIFICÓ;
JULIO CÉSAR ME CERCÓ
DE MUROS Y TORRES ALTAS
Y EL REY SANTO ME GANÓ
CON GARDI-PÉREZ DE VARGAS [122].

Volviendo hacia la derecha, Stein pasó por delante del convento del Pópulo, transformado hoy en cárcel: allí cerca vio la bella puerta de Triana; más lejos, la puerta Real, por donde hizo su entrada San Fernando, y en siglos posteriores Felipe II. Delante se encuentra el convento de San Laureano, donde Fernando Colón, hijo del inmortal Cristóbal, fundó una escuela, y estableció su observatorio. Pasó después por delante de la puerta de San Juan

---

[122] Tradición que no tiene ninguna base histórica, según Richard Ford, *A Hand-Book for Travellers in Spain,* 1845. Obra traducida hoy en día al castellano, *Manual de viajeros...,* por Ediciones Turner. Las descripciones de Ford son de gran utilidad para la ubicación y análisis de todo este capítulo.

y la de la Barqueta, a la que se ligan tantos recuerdos. A cierta distancia, y a orillas del río, divisó el suntuoso monasterio de San Gerónimo, cuya estatua, que se considera como una de las más perfectas que han salido jamás de las manos de un artista, adorna hoy el salón principal del Museo. Stein hizo entonces esta reflexión: «¿Habrían hecho los antiguos artistas tantas obras maestras, si en lugar de consagrarlas a la veneración de las almas piadosas, a recibir su culto y sus oraciones, hubieran sabido que su paradero había de ser un Museo, donde estarían expuestas al frío análisis de los amigos del arte y de los admiradores de la forma?»

Vio después a San Lázaro, hospital de leprosos, y el inmenso y soberbio hospital de las Cinco Llagas del Señor, llamado vulgarmente Hospital de la Sangre, obra magnífica de los Enríquez de Rivera, en que han consumido millones, y cuyo patronato ha reservado la caridad y el celo público del fundador, harto más grandes que su grande obra, a aquel que la concluya.

Vio la puerta de la Macarena, que toma su nombre, según unos, del de una hija de Hércules, a quien Julio César la consagró; y según otros, del de una princesa mora, que allí tuvo un palacio. Don Pedro el Cruel, entró por ella muchas veces vencedor, y también don Fadrique, cuando el mismo don Pedro, su hermano, le sacrificó a su resentimiento. Pasó en seguida por delante de la puerta de Córdoba, sobre la cual todavía se ve, convertido en capilla, el estrecho encierro en que estuvo preso y fue martirizado San Hermenegildo por orden de su padre Leovigildo, rey de los godos, por los años del 586. Enfrente de la puerta está el convento de los Capuchinos, en el mismo sitio que ocupó, según dicen, la primera iglesia que hubo en España, fundada por el apóstol Santiago; aunque Zaragoza disputa esta gloria a Sevilla. Vio más lejos el convento de la Trinidad, en el mismo terreno que ocuparon las cárceles romanas; y el subterráneo en que tuvieron encerradas las Santa Vírgenes Justa y Rufina, patronas de la ciudad. En este subterráneo se ha erigido un altar, en cuyo centro se conserva un pilar de mármol, al que estuvieron atadas las santas, y en que grabaron con sus débiles dedos una cruz que se ve todavía.

Después de las puertas del Sol y del Osario, halló la de Carmona, una de las más bellas del recinto, de donde arranca, en línea paralela con el acueducto que provee de agua a Sevilla, el camino real que atraviesa toda la Península en su longitud, brincando como una cabra, por las asperezas de Despeñaperros. Con esta puerta se liga una anécdota, que pinta a lo vivo el carácter de los nobles sevillanos de aquel tiempo. Era en 1540. Por ella salían los sevillanos para ir a socorrer a Gilbraltar. Don Rodrigo de Saavedra llevaba el pendón de la ciudad; pero la puerta de entonces era tan baja, que el pendón no podía pasar sin inclinarse. Don Rodrigo, pasó por encima de la puerta tirando de él con cuerdas, prefiriendo esta incomodidad a la humillación de su noble depósito.

A la mano izquierda están los grandes y alegres arrabales de San Roque y San Bernardo, con el jardín del rey, llamado así por haber sido de un rey moro llamado Benjoar. Stein llegó a la puerta de la Carne, cerca de la cual está el hermoso cuartel de caballería; dejando a mano derecha la elegante puerta de San Fernando, edificada en el año 1760 al mismo tiempo que la inmediata y magnífica fábrica de tabaco, cuyo costo subió a treinta y siete millones de reales [123]; y dejando a mano izquierda el cementerio, esa sima que la muerte se emplea continuamente en llenar, como las Danaides su tonel, llegó a los hermosos paseos, que son como ramilletes que adornan la ciudad y las orillas floridas del Guadalquivir.

El único ruido que alteraba a la sazón el silencio del hermoso paseo de las Delicias, era el saludo que hacían las aves al sol en su ocaso. La inmovilidad del río era tal, que habría parecido helado, si no le hubieran hecho sonreír de cuando en cuando la caricia del ala de un pájaro o el salto de algún pececillo juguetón. En la orilla opuesta se alzaba el convento de los Remedios, con su corona

---

[123]   Hoy convertida en Universidad, edificada entre 1728 y 1757.

de cipreses, cuyas elevadas copas se erguían soberbias, sin
echar de ver que el edificio se estaba abriendo en hondas
grietas, como una planta abandonada se marchita cuando no hay una mano que la riegue. Las sombras del cre-
púsculo empezaban a cubrir la ciudad, mientras que la
bella y colosal estatua de bronce dorado, emblema de la
fe, que se enseñorea en lo alto de la Giralda, resplandecía
a los últimos rayos del sol, radiante y ardiente como la
gloria de los grandes hombres que la pusieron allí, coro-
nando la inmensa basílica. Costearon ésta de su bolsillo
los canónigos en 1401, sujetándose por más de un siglo,
ellos y sus sucesores, fuesen quienes fuesen, a vivir en
común, para aplicar todas sus rentas a la construcción del
templo. Ni uno solo faltó a este compromiso, acaso sin
ejemplo en la historia de las artes. ¡Magnífico ejemplo de
abnegación, de entusiasmo religioso, y de inteligencia artística, que fue digno cumplimiento del memorable acuerdo con que decretaron la erección de aquel templo y que
no podemos menos de consignar! FAGAMOS, dijeron, UNA
ECLESIA TAL E TAN GRANDE, QUE EN EL MUNDO NO HAYA
OTRA SU EGUAL, E QUE LOS DEL PORVENIR NOS TENGAN
POR LOCOS.

A la derecha de Stein se elevaba la torre redonda del
Oro, cuyo nombre proviene, según algunos, de haber sido
en otro tiempo depósito del oro que venía de América.
Sin embargo, esta derivación no es probable, puesto que
tenía el mismo nombre antes del descubrimiento del Nuevo
Mundo. Mas verosímil es que procediese de los azulejos
amarillos de que estaba revestida, y algunos de los cuales
se conservan aún. Esa antiquísima torre, muy anterior a
la era cristiana, enlazada con tantos recuerdos heroicos,
colocada allí entre las variadas banderas de los buques,
las ráfagas de humo de los vapores, los paseos construi-
dos ayer, y las flores nacidas hoy, con sus cimientos, que
cuentan los siglos por décadas, es como la clava de Hércules lanzada en medio de los juguetes de los niños.

Entre estos recuerdos hay uno de muy pequeña importancia, aunque histórica, que ha excitado muchas veces

nuestra sonrisa (cosa rara cuando se ojean los anales del mundo), y que por otra parte, pinta al natural al hombre de quien vamos a hablar, al rey don Pedro, cuya memoria es allí la más popular, después de la del Santo Rey Fernando.

Cerca de la torre del Oro hay un muelle que mandaron construir los canónigos, cuando se edificaba la catedral, para el cómodo desembarco de los materiales de la obra, y en él cobraban un muellaje de todos los que allí desembarcaban. Don Pedro, apurado de dinero, hizo uso de estos fondos en calidad de empréstito forzado. Parece que este monarca, muy joven aún, tenía la memoria muy flaca en materia de deudas, puesto que el cabildo pensó acudir a la justicia para reclamar el pago de la contraída. Pero ¿dónde estaba un escribano bastante valiente para presentarse a don Pedro con una notificación en la mano? Era necesario para esto un escribano Cid, o Pelayo, como no suele haberlos en el mundo. La curia tomó sus medidas; y he aquí el arbitrio de que echó mano. Un día en que el rey se paseaba a caballo cerca del susodicho muelle, vio venir un batel, que se detuvo a una respetuosa distancia de su persona. En este batel se hallaba una especie de cuervo o pajarraco negro de mal agüero. El rey quedó atónito al ver en el río esta visión, porque la gente que de negro se viste, suele ser tan poco aficionada a Marte como a Neptuno. Pero ¡cuánto no crecería su asombro, cuando oyó una voz agria que le decía: «A vos, don Pedro, intimamos...» No pudo decir más, porque el rey, echando centellas por los ojos, sacó la espada, aguijoneó el caballo, y se arrojó al agua sin reflexionar lo que hacía. ¡Cuál no sería el terror del pájaro negro! Dejó caer los papeles, se apoderó del remo, y se puso en salvo. Es de presumir que el pueblo, tan admirador del valor temerario, como enemigo de las maniobras judiciales, aplaudiese este hecho con entusiasmo. Nosotros, que gustamos de todo lo que es grande, aunque sea una ira *Real*, hemos referido esta anécdota, porque los pájaros verdaderamente negros, esto es, los que tienen emponzoñada la lengua y la pluma, se han vengado después, valiéndose siempre de sus armas usuales, el ardid y la calumnia; y han calumniado al infortunio.

¡Pobre don Pedro! Acaso fue malo, porque fue desgraciado. Su crueldad fue efecto de la exasperación; pero tuvo tacto mental, carácter enérgico y un corazón que sabía amar.

Stein, con la cabeza apoyada en las manos, recreaba sus miradas en el magnífico espectáculo que ante ellas se desenvolvía, y respiraba con deleite aquella pura y balsámica atmósfera. De cuando en cuando un clamor prolongado y vivo le arrancaba a su suave éxtasis, y afectaba dolorosamente su corazón. Era la gritería de la plaza de toros.

«¡Dios mío! ¡es posible! —se decía aludiendo a la guerra—, que a aquello lo llamen gloria, y a esto —aludiendo a los toros— lo llamen placer!»

CAPÍTULO XIX

Marisalada pasaba su vida consagrada a perfeccionar-
se en el arte, que le prometía un porvenir brillante, una
carrera de gloria, y una situación que lisonjeara su vanidad y satisficiera su afición al lujo. Stein no se cansaba
de admirar su constancia en el estudio y sus admirables
progresos.

Sin embargo, se había retardado la época de su introducción en la sociedad de las gentes de viso, por una enfermedad del hijo de la Condesa.

Desde los primeros síntomas había olvidado ésta todo
cuanto la rodeaba: su tertulia, sus prendidos, sus diversiones, a *Marisalada* y sus amigos, y, antes que a todo,
al elegante y joven coronel de que hemos hablado.

Nada existía en el mundo para esta madre, sino su hijo,
a cuya cabecera había pasado quince días sin comer, sin
dormir, llorando y rezando. La dentición del niño no
podía avanzar, por no poder romper las encías hinchadas
y doloridas. Su vida peligraba. El Duque aconsejó a la
afligida madre que consultase a Stein; y, verificado así,
el hábil alemán salvó al niño con una incisión en las encías. Desde aquel momento, Stein llegó a ser el amigo de
la casa. La Condesa le estrechó en sus brazos; y el Conde
le recompensó como podría haberlo hecho un príncipe.
La Marquesa decía que era un santo; el general confesó
que podía haber buenos médicos fuera de España. Rita,
con toda su aspereza, se dignó consultarle sobre sus ja-
quecas, y Rafael declaró que el día menos pensado iba a

romperse los cascos, para tener el gusto de que le curase
el Gran Federico.

Una mañana, la Condesa estaba sentada, pálida y des-
mejorada a la cabecera de su hijo dormido. Su madre ocupaba una silla muy baja, y, como antídoto contra el calor,
tenía el abanico en continuo movimiento. Rita se había
establecido delante de un gran bastidor, y estaba bordan-
do un magnífico frontal de altar, obra que había empren-
dido en compañía de la Condesa.

Entró Rafael.

—Buenos días, tía: buenos días, primas. ¿Cómo va el
heredero de los Algares?

—Tan bien como puede desearse —respondió la Marquesa.

—Entonces, mi querida Gracia —continuó su primo—,
me parece que ya es tiempo de que salgas de tu encierro.
Tu ausencia es un eclipse de sol visible, que trae consternada a la ciudad. Tus tertulianos lanzan unánimes suspiros,
que van a dejar sin hojas los árboles de las Delicias. El
Barón de Maude añade a su colección de preguntas, las que
le arranca tu invisibilidad. Ese exceso de amor materno le
escandaliza. Dice que en Francia se permite a las señoras
hacer muy bonitos versos sobre este asunto; pero no tole-
rarían que una madre joven expusiese su salud, marchitan-
do la frescura de su tez, privándose de reposo y de alimento, y olvidando su bienestar individual al lado del chiquillo.

—¡Disparate! —exclamó la Marquesa—. ¿Cómo podrá
persuadírseme de que hay un país en el mundo, en que
una madre se aleje ni un solo instante de su hijo cuando
está malo?

—Pues el Mayor es peor todavía —continuó Rafael—;
al saber lo que estás haciendo, logró agrandar sus ojos
habitualmente espantados, y dice que no creía tan bárbaros a los españoles, que no tuviesen en sus casas una
nursery *.

---

* *Nursery* es en las casas inglesas el departamento destinado a los
niños y a las personas que los cuidan, que está retirado y en otro piso.

—¿Y qué es eso? —preguntó la Marquesa.

—Según él se explica —prosiguió Rafael—, es la Siberia de los niños ingleses. Sir John apuesta a que te has puesto tan ligera y delgada, que podrás pasar por hija del Céfiro con más razón que las yeguas andaluzas, que gozan de esa reputación, y que en la carrera se quedarían muy atrás de su yegua inglesa *Atlante*, sin necesidad de derramar una cuartilla de cebada en el camino para distraerla. Prima, el único que se ha consolado de los males de la ausencia, ha sido Polo, dando a luz un tomo de poesías, y con este motivo casi nos hemos reñido.

—Cuéntanos eso, Rafael —dijo Rita—. Hubiera querido presenciar vuestra disputa, y no me habría divertido poco.

—Ya saben ustedes —dijo Rafael—, que todas nuestras modernas *ilustraciones* aspiran por todos los medios posibles al título de *notabilidades*.

—Sobrino —exclamó la Marquesa—, déjate por Dios de esas palabras extranjeradas, que me degüellan.

—Perdonad, tía —siguió Rafael—; pero son necesarias para mi historia, y participan de su esencia. Como estos señores, y, sobre todo, los que han bebido en manantiales franceses, han visto que en Francia, la partícula *de* es signo de nobleza, han querido también adoptarla; y como en España no significa absolutamente nada, pueden lisonjear sus oídos con la sonoridad del monosílabo inocente, así como con una cáfila de apellidos, cada uno hijo de su padre y de su madre. Esto puede deslumbrar a los extranjeros, que ignoran que en España el *de*, y la muchedumbre de apellidos, son prácticas arbitrarias, y pueden usarse *ad libitum*.

—Por cierto —dijo la Marquesa—, es cosa rara que uno ha de ser de sangre noble, sólo por tener dos letras delante del apellido. Las mujeres casadas añaden al suyo el de sus maridos, con su *de* corriente: y así, tu madre firmaba Rafaela Santa María de Arias. Hay muchos apellidos nobles que no lo tienen. En Sevilla, el Marqués de C... es J. P. El Conde del A..., F. E. El Marqués de M...,

A. S. Mi hermano se llama León Santa María, y el Duque de Rivas pone en el frontispicio de sus obras Ángel Saavedra. Volviendo a nuestro Polo —prosiguió Rafael—, no satisfecho con tener un nombre tan adaptado al título de una colección de poesías, se le ocurrió la idea de poner también el de su madre, o el de su abuela, según lo más o menos armonioso de las sílabas, y tuvo la satisfacción de estampar con letras góticas en el frontispicio de su obra: *Por A. Polo de Mármol;* y quedó tan contento al ver en papel vitela su nombre prosaico prolongado, ennoblecido, sonoro, distinguido y soberbio, a manera de un paladín antiguo que sale de la tumba con su armadura mohosa, que se creyó otro hombre distinto del que era antes; se admiró, y se respetó, como aquel oficial portugués, que viéndose en el espejo, armado de pies a cabeza, se echó a temblar, teniendo miedo de sí mismo. Su entusiasmo subió a tal punto, que mandó grabar sus tarjetas con la recién descubierta fórmula, añadiendo un escudo de armas imaginarias, en que se ve un castillo...

—De naipes —dijo la Marquesa impaciente.

—Un león —continuó Rafael—, un águila, un leopardo, un zorro, un oso, un dragón; en fin, el arca de Noé de la Heráldica; y encima una corona imperial. Por desgracia, el grabador, que no era un Estévez [124], ni un Carmona [125], no pudo poner cuerdas en una lira, que formaba parte de las armas de Polo; pero es un pequeño contratiempo, de que nadie hace eso. Dábale yo la enhorabuena por su nuevo nombre, asegurándole que el nombre de Mármol venía de perlas después del de A. Polo, porque un APolo de mármol valía más que un APolo de yeso: tomándolo él a sátira, se puso tan furioso, que me amenazó con escribir una sátira contra los humos de los nobles. Le pregunté si la sátira a *los* nobles, se extendería a *las ídem*. Entonces se acordó de ti, mi querida prima;

---

[124]   *Estévez*. Rafael Esteve (1772-1847), famoso grabador.
[125]   *Carmona*. Manuel Salvador Carmona, célebre grabador del rey a partir de 1761.

lanzó un suspiro, y se le cayó de las manos la formidable pluma; peinó, alisó y cubrió de pomada la cabellera serpentina de su Némesis, y yo me he escapado de una buena, gracias a los hermosos ojos de mi prima. Pero —añadió Rafael viendo entrar a Stein—, aquí viene la más preciada de las *piedras* preciosas *; piedra melodiosa como *Memnon* [126]. Don Federico, ya que sois observador fisiologista, admirad cómo en todas las situaciones de la vida son inalterables en España, la igualdad de humor, la benevolencia y aun la alegría. Aquí no tenemos el *schwermuth* [127] de los alemanes, el *spleen* de los ingleses, ni el *ennui* de nuestros vecinos. ¿Y sabeis por qué? Porque no exigimos demasiado de la vida; porque no suspiramos en pos de una felicidad alambicada.

—Es —opinó la Marquesa—, porque solemos tener todas las aficiones propias de nuestra edad.

—Es —dijo Rita—, porque cada uno hace lo que le da la gana.

—Es —observó la Condesa—, porque nuestro hermoso cielo derrama el bienestar en nuestro ánimo.

—Yo creo —dijo Stein—, que es por todo eso, y además, por el carácter nacional. El español pobre, que se contenta con un pedazo de pan, una naranja y un rayo de sol, está en armonía con el patricio que se contenta casi siempre con su destino, y se convierte en noble Procusto moral de sí mismo, nivelando sus aspiraciones y su bienestar con su situación.

—Decís, don Federico —observó la Marquesa—, que en España cada cual está satisfecho con lo que le ha tocado en suerte. ¡Ah doctor! ¡Cuánto siento decir que ya no somos en esa parte lo que éramos! Mi hermano dice que en la jerigonza del día hay una palabra inventada por el

---

*   Stein significa en alemán piedra.
[126]   Célebre estatua de Tebas, erigida en honor y memoria de un hijo de la Aurora, muerto por Aquiles frente a Troya. Existe una alusión de la muerte de este héroe en *Mitología, op. cit.,* pág. 395.
[127]   *Schwermut:* tristeza.

genio del mal y del orgullo, especie de palanca a que no resisten los cimientos de la sociedad, y que ha ocasionado más desventuras a la especie humana, que todo el despotismo del mundo.

—¿Y cuál es esa palabra —preguntó Rafael—, para que yo le corte las orejas?

—Esa palabra —dijo la Marquesa suspirando—, es la *noble ambición*.

—Señora —dijo Rafael—, es que a la ambición le ha entrado la manía general de nobleza.

—Tía —exclamó Rita—, si nos metemos en la política, y os ponéis a repetir las sentencias de mi tío, os advierto que don Federico va a caer en esa *quisicosa* alemana, Rafael en el *spleen* inglés, y Gracia y yo en el *ennui* francés.

—¡Desvergonzada! —dijo su tía.

—Para evitar tamaña desgracia —dijo Rafael—, hago la moción de que compongamos entre todos una novela.

—¡Apoyado, apoyado! —gritó la Condesa.

—¡Tal destino! —dijo su madre—. ¿Queréis escribir algún primor, como esos que suele mi hija leerme, en los folletines que escriben los franceses?

—¿Y por qué no? —preguntó Rafael.

—Porque nadie la leerá —respondió la Marquesa—, a menos de anunciarla como francesa.

—¿Qué nos importa? —continuó Rafael—. Escribiremos como cantan los pájaros, por el gusto de cantar; y no por el gusto de que nos oigan.

—Hacedme el favor, a lo menos —prosiguió la Marquesa—, de no sacar a la colada seducciones ni adulterios. Pues ¡es bueno hacer a las mujeres interesantes por sus culpas! Nada es menos interesante a los ojos de las personas sensatas que una muchacha ligera de cascos, que se deja seducir, o una mujer liviana que falta a sus deberes. No vayáis tampoco, según el uso escandaloso de los novelistas de nuevo cuño, a profanar los textos sagrados de la Escritura. ¿Hay cosa más escandalosa que ver en un papelito bruñido, y debajo de una estampita deshonesta las palabras mismas de nuestro Señor, tales como: «mucho le será perdonado, porque amó mucho» o aquellas otras: «el que se crea sin culpa, tírele la primera piedra?» ¡Y todo ello para justificar los vicios! ¡Eso es una profanación! ¿No saben esos escritores boquirrubios que aquellas santas palabras de misericordia recaían sobre las ansias del arrepentimiento y los merecimientos de la penitencia?

—¡Cáspita! —dijo Rafael—, ¡qué trozo de elocuencia! Tía está inspirada, iluminada; votaré por su candidatura a diputado a Cortes.

—Tampoco vayáis —continuó la Marquesa—, a introducir el espantoso suicidio, que no se ha conocido por acá, hasta ahora, que han logrado entibiar, sino desterrar la religión. Nada de esas cosas nos pegan a nosotros.

—Tiene usted razón —dijo la Condesa—; no hemos de pintar a los españoles como extranjeros: nos retrataremos como somos.

—Pero con las restricciones que exige mi señora marquesa —dijo Stein—, ¿qué desenlace *romancesco* [128] puede tener una novela que estribe, como generalmente sucede, en una pasión desgraciada?

—El tiempo —contestó la Marquesa—; el tiempo, que da fin de todo, por más que digan los novelistas, que sueñan en lugar de observar.

—Tía —dijo Rafael—, lo que estáis diciendo es tan prosaico como el gazpacho.

—¿Te matarás si me caso con Luis? —le preguntó Rita.

—¡Yo verdugo, y de mi propia, interesante e inocente persona! ¡yo mi propio Herodes! ¡Dios me libre, bella ingrata! —contestó Rafael—. Viviré para ver y gozar de tu arrepentimiento, y para reemplazar a tu Luis Triunfos,

---

[128] *romancesco:* novelesco-romántico. Para una excelente visión de los diferentes términos adoptados por la escuela romántica puede consultarse el artículo de costumbres *El romanticismo y los románticos,* de Mesonero Romanos, sutil, sabrosa y cómica crítica que censura los rasgos más esenciales de dicha escuela.

si se le antoja ir a jugar al *monte* [129] con su compadre Lucifer, en su reino.

—No hagáis ostentación en vuestra novela —prosiguió la Marquesa—, de frases y palabras extranjeras de que no tenemos necesidad. Si no sabéis vuestra lengua, ahí está el diccionario.

—Bien dicho —repitió Rafael—: no daremos cuartel a las *esbeltas*, a las *notabilidades* ni a los *dandys;* perversos intrusos, parásitos venenosos, y peligrosos emisarios de la revolución.

—Más verdad dices de la que piensas —repuso la Marquesa.

—Pero madre —dijo la Condesa—; a fuerza de restricciones, nos pondréis en el caso de hacer una insulsez.

—Me fío de tu buen gusto —respondió la Marquesa—, y en lo que es capaz de discurrir e inventar Rafael, para que así no sea. Otra advertencia. Si nombráis a Dios, llamadle por su nombre, y no con los que están hoy de moda, *Ser Supremo, Suprema Inteligencia, Moderador del Universo;* y otros de este jaez.

—¡Cómo, señora tía! —exclamó Rafael—, ¿negáis a Dios sus poderes y sus prerrogativas?

—No por cierto —respondió la Marquesa—; pero en el nombre Dios se encierra todo. Buscar otros más altisonantes es lo mismo que platear el oro. Lo mismo me parece eso, que lo que aquí se hace de tejas abajo, quitando al poder el título de rey para llamarlo presidente, primer cónsul o protector. Estoy cierta de que antes de haber consumado del todo su rebeldía, Lucifer nombraba a Dios el Ser Supremo.

—Pero tía, no podréis negar —observó Rafael—, que es más respetuoso y aun más sumiso.

—Anda a paseo, Rafael —contestó con impaciencia la Marquesa—. Siempre me contradices, no por convicción,

---

[129]   *monte:* «cartas o naipes que quedan después de haber repartido a cada uno de los jugadores las que le tocán, en las cuales se entra a robar» *(Diccionario de Autoridades).*

sino por hacerme rabiar. Dale a Dios el nombre que se dio Él mismo; que nadie ha de ponerle otro mejor.

—Tenéis razón, madre —dijo la Condesa—. Dejémonos de flaquezas, de lágrimas y de crímenes, y de términos retumbantes. Hagamos algo bueno, elegante y alegre.

—Pero, Gracia —dijo Rafael—; es menester confesar que no hay nada tan insípido en una novela, como la virtud aislada. Por ejemplo, supongamos que me pongo a escribir la biografía de mi tía. Diré que fue una joven excelente; que se casó a gusto de sus padres, con un hombre que le convenía; y que fue modelo de esposas y de madres, sin otra flaqueza que estar un poco templada a la antigua, y tener demasiada afición al tresillo. Todo esto es muy bueno para un epitafio; pero es menester convenir que es muy sosito para una novela.

—¿Y de dónde has sacado —preguntó la Marquesa—, que yo aspiro a ser modelo de heroína de novela? ¡Tal dislate!

—Entonces —dijo Stein—, escribid una novela fantástica [130].

—De ningún modo —dijo Rafael—: eso es bueno, para vosotros los alemanes; no para nosotros. Una novela fantástica española sería una afectación insoportable.

---

[130]   Clara referencia a los relatos de E.T.A. Hoffmann (1776-1822). Tanto él como Chamisso, Nodier, Allan Poe reavivaron la afición por la lectura de cuentos fantásticos en España. Hoffmann, autor conocido en la Península desde 1830, fue traducido al castellano en 1837 y en 1839. En la edición de Cayetano Cortés (1839) aparecen cuatro relatos cortos distribuidos en dos tomos: *Aventuras de la noche de San Silvestre, Salvador rosa, Maese Marín* y *Merino Falieri*. Una crítica de la época —*Semanario Pintoresco Español,* núm. 16, 21 de abril de 1839. *Crónica,* revista literaria— decía que estaban llenos «de invención, de verdad, de gracia y de misterio, y que los amantes de la bella literatura en nuestro país encontrarían en ellos un género de impresiones enteramente nuevo y un campo desconocido de imaginación y belleza».

En 1840 Clemente Díaz, en un relato titulado *Un cuento de vieja,* decía: «Ni Goya pudo imaginar en sus ratos de inspiración un grupo tan pintoresco como el que formaba esta colección de entes atezados y miserables; ni Hoffmann, en sus momentos de embriaguez, soñar tamaños abortos como los que narró a su auditorio la respetable posadera con una gravedad doctoral», en *Semanario Pintoresco Español,* núm. 12, 12 de enero de 1840.

—Pues bien —continuó Stein—: una novela heroica o lúgubre.

—¡Dios nos libre y nos defienda! —exclamó Rafael—. Eso es bueno para Polo.

—Una novela sentimental.

—Sólo de oírlo —prosiguió Rafael—, me horripilo. No hay género que menos convenga a la índole española, que el llorón. El sentimentalismo es tan opuesto a nuestro carácter, como la jerga sentimental al habla de Castilla.

—Pues entonces —dijo la Condesa—, ¿qué es lo que vamos a hacer?

—Hay dos géneros que, a mi corto entender, nos convienen: la novela histórica, que dejaremos a los escritores sabios, y la novela de costumbres, que es justamente la que nos peta a los medias cucharas, como nosotros.

—Sea, pues; una novela de costumbres —repuso la Condesa.

—Es la novela por excelencia —continuó Rafael—, útil y agradable. Cada nación debería escribirse las suyas. Escritas con exactitud y con verdadero espíritu de observación, ayudarían mucho para el estudio de la humanidad, de la historia, de la moral práctica, para el conocimiento de las localidades y de las épocas. Si yo fuera la reina, mandaría escribir una novela de costumbres en cada provincia, sin dejar nada por referir y analizar.

—Sería, por cierto, una nueva especie de geografía —dijo Stein riéndose—. ¿Y los escritores?

—No faltarían si se buscaran —respondió Rafael—, como nunca faltan hombres para toda empresa, cuando hay bastante tacto para escogerlos. La prueba es que aquí estoy yo, y ahora mismo vais a oír una novela compuesta por mí, que participará de ambos géneros.

—Así saldrá ella —dijo la Marquesa—. Don Federico ya veréis algo parecido a Bertoldo [131].

—Puesto que mi prima quiere algo bueno y sencillo; mi tía algo moral, sin pasiones, flaquezas, crímenes ni textos de la Escritura, y mi prima Rita algo festivo, voy a

---

[131] Alusión al personaje de la novela *Bertoldo, Bertoldino y Cacaseno*.

tomar por asunto la vida honrada y moral de mi tío el general Santa María.

—No faltaba más —dijo la Marquesa—, sino que fueras a hacer burla de mi hermano. No me parece que da margen a ello. ¡Vaya!

—No por cierto —replicó Rafael—: respeto y aprecio a mi tío más que nadie en este mundo; y sé que sus virtudes militares, que a veces pasan de raya, le han merecido el dictado del Don Quijote del ejército. Pero nada de esto impide que también tenga su historia; porque si madame Stael ha dicho que la vida de una mujer es siempre una novela, creo que con igual derecho puede decirse que la vida de un hombre es siempre una historia. Escuchad, pues, incomparable doctor, la historia de mi tío, en compendio. Santiago León Santa María nació predestinado para la noble carrera de las armas, porque vio la luz del día, o por mejor decir, las sombras de la noche, en el momento mismo en que la retreta pasaba por delante de los balcones de la casa: de modo que hizo su entrada en el mundo a son de caja.

—Eso es cierto —dijo la Marquesa— sonriéndose.

—Yo no miento jamás... cuando digo la verdad —continuó gravemente Rafael—. Como señal de aquella predestinación, nació con una espada color de sangre en el pecho, dibujada por mano de la naturaleza, con la mayor propiedad; de modo que todas las comadres del barrio, acudieron a saludar al general *in partibus* de los ejércitos de S. M. Católica.

—No hay tal cosa —dijo la Marquesa—; tiene una señal en el pecho, es verdad: pero es en figura de rábano, un antojo que había tenido nuestra madre.

—Observad, doctor —continuó Rafael—, que mi tía desprestigia [132] y *despoetiza* la historia de su querido hermano. ¡Un rábano en el pecho de un valiente, en lugar de una orden militar! Vaya, tía, ¿hay cosa más ridícula?

---

[132] Palabra inventada por Fernán Caballero en *Lágrimas*. Ochoa en su carta «un lector de las Batuecas» la felicita por su acierto, *Epistolario,* Madrid, *O.C.,* XIV, pág. 63.

—¿Qué tiene de ridículo —dijo la Marquesa—, nacer con una señal en el pecho?

—Prosigue, Rafael —dijo Rita—. Yo no sabía ninguna de esas particularidades. Prosigue sin tantos paréntesis.

—Nadie nos corre, querida Rita —dijo Rafael—; ¿qué prisa tenemos? Una de las ventajas que llevamos a otras naciones, es no vivir a galope, como corredores intrusos. Conque apenas León Santa María cumplió los doce años, entró de cadete en un Regimiento, y se puso desde entonces, derecho como un huso, serio como un sermón, y grave como un entierro. Haciendo el ejercicio, y peleando como valiente muchacho en el Rosellón, fue pasando el tiempo, y llegó mi tío a la edad, en que el corazón canta y suspira.

—Rafael, Rafael —dijo su tía—, cuenta con lo que se habla.

—No tengáis cuidado, tía: no hablaré más que de amores platónicos.

—¿Amores qué?... ¿Hay acaso varias clases de amores?

—El amor platónico —contestó Rafael—, es el que se encierra en una mirada, en un suspiro o en una carta.

—Es decir —repuso la Marquesa—, la vanguardia; pero ya sabes que el cuerpo del ejército viene detrás; con que doblemos la hoja sobre ese capítulo.

—Señora Marquesa —repuso Rafael—; no os apuréis. Mi historia será tal, que después de haberla oído, cualquiera podrá retratar a mi tío con la espada en una mano y la palma en la otra.

»Sus primeros amores fueron con una guapa moza de Osuna, donde estaba acuartelado su Regimiento. El día menos pensado llegó la orden de marchar. Mi tío dijo que volvería, y ella se puso a cantar: *Mambrú se fue a la guerra* [133]; y lo estaría todavía cantando, si un labrador grueso, no la hubiera ofrecido su gruesa mano y su gruesa hacienda. Sin embargo, al principio estuvo inconsolable. Llo-

---

[133]   Cancioncilla popular que se puso de moda en los tiempos de la reina María Antonieta. Ronda infantil que aún hoy en día es popular. La letra ironiza la victoria del general inglés Marlborough sobre franceses y bávaros.

raba como las nubes de otoño, y no paraba de exclamar
día y noche; ¡Santa María, Santa María! tanto que una
criada que dormía cerca, creyendo que su ama estaba rezando las letanías, no dejaba de responder devotamente:
ora pro nobis.

»Mi tío —siguió Rafael—, recibió orden de pasar a
América: volvió para tomar parte en la guerra de la Independencia, y no tuvo tiempo para pensar en amoríos. De
donde resultó que, no tratando con más bellezas que las
que podía hacer marchar a tambor batiente, adquirió tal
acritud de temple, que se le quedó el nombre del general
Agraz [134].

—¿Cómo te atreves?... —exclamó la tía.

—Tía —contestó Rafael—, yo no me atrevo a nada: lo
que hago es repetir lo que otros han dicho. *Pian pianino* [135] llegaron los sesenta años, trayendo en pos la comitiva ordinaria de reumatismos y catarros, con todas las
trazas de convertirse en crónicos. Mi tía y todos los amigos le aconsejaban que se retirase, y se casase para vivir
tranquilo. Fijad las mientes, doctor, en el remedio: ¡casarse para vivir tranquilo! Ya ve usted que mi tía se siente
inclinada a la homeopatía [136].

---

[134] *General Agraz.* Apelativo para designar su amargura y también
por el significado de dicho vocablo: uva sin madurar.

[135] *pian, pianino:* poco a poco.

[136] *homeopatía:* sistema curativo que consiste en administrar, en
dosis mínimas, las mismas sustancias que en mayores cantidades pro-
ducirían a la persona sana síntomas iguales o parecidos a los que se tra-
tan de combatir.
En la época de Fernán las dos corrientes de la medicina —homeopatía
y alopatía— combaten encarnecidamente entre sí. También desde una
perspectiva humorística se abordó dicha polémica. Véase, por ejemplo,
los sabrosos y cómicos diálogos entre los personajes Pelgrín y Tirabe-
que del *Teatro social del siglo XIX,* de Modesto Lafuente, Madrid,
Est. Tip. de D. Francisco de Paula y Mellado, 1846. Cfr. mi artículo
Alopatía, homeopatía y la fisiología del médico en la literatura romántica», *Actas del I Congreso de Historia de la Medicina,* Universidad de Alicante, 1986. Véase, también, el cuadro de costumbres *El Médico,* de J. Calvo y Martín, inserto en *Los españoles pintados por sí
mismos.*

—¿Ese sistema nuevo —preguntó la Marquesa—, que receta estimulantes para refrescar? No lo creáis, doctor, ni vayáis a dar esa clase de remedios al niño.

—Pues, como iba diciendo —continuó Rafael—, había aquí una soltera de edad madura, que no había querido casarse a gusto de su padre, ni su padre la había querido dejar casar a su gusto; éste tenía muchos humos, en vista de que su hija se llamaba doña Pancracia Cabeza de Vaca. Ahora bien, esta noble parte del animal...

La Marquesa le interrumpió.

—Ríete cuanto quieras, como te ríes de todo: este es un privilegio que la naturaleza te ha dado, como al sol el de brillar. Pero sabed, don Federico, que ese nombre, tan ridículo a los ojos de mi sobrino, es uno de los más ilustres y más antiguos de España. Debe su origen a la batalla de las Navas de Tolosa...

—La cual —añadió Rafael—, se dio por los años de 1212, y la ganó el rey don Alfonso IX, llamado el Noble, padre de la reina de Francia Blanca, madre de San Luis; y con aquella hazaña libertó a Castilla del yugo de los sarracenos.

—Así es —repuso la Marquesa—: todo eso se lo he oído contar a mi cuñada. El Miramamolín, según ella cuenta, se había retirado a una altura donde se atrincheró con sus tesoros en una especie de recinto formado con cadenas de hierro. Un río separaba esta altura del ejército cristiano. El rey, que no podía pasarlo, estaba desesperado. Entonces se le presentó un pastor viejo, con su hopalanda y su capucha, y le descubrió un sitio por donde podría vadear el río sin dificultad: «Seguid la orilla —le dijo—, aguas abajo, y donde veáis la cabeza de una vaca, que han devorado los lobos, allí está el vado.» De resultas de este aviso, se ganó aquella memorable batalla. El rey, agradecido, ennobleció al que le había hecho un servicio tan señalado, y le dio a él y a sus descendientes, el nombre de Cabeza de Vaca. Mi cuñada dice que aún se conservan en la cate-

dral de Toledo, la estatua del pastor patriota y las cadenas del campo del Miramamolín [137].

—Seiscientos años de nobleza —dijo Rafael—, son un
moco de pavo en comparación de la nuestra; porque ha
de saber usted, doctor, que el nombre de Santa María
eclipsa a todas las Cabezas de Vaca, aun cuando arranque su árbol genealógico, de los cuernos de la que Noé
llevó a su arca. Para que usted lo sepa, somos parientes
de la Santa Virgen, nada menos; y en prueba de ello, una
de mis abuelas, cuando rezaba el rosario con sus criadas,
según la buena costumbre española...

—Costumbre que se va perdiendo —interrumpió suspirando la Marquesa.

—Decía —prosiguió Rafael—: «Dios te salve María,
Prima y Señora Mía», y los criados respondían: «Santa
María, Prima y Señora de Usía».

—No digas esas cosas delante de extranjeros, Rafael
—dijo la Condesa; porque o están bastante preocupados
contra nosotros para creerlas, o sin creerlas, tienen bastante mala fe para repetirlas. Lo que acabas de contar es
una cosa que todo el mundo sabe; un chiste inventado para
burlarse de las exageradas pretensiones de antigüedad, que
nuestra familia tiene [138].

—A propósito de lo que dicen los extranjeros, ¿sabes,
prima, que lord Londonderry [139] ha escrito su *Viaje a España*, en el que dice que no hay más que una mujer bonita en Sevilla, y es la marquesa de A..., desfigurando, por
supuesto, su nombre del modo más extraño?

—Tiene razón —dijo la Condesa—; Adela es lindísima.

—Es lindísima —prosiguió Rafael—; pero decir que es
la única, me parece un disparatón de tomo y lomo. El

---

[137] Según el *Nobiliario español* de Julio Atienza, Madrid, 1959, la
anécdota que narra Ferrán es auténtica.

[138] J. Atienza señala que el apellido Santa María probó su nobleza
en órdenes y oficios reales a partir de 1624.

[139] *Lord Londonderry*. Charles William Vane (1778-1854), marqués
de Londonderry estuvo en España con Wellington durante la guerra de
la Independencia. Publicó varios libros de viajes.

Mayor está furioso, y va a ponerle pleito como calumnia-
dor, con plenos poderes de la Giralda, que se tiene y se
califica por la mejor moza de toda Sevilla.

—Eso es ser más realista que el rey —dijo Rita, con
un gracioso desdén—; y bien puedes asegurar al Mayor,
en nombre de todas las sevillanas, que tanto nos da que
ese Lord nos encuentre feas como bonitas. Pero sigue con
tu historia, Rafael; te quedaste en los preliminares del casamiento del tío.

—Antes que Rafael tome la ampolleta —interrumpió
la Marquesa—, diré a usted, don Federico, que la nobleza de nuestra familia estaba ya reconocida en el año 737,
porque uno de nuestros abuelos fue el que mató al oso
que quitó la vida al rey godo don Favila, y por eso tenemos un oso en nuestro escudo de armas.

Rafael se echó a reír con tan estrepitosa carcajada que
cortó el hilo a la narración de su tía.

—Vaya —dijo—, aquí tenemos la segunda parte de
Prima y Señora mía. La Marquesa tiene una colección de
datos genealógicos, tan verídicos unos como otros. Sabe
de memoria la de los Duques de Alba, que vale un Perú.

—Si quisiérais tener la bondad, señora Marquesa, de
referírmela —dijo Stein—, os lo agradecería infinito.

—Con mucho gusto —respondió la Marquesa—; y espero que daréis más crédito a mis palabras que ese niño,
tan preciado de saber más que los que nacieron antes que
él. Sabéis que nada ennoblece tanto al hombre como los
rasgos de valor.

—Por esa cuenta —dijo Rita—, José María [140] podía

---

[140]   Alusión al célebre bandido José María *el Tempranillo*. La primera novela escrita en España sobre bandidos generosos y nobles de espíritu fue *Jaime el Barbudo,* de R. López Soler, Barcelona, imprenta
de A. Bergnes y Compañía, 1832. José María, *el Tempranillo,* figuró
como protagonista en varios relatos del conocido folletinista Fernández
y González.
    Personaje que se puso de moda en la literatura romántica. Recuérde-
se a W. Scott —*Rob Roy* y *The Heart of Midlothian*—. Motivo también presente y encarnado por dos personajes de los poemas de Lord
Byron: Selim en *The Bride of Abydos* y Conrad en *The Corsair.*

ser noble, y algo más, Grande de España de primera clase.

—¡Qué amigos de contradecir son mis sobrinos! —exclamó la Marquesa con alguna impaciencia—. Pues bien: sí, señorita. José María podía ser noble si no fuera ladrón.

—Ya que se trata de José María —dijo Rafael—, voy a contar a don Federico un rasgo de valor de aquel personaje. Lo sé de buena tinta.

—No queremos saber las hazañas de los héroes del trabuco —dijo la Marquesa—. Rafael, tú hablas sin punto ni coma...

—Escuchad mi aventura de José María —continuó Rafael—. Un ladrón héroe, caballeroso, elegante, galán y distinguido, es fruta que no nace sino en nuestro suelo. Vosotros los extranjeros podréis tener muchos Duques de Alba, pero seguramente no tendréis un José María.

—¿Qué dices tú? —dijo la Marquesa—, ¿que los extranjeros podrán tener muchos Duques de Alba? ¡Pues ya! ¡fácil era! Escuchad, don Federico: cuando el santo rey don Fernando estaba delante de los muros de Sevilla, viendo que el sitio se prolongaba, propuso al rey moro...

—Que se llamaba Axataf por más señas, —interrumpió Rafael.

—Poco importa el nombre —continuó la Marquesa—: propúsole, pues, como iba diciendo, que se decidiese la suerte de la ciudad sitiada, en combate singular, cuerpo a cuerpo, entre los dos monarcas. El moro tuvo vergüenza de rehusar el reto. El rey Fernando ocultó a todo el mundo su designio, y cuando llegó la hora convenida, salió solo y de noche de sus reales, encaminándose al puesto señalado. Un soldado de su guardia que le vio salir, tuvo algunas sospechas de su intento, y temeroso de que el rey cayese en alguna asechanza, se armó y le siguió de lejos. Llegado que hubo el monarca al sitio que todavía se llama la *Fuente del Rey*, y que era entonces un lugar muy agreste, se detuvo aguardando a que se presentase el moro.

Pero por más que aguardaba, el otro en lo menos que pensaba era en acudir a la cita. Así pasó la noche, y al clarear el alba, convencido de que su contrario no vendría, iba a retirarse, cuando oyó ruido en la enramada, y mandó que saliese al frente, quien quiera que fuese.

»Era el soldado, y obedeció.

«¿Qué haces ahí?», preguntó el rey.

«Señor —respondió el soldado—, he visto a V. M. salir solo del campo, e inferí su intento; he temido algún lazo, y he venido a defender a su persona.»

«¿Sólo?», preguntó el rey.

«Señor —continuó el soldado—, ¿V. M. y yo, acaso no bastamos para doscientos moros?»

«Saliste de mis reales soldado —dijo el Rey—, y entras en ellos Duque de Alba.»

—Ya veis, don Federico —dijo Rafael—, que esa leyenda popular arregla desafíos a media noche, y crea duques, a pedir de boca.

—Calla por Dios, Rafael —dijo la Condesa—, y déjanos esta creencia, pues me gusta esa etimología.

—Sí —respondió Rafael—; pero el Duque de Alba no le agradecerá a tu madre la *ilustración* que quiere darle. Ahora veréis lo que hay en el asunto.

Diciendo estas palabras, y echando a correr Rafael, volvió muy pronto con un libro en folio y en pergamino, que sacó de la librería del conde.

—He aquí —dijo—, la creación, privilegios y antigüedad de los títulos de Castilla, por don José Berni y Catalá, abogado de los Reales Consejos. Página 140. «Conde de Alba, hoy día Duque. El primer fue don Fernando Álvarez de Toledo, creado Conde de Alba por Juan II, 1439. Don Enrique IV lo hizo Duque en 1469. Esta ilustre y excelsa familia es de sangre Real, y ha tenido los primeros empleos de España en guerra y en política. El Duque mandó todo el ejército en la conquista de Flandes y en la de Portugal, donde hizo maravillas. Esta ilustrísima familia tiene tanto lustre y tantos méritos, que para enumerarlos sería necesario escribir volúmenes.» Ya veis, tía, que

la historia que nos habéis contado, aunque muy propagada, es apócrifa.

—No sé lo que quiere decir —continuó la Marquesa—,
esa palabra griega o francesa; pero volviendo a los Santas Marías, este nombre les fue dado con motivo de...

—Tía, tía —exclamó Rita—, hacednos el favor de dis-
pensarnos de oír nuestra historia genealógica. ¿No tenemos bastante con la de los Cabezas de Vaca, y los Albas?
Cuando penséis contraer segundas nupcias, entonces podréis lucir estas galas genealógicas a los ojos del favorecido.

—El apellido de los Duques de Alba —dijo Stein—, es
Álvarez, y así se llama también mi patrón, que es un buen
hombre, lleno de honradez, y tendero retirado. Me causa
mucha extrañeza ver que en este país los nombres más ilustres son comunes a las clases más elevadas y a las más ínfimas. ¿Será cierto lo que se dice en mi país, que todos
los españoles se creen de noble sangre?

—Esa es una confusión de ideas —contestó Rafael—,
como todas las que generalmente tienen los extranjeros
sobre las cosas de España; y así no hay ninguno que no
crea a puño cerrado que cada gañán arando, lleva colgada a su lado la espada distintiva de caballero. Hay muchos apellidos generales y como *mancomunes* en España,
no hay duda; pero esto nace en gran parte de que, en tiempos pasados, los señores que tenían esclavos, les daban
sus apellidos al emanciparlos. Estos nombres, usados por
los moros ya libres, debieron multiplicarse, en particular
los de los magnates, a medida que más esclavos tenían.
Algunas de esas nuevas familias se ilustraron y fueron en-
noblecidas, porque muchas descendían de moros nobles.
Pero los Grandes de España, que tienen aquellos mismos
nombres, llevan tan a mal ser confundidos con estas familias, como con las de los artesanos que se hallan en el
mismo caso. También hay que observar que muchos han
tomado los nombres de las localidades de donde provienen, y así tenemos centenares de Medinas, Castillas, Na-
varros, Toledos, Burgos, Aragonés, etc. En cuanto a esas

aspiraciones a sangre noble que están tan propagadas entre
los españoles, es observación que no carece de fundamento, porque es cierto que este pueblo tiene orgullo, y propensiones delicadas y distinguidas; pero no deben confundirse estos rasgos de carácter nacional, con las ridículas
afectaciones nobiliarias que hemos visto en tiempos modernos. El pueblo español no aspira a engalanarse con col-
gajos, ni a salir de la esfera en que le ha colocado la Providencia; pero da tanta importancia a la pureza de su
sangre, como a su honra; sobre todo en las provincias del
norte, cuyos habitantes se jactan de no tener mezcla de
sangre morisca. Esta pureza se pierde por un nacimiento
ilegítimo; por la menor y más dudosa alianza con sangre
mulata o judía, así como por los oficios de verdugo y pre-
gonero, o por castigos infamantes.

—¡Válgame Dios —dijo Rita—, qué fastidiosos están
ustedes con su nobleza! ¿Quieres, Rafael, hacernos el
favor de continuar la historia del tío?

—¡Dale! —exclamó la Marquesa.

—Tía —respondió Rafael—, no hay cuento desgraciado, como el que lo cuente sea porfiado. Conque, don Federico; Santa María y Cabeza de Vaca, se unieron como
dos palomos. Muchas veces he oído decir que mi tía, que
está aquí presente, lloró de placer y de ternura al ver tan
bien concertada unión. Mi tío tranquilizó los recelos que
hubiese podido inspirarle el nombre de su cara mitad, sólo
con verla.

—¡Rafael, Rafael! —exclamó la Marquesa.

—Pero quien quedó asombrado —prosiguió Rafael—,
fue todo el mundo, y más que nadie, mi tío, cuando al
cabo de nueve meses, la Cabeza de Vaca, dio a luz un pequeño Santa María, tamaño como un abanico, y que parecía engendrado por una X y una Z. La Cabeza de Vaca
se puso más oronda que la de Júpiter cuando produjo a
Minerva. Hubo, con este motivo, un gran debate matrimonial. La señora quería que el dulce fruto de su amor,
se llamase Pancracio, nombre que, desde la batalla de las
Navas de Tolosa, había sido el de los primogénitos de la

familia. Mi tío se empestilló en que el futuro representante de los venerables Santa María no llevase otro nombre
que el de su padre, nombre sonoro y militar. Mi tía los
puso de acuerdo, proponiendo que se bautizase la criatura, con los nombres de León Pancracio; de lo que ha resultado que su padre lo ha llamado siempre León, y su
madre siempre Pancracio.

De repente interrumpió esta narración el general, entrando en la sala, pálido como un muerto, con los labios
apretados, y lanzando rayos por los ojos.

—¡Santo Dios! —dijo Rafael a Rita en voz baja—, quisiera estar ahora siete estados debajo de tierra, con las estatuas romanas que sirvieron a los moros para hacer los
cimientos de la Giralda.

—Estoy furioso —dijo el General.

—¿Qué tenéis, tío? —le preguntó la Condesa, colorada como un tomate.

Rita bajaba la cabeza sobre su bordado, mordiéndose
los labios para sofocar la risa.

La Marquesa tenía la cara más larga que la de Don Quijote.

—Esto es peor que burlarse de la gente —continuó el
general con voz temblona—: ¡es un insulto!

—Tío —dijo la Condesa suavizando la voz lo más
posible—; cuando no hay mala intención, cuando no hay
más que ligereza, atolondramiento, gana de reír...

—¡Gana de reír! —interrumpió el general—: ¡reírse de
mí! ¡reírse de mi mujer! Por vida mía, que se le ha de pasar
la gana. Ahora mismo voy a presentar mi queja a la
policía.

—¡A la policía! ¿estás en tu juicio, hermano? —exclamó
la Marquesa.

—Si salgo con bien de ésta —dijo Rafael a Rita—, hago
voto a San Juan el Silenciario [141], de imitarle durante un
año y un día.

—Mi querido León —prosiguió la Marquesa—: por

_____

[141]   San Juan *el Silencioso,* obispo del siglo XV.

Dios te ruego que no des tanta importancia a una niñería. Cálmate. Yo sé que te ama y te respeta. ¿Quieres dar un escándalo? Las quejas de familia no deben salir al público. Vamos, León, hermano, quédese eso entre nosotros.

—¿Qué estás hablando de quejas de familia? —replicó el general volviéndose hacia su hermana—. ¿Qué tiene que ver la familia con las insolencias inauditas de ese desaforado inglés, que viene a insultar a la gente del país?

Al oír estas palabras, la hermana y los sobrinos del general respiraron con holgura, como si se les hubiera quitado una piedra de sobre el corazón. Su temor de que nuestro cronista hubiese sido oído por el inflexible veterano, carecía de fundamento, y Rafael preguntó con los tonos más sonoros de su voz:

—¿Pues qué ha hecho ese gran anfibio?

—¿Lo que ha hecho? —contestó el general—: voy a decírtelo. Sabéis que, por desgracia mía, ese hombre vive enfrente de mi casa. Pues bien: a la una de la noche, cuando todo el mundo está en lo mejor de su sueño, el *mister* abre la ventana y se pone... ¡a tocar la trompa!

—Ya sé que es furiosamente aficionado a ese instrumento —dijo Rafael.

—Además de eso —continuó el general—, lo hace malísimamente, y el soplo de su vasto pecho saca del instrumento sonidos capaces de despertar a los muertos de veinte leguas a la redonda; de modo que se ponen a ahullar todos los perros de la vecindad. Con esto tendréis una idea de las noches que nos hace pasar.

Todos los esfuerzos que habían hecho hasta allí los oyentes para contener la risa, fueron infructuosos. La carcajada fue tan simultánea y tan estrepitosa, que el general calló de repente, y les echó una mirada indignada.

—¡No faltaba más, sobrinos!, no faltaba más sino que os parezca asunto de risa tan descarada insolencia, tal desprecio de las gentes. ¡Reíos, reíos!, ya veremos si se reirá también tu recomendado.

Dijo, y se salió de la pieza tan denodadamente como en ella había entrado, con dirección a la policía.

Rita se desternillaba de risa.

—¡Válgame Dios, Rita! —dijo la Marquesa, que no estaba para fiestas—: más propio sería que te indignases de tamaña falta de seso, que no reírse de ella.

—Tía —contestó la joven—; bien sé lo que el caso merece: pero aunque estuviese en el ataúd, me había de reír. Os prometo, que, para vengar a mi tío, cuando el mayor moscón venga a chapurrearme piropos, no me contentaré con volverle la espalda, sino que he de decirle: guardad vuestro resuello para tocar la trompa.

—Mejor harías —dijo Rafael—, en imitar a las señoritas extranjeras, que se ponen coloradas para dar los buenos días, y pálidas para dar las buenas noches.

—Eso sería mejor —contestó Rita—; pero yo prefiero hacer lo peor.

—A todo esto —dijo Stein con su perseverancia alemana—, me habíais prometido, señor de Arias, contarme un rasgo de valor de José María.

—Será para otro día —respondió Rafael—. He aquí a mi general en jefe —añadió sacando el reloj—: son las tres menos cuarto, y a las tres estoy convidado a comer en casa del capitán general. Doctor, si yo fuera vos, iría a suministrar los socorros del arte a mi tía Cabeza de Vaca en el estado crítico en que la ha puesto la trompa del mayor.

CAPÍTULO XX

Completamente restablecido ya el niño de la Condesa, había llegado la noche que esta señora había fijado para recibir a María. Algunos tertulianos estaban ya reunidos, cuando Rafael Arias entró precipitadamente.

—Prima —dijo—, vengo a pedirte un favor: si me lo niegas, voy a derechura a echarme de cabeza... en mi cama, bajo pretexto de una jaqueca monstruo.

—¡Jesús! —replicó la Condesa—. ¿De qué modo puedo yo evitar tamaña desgracia?

—Vas a saberlo —continuó Rafael—. Ayer he tenido carta de uno de mis camaradas de embajada; el Vizconde de Saint Léger.

—Quítale el *Saint* y el *Vizconde*, y deja Léger pelado —repuso el General.

—Bien —dijo Rafael—; mi amigo, que según el tío, no es ni vizconde ni santo, me recomienda a un Príncipe italiano.

—¡Un Príncipe! ¡pues ya! —dijo con sorna el General—. ¿Por qué no han de llamarse las cosas por sus nombres? Lo que será es un carbonario [142], un propagandista, una verdadera plaga. ¿Y de dónde es ese Príncipe?

—No lo sé —repuso Rafael—; lo que sé es que la carta

---

[142] *carbonario:* individuo de una sociedad secreta con fines políticos y revolucionarios. Su nombre proviene de la sociedad italiana de comienzos del siglo XIX.

dice lo siguiente: «Os agradeceré que hagáis conocer a mi recomendado las mujeres más bellas y amables, las reuniones más escogidas, y las antigüedades más notables de la hermosa Sevilla, ese jardín de las Hespérides.»

—Jardín del Alcázar querrá decir —observó la Marquesa.

—Es probable —prosiguió Rafael—. Cuando me vi encargado de esta tarea, sin saber a qué santo encomendarme, se me ocurrió la luminosa idea de acudir a mi prima, y pedirle licencia para traer al Príncipe a su tertulia; porque de este modo podrá conocer las mujeres más bellas y amables, la sociedad más escogida, y —añadió en voz baja, y señalando con el dedo la mesa del tresillo— las antigüedades más notables de Sevilla.

—Mira que mi madre está ahí —murmuró la Condesa echándose a reír a pesar suyo—: eres un insolente. —Y añadió en voz alta— Tendré mucho gusto en recibirle.

—¡Bien, muy bien! —exclamó el General, barajando violentamente los naipes—. ¡Mimarlos, abrirles las puertas de par en par, ponerles andadores!, se divertirán a vuestra costa, y después se burlarán de vosotros.

—Creed, tío —contestó Rafael—, que tomamos la revancha. Es cierto que se prestan a ello admirablemente. Algunos vienen con el único designio de buscar aventuras, muy persuadidos de que España es la tierra clásica de estos lances. El año pasado tuve uno a cuestas, con esta monomanía. Era un irlandés, pariente de lord W.

—Sí, ¡como yo del gran Turco! —dijo el General aplicando su muletilla.

—El espíritu del héroe de la Mancha —continuó Rafael—, se había apoderado de mi irlandés, a quien llamaré *Verde Erin* * por habérseme olvidado su verdadero nombre. Una tarde nos paseábamos en la plaza del Duque. El cielo se oscureció, y estalló de repente una tormenta: yo traté de buscar abrigo; pero él siguió paseando, porque tenía gana de experimentar una tormenta española. A las

---

* Nombre poético de Irlanda.

justas observaciones que le hice, de que iba a calarse hasta
los huesos, contestó que todo lo que tenía encima era
water-proof * el sombrero, el gabán, los pantalones, los
guantes, las botas, todo. Le abandoné a su suerte.

—¿Es eso creíble, Rafael? —dijo la Condesa.

—Es más; es probable —dijo el General—; ningún
inglés se va nunca a la cama sin haber hecho una extravagancia.

—Sigue, Rafael, sigue, hijo —suplicó la Marquesa—,
porque ya preveo que ese temerario va a saber por experiencia propia, que no se debe tentar a Dios.

—Pues mi Erin —siguió Rafael—, estaba recibiendo el
agua como el arca de Noé, cuando cayó un rayo en el árbol
bajo el cual se había sentado.

—Vaya, vaya —gritaron todos—, eso es cuento; ¡cosas
de Rafael!

—Como soy, que es la verdad —exclamó éste colorado—: informaos, si queréis, de más de cien personas que
presenciaron el lance. Aseguro que una acacia entera y verdadera se desplomó sobre mi pobre Erin. Por fortuna estaba colocado de tal manera, que evitó el choque del tronco, pero quedó preso entre las ramas, como un pájaro en
la jaula. En vano gritaba, en vano prodigaba el juramen-
to nacional y las ofertas de billetes de banco a los que vi-
niesen a socorrerle. Tuvo que aguantarse en su prisión vegetal, casi todo el chubasco. Al fin pasó la tormenta, y
volvió a salir la gente a la calle. Acudieron en su ayuda;
pero la cosa no era tan fácil: hubo que traer sierras y ha-
chas, y cortar las ramas más gruesas. A medida que caían
las paredes de su calabozo, se iba descubriendo parte por
parte, la triste figura del hijo de Irlanda. Todos los *water-
proof* habían *fato fiasco* [143]. Sus brazos y sus cabellos, y
las alas del sombrero, pendían tiesos y perpendiculares,
hacia la tierra. Parecía un navío empavesado en calma chi-
cha. Imaginaos los chistes, las bromas que descargaría

---

*   *A prueba de agua.*
[143]   *fato fiasco:* fallar, fracasar.

sobre el pobre Erin nuestra gente sevillana, tan chusca de suyo y tan burlona. El buen hombre tuvo que pasar no sólo por el susto y el aguacero, sino por una risa homérica, de la que en su tierra no había tenido ni aún idea. Confieso con vergüenza que habiendo vuelto con intención de reunirme a él, no tuve valor, y eché a correr.

—¿Y no tuvo más consecuencias ese lance? —preguntó la Marquesa—. ¿No le indujo a meditar?

—Ninguna consecuencia tuvo este accidente, ni en el orden físico ni en el moral. Los ingleses tienen siete vidas como los gatos. Lo único que resultó fue destruir su fe en los *water-proof*. Pero no fue esa la más trágica de las aventuras de mi héroe. Le había traído a España una afición decidida a ladrones: quería verlos a toda costa. El gusto de ser robado era su idea, su capricho, el objeto de su viaje; habría dado diez mil sacos de patatas por ver de cerca a José María en su hermoso traje andaluz, y con su botonadura de doblones de a cuatro. Traía *exprofeso* para él un puñal con mango de oro, y un par de pistolas de Mantón.

—¡Armar a nuestros enemigos! —exclamó el General—. Ése es su prurito. ¡Siempre los mismos!

—Queriendo irse a Madrid —continuó Rafael—, y sabiendo que la diligencia tenía el mal gusto de llevar escolta, se decidió a irse en el carro del correo. Todos mis argumentos para disuadirle fueron inútiles. Partió en efecto, y más allá de Córdoba, sus ardientes deseos se realizaron. Encontró ladrones; pero no ladrones de buen tono, no ladrones *fashionables* [144] como José María, que parecía una ascua de oro, montado en su brioso alazán. Eran ladrones de poco más o menos; pedestres, comunes y vulgares. Ya sabéis lo que es *ser vulgar* en Inglaterra. No hay apestado, no hay leproso que inspire a un inglés tanto horror como lo que es vulgar. ¡Vulgar! A esta palabra, Al-

---

[144] *fashionable:* elegante. En la novela de Fernán Caballero *Lágrimas, op. cit.,* vol. II, pág. 203, dice lo siguiente: «La *fashion* es una palabra inglesa, que equivale al *bon ton* francés que también nos hemos apropiado españolizándola, y diciendo *buen tono.*» En dicho relato también divaga sobre la palabra *splenn*.

bión se cubre de su más espesa neblina; los *dandys* caen
en el *spleen* más negro; las *ladys* se llenan de *diablos
azules* * las *miss* sienten bascas, y las modistas se tocan
de los nervios. No es extraño, pues, que Erin se creyese
degradado, dejándose robar por ladrones vulgares; y así
es que se defendió como un león. No defendía, sin embargo, su tesoro, pues me lo había confiado hasta su vuelta, y lo que de él tenía en más estima, consistía en una
rama del sauce que cubría el sepulcro de Napoleón, un
zapato de raso de una bolera, tamaño como una nuez, y
una colección de caricaturas de lord W... su tío.

—Eso pinta al hombre —dijo el General.

—Pero yo no hago más que charlar —dijo Rafael.
Adiós, prima. Me voy y me quedo.

—¿Y qué? ¿Te vas, dejando al pobre Erin en manos
de los ladrones? Es preciso que acabes tu relación —dijo
la Condesa.

—Pues bien —continuó Rafael—, os diré en dos palabras, que los ladrones exasperados, le maltrataron y de-
jaron sin conocimiento, atado a un árbol, donde le halló
una pobre vieja, quien hizo le llevasen a su choza, y allí
le cuidó como una madre, durante una enfermedad que
le resultó del lance. Yo estuve algún tiempo sin tener noticias suyas; y como se dice vulgarmente que la esperanza
era verde y se la comió un borrico, ya iba creyendo que
la misma desgracia había acontecido a mi verde Erin,
cuando me escribió contándome lo ocurrido. Me encargaba que diese diez mil reales a la mujer que le había salvado y cuidado, sin tener la menor idea de quién podría
ser, porque su traje, cuando lo descubrieron, era el mismo
con que su madre lo parió. La recompensa era, como veis,
decente; porque es menester ser justos: nadie puede negar
que los ingleses son generosos. Pero aquí viene Polo con
una elegía en los ojos. El Príncipe me aguarda. Me voy
corriendo, aunque me caiga.

----

* *To have the blue devils,* tener los diablos azules; expresión fami-
liar inglesas que corresponde a *estar de mal humor.*

Con esto desapareció.

—¡Jesús! —dijo la Marquesa—. Rafael me marea; parece hecho de rabos de lagartijas. Se mueve tanto, gesticula tanto, charla tan sin cesar, y tan deprisa, que me quedo en ayunas de la mitad de las cosas que dice.

—Poco pierdes —dijo el General.

—Pues yo —añadió la Condesa—, querría a Rafael, por lo mucho que me divierte, si no le quisiera ya tanto por lo mucho que vale.

—Aquí tienes —querida Gracia—, dijo Eloísa entrando y abrazando a la Condesa, el *Viaje de Dumas por el Sur de Francia*.

La Condesa tomó los libros. Polo y Eloísa hicieron una disertación sobre las obras del escritor: disertación de cuya lectura dispensamos al lector, que nos dará gracias por ello.

—¡Pobre Dumas! —dijo la Condesa al Coronel.

—¡Pobre! —exclamó el Coronel—. ¿Pobre llamáis al que es rico y personaje, al que todos festejan, obsequian y aplauden? ¿O será porque algunas veces le critican?

—¿Porque le critican? —respondió la Condesa—: no por cierto: yo me tomo algunas veces la libertad de hacerlo. Todo el que se presenta al público, le da ese derecho. No digo *pobre* al oírle criticar; lo digo al oír algunos elogios que de él hacen.

—¿Y por qué, Condesa? el elogio siempre es lisonjero.

—No podré explicarme bien —dijo la Condesa—, sino por medio de una comparación, porque no soy elocuente como Eloísa. Hace algún tiempo que vino a vernos una de nuestras parientas de Jerez, mujer muy devota, cuyo marido es muy aficionado a las artes. Lo primero que traté de enseñarles fue, por supuesto, nuestra hermosa catedral. En el camino se nos pegó, sin que pudiésemos deshacernos de él, otro jerezano, hombre muy ordinario, pero riquísimo, y tuvimos que conformarnos con que fuese de nuestra comitiva. Al entrar en aquel sin igual edificio, mi prima alzó la cabeza, cruzó las manos, atravesó con paso acelerado la nave, y se arrodilló bañada en lágrimas a los pies del altar mayor. Su marido quedó como arrebatado, sin poder dar un paso adelante. Pero el ricacho exclamó: ¡buena posesión! ¡y qué buena bodega haría! ¿Habéis coprendido mi idea?

—Sin duda —respondió el Coronel riéndose, que un necio elogio es peor que una crítica; ya lo dice la Fábula de Iriarte:

> Si el sabio no aprueba, malo!
> Si el necio aplaude,... peor! [145]

Pero el cuentecillo tiene su buena dosis de sal y pimienta.

—Lo sentiría mucho —dijo la Condesa—. Es un recuerdo que he tenido al oír hacer la apología de las obras de Dumas. ¡Tantas exclamaciones vacías, y ni siquiera una palabra de elogio para esa historia de la Magdalena y de Lázaro, de la que no puedo leer un renglón sin derramar lágrimas!

—Condesa —dijo el Coronel—: si alguna vez viene Dumas a España, me obligo a traerle a vuestros pies, para que os dé gracias por el modo que tenéis de juzgar sus obras.

—¿No tendríais gusto en conocerle?

—En general no deja de tener inconvenientes el conocer a escritores de gran mérito.

—¿Y por qué? Condesa.

—Porque lo común es que desprestigia al autor. Un amigo mío, persona de mucho talento, decía que los grandes hombres son al revés de las estatuas, porque éstas parecen mayores, y aquéllos más pequeños, a medida que uno se les acerca.

En cuanto a mí, si alguna vez me meto a autora (lo cual podrá suceder, por aquello de que de poeta y loco, todos tenemos un poco), a lo menos tendré la ventaja de que

---

[145] Moraleja del burro que por casualidad hace sonar la flauta y se marcha ufano por considerar que ya sabe tocar dicho instrumento. Sabrosa fábula literaria de Tomás de Iriarte que arremete contra los escritores que no siguen las preceptivas neoclásicas.

me oirán sin verme, gracias a mi pequeñez, a la escasa brillantez de mi pluma y a la distancia.

—¿Creéis, pues, que el autor ha de ser uno de los héroes de sus ficciones?

—No; pero temería verle desmentir las ideas y los sentimientos que expresa, y entonces se disiparía el encanto, porque al leer lo que me habría arrebatado, no podría apartar de mí la idea de que el hombre lo había escrito con la cabeza, y no con el corazón.

—¡Cómo escriben esos franceses! —decía entretanto Eloísa, resumiendo el mencionado certamen literario.

—¿Qué es lo que no hacen bien esos hijos de la libertad? —repuso Polo.

—Pero señorita —dijo el General—, ¿por qué no leéis libros españoles?

—Porque todo lo español lleva el sello de una estupidez chabacana —respondió Eloísa—. Estamos en todos ramos y conceptos, en un atraso deplorable.

—¿Qué queréis que escriba un escritor culto, en este detestable país —añadió Polo algo picado—, si no estamos a la altura de nada, y sólo podemos imitar? ¿Cómo hemos de pintar nuestro país y nuestras costumbres, si nada de elegante, de característico ni de bueno hallamos en él?

—A no ser —dijo Eloísa—, con remilgada sonrisa, que celebréis con los alemanes al azahar y las naranjas; con los franceses, el bolero, y con los ingleses, el vino de Jerez.

—¡Ah! Eloisita —exclamó entusiasmado Polo—, ese chiste es tan *espiritual,* que si no es francés, merece serlo.

En lo que decía, plagiaba Polo, según su costumbre, un conocido dicho francés.

Afortunadamente acababan de dar un codillo [146] al General, lo que hizo que no oyese este precioso diálogo.

En este momento entró Rafael con el Príncipe: le presentó a la Condesa, la cual le recibió con su acostumbrada amabilidad, pero sin levantarse, según el uso español.

---

[146]   *dar un codillo*. Se refiere al tresillo, donde se dice cuando uno cualquiera de los dos que juegan contra el que abre la partida, hace más bazas que éste.

El Príncipe era alto, delgado; representaba cuarenta y cinco años, y, aunque Príncipe, no de muy distinguida persona ni maneras. Con esto se hallaba ya reunida toda la tertulia, y todos aguardaban con impaciencia a la cantatriz anunciada, no sin grandes dudas acerca de su mérito.

El Mayor Fly se contoneaba en su silla, cerca de las jóvenes, distribuyéndolas miradas tan homicidas como los botonazos de su florete. Sir John tenía fijo su lente en Rita, la cual no lo notaba. El Barón, sentado cerca de un Oidor [147] viejo, le preguntaba si los moros blanqueaban sus casas con cal.

—Carezco de datos para responderos —contestó el Magistrado—. Es punto que no ha merecido llamar la atención de Zúñiga, Ponz, don Antonio Morales, ni Rodrigo Caro [148].

«¡Qué ignorante!», pensaba el Barón.

«¡Qué pregunta tan tonta!», pensaba el Oidor.

—Tenéis una prima lindísima —dijo el Príncipe a Rafael.

—Sí —respondió éste—, es una Ondina de agua de rosa, a quien si el amor no dio un alma, en cambio se la dio un Ángel *.

—¿Y ese General que está jugando, y que tiene un aspecto tan distinguido?

—Es el Néstor retirado del Ejército. No tenéis en Pompeya una antigüedad mejor conservada.

—¿Y la señora con quién juega?

—Su hermana, la Marquesa de Guadalcanal, una especie de Escorial; es un sólido compuesto de sentimientos monárquicos y monacales, con un corazón, panteón de reyes sin trono.

En esto se oyó un gran ruido. Era el Mayor, que al le-

---

* Alusión a la novelita fantástica del autor alemán *La Motte Fouquét*, nombrada *Ondine*. Está traducida al francés.

[147] *Oidor:* ministro o juez togado que sentenciaba las causas y los pleitos.

[148] Rodrigo Caro (1573-1647), autor de la célebre canción *A las ruinas de Itálica*.

vantarse para ir a reunirse con Rafael, había echado a rodar una maceta.

—El Mayor —dijo Rafael—, anuncia su llegada. Sin duda viene a suspirar como un órgano, por el poco caso que de él hacen las damas.

—Serán delicadas de gusto —repuso el Príncipe—, pues el Mayor tiene una hermosa figura.

—No digo que no —dijo Rafael—; es el más bello Sansón del mundo; pero, en primer lugar, tiene una Dalila, que va a ser muy en breve legítima (gracias a los millones que ha ganado su padre con el té y con el opio). Ella le aguarda entre las nieblas de su isla, mientras que él se recrea bajo el hermoso cielo andaluz. Además, Príncipe, los extranjeros que vienen a España, tienen la preocupación de contar entre los goces que se proponen disfrutar, esto es, el buen clima, los toros, las naranjas y el bolero, *las conquistas amorosas;* y muchas veces se llevan chasco. ¡Cuántas quejas he oído yo de los que entraron como Césares, y salieron como Daríos!

Entretanto, el Barón se había acercado a las mesas, y veía jugar.

—La señora —dijo—, hablando con la Marquesa—, es la madre...

—De mi hija —sí señor—, respondió la Marquesa.

Rita lanzó una de sus carcajadas repentinas.

—Barón —dijo la Condesa, cuyo sofá estaba cerca de la mesa del juego—; ¿sois aficionado a la música?

—Sí señora —respondió el Barón—. La admiro y la venero; es decir, la música profunda, sabia, seria: la música filosófica, como la han entendido Hayden, Mozart y Beethoven.

—¿Qué está diciendo? —preguntó el General a Rafael, que se había acercado para saludar a Rita—. ¡Música seria y sabia! ¡La filosofía del taralá! ¿Cómo pueden decirse tamaños desatinos delante de gentes sensatas? Yo creía que los franceses no gustaban más que de romances y de contradanzas.

—¿Qué queréis, tío? —respondió Arias—. Los silfos

de los jardines de Lutecia se han convertido en gnomos teutónicos de la Selva Negra.

—No por eso son más amables —añadió la Marquesa.

Rafael, huyendo del Mayor, se intercaló en los grupos que formaban los tertulianos. Llegó al de las jóvenes, algunas de las cuales eran sus parientas. Entre ellas tenía gran partido; pero viendo que no les hacía caso por atender a sus recomendados, se habían conjurado contra él, y querían vengarse. Apenas se les acercó, cuando todas quedaron de repente graves y silenciosas.

—¿Si me habré convertido yo, sin saberlo, en cabeza de Medusa? —dijo Arias.

—¡Ah! ¿eres tú? —dijo una de las conspiradoras.

—Me parece que sí, Clarita —respondió Rafael.

—Es que hace tanto tiempo que no te veo, que ya te desconocía. Me parece que estás avejentado. ¿Cómo has podido separarte de tus extranjeros?

—¡Míos! —repuso Arias—, renuncio la propiedad. Y en cuanto a haber envejecido, cuando yo nací, Clarita, era ya el siglo mayor de edad: por consiguiente, ajusta la cuenta.

—Serán los afanes y fatigas que te dan tus recomendados los que te han puesto viejo.

—Hay quien dice —añadió otra muchacha—, que los extranjeros están haciendo una suscripción para levantarte una estatua.

—Y que la reina te va a crear Marqués de Itálica* —dijo otra.

—Y que están gastadas las losas del Alcázar con tus botas.

—Y que el San Félix de Murillo [149] te conoce de vista, y te da la bendición cuando te ve llegar con un nuevo admirador.

—Señoritas —exclamó Rafael—, ¿es esta una declaración de guerra, una conspiración? ¿En qué quedamos?

---

[149] Alusión al célebre cuadro de Murillo *La Virgen se le aparece a San Félix de Cantalicio.*

Entonces siguieron todas interpelándole como un fuego graneado.

—¡Jesús, Arias, oléis a carbón de piedra! Rafael, mira que cuando hablas, tienes dejo. Arias, se os ha pegado el *desgavilo*. Arias, te vas volviendo rubio. Rafael, cántale al Barón:

> Cuando el Rey de Francia
> toca el violín,
> dicen los franceses
> uí, uí, uí, uí, uí.

—Arias —dijo Polo—, parecéis un oso en medio de un enjambre de abejas.

—La comparación —respondió Arias—, no es muy poética, para ser de un discípulo de las nueve solteronas. Apolo recusará ser tocayo vuestro. Pero quedaos como la rosa entre estas abejas, prodigándoles los raudales de vuestra miel hiblea, mientras yo voy por un paraguas que me preserve del aguacero.

En este momento, los tertulianos, que estaban reunidos junto a la puerta del patio, hicieron calle para dejar entrar a María, a quien el Duque conducía por la mano; Stein los seguía.

CAPÍTULO XXI

María, dirigida en su tocador por los consejos de su patrona, se presentó malísimamente pergeñada. Un vestido de *foular* [150] demasiado corto, y matizado de los más extravagantes colores; un peinado sin gracia, adornado con cintas encarnadas muy tiesas; una mantilla de tul blanco y azulado guarnecida de encaje catalán, que la hacía parecer más morena: tal era el adorno de su persona, que necesariamente debía causar, y causó mal efecto.

La Condesa dio algunos pasos para salir a su encuentro. Al pasar junto a Rafael, éste le dijo al oído, aplicando las palabras de la fábula del cuervo de la Fontaine:

—Si el gorjeo es como la pluma, es el fénix de estas selvas:

—¡Cuánto tenemos que agradeceros —dijo la Condesa a María—, vuestra bondad en venir a satisfacer el deseo que teníamos de oíros! ¡El Duque os ha celebrado tanto!

María, sin responder una palabra, se dejó conducir por la Condesa a un sillón colocado entre el piano y el sofá.

Rita, para estar más cerca de ella, había dejado su puesto ordinario, y colocádose junto a Eloísa.

—¡Jesús! —dijo al ver a María—: si es más negra que una morcilla extremeña.

—No parece —añadió Eloísa—, sino que la ha vestido

---

[150] *foular: foulard,* tela de seda ligera para vestidos, corbatas, y pañuelos.

el mismísimo enemigo. Parece un Judas de Sábado Santo. ¿Qué os parece, Rafael?

—Aquella arruga que tiene en el entrecejo —respondió Arias—, le da todo el aspecto de un unicornio.

Entretanto, María no descubrió el menor síntoma de cortedad ni de encogimiento en presencia de una reunión tan numerosa y tan lucida; ni se desmintieron un solo instante su inalterable calma y aplomo. Con la ojeada investigadora, y penetrante, con la comprensión viva, y con el tino exacto de las españolas, diez minutos le bastaron para observar y juzgarlo todo.

«Ya estoy —decía en sus adentros, y dándose cuenta de sus observaciones—. La Condesa es buena, y desea que me luzca. Las jóvenes elegantes se burlan de mí y de mi compostura, que debe ser espantosa. Para los extranjeros, que me están echando el lente con desdén, soy una Doña Simplicia de aldea; para los viejos, soy cero. Los otros se quedan neutrales, tanto por consideración al Duque que es mi patrón, y lo entiende, como para lanzarse después a la alabanza o la censura, según la opinión se pronuncie en pro o en contra.»

Durante todo este tiempo, la buena y amable Condesa, hacía cuantos esfuerzos le eran posibles para ligar conversación con María; pero el laconismo de sus respuestas frustraba sus buenas intenciones.

—¿Os gusta mucho Sevilla? —le preguntó la Condesa.

—Bastante —respondió María.

—¿Y qué os parece la catedral?

—Demasiado grande.

—¿Y nuestros hermosos paseos?

—Demasiado chicos.

—Entonces, ¿qué es lo que más os ha gustado?

—Los toros.

Aquí se paró la conversación.

Al cabo de diez minutos de silencio, la Condesa le dijo:

—¿Me permitís que ruegue a vuestro marido que se ponga al piano?

—Cuando gustéis —respondió María.

Stein se sentó al piano. María se puso en pie a su lado, habiéndola llevado por la mano el Duque.

—¿Tiemblas, María? —le preguntó Stein.

—¿Y por qué he de temblar yo? —contestó María. Todos callaron.

Observánbanse diversas impresiones en las fisonomías de los concurrentes. En la mayor parte, la curiosidad y la sorpresa; en la Condesa, un interés bondadoso; en las mesas de juego, o, como decía Rafael, en la cámara alta, la más completa indiferencia.

El Príncipe se sonreía con desdén.

El Mayor abría los ojos, como si pudiera oír por ellos.

El Barón cerraba los suyos.

El Coronel bostezaba.

Sir John se aprovechó de aquel intervalo para quitarse el lente y frotarlo con el pañuelo.

Rafael se escapó al jardín para echar un cigarro.

Stein tocó sin floreos ni afectación el ritornelo de *Casta Diva* [151]. Pero apenas se alzó la voz de María, pura, tranquila, suave y poderosa, cuando pareció que la vara de un conjurador había tocado a todos los concurrentes. En todos los rostros se pintó y se fijó una expresión de admiración y de sorpresa.

El Príncipe lanzó involuntariamente una exclamación.

Cuando acabó de cantar, una borrasca de aplausos estalló unánimemente en toda la tertulia. La Condesa dio el ejemplo, palmoteando con sus delicadas manos.

—¡Válgame Dios! —exclamó el General, tapándose los oídos—. No parece sino que estamos en la plaza de toros.

—Déjalos, León —dijo la Marquesa—; déjalos que se diviertan. Peor fuera que estuvieran murmurando del prójimo.

Stein hacía cortesías hacia todos lados. María volvió a su asiento, tan fría, tan impasible como de él se había levantado.

Cantó después unas variaciones verdaderamente diabó-

---

[151] *Casta Diva.* Canción de la ópera *Norma* de Bellini, estrenada en *La Scala,* en 1831.

licas, en que la melodía quedaba oscurecida en medio de una intrincada y difícil complicación de floreos, trinos y *volatas* [152]. Las desempeñó con admirable facilidad, sin esfuerzo, sin violencia, y causando cada vez más admiración.

—Condesa —dijo el Duque—, el Príncipe desea oír algunas canciones españolas, que le han celebrado mucho. María sobresale en este género. ¿Queréis proporcionarle una guitarra?

—Con mucho gusto —respondió la Condesa.

Al punto fue satisfecho su deseo.

Rafael se había colocado junto a Rita, habiendo instalado al Mayor al lado de Eloísa. Ésta procuraba persuadir al inglés de que las españolas se iban poniendo al nivel de las extranjeras, en cuanto a tierna afectación y artificio; porque ya se sabe que los que imitan servilmente, lo que copian siempre mejor es los defectos.

—¡Qué ojos tiene! —decía Rafael a su prima—. ¡Qué bien guarnecidos de grandes y negras pestañas! Tienen el color y el atractivo del imán.

—Tú sí que eres un imán para los extranjeros —respondió Rita—. ¿Por qué has colocado al Mayor cerca de Eloísa? Escucha las simplezas que le está diciendo. Te advierto, primo, que vas adquiriendo la facha y el garbo de un *Diccionario*.

—¡Dale y más dale! —exclamó Rafael—, descargando un golpe a puño cerrado en el brazo del sillón. No se trata de eso, Rita: se trata del amor que te tengo, y que durará eternamente. Ningún hombre ama en toda su vida más que a una mujer, en *efectivo*. Las otras se aman en *papel*.

—Ya lo sé —dijo Rita—. Bastantes veces me lo ha repetido Luis. Pero, ¿sabes lo que digo? Que te vas volviendo un cansadísimo reloj de repetición.

—¿Qué significa esto? —gritó Eloísa, viendo que traían la guitarra.

---

[152] *volatas:* ejecución muy rápida de diversos sonidos sobre una vocal.

—Parece que vamos a tener canciones españolas —dijo Rita—, y me alegro infinito. Ésas sí que animan y divierten.

—¡Canciones españolas! —clamó Eloísa indignada. ¡Qué horror! Eso es bueno para el pueblo; no para una sociedad de buen tono. ¿En qué está pensando Gracia? Ved por qué los extranjeros dicen con tanta razón que estamos atrasados: porque no queremos amoldar nuestros modales y nuestras aficiones a las suyas; porque nos hemos empestillado en comer a las tres, y no queremos persuadirnos, que todo lo español es ganso *a nativitate* [153].

—Pero —dijo el Mayor en mal español—, creo que hacen muy bien, *indeed* [154], en ser lo que son.

—Si es esto un cumplimiento —respondió enfáticamente Eloísa—, es tan exagerado, que más bien parece burla.

—Ese señor italiano —dijo Rita—, es el que ha pedido canciones españolas. Es aficionado y lo entiende; conque es prueba de que merecen ser oídas.

—Eloísa —añadió Rafael—, las barcarolas, las tirolesas, el *ranz des vaches* [155], son canciones populares de otros países. ¿Por qué no han de tener nuestras boleras y otras tonadas del país, el privilegio de entrar en la sociedad de la gente decente?

—Porque son más vulgares —contestó Eloísa.

Rafael se encogió de hombros; Rita soltó una de sus carcajadas; el Mayor se quedó en ayunas.

Eloísa se levantó, pretextó una jaqueca, y se salió acompañada de su madre a quien iba diciendo:

—Sépase a lo menos que hay señoritas en España bastante finas y delicadas para huir de semejantes chocarrerías.

—¡Qué desgraciado será el Abelardo de esa Eloísa! —dijo Rafael al verla salir.

---

[153] *a nativitate:* de nacimiento. Una vez más se cita a Iriarte, fábula *Un mudo a nativitate / y más sordo que una tapia.*

[154] *indeed:* verdaderamente, cierto.

[155] *ranz de vaches,* canción de origen suizo, cantadas por los pastores de rebaños.

María, además de su hermosa voz y de su excelente método, tenía, como hija del pueblo, la ciencia infusa de los cantos andaluces, y aquella gracia que no puede comprender, y de que no puede gozar un extranjero, sino después de una larga residencia en España, y sólo identificándose, por decirlo así, con la índole nacional. En esta música, así como en los bailes, hay una abundancia de inspiración, un atractivo tan poderoso, tal serie de sorpresas, quejas, estallidos de gozo, desfallecimientos, muestras de despego y atracción; una cierta cosa que se entiende y no se explica; y todo esto tan determinado, tan arreglado al compás, tan arrullado, si es lícito decirlo así, por la voz en el canto, y por los movimientos en el baile; la exaltación y la languidez se suceden tan rápidamente, que suspenden, embriagan y cautivan al auditorio.

Así es que, cuando María tomó la guitarra y se puso a cantar:

> Si me pierdo, que me busquen
> al lado del Mediodía,
> donde nacen las morenas,
> y donde la sal se cría,

la admiración se convirtió en entusiasmo. La gente joven llevaba el compás con palmadas, repitiendo *bien, bien*, como para animar a la *cantaora*. Los naipes se cayeron de las manos de los formales jugadores; el Mayor quiso imitar el ejemplo general, y se puso también a palmotear sin ton ni son. Sir John afirmó que aquello era mejor que el *God save the Queen* [156]. Pero el gran triunfo de la música nacional fue que el entrecejo del General se desarrugó.

—¿Te acuerdas, hermano —le preguntó la Marquesa sonriéndose, cuando cantábamos el zorongo y el trípoli?

—¿Qué cosas son zorongo y trípoli? —preguntó el Barón a Rafael.

---

[156] *God save the Queen:* «Dios salve a la Reina», himno nacional inglés.

—Son —respondió—, los progenitores del *sereni*, de la *cachucha*, y abuelos de la *jaca de terciopelo*, del *vito* y de otras canciones del día.

Esas peculiaridades del canto y del baile nacional de que hemos hablado, podrían parecer de mal gusto, y lo serían ciertamente en otros países. Para entregarse sin reserva a las impresiones que llevan consigo nuestras tonadas y nuestros bailes, es preciso un carácter como el nuestro; es preciso que la grosería y la vulgaridad sean, como lo son en este país, dos cosas desconocidas; dos cosas que no existen. Un español puede ser insolente; pero rara vez grosero, porque es contra su natural. Vive siempre a sus anchas, siguiendo su inspiración, que suele ser acertada y fina. He aquí lo que da al español, aunque su educación se haya descuidado, esa naturalidad fina, esa elegante franqueza que hace tan agradable su trato.

María salió de casa de la Condesa tan pálida e impasible como en ella había entrado.

Cuando la Condesa quedó sola con los suyos, dijo con aire de triunfo a Rafael:

—Y ahora, ¿qué dices, mi querido primo?

—Digo —contestó Rafael—, que el gorjeo es mejor que la pluma.

—¡Qué ojos! —exclamó la Condesa.

—Parecen —dijo Rafael—, dos brillantes negros en un estuche de cuero de Rusia.

—Es grave —dijo la Condesa—; pero no engreída.

—Y tímida —siguió Rafael—, como una manola del Avapies.

—Pero ¡qué voz! —añadió la Condesa—. ¡Qué divina voz!

—Será preciso —dijo Rafael—, grabar en su tumba el epitafio que los portugueses hicieron para su célebre cantor Madureira.

> Aqui yaz ó senhor de Madureira,
> O melhor cantor do mundo:
> Que morreu porque Deus quiseira,

Que si non quiseira naon morreira;
E por que lo necesitó nasua capella,
Díjole Deus: canta. ¡Cantou cosa bella!
Dijo Deus á os anjos: id vos á pradeira,
Que melhor canta ó senhor de Madureira.

—Rafael —dijo la Condesa—, mofador eterno, ¿quién se escapa de tus tijeras? Voy a mandar hacer tu retrato en figura de pájaro burlón, como se ha hecho el de Paul de Kock en forma de gallo.

—De esa suerte —repuso Rafael al irse—, haré una Harpía masculina; lo cual tendrá la ventaja de que se pueda propagar la casta.

CAPÍTULO XXII

Había pasado el verano, y era llegado septiembre; los días conservaban aún el calor del verano, pero las noches eran ya largas y frescas. Serían las nueve; y aún no había en la tertulia de la Condesa sino las personas más allegadas y de mayor confianza, cuando entró Eloísa.

—Toma asiento en el sofá, a mi lado —le dijo la dueña de la casa.

—Te lo agradezco, Gracia; pero vuestros sofás de aquí, son muebles rellenos de estopas o crin: son de lo más duro e *inconfortable* que darse puede.

—Así son más frescos, hija mía —dijo Rita, a cuyo lado se había sentado Eloísa en una estudiada postura.

—¿Sabéis lo que se dice? —dijo a esta última el poeta Polo, jugando con su guante amarillo y extendiendo la pierna para lucir un lindo calzado de charol—. Se dice que nombran a Arias mayor de la plaza; pero lo creo un solemne *puff* [157].

—Cosas de lugarón, de poblachón, de villorro como es éste —repuso remilgadamente Eloísa—. Rafael merece mejor. Es un hombre muy *espiritual*, un joven muy *fashionable* y un bravo militar.

—¿Qué estáis diciendo, señorita? —preguntó el General que absorto escuchaba la conversación de los dos jóvenes de buen tono.

—Digo, señor, que vuestro sobrino es un bravo oficial.

---

[157]   *puff:* noticia engañosa.

—¿Y qué queréis decir con eso?

—Señor, lo que dice su hoja de servicio, y repiten todos los que lo conocen; que se ha distinguido en la guerra como un hombre de honor.

—Pues... si lo habéis querido decir, ¿por qué no lo habéis dicho? según la célebre expresión de don Juan Nicasio Gallego; el cual, así como el Duque de Rivas, Quintana, Bretón, Martínez de la Rosa, Hartzenbusch y otros muchos, han cometido la pifia de ser hombres eminentes y poetas de primer rango sin dejar de ser españoles en la forma ni en la esencia? ¿Habéis por ventura querido decir valiente?

—Pues es claro, General, ¿acaso no lo he dicho?.

—No señorita —dijo impaciente el General—, lo que habéis dicho es *bravo*, epíteto que sólo he oído aplicar a los toros montaraces, y a los indios salvajes para ponderar su brutal fiereza. No usáis a fe mía, tal palabra, por falta de voces adecuadas al caso, pues además de *valiente*, tenéis puestas en uso otras muchas, como son: bizarro, valeroso, denodado.

—Jesús, señor, esas son voces anticuadas, muy vulgares, y muy gansas; es preciso admitir las que introduce la elegancia y el buen tono, pésele al *Diccionario* y a sus ramplones compiladores y secuaces.

—¡Hay paciencia para esto! —exclamó el General tirando los naipes.

—¿Qué es lo que exalta de esta suerte la bilis de nuestro tío? —preguntó Rafael que había entrado, a su prima Rita.

—La noticia que corre.

—¿Qué noticia?

—Que te nombran Mayor de plaza, y lo ha tomado por una ironía.

—Tiene razón; yo no puedo aspirar a más dictado que al *más chico de la plaza*. Pero traigo una noticia que puede aspirar con razón a la primera categoría.

—¿Una noticia? una noticia es un patrimonio de todos. Así, suéltala pronto.

—Pues han de saber ustedes —dijo Rafael levantando la voz—, que la Grisi de Villamar, está ajustada para salir a las tablas a lucir su voz.

—¡Oh! ¡qué felicidad! —exclamó Eloísa—, el que algún evento notable saque a esta monótona Sevilla del carril rutinario en que vegeta desde que San Fernando la fundó.

—La conquistó —le dijo por lo bajo su simpático amigo Polo. Pero Eloísa, sin atenderle, prosiguió:

—¿En qué ópera hará su *début*?

—¿Pues qué, se ha ajustado para salir a las tablas de Bu? —preguntó la Marquesa.

—Sí, tía —respondió Rafael—, y Stein de *cancón* [158], es una pieza compuesta expresamente para ambos.

—¡Tales cosas! —exclamó la buena señora.

—Madre, ¿no echáis de ver que Rafael se está chanceando, según su loable e inveterada costumbre? —dijo la Condesa.

—Desde que se ha dado la Pata de Cabra, ningún título de piezas teatrales me sorprende —repuso la Marquesa—; y desde que se han representado la Lucrecia, Ángela, Antony y Carlos el Hechizado, no hay argumento que se me haga increíble [159].

—Como el teatro es la *escuela de las costumbres* —dijo con ironía el General—, lo ponen al nivel de las que quieren introducir.

—¡Qué bien opinan los franceses, cuando dicen que pa-

---

[158]   *cancón:* bu, coco.

[159]   *Todo lo vence el amor o La pata de cabra* fue una célebre comedia arreglada por Grimaldi y muy conocida durante el Romanticismo y en la época isabelina. Véase *La pata de cabra.* Edición de D.T.Wies, 1986. *Lucrecia Borgia,* drama de Victor Hugo, traducido por Gorostiza y estrenado en Madrid en 1835. *Antony,* de Alejandro Dumas, traducido por Ochoa y estrenado en Madrid en 1836. La crítica realizada por Larra en el día de su estreno es digna de elogio tanto por sus conocimientos literarios insertos en el artículo como por su conocimiento del teatro francés de la época. *Angele,* traducido por Hartzenbusch con el siguiente título: *Ernesto, drama en cinco actos, en prosa. Traducción libre de la «Angela» de Alejandro Dumas,* Madrid, Piñuelas, 1837. *Carlos III el Hechizado,* de Gil y Zárate, estrenado en Madrid en 1837.

sados los Pirineos empieza el África! —decía entretanto
a media voz Eloísa a Polo.

—Desde que ellos ocupan parte del litoral —repuso
éste—, ya no lo dicen; sería hacernos demasiado
favor [160].

Eloísa sofocó una carcajada en su diminuto pañuelo
guarnecido de encaje.

—Aquéllos están conspirando —dijo Rita a Rafael—.
Polo tiene una máquina infernal entre sus gafas y sus ojos,
y Eloísa esconde en el pañuelo que lleva a la boca, una
asonada en escabeche de almizcle contra la pícara esta-
cionaria España.

—¡Ca! no son conspiradores —repuso Rafael.

—¿Pues qué son, máquina infernal de contradicción?

—Son... yo te lo diré para que los juzgues en toda su
altura.

—Acaba, pesado.

—Son —dijo solemnemente Rafael—, *regeneradores in-
comprendidos*.

Algunas noches después de esta escena, las vastas gale-
rías de la casa de la Condesa estaban desiertas. No se veían
allí más figuras que las del antiguo testamento, como Arias
llamaba a los jugadores de tresillo.

—¡Cómo tardan! —dijo la Marquesa—. Las once y
media, y todavía no parecen.

—El tiempo —dijo su hermano—, no parece largo a los
filarmónicos, cuando están en la ópera pasmándose de
gusto, como unos panarras [161].

—¿Quién había de pensar —continuó la Marquesa—,
que esa mujer tendría los estudios y el valor necesarios
para salir tan pronto a las tablas?

—En cuanto a los estudios —dijo el General—, una vez
que se sabe cantar, no se necesita tantos como tú crees.

---

[160] Alusión a la conquista de Argelia por los franceses que concluyó en 1847.
[161] *panarras:* bobos.

En cuanto al valor, no quisiera más que un regimiento de granaderos por ese estilo, para asaltar a Numancia o Zaragoza.

—Contaré a ustedes lo que ha pasado —dijo entonces uno de los concurrentes—. Cuando llegó, hace tres meses, esta compañía italiana, nuestra *prima donna* futura, tomó por temporada uno de los palcos más próximos al tablado. No faltó a una sola representación, y aun logró asistir a los ensayos. El Duque consiguió de la primera cantatriz que la diese algunas lecciones, y después, del empresario, que la ajustase en su compañía. Pero el ajuste a que se prestó el empresario, fue en calidad de segunda: propuesta que fue arrogantemente desechada por ella. Por una de aquellas casualidades que favorecen siempre a los osados, la *prima donna* cayó peligrosamente enferma, y la protegida del Duque se ofreció a reemplazarla. Veremos qué tal sale de este empeño.

En este momento, la Condesa, animada y brillante como la luz, entró en la sala acompañada de algunos tertulianos.

—Madre, ¡qué noche hemos tenido! —exclamó—. ¡Qué triunfo! ¡qué cosa tan bella y tan magnífica!

—¿Me querrás decir, sobrina, la importancia que tiene, ni el efecto que puede causar, el que una gaznápira cualquiera, que tiene buena garganta, cante bien en las tablas, para que pueda inspirarte un entusiasmo y una exaltación, como te la podrían causar un hecho heroico o una accion sublime?

—Considerad, tío —contestó la Condesa—, ¡qué triunfo para nosotros, qué gloria para Sevilla, el ser la cuna de una artista que va a llenar el mundo con su fama!

—¿Como el Marqués de la Romana? —replicó el General—, como Wellington o como Napoleón? ¿No es verdad, sobrina?

—¡Pues qué, señor! —contestó la Condesa—. ¿No tiene la fama mas que una trompeta guerrera? ¡Qué divinamente ha cantado esa mujer sin igual! ¡Con qué desenvoltura de buen gusto se ha presentado en la escena! Es un prodigio. Y luego ¡cómo se comunican de uno en otro el entu-

siasmo y la exaltación! Yo, además, estaba muy contenta,
viendo al Duque tan satisfecho, a Stein tan conmovido...

—El Duque —dijo el General—, debería satisfacerse con
cosas de otro jaez.

—General —dijo el tertuliano, que había hablado
antes—: son flaquezas humanas. El Duque es joven...

—¡Ah! —exclamó la Condesa—. No hay cosa más infame que sospechar, o hacer que se sospeche el mal donde
no existe. El mundo lo marchita todo con su pestífero aliento. ¿No saben todos que el Duque, no satisfecho con prac-
ticar las artes, protege a los artistas, a los sabios, y todo
lo que puede influir en los adelantos de la inteligencia?
¿Además no es ella mujer de un hombre a quien el Duque
debe tanto?

—Sobrina —repuso el General—: todo eso es muy santo
y muy bueno; pero no alcanza a justificar apariencias sos-
pechosas. En este mundo, no basta estar exento de censura; es preciso, además, parecerlo. Por lo mismo que eres
joven y bonita, harías bien en no declararte defensora de
ciertas causas.

—Yo no tengo la ambición de que se me crea perfecta
—dijo la Condesa—, erigiendo en mi casa un tribunal de
justicia; lo que sí quiero es, que se me tenga por leal y sólida amiga, cuando hago respetar y defiendo a los que me
dan ese título.

Rafael Arias entró en aquel instante.

—Vamos, Rafael —dijo la Condesa—: ¿qué dirás ahora?
¿te burlarás de esa encantadora mujer?

—Prima, para darte gusto, voy a reventar de entusiasmo por imitar al público, como hizo la rana, queriendo
alcanzar el tamaño del buey [162]. Acabo de ser testigo de la
ovación imperial que se ha hecho a esa octava maravilla.

—Cuéntanos eso —dijo la Condesa—. Cuéntanoslo.

—Cuando bajó el telón, hubo un momento en que se
me figuró que íbamos a tener una segunda edición de la
torre de Babel.

---

[162]   Alusión a la fábula de Esopo.

»Diez veces fue llamada a las tablas la *Diva Donna*, y lo hubiese sido veinte, a no haberse puesto los insolentes reverberos, causados por la prolongación de sus servicios, a echar pestes y suprimir luz.

»Los amigos del Duque se empeñaron en que los llevase a dar la enhorabuena a la heroína. Todos nos echamos a sus pies con el rostro en tierra.

—¡Tú también, Rafael! —dijo el General—: yo te creía más sensato bajo esas apariencias de tarambana.

—Si no hubiera ido adonde iban los otros, no tendría ahora la satisfacción de referiros el modo con que nos recibió esta Reina de las Molucas, Emperatriz del Bemol. En primer lugar, todas sus respuestas se hicieron en una especie de escala cromática, de su uso, que consta de los siguientes semitonos: primeramente la calma, o llámese indiferencia; después la frescura; en seguida la frialdad, y por último el desdén. Yo fui el primero en tributarle homenaje. Le enseñé mis manos, desolladas a fuerza de aplaudir, asegurándole que el sacrificio de mi pellejo era un débil homenaje a su sobrenatural habilidad, comparable tan sólo con la del señor de Madureira. Su respuesta fue una *gravedosa* [163] inclinación de cabeza, digna de la Diosa Juno. El Barón le suplicó por todos los santos del cielo, que fuese a París, único teatro capaz de aplaudirla dignamente, en vista de que los *bravos* franceses resuenan en todos los ámbitos del universo, llevados por su bandera tricolor. A esto respondió con la mayor frescura: «Ya veis que no necesito ir a París para que me aplaudan; y aplausos por aplausos, más quiero los de mi tierra que los de los franceses.»

—¿Eso dijo? —preguntó el General—, ¿quién habría pensado que esa mujer dijese una cosa tan racional?

—El Mayor moscón —continuó Rafael—, con su indefectible desmaña, le dijo que todas cuantas cantantes había oído, sólo la Grisi lo hacía mejor que ella. A lo cual res-

---

[163]   *gravedosa:* «soberbio, altivo, vano...» *(Diccionario de Autoridades).*

pondió con frialdad: Pues una vez que la Grisi canta mejor que yo, hacéis mal en oírme a mí en lugar de oírla a ella. En seguida llegó sir John dando la mano y pisando a todo el mundo. Le dijo que su voz era un *wonder, (una maravilla)*, y que si se la quería vender, estaba muy pronto a pagarle cincuenta mil libras. Ella respondió con desdén que aquello no se vendía. Pero, a todo esto, prima, ¿qué dices del misterio con que han procedido en este asunto?

—¿De qué misterio se trata? —preguntó el Barón, que había llegado durante esta conversación.

—De esa brillante salida a las tablas —respondió Arias—, que ha venido a reventar de pronto, como una bomba, cuando menos se pensaba. Ahora, ahora voy cayendo en ciertas cosas... las entrevistas del Duque con el empresario, la constancia con que esa Norma en ciernes asistía a las representaciones... ya se van despertando mis *quién vives*.

—¡Despertar los *quién vives*! —dijo el Barón—. ¡Qué expresión tan singular!

—Es una metáfora muy común —repuso Rafael.

—No lo sabía —continuó el Barón—; ni la entiendo. ¿Queréis tener la bondad de explicármela, señor Arias?

Rafael miró al soslayo a su prima, alzó los ojos al cielo, como si fuera a hacer un sacrificio, y dijo:

—Cuando ocurre un accidente sin percibirlo, es porque la atención lo ha dejado pasar sin darle el *quién vive*, es decir, sin averiguar de dónde viene ni adónde va. Si después otro accidente, que tiene relación con el primero, nos obliga a pensar en el anterior, se dice que despertamos un *quién vives;* es decir, se despierta la atención que estaba en el primer caso, ociosa o adormecida. De este modo tenemos en español muchas palabras sueltas, que explican tanto como una larga frase. Una palabra basta para encerrar un lato sentido. Es cierto que para ello se necesita tanto de la inventiva, como de la comprensión. En las gentes del campo, corre una expresión que demuestra esto: suelen decir de un hombre inteligente y vivo «ese es de los de *ya está acá*». Tiene esta expresión su origen, en que cuando en el campo, a distancia, tiene el capataz que dar alguna orden, o hacer algún encargo a alguno de los trabajadores, al darles voces contesta el llamado: *ya está acá*, desde luego que se ha hecho cargo de lo que se le manda. Pero al dicho que ha llamado vuestra atención (en vista de que no todos son de los que designa el pueblo con el epíteto de los de *ya está acá)* se le da la siguiente etimología. Un español que estaba en San Petersburgo, paseándose una hermosa mañana de primavera con un ruso, amigo suyo, quedó atónito, oyendo en el aire un sonido bastante agradable. Este sonido, que se oía unas veces próximo, otras lejano, cuándo a la derecha, cuándo a la izquierda, no era más que una repetición en diversos tonos de la palabra *quién vive*. El español creía que eran pájaros; pero levantó la cabeza, y no vio nada. ¿Era un canto? ¿Era un eco? no: porque no salía de un punto determinado, sino que se oía en todas partes. Entonces creyó que su amigo era ventrílocuo, y le miró con atención. El ruso se echó a reír. «Ya veo —le dijo—, que no sabéis de dónde provienen estas voces que aquí se dejan oír todos los años por este tiempo. Son los *quién vives* que dan los soldados de la guarnición, durante el invierno. Con el frío se hielan, y con los primeros calores se deshielan, y resuenan por el aire de la primavera que nos vivifica.»

—No está mal discurrido —dijo el Barón, con distracción.

—Favor que le hacéis —contestó Rafael, haciendo una cortesía irónica.

—¡Ah! Aquí tenemos a la señorita Ritita —dijo el Barón, viéndola entrar, después de haberse quitado la mantilla—. Me parece señorita, que he tenido la honra de veros esta mañana, en la calle de Catalanes.

—Yo no os vi —contestó Rita.

—Esa es una desgracia —dijo Rafael a Rita—, que no sucederá al Mayor moscón, ni a la Giralda, a quien él quiere hacer coronela de su Regimiento de *Life Guards (Guardias de la Reina)*.

—Os vi —continuó el Barón—, cerca de una cruz grande que está pegada a la pared. Pregunté...

—Me hago cargo —dijo en voz baja Rafael Arias.

—Y me respondieron que se llama la Cruz del Negro. ¿Podéis decirme, señorita, por qué se le ha dado un nombre tan extraño?

—No lo sé —contestó Rita—. Quizá será porque habrán crucificado en ella a algún negro.

—Sin duda así es —dijo el Barón—; sería en tiempo de la Inquisición. —Y murmuró en voz baja: ¡qué país! ¡qué religión!—. Pero ¿podréis decirme —añadió con aquella insoportable ironía, con aquella insolencia de que hacen uso los incrédulos, con los que creen, y están de buena fe—; podréis decirme, por qué está colgado del techo un cocodrilo, en aquel corredor de la Catedral, cerca del patio de los Naranjos, entrando por la puerta a la derecha de la Giralda? ¿Sirve también la Catedral de museo de historia natural?

—¿Aquél gran lagarto? —dijo Rita—. Está allí porque lo cogieron sobre la bóveda del techo de la iglesia.

—¡Ah! —exclamó el Barón, riéndose—. Todo es gigantesco en esta Catedral; hasta los lagartos!

—Esa es una vulgaridad propagada en el pueblo —dijo la Condesa, mientras que Rita, sin oír las palabras del Barón, había ido a ocupar su acostumbrado asiento—. Ese cocodrilo fue presentado al rey don Alfonso el Sabio, por la famosa embajada que le envió el Soldán de Egipto. También están colgados de la misma bóveda un colmillo de elefante, un freno, y una vara; y estos objetos, juntamente con el lagarto, representan las cuatro virtudes cardinales. El lagarto es símbolo de la prudencia; la vara, de la justicia; el colmillo del elefante, de la fortaleza; y el freno, de la templanza [164]. Así, pues, hace seiscientos años que estos símbolos están a la entrada de aquel grande y noble edificio, como una inscripción que el pueblo comprende, sin saber leer.

---

[164] Se trata del regalo hecho a Alfonso X por el sultán de Egipto en 1260.

El Barón sentía mucho no poder adoptar la versión de Rita. La cruel Condesa le había privado de un precioso artículo satírico, crítico, humorista, burlesco. ¿Quién sabe si el cocodrilo no habría hecho el papel de un Espíritu Santo, de nueva invención, en el chistoso relato de ese francés, que tenía la ventaja nacional de haber nacido *malin* [165] *(satírico)?* Entrentanto la Marquesa dijo a Rita:

—¿Por qué has ido a decirle esa tontería del negro crucificado? ¿No habría sido mejor contarle la verdad?

—Pero, tía —contestó la joven—, yo no sé por qué esa cruz se llama del Negro: además, ya me tenía seca tanta conversación.

—Entonces —prosiguió la tía—, deberías haberle dicho que lo ignorabas; y no inducirle en un error tan craso. Estoy segura de que insertará ese disparatón cuando escriba su *Viaje a España.*

—¿Y qué importa? —dijo Rita.

—Importa, sobrina —repuso la Marquesa—; porque no me gusta que hablen mal de mi patria.

—¡Sí —dijo el General con acritud—, anda a atajar el río cuando se sale de madre! Pero ¿qué extraño es que digan mal del país los extranjeros, si nosotros somos los primeros en denigrarnos? Sin tener presente el refrán de que «ruin es, quien por ruin se tiene».

—Has de saber, Rita —prosiguió la Marquesa—, para que de ahora en adelante no des lugar a semejantes errores, que el nombre de esa cruz viene de un negro devoto y piadoso, que en el séptimo siglo viendo que se atacaba el misterio de la Pura Concepción de la Virgen, se vendió a sí mismo en el sitio en que se hallaba esa cruz, para costear con el dinero de su venta una solemne función de desagravio a la Virgen, por las ofensas que se le hacían [166]. Algo se diferencia este rasgo piadoso y fervoroso de abnegación, de la necedad que has hecho creer al Barón.

---

[165] Una correcta traducción hubiera sido *malicioso.*

[166] La Inmaculada Concepción se convirtió en dogma de la Iglesia en 1854.

—Bien puedes también, hermana —dijo el General—, regañar al loco de Rafael, por haber respondido a ese *Monsieur le Baron*, a una pregunta por el mismo estilo, acerca de la Cruz de los ladrones, junto a la Cartuja, que se llamaba así, porque a ella iban a rezar los ladrones, para que Dios favoreciese sus empresas.

—¿Y el Barón se lo ha creído? —preguntó la Marquesa.

—Tan de fijo, como yo creo que no es Barón —repuso el General.

—Es una picardía —continuó la Marquesa irritada—, dar lugar nosotros mismos a que se crean y repitan tales desatinos.

La cruz fue erigida en aquel sitio por un milagro que hizo allí Nuestro Señor; porque en aquellos tiempos, como había fe, había milagros. Unos ladrones habían penetrado en la Cartuja, y robado los tesoros de la iglesia. Huyeron espantados, corrieron toda la noche, y a la mañana siguiente se encontraron a corta distancia del convento. Entonces viendo claramente el dedo del Señor, se convirtieron; y en memoria de este milagro, erigieron esa cruz, a la que el pueblo ha conservado su nombre. Voy a decirle cuatro palabras bien dichas a ese calavera [167]. Rafael, Rafael.

Entretanto su prima Gracia, sentada en el sofá, le decía:

—Estoy en mis glorias. ¡Qué buenos ratos vamos a pasar!

—No durarán mucho, Condesa —dijo el Coronel—. Corren voces de que el Duque quiere llevarse a Madrid a la nueva Malibran [168].

—Y a todo esto —dijo la Condesa—, ¿qué nombre de guerra ha tomado? Supongo que no será el de *Marisala-*

---

[167] *calavera:* hombre de vida disipada. La mejor descripción de este tipo la encontramos en el artículo de Larra titulado *Los calaveras,* sutil disección de este singular personaje que comprende desde el calavera lampiño hasta el calavera viejo-verde.

[168] *Malibrán.* María de la Felicidad García (1808-1836), casada con un comerciante llamado Malibrán. Educada en París, debutó en Londres con *El barbero de Sevilla.* El célebre Musset escribió como homenaje a la conocida cantante unas *Stances à la Malibran.*

da; que muy bonito, y con algo de cariñoso, no es bastante grave para una artista de primer orden.

—Quizá continuará bajo el apodo de *Gaviota* —dijo Rafael—. Un criado del Duque ha dicho al mío, que así era como la llamaban en su lugar.

—Puede que adopte el nombre de su marido —observó el Coronel.

—¡Qué horror! —exclamó la Condesa—: necesita un nombre sonoro.

—Pues bien, que tome el de su padre: Santaló.

—No, señor —dijo la Condesa—. Es preciso que acabe en *i* para que le dé prestigio: mientras más *ies*, mejor.

—En ese caso —dijo Rafael—, que se nombre Misisipí.

—Consultaremos a Polo —dijo la Condesa—. Y a propósito. ¿Dónde se ha escabullido nuestro poeta?

—Apuesto cualquier cosa —dijo Rafael—, a que a la hora ésta se ocupa en confiar al papel las inspiraciones armónicas que ha hecho brotar en su alma la divinidad del día. Mañana sin falta leeremos en *El Sevillano* una de esas composiciones que, según mi tío, si no es fácil que le lleven al Parnaso, le precipitarán indefectiblemente en el Leteo.

En ese instante fue cuando la Marquesa llamó a Rafael.

—Seguro estoy —dijo éste a su prima—, de que mi tía me hace la honra de llamarme, para tener la satisfacción de echarme una peluca. Ya veo despuntar un sermón entre sus labios apretados, una filípica en su nebuloso entrecejo, y una reprimenda de a folio, a caballo sobre su amenazante nariz. Pero... ¡qué feliz ocurrencia! Voy a armarme de un broquel.

Diciendo estas palabras, Rafael se levantó, se acercó al Barón, a quien el Oidor ofrecía a la sazón un polvo de rapé, le dio el brazo, y en su compañía se acercó a la mesa del juego. La Marquesa se guardó la regañadura para mejor ocasión.

Rita se tapaba la cara con el pañuelo para comprimir la risa. El General golpeaba el suelo con el tacón de las botas, que en él era señal indefectible de impaciencia.

—¿Está incomodado el General? —preguntó el Barón.

—Padece ese movimiento nervioso —respondió a media voz Rafael.

—¡Qué desgracia! —exclamó el Barón—, eso es un *tic-douloureux**. ¿Y de qué le ha provenido? ¿Algún tendón dañado en la guerra quizá?

—No —contestó Rafael—. Ha sido efecto de una fuerte impresión moral.

—Debió ser terrible —observó el Barón—. ¿Y qué se la causó?

—Una palabra de vuestro rey Luis XIV.

—¿Qué palabra? —insistió el Barón espantado.

—El célebre dicho —contestó Rafael—, «ya no hay Pirineos».

Con tanto como se hablaba en las tertulias acerca de la nueva cantatriz, se ignoraba un hecho significativo, que había ocurrido aquella misma noche.

Pepe Vera no había cesado de seguir los pasos de María; y como era favorito del público, le había sido fácil penetrar en lo interior del templo de las Musas, no obstante la enemistad que éstas han jurado a las corridas de toros.

María salía a la escena, al ruido de los aplausos, cuando se dio de manos a boca en el vestuario con Pepe Vera, y algunos otros jóvenes.

—¡Bendita sea! —dijo el célebre torero, tirando al suelo y extendiendo la capa, para que sirviese de alfombra a María—; ¡bendita sea esa garganta de cristal, capaz de hacer morir de envidia a todos los ruiseñores del mes de mayo.

—Y esos ojos —añadió otro—, que hieren a más cristianos que todos los puñales de Albacete.

María pasó tan impávida y desdeñosa como siempre.

—¡Ni siquiera nos mira! —dijo Pepe Vera—. Oiga usted, prenda. Un rey es, y mira a un gato. Y cuidado, caballeros, que es buena moza; a pesar de que...

—¿A pesar de qué? —dijo uno de sus compañeros.

—A pesar de ser tuerta —dijo Pepe.

---

* *Tic* es la enfermedad del *tiro,* que padecen los caballos.

Al oír estas palabras, María no pudo contener un movimiento involuntario, y fijó en el grupo sus grandes ojos atónitos. Los jóvenes se echaron a reír, y Pepe Vera le envió un beso en la punta de los dedos.

María comprendió inmediatamente que aquella expresión no había sido dicha sino para hacerle volver la cara. No pudo menos de sonreírse, y se alejó dejando caer el pañuelo. Pepe lo recogió apresuradamente, y se acercó a ella, como para devolvérselo.

—Os lo entregaré esta noche en la reja de vuestra ventana —le dijo en voz baja y con precipitación.

Al dar las doce salió María de su cama con pasos cautelosos, después de asegurarse de que su marido yacía en profundo sueño. Stein dormía, en efecto, con la sonrisa en los labios, embriagado con el incienso que había recibido aquella noche María, su esposa, su alumna, la amada de su corazón. Entretanto un bulto negro se apoyaba en una de las rejas del piso bajo de la casa que habitaba María, y que daba a una de las angostas callejuelas tan comunes en aquella ciudad. No era posible distinguir las facciones de aquel individuo, porque una mano oficiosa había apagado de antemano los faroles que alumbraban la calle.

CAPÍTULO XXIII

Era ya Sevilla teatro demasiado estrecho para las miras ambiciosas, y para la sed de aplausos que devoraban el corazón de María. El Duque, además, obligado a restituirse a la capital, deseaba presentar en ella aquel portento, cuya fama le había precedido. Pepe Vera, por otra parte, ajustado para lidiar en la plaza de Madrid, exigió de María que hiciese el viaje. Así sucedió en efecto.

El triunfo que obtuvo María al estrenarse en aquella nueva liza, sobrepujó al que había logrado en Sevilla. No parecía sino que se habían renovado los días de Orfeo y de Anfión, y las maravillas de la lira de los tiempos mitológicos. Stein estaba confuso. El Duque embriagado. Pepe Vera dijo un día a la *cantaora:* «¡Caramba, María, te palmotean que ni que hubieses matado un toro de siete años!»

María estaba rodeada de una corte numerosa. Formaban parte de ella todos los extranjeros distinguidos que se hallaban a la sazón en la capital, y entre ellos había algunos notables por su mérito, otros por su categoría. ¿Qué motivos los impulsaba? Unos iban por darse tono; según la locución moderna. ¿Y qué es tono? Es una imitación servil de lo que otros hacen. Otros eran movidos por la misma especie de curiosidad que incita al niño a examinar los secretos resortes del juguete que le divierte.

María no tuvo que hacer el menos esfuerzo para sentirse muy a sus anchas en medio de aquel gran círculo. No había cambiado en lo más pequeño su índole fría y altanera; pero había más elegancia en su talante, y mejor gusto en su modo de vestir; adquisiciones maquinales y exteriores, que a los ojos de ciertas gentes, pueden suplir la falta de inteligencia, de tacto y de buenos modales. Por la noche, en las tablas, cuando el reflejo de las luces blanqueaba su palidez, y aumentaba el realce de sus ojos grandes y negros, parecía realmente hermosa.

El Duque estaba de tal modo fascinado por aquella mujer, en cuyos triunfos le tocaba alguna parte, pues cumplían sus pronósticos, y tal era el entusiasmo que su canto le inspiraba, que no tuvo inconveniente en pedirle que diese lecciones de música a su hija, no obstante que recordaba el pronóstico de su amable amiga de Sevilla, y estremecía al reflexionar sobre el aplazamiento que le había dirigido la Condesa. Entonces hacía propósito de respetar a la mujer inocente que él mismo había introducido en la escena resbaladiza y brillante que pisaba.

Digamos ahora algunas palabras de la Duquesa.

Era esta señora virtuosa y bella. Aunque había entrado en los treinta años, la frescura de su tez y la expresión de candor de su semblante le daban un aspecto más joven. Pertenecía a una familia tan ilustre como la de su marido, con la cual estaba estrechamente emparentada. Leonor y Carlos se habían querido casi desde su infancia, con aquel afecto verdaderamente español, profundo y constante, que ni se cansa ni se enfría. Se habían casado muy jóvenes. A los dieciocho años, Leonor dio una niña a su marido, el cual tenía veintidós a la sazón.

La familia de la Duquesa, como algunas de la grandeza, era sumamente devota; y en este espíritu había sido educada Leonor. Su reserva y su austeridad la alejaban de los placeres y ruidos del mundo, a los cuales por otra parte no tenía la menor inclinación. Leía poco, y jamás tomó en sus manos una novela. Ignoraba enteramente los efectos dramáticos de las grandes pasiones. No había aprendido ni en los libros ni en el teatro, el gran interés que se ha dado al adulterio, que por consiguiente no era a sus ojos sino una abominación, como lo era el asesinato. Jamás habría llegado a creer, si se lo hubiesen dicho, que estaba levantado en el mundo un estandarte, bajo el cual se proclamaba la emancipación de la mujer. Más es; aun creyéndolo, jamás lo hubiera comprendido; como no lo comprenden muchos, que ni viven tan retiradas, ni son tan estrictas como lo era la Duquesa. Si se le hubiera dicho que había apologistas del divorcio, y hasta detractores de la santa institución del matrimonio, habría creído estar soñando, o que se acercaba el fin del mundo. Hija afectuosa y sumisa, amiga generosa y segura, madre tierna y abnegada, esposa exclusivamente consagrada a su marido, la Duquesa de Almansa era el tipo de la mujer que Dios ama, que la poesía dibuja en sus cantos, que la sociedad venera y admira, y en cuyo lugar se quieren hoy ensalzar *esas amenazas*, que han perdido el bello y suave instinto femenino.

El Duque pudo entregarse largo tiempo al atractivo que María ejercía en él, sin que la más pequeña nube empañase la paz sosegada, y, como el cielo, pura, del corazón de su mujer. Sin embargo el Duque, hasta entonces tan afectuoso, la descuidaba cada día más. La Duquesa lloraba; pero callaba.

Después llegó a sus oídos que aquella cantatriz que alborotaba a todo Madrid, era protegida de su marido; que éste pasaba la vida en casa de aquella mujer. La Duquesa lloró; pero dudando todavía.

Después el Duque llevó a Stein a su casa, para dar lecciones a su hijo, y luego quiso, como hemos dicho, que María las diese a su hija, preciosa criatura de once años de edad.

Leonor se opuso con vigor a esto último, alegando no poder permitir que una mujer de teatro tuviese el menor punto de contacto con aquella inocente. El Duque, acostumbrado a las fáciles condescendencias de su mujer, vio en esta oposición, un escrúpulo de devota, una falta de mundo y persistió en su idea. La Duquesa cedió, siguiendo el dictamen de su confesor: pero lloró amargamente, impulsada por un doble motivo.

Recibió, pues, a María con excesiva circunspección; con una reserva fría, pero urbana.

Leonor, que vivía según sus propensiones tranquilas, muy retirada, no recibía, sino pocas visitas, la mayor parte de parientes; los demás eran sacerdotes y algunas otras personas de confianza. Así, pues, asistía con no desmentida perseverancia a las lecciones de su hija; y tanto empeño puso en no alejarla de sus miradas maternas, que este sistema no pudo menos de ofender a María. Las personas que iban a ver a la Duquesa no hacían más que saludar fríamente a la maestra, sin volver a dirigirle la palabra. De este modo, llegaba a ser en extremo humillante la posición que ocupaba en aquella noble y austera residencia, la mujer que el público de Madrid adoraba de rodillas. María lo conocía, y su orgullo se indignaba: pero como la exquisita cortesía de la Duquesa no se desmintió jamás; como en su grave, modesto y hermoso rostro, no se había manifestado nunca una sonrisa, de desdén, ni una mirada de altanería, María no podía quejarse. Por otra parte, el Duque que era tan digno y tan delicado, ¿cómo había de permitir que nadie se le quejase de su mujer? María tenía bastante penetración para conocer que debía callar y no perder la amistad del Duque, que la lisonjeaba, su protección que le era necesaria, y sus regalos que le eran muy gratos. Tuvo, pues, que tascar el freno, hasta que ocurriese algún suceso, que pusiese término a tan tirante situación.

Un día en que, vestida de seda, y deslumbrando a todos con sus joyas, cubierta con una magnífica mantilla de encajes, entraba en casa de la Duquesa, se encontró allí con el padre de ésta, el Marqués de Elda, y con el Obispo de...

El Marqués era un anciano grave, de los más chapados a la antigua. Era por los cuatro costados español, católico y realista neto. Vivía retirado de la corte desde la muerte del rey, a quien había servido en la guerra de la Independencia.

Había un poco de tibieza entre el Marqués y su yerno, a quien el primero acusaba de condescender demasiado con las ideas del siglo. Esta tibieza subió de punto, cuando llegaron a oídos del severo y virtuoso anciano, los rumores ya públicos de la protección que el Duque daba a una cantatriz de teatro.

Cuando María entró en la sala, la Duquesa se levantó, con intención de darle gracias, y despedirla por aquel día, en vista del respeto debido a las personas presentes. Pero el Obispo que ignoraba todo lo que pasaba, manifestó deseos de oír cantar a la niña, que era su ahijada. La Duquesa se volvió a sentar; saludó a María con su urbanidad acostumbrada, y mandó llamar a su hija, quien no tardó en presentarse.

Apenas terminaba la niña los últimos compases de la plegaria de Desdémona [169], cuando se oyeron tres golpes suaves en la puerta.

—Adelante, adelante —dijo la Duquesa, dando a entender que conocía a la persona en su modo de llamar, y con una viveza nueva a los ojos de María, se puso en pie, y salió obsequiosamente al encuentro de aquella visita.

Pero María se sorprendió todavía más al ver este nuevo personaje. Era una mujer fea, de unos cincuenta años de edad, y de aspecto común. Su traje era tan basto como desairado y extraño.

La Duquesa la recibió con grandes muestras de consideración, y una cordialidad tanto más notable, cuanto más contrastaba con la reserva glacial que con la maestra había usado; la tomó de la mano, y la presentó al Obispo.

María no sabía qué pensar. Jamás había visto un vestido semejante, ni una persona que le pareciese menos en armonía con la posición que parecía ocupaba cerca de gentes tan distinguidas y elevadas.

Después de un cuarto de hora de una conversación animada, aquella mujer se levantó. Estaba lloviendo. El Marqués la ofreció su coche, con grandes instancias: pero la Duquesa le dijo:

—Padre, ya he mandado que pongan el mío.

---

[169] *Desdémona.* Alusión a la ópera *Otello,* de Rossini.

Dijo estas palabras acompañando a la recién venida, que ya se retiraba, y que se negó tenazmente a hacer uso del carruaje.

—Ven, hija mía —dijo la Duquesa a su hija—, ven, con permiso de tu maestra, a saludar a tu buena amiga.

María no sabía qué pensar de lo que estaba viendo y oyendo. La niña abrazó a aquella que la Duquesa llamaba su buena amiga.

—¿Quién es esa mujer? —le preguntó María, cuando volvió a su puesto.

—Es una hermana de la Caridad —respondió la niña.

María quedó anodadada. Su orgullo, que luchaba con la frente erguida contra toda superioridad; que desafiaba la dignidad de la nobleza, la rivalidad de los artistas, el poder de la autoridad, y aun la prerrogativas del genio, se dobló como un junco ante la grandeza y la elevación de la virtud.

Poco después se levantó para irse; seguía lloviendo.

—Tiene usted un coche a su disposición —le dijo la Duquesa al despedirla.

Al bajar al patio, María observó que estaban quitando los caballos del de la Duquesa. Un lacayo bajó con aire respetuoso el estribo de un coche simón [170]. María entró en él henchido el corazón de impotente rabia.

Al día siguiente declaró resueltamente al Duque que no continuaría dando lecciones a su hija. Tuvo buen cuidado de ocultarle el verdadero motivo, y la astucia de dar a esta reserva, todo el aspecto de un acto de prudencia. El Duque alucinado, tanto por el entusiasmo que María le inspiraba, como por los amaños de que ella supo valerse, supuso que su mujer habría dado motivo para aquella determinación, y se mostró aún más frío con ella.

---

[170] *coche simón.* La empresa de carruajes madrileña llamada *Simón* popularizó de tal manera su nombre que hasta en provincias se designaba un coche de alquiler con dicho nombre.

CAPÍTULO XXIV

La llegada a Madrid del célebre cantor Tenorini puso cima a la gloria de María, por la admiración con que la encomiaba aquel coloso, y por el empeño que manifestó en cantar acompañado de una voz digna de unirse a la suya. Tonino Tenorini, alias el *Magno,* había salido no se sabe de dónde: algunos decían que había venido al mundo, como Castor y Pollux, dentro de un huevo, no de cisne, sino de ruiseñor. Su espléndida y ruidosa carrera empezó en Nápoles, donde había eclipsado enteramente al Vesubio. Después pasó a Milán, y de allí sucesivamente a Florencia, San Petersburgo y Constantinopla. A la sazón llegaba de Nueva York pasando por La Habana, con ánimo de dirigirse a París, cuyos habitantes, furiosos por no haber dado todavía su voto decisivo sobre tan gigantesca reputación, habían hecho un motín para desahogar su bilis. De allí Tenorini se dignaría ir a Londres, cuyos filarmónicos tenían un terrible *spleen* de pura envidia, y de donde la *season** corría riesgo de suicidarse, si la gran *notabilidad* no se compadecía de los males que su ausencia originaba.

¡Cosa extraña, y que dejó sorprendidos a todos los Polos y a todas las Eloísas! Este sublime artista no llegaba en las alas del genio. Los delfines mal criados del Océa-

---

* Estación, época de la apertura de los Parlamentos, en la cual se reúne la gente del buen tono en Londres.

no, no le habían cargado en sus filarmónicas espaldas, como hicieron los del Mediterráneo con Arión en tiempos más felices. Tenorini había llegado en la diligencia... ¡Qué horror!...

—¡Y —lo que es más— traía un saco de noche!

Hubo proyectos de celebrar su llegada, tocando un repique general de campanas, de iluminar las casas, y de erigir un arco de triunfo con todos los instrumentos de la orquesta del Circo [171]. El alcalde no consintió en ello, y poco faltó para que este *cangrejo* reaccionario fuese obsequiado con una cencerrada [172].

Mientras María participaba con el *gran cantante* de la desaforada ovación que le ofrecía un público, que de rodillas los veneraba humildemente; se representaba una escena de diferente carácter en la pobre choza de que ella saliera poco más de un año antes.

Pedro Santaló yacía postrado en su lecho. Desde la separación de su hija no había levantado cabeza. Tenía los ojos cerrados y no los abría sino para fijar sus miradas en el cuartito que había ocupado María, y que no estaba separado del suyo, sino por el estrecho pasadizo que subía al desván. Todo allí permanecía en el mismo estado en que su hija lo había dejado; colgaba de la pared

---

[171]   *Teatro del Circo.* Suponemos que se trata del teatro del Circo Olímpico. Mesonero Romanos en su *Manual de Madrid* analiza los teatros madrileños de la época, afirmando al respecto que existen otras diversiones, «como son el teatro de la calle de la Sartén, para la compañía de los Reales Sitios; el teatro Pintoresco Mecánico, de la calle de la Luna; el de la *Fantasmagoría,* de la calle del Caballero de Gracia; el Circo Olímpico, en la misma calle...», Madrid, BAE, vol. III, pág. 107.

[172]   Lo normal era que la cencerrada —ruido con cencerros y otros objetos— la sufrieran los viudos en la primera noche de sus nuevas bodas. Tema tratado por los costumbristas desde una perspectiva cómica, como en el caso de A. Flores; sin embargo, este tema llega a convertirse en motivo de tragedia entre ciertos novelistas adscritos al Realismo-Naturalismo, como en el caso de V. Blasco Ibáñez, recuérdese *Cañas y barro* o su cuento *La Cencerrada,* perteneciente a *Cuentos valencianos,* en el que un viudo viejo y rico que se ha casado con una bella muchacha es objeto de dicha broma en la noche de bodas. El viejo matará al final al antiguo pretendiente de su joven esposa.

su guitarra, con un lazo de cinta que había sido color
de rosa y que ahora, pendía sin forma, como una promesa que se olvida, y descolorido como un recuerdo que
se disipa. Sobre la cama había un pañuelo de seda de la
India, y unos zapatos pequeños se veían aún debajo de
una silla. La tía María estaba sentada a la cabecera del
enfermo.

—Vamos, vamos, tío Pedro —le decía la buena
anciana—, olvídese de que es catalán, y no sea tan testa-
rudo: déjese usted gobernar siquiera una vez en su vida,
y véngase con nosotros al convento; que ya ve usted que
allí no falta lugar. Así podré asistirle mejor, y no estará
aquí aislado y solo en un solo cabo como el espárrago.

El pescador no respondía.

—Tío Pedro —continuó la tía María—; don Modesto
ya ha escrito dos cartas, y se han puesto en el correo, que
dicen es la manera de que lleguen más presto y con más
seguridad.

—¡No vendrá! —murmuró el enfermo.

—Pero vendrá su marido, y por ahora eso es lo que importa —repuso la tía María.

—¡Ella! ¡Ella! —exclamó el pobre padre.

Una hora después de esta conversación, la tía María caminaba de vuelta al convento, sin haber logrado que el
uraño y obstinado catalán accediese a trasladarse a él. Ca-
balgaba la buena anciana en la insigne *Golondrina,* deca-
na apacible del gremio borrical de la comarca. No hemos
averiguado, en vista de lo remoto de la fecha en que fue
bautizada, el porqué mereció el nombre de *Golondrina,*
pues nos consta que jamás hizo el menor esfuerzo, no ya
para volar, pero ni aun para correr; ni nunca se le notó
en otoño la más mínima inclinación a trasladarse a las re-
giones del África.

Momo hecho ya un hombrón, sin haber perdido un
ápice de su fealdad nativa, iba arreando la burra.

—Oiga usted, madre abuela —dijo—; ¿y van a durar
mucho estos paseítos de recreo cotidianos para venir a ver
a este lobo marino?

—Por descontado —respondió su abuela—; ya que no se quiere venir al convento. Me temo que se muera si no ve a su hija.

—No me he de morir yo de esa enfermedad —dijo Momo—, soltando una carcajada de grueso calibre.

—Mira, hijo —prosiguió la tía María—, yo no me fío mucho del correo, por más que digan que es seguro. Tampoco don Modesto se fía de él; así para que don Federico y *Marisalada* lleguen a saber lo malo que está el tío Pedro, no queda medio seguro, sino el que tú mismo vayas a Madrid a decírselo; porque al fin no podemos estar así, cruzados de brazos, viendo morir a un padre que clama por su hija, sin hacer por traérsela.

—¡Yo! ¡yo ir a Madrid, y para buscar a *la Gaviota*! —exclamó Momo horripilado—. ¿Está usted en su juicio, señora?

—Tan en mi juicio y tan en ello, que si tú no quieres ir, iré yo. A Cádiz fui, y no me perdí, ni me sucedió nada; lo mismo será si voy a Madrid. Parte el corazón oír a ese pobrecito padre clamar por su hija. Pero tú, Momo, tienes malas entrañas; con harta pena lo digo. Yo no sé de donde las has sacado, pues ni son de la casta de tu padre ni de la de tu madre; pero en cada familia hay un Judas.

«¡Ni al mismísimo demonio que no piensa sino en el modo de condenar a un cristiano —murmuraba Momo—, se le ocurre otra! Y no es eso lo peor; sino que si se le mete a su merced semejante chochera en la cabeza, lo ha de llevar a cabo. ¡Que no me diera un aire, que me dejase baldado de pies y piernas, siquiera por un mes!»

Así pensando, desahogó Momo su coraje, descargando un cruel varazo sobre las ancas de la pobre *Golondrina*.

—¡Bárbaro! —exclamó la abuela—, ¿a qué la pagas con ese pobre animal?

—¡Toma! —repuso Momo—; para llevar palos ha nacido.

—¿De dónde has sacado semejante herejía? ¿de dónde, alma de Herodes? Nadie sabe lo que compadezco yo a los pobres animales que padecen sin quejarse y sin poder valerse; sin consuelo y sin premio.

—La lástima de usted, madre, es como la capa del cielo, que todo lo cobija.

—Sí, hijo, sí; ni permita Dios que vea yo un dolor sin compadecerlo, ni que sea como esos desalmados, que oyen un ay como quien oye llover.

—Que diga usted eso, tocante al prójimo, ¡anda con Dios! Pero los animales, ¿qué demonio?...

—¿Y acaso no padecen? ¿Y acaso no son criaturas de Dios? acá, nosotros, estamos cargados con la maldición y el castigo que mereció el pecado del primer hombre; pero, ¿qué pecado cometieron el Adán y Eva de los burros, para que estos pobres animales tengan la vida mortificada? ¡Eso me pasma!

—Se comerían la peladura de la manzana —dijo Momo con una carcajada como un redoble de bombo.

Encontraron entonces a Manuel y a José, que iban de vuelta al convento.

—Madre, ¿cómo está el tío Pedro? —preguntó el primero.

—Mal, hijo, mal. Se me parte el corazón de verle tan malo, tan triste, y tan solo. Le dije que se viniese al convento: pero ¡qué! más fácil era traerse al fuerte de San Cristóbal, que no a ese cabezudo. Ni un cañón de a veinte y cuatro lo menea. Preciso es que el hermano Gabriel se mude allá con él; y también que Momo vaya a Madrid a traerse a su hija y a don Federico.

—Que vaya —dijo Manuel—; así verá mundo.

—¡Yo! —exclamó Momo—, ¿cómo he de ir yo, señor?

—Con un pie tras otro —respondió su padre—; ¿tienes miedo de perderte, o de que te coma el cancón?

—Lo que es que no tengo ganas de ir —replicó Momo, exasperado.

—Pues yo te las daré con una vara de acebuche; ¿estás, mal mandado? —dijo su padre.

Momo, renegando del tío Pedro y de su casta emprendió su viaje, y uniéndose a los arrieros de la sierra de

Aracena [173] que venían a Villamar por pescado, llegó a
Valverde, y de allí pasando por Aracena, la Oliva y Bar-
carrota, a Badajoz, por el cual pasa la antigua carretera
de Madrid a Andalucía. De allí, sin detenerse siguió a Madrid. Don Modesto había copiado con letras tamañas
como nueces, las señas de la casa en que vivía Stein, y que
éste había enviado cuando llegaron a Madrid con el
Duque. Con esta papeleta en la mano, salió Momo para
la corte, entonando unas nuevas letanías de imprecacio-
nes contra *la Gaviota*.

Una tarde salía la tía María más desazonada que nunca,
de en casa del pobre pescador.

—Dolores —dijo a su nuera—, el tío Pedro se nos va.
Esta mañana enrollaba las sábanas de su cama; y eso es
que está liando el hato para el viaje de que no se vuelve.
Palomo, que fue conmigo, se puso a aullar. ¡Y esa gente
no viene! estoy que no se me calienta la camisa en el cuerpo. Me parece que Momo debería ya estar de vuelta; diez
días lleva de viaje.

—Madre —contestó Dolores—, hay mucha tierra que
pisar hasta Madrid. Manuel dice que no puede estar de
vuelta, sino de aquí a cuatro o cinco días.

Pero ¡cuál no sería el asombro de ambas, cuando de
repente vieron ante sí con aire azorado y mal gesto, al mismísimo Momo en persona!

—¡Momo! —exclamaron las dos a un tiempo.

—El mismo en cuerpo y alma —contestó éste.

—¿Y *Marisalada?* —preguntó ansiosa la tía María.

—¿Y don Federico? —preguntó Dolores.

—Ya los pueden ustedes aguardar hasta el día del juicio —respondió Momo—, ¡vaya que ha estado bueno mi
viaje! gracias a madre abuela, que me he visto metido en
un berenjenal, que ya...

---

[173] Según J. Herrero, *Fernán Caballero: un nuevo planteamiento,
op. cit.,* pág. 234, la autora estuvo dos veces en dicho lugar al cuidado
de Arrom, que padecía la tisis.

—¿Pero qué es lo que hay? ¿qué te ha sucedido? —preguntaron su abuela y su madre.

—Lo que van ustedes a oír, para que admiren los juicios de Dios, y le bendigan por verme aquí salvo y libre; gracias a que tengo buenas piernas.

La abuela y la madre se quedaron sobresaltadas al oír aquellas palabras que anunciaban graves acontecimientos.

—Cuenta, hombre, dí, ¿qué ha sucedido? —volvieron ambas a exclamar—; mira que tenemos el alma en un hilo.

—Cuando llegué a Madrid —dijo Momo—, y me vi solo en aquel cotarro [174], se me abrieron las carnes. Cada calle me parecía un soldado; cada plaza una patrulla: con la papeleta que me dio el Comandante, que era un papel que hablaba, fui a dar en una taberna, donde topé con un achispado, amigo de complacer, que me llevó a la casa que rezaba el papel. Allí me dijeron los criados que sus amos no estaban en casa; y con eso, iban a darme con la puerta en los hocicos; pero no sabían esas almas de cántaro con quién se las tenían que haber. «¡He! —les dije—; miren ustedes con quién hablan, que yo no soy criado de nadie, ni nada vengo a pedir; aunque pudiera hacerlo, porque en mi casa fue donde recogimos a don Federico, cuando se estaba muriendo, y no tenía ni sobre qué caerse muerto.»

—¿Eso dijiste, Momo? —exclamó su abuela—; ¡quita allá! ¡esas cosas no se dicen! ¡qué bochorno! ¿qué habrán pensado de nosotros? ¡echar en cara un favor! ¿quién ha visto eso?

—¿Pues qué; no se lo diría? ¡vaya! Y dije más; para que ustedes se enteren, dije que mi abuela había sido quien se había traído a su casa a su ama, cuando se puso mala de puro correr y desgañitarse sobre las rocas, como una *Gaviota* que era. Los mostrencos aquellos se miraban unos a otros riéndose, y haciendo burla de mí, y me dijeron que venía equivocado, que era hija de un general de las tropas de don Carlos. ¡Hija de un general! ¿se entera

---

[174] *cotarro:* albergue nocturno para pobres y vagabundos.

usted? ¡Por *vía* de los moros! ¿Puede darse más descarada embustera? ¡decir que el tío Pedro es un general! ¡el
tío Pedro, que ni ha servido al rey! Al avío, les dije; que
la razón que traigo, urge, y lo que quiero yo es largarme
presto, y perder a ustedes, a sus amos y a Madrid de vista.

«Nicolás —dijo entonces una moza que tenía trazas de
ser tan farota [175] como su ama—; lleva ese ganso al *trea-
to* [176]: allí podrá ver a la señora.»

—Noten ustedes que cuando hablaba de mí, decía la
muy deslenguada *ganso*, y cuando hablaba de la tuna de
la Gaviota, decía *señora;* ¿podría eso creerse? ¡cosas de
Madrid! *¡confundío* se vea!

»Pues, señor, el criado se puso el sombrero, y me llevó
a una casa muy grandísima y muy alta, que era a *moo* de
iglesia; sólo que en el lugar de cirios, tenía unas lámparas
que alumbraban como soles. En rededor había como unos
asientos; en que estaban sentadas, más tiesas que husos,
más de diez mil mujeres, puestas en feria, como redomas
en botica. Abajo había tanto hombre, que parecía un hor-
miguero. ¡Cristianos! ¡yo no sé de dónde salió tanta criatura! Pues no es nada, dije para mi chaleco, ¡las hogazas
de pan que se amasarán en la Villa de Madrid!... Pero
asómbrense ustedes; toda esa gente había ido allí, ¿a
qué?... ¡a oír cantar a *la Gaviota!*

Momo hizo una pausa, teniendo las manos extendidas,
y abiertas a la altura de su cara.

La tía María bajó y levantó la cabeza en señal de satisfacción.

—En todo esto no veo motivo para que te hayas vuelto
tan deprisa y tan azorado —dijo Dolores.

—Ya voy, ya voy, que no soy escopeta —repuso Momo.
Cuento las cosas como pasaron.

»Pues cate usted ahí, que de repente, y sin que nadie
se lo mandase, suenan a la par más de mil instrumentos,
trompetas, pitos y unos violines tamaños como confeso-

---

175   *farota:* mujer descarada y de ademanes alocados.
176   Véase nota 83.

narios, que se tocaban para abajo. ¡María Santísima, y qué atolondro! yo di una encogida, que fue floja en gracia de Dios.

—Pero, ¿de dónde salió tanto músico? —preguntó su madre.

—¿Qué se yo? habría leva de ciegos por toda España. Pero no es esto lo mejor; sino que cate usted ahí, que sin saber ni cómo, ni por dónde, desaparece un a *moo* de jardín que había al frente. No parecía sino que el demonio había cargado con él.

—¿Qué estás diciendo, Momo? —dijo Dolores.

—*Naita* más que la purísima verdad. En lugar de la arboleda, había al frente un a *moo* de estrado con redondeles de trapo * que sería de un palacio. Allí se presenta una mujer más *ajicarada*, con más terciopelos, bordaduras de oro, y más dijes que la Virgen del Rosario.

»Esta es la reina doña Isabel II —dije yo para mí—. Pues, no señor, no era la reina. ¿Saben ustedes quién era? Ni más ni menos que *la Gaviota*, la malvada *Gaviota,* que andaba aquí descalza de pies y piernas! Lo primero que sucedió con el vergel, había sucedido con ella; *la Gaviota* descalza de pies y piernas, se había llevado el demonio, y en su lugar había puesto una *principesa*. Yo estaba cuajado. Cuando menos se pensaba, entra un señor mayor muy engalanado. Estaba que echaba bombas ¡qué enojado! ponía unos ojos... ¡caramba! dije yo para mi chaleco, no quisiera yo estar en el pellejo de esa *Gaviota*. A todo esto, lo que me tenía parado era que reñían cantando. ¡Vaya! será la *moa* por allá, entre la gente de fuste. Pero con eso no me enteraba yo bien de lo que platicaban: lo que vine a sacar en limpio fue, que aquél sería el general de don Carlos, porque ella le decía *Padre*, pero él no la quería reconocer por hija, por más que ella se lo pidió de rodillas.

»¡Bien hecho! —le grité—, duro a la embustera descarada.

—¿A qué te metiste en eso? —le dijo su abuela.

---

* Alfombra.

—¡Toma! como que yo la conocía y podía atestiguarlo; ¿no sabe usted que quien calla otorga? Pero parece que allá no se puede decir la verdad, porque mi vecino que era un celador de policía me dijo: ¿quiere usted callar, amigo?

—No me da la gana —le respondí—; y he de decir en voz y en grito, que ese hombre no es su padre.

—¿Está usted loco, o viene de las Batuecas? [177] —me dijo el polizonte.

—Ni uno ni otro, so desvergonzado —le respondí—; estoy más cuerdo que usted, y vengo de Villamar, donde está su padre *ligítimo*, tío Pedro Santaló.

—Es usted —me dijo el madrileñito—, un pedazo de alcornoque muy basto: vaya usted a que lo descorchen.

Me amostacé y levanté el codo, para darle una *guantáa*, cuando Nicolás me cogió por un brazo y me sacó fuera para ir a echar un trago.

—Ya he caído en la cuenta —le dije—; ese general, es el que quiera esa renegada *Gaviota* que sea su padre. De muchas iniquidades había yo oído hablar; de muertes, robos, hasta de piratas; pero eso de renegar de su padre, en mi vida he oído otra.

Nicolás se desternillaba de risa; por lo visto, esa *indiniá* no les coge allá de susto.

Cuando volvimos a entrar, es de presumir el que le habría mandado el general a *la Gaviota*, que se quitase los arrumacos, porque salió toda vestida de blanco que parecía amortajada. Se puso a cantar, y sacó una guitarra muy grande que puso en el suelo y tocó con las dos manos (¡qué no es capaz de inventar esa *Gaviota!),* y ahora viene lo gordo; pues de repente, sale un moro.

—¿Un moro?

—¡Pero qué moro! más negro y más feróstico que el

---

[177] Topónimo popularizado por Larra en sus conocidos artículos de costumbres para poner en práctica el recurso perspectivístico. Fernán imita en este sentido a *Fígaro,* como, por ejemplo, «Carta a mi lector de las Batuecas» que figura al frente de su novela *Clemencia.*

mismísimo Mahoma; con un puñal en la mano, tamaño
como un machete. Yo me quedé muerto.

—¡Jesús María! —exclamaron su madre y su abuela.

—Pregunté a Nicolás, que quién era aquel Fierabrás,
y me respondió que se llamaba *Telo*. Para acabar presto;
el moro le dijo a *la Gaviota* que la venía a matar.

—Virgen del Carmen —exclamó la tía María—, ¿era
acaso el verdugo?

—No sé si era el verdugo, ni sé si era un matador paga-
do —respondió Momo—; lo que sí sé es que la agarró por
los cabellos, y la dio de puñaladas [178]: lo vi con estos ojos
que ha de comer la tierra; y puedo dar testimonio.

Momo apoyaba sus dos dedos, debajo de sus ojos, con
tal vigor de expresión, que aparecieron como queriendo
salirse de sus órbitas.

Las dos buenas mujeres, lanzaron un grito. La tía María
sollozaba, y se retorcía las manos de dolor.

—¿Pero qué hicieron tantos como presentes estaban?
—preguntó Dolores llorando—, ¿no hubo nadie que pren-
diese a ese desalmado?

—Eso es lo que yo no sé —contestó Momo—, pues al
ver aquello, cogí dos de luz y cuatro de traspón, no fuese
que me llamasen a declarar. Y no paré de correr hasta no
poner algunas leguas entre la villa de Madrid, y el hijo
de mi padre.

—Preciso es —dijo entre sollozos la tía María—, ocultarle esta desdicha al pobre tío Pedro. ¡Ay! ¡qué dolor!
¡qué dolor!

—¿Y quién había de tener valor para decírselo! —repuso Dolores—. ¡Pobre María! Hizo lo del español, que estando bien quiso estar mejor; y cate usted ahí las resultas.

—Cada uno lleva su merecido —dijo Momo—; esa em-
brollona descastada había de parar en mal: no podía eso
marrar. Si no estuviese cansado, iba sobre la marcha a
contárselo a *Ratón Pérez*.

---

[178]   Segunda referencia a la obra *Otello,* de Rossini.

CAPÍTULO XXV

No tardó en esparcirse por todo el lugar la voz de que la hija del pescador había sido asesinada.

Así pues, el egoísta, torpe y díscolo Momo, que ayudado de su espíritu hostil e instintos egoístas, creyó realidad lo que vio en el teatro, no sólo había hecho un viaje inútil, por no haber cumplido su comisión, sino que indujo en el terror en que su torpeza indócil le hizo caer, a todas aquellas buenas gentes.

La cara de don Modesto se le alargó dos pulgadas.

El cura dijo una misa por el alma de María.

Ramón Pérez ató un lazo negro a su guitarra.

Rosa Mística dijo a don Modesto:

—¡Dios la haya perdonado! Bien dije yo, que acabaría mal. Usted recordará que por más que procuraba yo guiarla a la derecha, ella siempre tiraba a la izquierda.

La tía María, calculando que en vista de la catástrofe, no le sería posible a don Federico venir por entonces, se decidió a confiar la cura del tío Pedro, a un médico joven que había reemplazado a Stein en Villamar.

—No fío de su ciencia —le decía a don Modesto, que se le recomendaba—; no sabe recetar más que aguas cocidas, y no hay cosa que debilite más el estómago. Por alimento manda caldo de pollo; ahora ¿me querrá usted decir las fuerzas que podrá reponer semejante bebistrajo? Todo está trastornado, mi Comandante; pero deje usted que pase un poco de tiempo, y desengañados, se volverán a lo que la experiencia de muchos siglos ha acreditado de bueno; que al cabo de los años mil, vuelven las aguas por donde solían ir. Lo que atrevidas manos echaron abajo, el tiempo lo levantará: pero después de haber echado algunas almas a su perdición, y enviando muchos cuerpos al hoyo.

El médico halló al tío Pedro tan grave, que declaró ser necesario el prepararlo.

Prepararse a la muerte es, en el lenguaje católico, ponerse en estado de gracia, esto es, zanjar sus cuentas en la tierra, haciendo el bien y deshaciendo el mal, en cuanto a nuestro alcance esté, tanto en el orden de las cosas eternas, como en el de las temporales, y granjear así, con la oración y el arrepentimiento, la clemencia de Dios en favor de nuestras almas.

Si damos esta definición de una cosa tan sabida y cotidiana, es no sólo porque es factible que caiga esta relación en manos de algunos que no pertenezcan al gremio de nuestra santa religión católica, sino porque hemos visto muchos que no consideran esta santa práctica, bajo todas sus grandes y magníficas fases.

La tía María se echó a llorar amargamente al oír aquel fallo; llamó a Manuel, y le encargó que fuese a notificárselo al enfermo, con todas las precauciones debidas, pues ella no se sentía con ánimo para hacerlo.

Manuel entró en el cuarto del paciente.

—¡Hola! tío Pedro —le dijo—, ¿cómo vamos?

—Vamos para abajo, Manuel —contestó el enfermo—; ¿quieres algo para el otro mundo? dilo pronto, que estoy levando el ancla, hijo.

—¡Qué! tío Pedro, no está usted en ese caso. Ha de vivir. Usted más que yo. Pero... como dice el refrán, que hacienda hecha no estorba... quiere decir...

—No digas más, Manuel —repuso el tío Pedro sin alterarse—. Dile a tu madre que dispuesto estoy. Ya ha tiempo que veo venir este trance, y no pienso más que en eso; y —añadió en voz baja y fatigada— ¡y en ella!

Manuel salió conmovido enjugándose los ojos, a pesar

de haber visto tanta sangre y tantas agonías en su carrera militar; ¡tan cierto es, que el alma más estoica se ablanda a vista de la muerte, cuando no se fuerza al hombre a considerarla como un átomo lanzado en el insondable abismo, que abren a tantos miles el orgullo y la ambición de los que sin autoridad, sin derecho ni razón, han querido imponer al mundo su personalidad o sus ideas!

Al día siguiente reinaba uno de aquellos violentos, ruidosos y animados temporales que consigo trae el equinocio. Oíase el viento soplar en diferentes tonos, como una hidra cuyas siete cabezas estuviesen silbando a un tiempo.

Estrellábase contra la cabaña, que crujía siniestramente: oíase este invisible elemento, lúgubre entre las bóvedas sonoras de las altas ruinas del fuerte; violento entre las agitadas ramas de los pinos; plañidero entre las atormentadas cañas del navazo; y se desvanecía gimiendo en la dehesa, como se disipa la sombra gradualmente en un paisaje.

La mar agitaba las olas de su seno, con la ira y violencia con que sacude una furia las sierpes de su cabellera. Las nubes, cual las Danaides, se relevaban sin cesar, vertiendo cada cual su contingente, que caía a raudales sobre las ramas, que se tronchaban, abriendo sus corrientes hondos surcos en la tierra. Todo se estremecía, temblaba o se quejaba. El sol había huido, y el triste color del día era uniforme y sombrío como el de una mortaja.

Aunque la cabaña estaba resguardada por la peña, la tempestad había arrebatado parte de su techo durante la noche. Para impedir su total destrucción, Manuel, ayudado por Momo, lo había sujetado con el peso de algunos cantos traídos de las ruinas. «Ya que no quieras albergar más a tu dueño —le decía Manuel—, aguarda al menos a que muera, para hundirte.»

Si alguna otra mirada que la de Dios, hubiera podido llegar a aquel desierto, cruzando la tempestad que lo azotaba, habría descubierto una cuadrilla de hombres, que caminaban en dirección paralela al mar, arrostrando los furores del temporal, envueltos en sus capas, en actitud recogida y silenciosa, los cuerpos inclinados hacia adelante, y las cabezas bajas. Seguíalos grave y mesuradamente un anciano, cruzados los brazos sobre el pecho a la manera de los orientales, precedido por un muchacho que agitaba de cuando en cuando una campanilla. Se oía por intervalos, y a pesar de las ráfagas del huracán, la voz tranquila y sonora del anciano, que decía: *Miserere mei Deus, secundum magnam misericordian tuam*. El coro de hombres respondía: *Et secundum multitudinem miserationum tuarum, de iniquitatem meam*.

Penetrábalos la lluvia, azotábalos el viento; y ellos seguían impávidos en su marcha grave y uniforme.

Esta comitiva se componía del cura y de algunos católicos piadosos, hermanos de la cofradía del Santísimo Sacramento, que presididos por Manuel, iban a llevar a un cristiano moribundo, con los últimos Sacramentos, los últimos consuelos del cristiano.

Nada podía, como lo que acabamos de describir, dar realce y vida a esta verdad moral: que en medio del tumulto y de las borrascas de las malas pasiones, la voz de la religión se deja oír por intervalos, grave y poderosa, suave y firme, aun a aquellos mismos que la olvidan y la reniegan.

El cura entró en el cuarto del enfermo.

Los niños que habían acudido, recitaban estos versos, que aprendieron al mismo tiempo que aprendieron a hablar.

> Jesucristo va a salir.
> yo por Dios quiero morir,
> porque Dios murió por mí.
>   Los ángeles cantan,
> todo el mundo adora,
> al Dios tan piadoso
> que sale a estas horas.

Aquella pobre morada se había aseado y dispuesto con

esmero y decencia, gracias a los cuidados de la tía María y del hermano Gabriel. Sobre una mesa se había colocado un crucifijo con luces y flores; porque las luces y los perfumes son los homenajes externos que se tributan a Dios. La cama estaba limpia y primorosa.

Concluida la ceremonia, nadie quedó con el enfermo, sino el cura, la buena tía María y fray Gabriel. Tío Pedro yacía tranquilo. Al cabo de algún tiempo abrió los ojos, y dijo:

—¿No ha venido?

—Tío Pedro —respondió la tía María, mientras corrían por sus arrugadas mejillas dos lágrimas que no alcanzaba a ver el enfermo—: hay mucho trecho de aquí a Madrid. Ha escrito que iba a ponerse en camino, y pronto la veremos llegar.

Santaló volvió a caer en su letargo. Una hora después recobró el sentido, y fijando sus miradas en la tía María, le dijo:

—Tía María, he pedido a mi divino Salvador, que se ha dignado venir a mí, que me perdone, que la haga feliz, y que le pague a usted cuanto por nosotros ha hecho.

Después se desmayó; volvió en sí, abrió los ojos que ya cristalizaba la muerte, y pronunció con acento ininteligible estas palabras:

—¡No ha venido!

En seguida dejó caer la cabeza en la almohada, y exclamó en voz alta y firme:

—Misericordia, Señor.

—Rezad el Credo —dijo el cura tomando entre sus manos las del moribundo, y acercándose a su oído, para hacer llegar a su inteligencia algunas palabras de Fe, Esperanza y Caridad, enmedio del entorpecimiento creciente de sus sentidos.

La tía María y el hermano Gabriel se postraron.

Los católicos conservan a la muerte todo el respeto solemne que Dios le ha dado, adoptándola Él mismo como sacrificio de expiación.

Reinaban un silencio y una calma llena de majestad, en

aquel humilde recinto donde acababa de penetrar la muerte.

Fuera, seguía desencadenada y rugiente la tempestad.

Adentro todo era reposo y paz. Porque Dios despoja a la muerte de sus horrores y de sus inquietudes, cuando el alma se exhala hacia el cielo al grito de ¡misericordia!, rodeada de corazones fervorosos, que repiten en la tierra: «¡misericordia, misericordia!»

CAPÍTULO XXVI

El mundo es un compuesto de contrastes. No es muy
nueva, ni muy original esta observación; pero cada día se
nos presentan a la vista la aurora y el ocaso, y cada vez
nos sorprenden y admiran, a pesar de su repetición.

Así es, que mientras el pobre pescador ofrecía a sus humildes y piadosos amigos el grande y augusto espectáculo
de la santa muerte del cristiano, su hija daba al público
de Madrid, frenéticamente entusiasmado, el de una *prima donna* sin una gota de sangre italiana en las venas,
y que eclipsaba ya en el ejercicio de su arte al mismo gran
Tenorini. Había lo bastante con esto para restablecer el
antiguo y noble orgullo de los tiempos de Carlos III; para
libertarnos por siempre jamás amén de la rabia y come-
zón de imitar, recobrando ñuestra inmaculada y pura nacionalidad; en fin, había lo bastante para decir al monu-
mento del Dos de Mayo, a la estatua de Felipe IV y a la
de Cervantes: «Humillaos, sombras ilustres, que aquí viene
quien sobrepuja vuestra grandeza y vuestra gloria.» No
faltaron entusiastas que pensasen acudir a la reina, para
que se dignase ennoblecer a María, dándole un escudo de
armas, cuyo lema, imitando el de los Duques de Veragua,
en lugar de: «A Castilla y a León, nuevo mundo dió
Colón», dijese: «A alta y baja Andalucía, nueva gloria
dio María.» En fin, tal era la impresión hecha por la cantatriz en el público de Madrid, que ya no se escribía en

las oficinas, ni se estudiaba en los colegios: hasta los fumadores se olvidaban de acudir al estanco. La fábrica de tabacos se estremeció con indignación en sus cimientos, a pesar de que, como es público y notorio, son tan profundos, que llegan hasta América.

Todo el entusiasmo que hemos procurado bosquejar sin haberlo conseguido, se manifestaba una noche a la puerta del teatro, en un grupo de jóvenes, que se esforzaban en comunicárselo a dos extranjeros recién venidos. Aquellos inteligentes no sólo encomiaron, examinaron y analizaron la calidad del órgano, la flexibilidad de garganta, y todo lo que hacía tan sobresaliente el canto de María, sino que también pasaron revista de inspección a sus prendas personales. Otro joven, embozado hasta los ojos en su capa, estaba cerca de aquel grupo, y se mantenía inmóvil y callado; pero cuando se trató de las dotes físicas, dio colérico con el pie un golpe en el suelo.

—Apuesto cien guineas, Vizconde de Fadièse *(fa sostenido)* —decía nuestro amigo sir John Burnwood (que no habiendo obtenido licencia para llevarse el Alcázar, pensaba en renovar la misma demanda con respecto al Escorial)—, apuesto a que esta mujer hará más ruido en Francia que madame Laffarge [179]; en Inglaterra, que Tom Pouce, y en Italia que Rossini.

—No lo dudo, sir John —respondió el Vizconde.

—¡Qué ojos tan árabes! —añadió el joven don Celestino Armonía—. ¡Qué cintura tan esbelta! En cuanto a los pies, no se ven, pero se sospechan; en cuanto al cabello, la Magdalena se lo envidiaría.

—Estoy impaciente por ver y oír ese portento —exclamó con exaltación el Vizconde, el cual siempre estaba, como lo indicaba su nombre, montado medio tono más alto que todos los demás vizcondes—. Preparemos los anteojos, y entremos.

Entretanto el joven embozado había desaparecido.

---

[179] *Mme. Laffarge.* Protagonista de un célebre proceso de envenenamiento.

María, en traje de Semíramis [180], estaba preparada para salir a escena. Rodeábanla algunas personas.

El embozado, que no era otro que Pepe Vera, entró a la sazón, se aproximó a ella, y sin que nadie lo oyese, le dijo al oído:

—No quiero que cantes —y siguió adelante con impasible aire de indiferencia.

María se puso pálida de sorpresa, y enrojeció de indignación en seguida.

—Vamos —dijo a su doncella—; Marina, ajusta bien los pliegues del vestido. Van a empezar —y añadió en voz alta para que lo oyese Pepe Vera, que se iba alejando—: con el público no se juega.

—Señora —le dijo uno de los empleados—, ¿puedo mandar que alcen el telón?.

—Estoy lista —respondió.

Pero, no bien hubo pronunciado estas palabras, cuando lanzó un grito agudo.

Pepe Vera había pasado por detrás, y cogiéndole el brazo con fuerza brutal, había repetido:

—No quiero que cantes.

Vencida por el dolor, María se había arrojado en una silla llorando. Pepe Vera había desaparecido.

—¿Qué tiene? ¿Qué ha sucedido? —preguntaban todos los presentes.

—Me ha dado un dolor —respondió María llorando.

—¿Qué tenéis, señora? —preguntó el director, a quien habían dado aviso de lo que pasaba.

—No es nada —contestó María, levantándose y enjugándose las lágrimas—. Ya pasó; estoy pronta. Vamos.

En este momento, Pepe Vera, pálido como un cadáver, y ardiéndole los ojos como dos hornillos, vino a interponerse entre el director y María.

---

[180] Semíramis. Protagonista de *Semiramide,* última ópera de Rossini, estrenada en el teatro de *La Fenice,* en Venecia, en 1823.

—Es una crueldad —dijo con mucha calma—, sacar a las tablas a una criatura que no puede tenerse en pie.

—¡Pero qué! señora —exclamó el director—, ¿estáis enferma? ¿Desde cuándo? Hace un momento que os he visto tan rozagante, tan alegre, tan animada!

María iba a responder, pero bajó los ojos, y no despegó los labios. Las miradas terribles de Pepe Vera la fascinaban, como fascinan al ave las de la serpiete.

—¿Por qué no ha de decirse la verdad? —continuó Pepe Vera sin alterarse. ¿Por qué no habéis de confesar que no os halláis en estado de cantar? ¿Es pecado por ventura? ¿Sois esclava, para que os arrastren a hacer lo que no podéis?

Entretanto, el público se impacientaba. El director no sabía qué hacer. La autoridad envió a saber la causa de aquel retardo; y mientras el director explicaba lo ocurrido, Pepe Vera se llevaba a María, bajo el pretexto de necesitar asistencia, agarrándola por el puño con tanta fuerza que parecía romperle los huesos, y diciéndola con voz ahogada, pero firme:

—¡Caramba! ¿No basta decir que no quiero?

Cuando estuvieron solos en el cuarto que servía de vestuario a María, estalló la cólera de ésta.

—Eres un insolente, un infame, exclamó con voz sofocada por la ira. ¿Qué derecho tienes para tratarme de esta suerte?

—El quererte —respondió Pepe Vera, con flema.

—Maldito sea tu querer —dijo María.

Pepe Vera se echó a reír.

—¡Lo dices eso, como si pudieras vivir sin él! —dijo volviendo a reír.

—¡Vete, vete! —exclamó María—, y no vuelvas jamás a ponérteme delante.

—Hasta que me llames.

—¡Yo a ti! Antes llamaría al demonio.

—Eso puedes hacer; que no tendré celos.

—¡Vete, marcha al instante, déjame!

—Concedido —dijo el torero—: de hilo [181] me voy en casa de Lucía del Salto. —María estaba celosísima de aquella mujer, que era una bailarina a quien Pepe Vera cortejaba antes de conocer a María.

—¡Pepe! ¡Pepe! —gritó María—, ¡villano! ¡La perfidia después de la insolencia!

—Aquélla —dijo Pepe Vera—, no hace más que lo que yo quiero. Tú eres demasiado señorona para mí. Conque... si quieres que hagamos buenas migas, se han de hacer las cosas a mi modo. Para mandar tú y no obedecer, ahí tienes a tus duques, a tus embajadores, a tus desaboridas y achacosas excelencias.

Dijo y echó a andar hacia la puerta.

—¡Pepe! ¡Pepe! —gritó María, desgarrando su pañuelo entre sus dedos agarrotados.

—Llama al demonio —le respondió irónicamente Pepe Vera.

—¡Pepe! ¡Pepe! ten presente lo que voy a decirte. Si te vas con la Lucía, me dejo enamorar por el Duque.

—¿A qué no te atreves? —respondió Pepe—, dando algunos pasos atrás.

—¡A todo me atrevo yo por vengarme!

Pepe se quedó plantado delante de María, con los brazos cruzados, y los ojos fijos en ella.

María sostuvo sin alterarse, aquellas miradas penetrantes como dardos.

Aquellos amores parecían más bien de tigres que de seres humanos . ¡Y tales son, sin embargo, los que la literatura moderna suele atribuir a distinguidos caballeros y a damas elegantes!

En aquel corto instante, aquellas dos naturalezas se sondearon recíprocamente, y conocieron que eran del mismo temple y fuerza. Era preciso romper, o suspender la lucha. Por mútuo consentimiento, cada cual renunció el triunfo.

—Vamos, Maruja —dijo Pepe Vera—, que era realmente el culpable. Seamos amigos, y pelillos a la mar. No iré

---

[181] *de hilo:* a continuación.

en casa de Lucía: pero en cambio, y para estar seguros uno de otro, me vas a esconder esta noche en tu casa, de modo que pueda ser testigo de la visita del Duque, y convencerme por mí mismo, de que no me engañas.

—No puede ser —respondió altiva María.

—Pues bien —dijo Pepe—, ya sabes dónde voy en saliendo de aquí.

—¡Infame! —contestó María apretando los puños con rabia—, me pones entre la espada y la pared.

Una hora después de esta escena, María estaba medio recostada en un sofá; el Duque sentado cerca de ella; Stein en pie, tenía en sus manos las de su mujer, observando el estado del pulso.

—No es nada, María —dijo Stein—. No es nada, señor Duque: un ataque de nervios que ya ha pasado. El pulso está perfectamente tranquilo. Reposo, María, reposo. Te matas a fuerza de trabajo. Hace algún tiempo que tus nervios se irritan de un modo extraordinario. Tu sistema nervioso se resiente del impulso que das a los papeles. No tengo la menor inquietud, y así me voy a velar un enfermo grave. Toma el calmante que voy a recetar; cuando te acuestes, una horchata, y por la mañana leche de burra —y dirigiéndose al Duque—, mi obligación me fuerza, mal que me pese, a ausentarme, señor Duque.

Y volviendo a recomendar a su mujer el sosiego y el reposo, Stein se retiró, haciendo al Duque un profundo saludo.

El Duque, sentado en frente de María, la miró largo tiempo.

Ella parecía extraordinariamente aburrida.

—¿Estáis cansada, María? —dijo aquél con la suavidad que sólo el amor puede dar a la voz humana.

—Estoy descansando —respondió.

—¿Queréis que me vaya?

—Si os acomoda...

—Al contrario, me digustaría mucho.

—Pues, entonces, quedáos.

—María, dijo el Duque después de algunos instantes de

silencio, y sacando un papel del bosillo; cuando no puedo hablaros, canto vuestras alabanzas. He aquí unos versos que he compuesto anoche; porque de noche, María, sueño sin dormir. El sueño ha huido de mis ojos, desde que la paz ha huido de mi corazón. Perdón, perdón, María, si estas palabras que rebosan de mi corazón, ofenden la inocencia de vuestros sentimientos, tan puros como vuestra voz. También he padecido yo, cuando padecíais vos.

—Ya veis —repuso ella bostezando—, que no ha sido cosa de cuidado.

—¡Queréis, María —le preguntó el Duque—, que os lea los versos?

—Bien —resondió fríamente María.

El Duque leyó una linda composición.

—Son muy hermosos —dijo María algo más animada—: ¿van a salir en *El Heraldo?* [182].

—¿Lo deseáis? —preguntó el Duque suspirando.

—Creo que lo merecen —contestó María.

El Dque calló apoyando su cabeza en sus manos.

Cuando la levantó vio en los ojos de María, fijos en la puerta de cristales de su alcoba, un vivo rayo, inmediatamente apagado. Volvió la cara hacia aquel lado: pero no vio nada.

El Duque, en su distración, había hecho un rollo del papel en que estaban escritos sus versos, que María no había reclamado.

—¿Vais a hacer un cigarro con el soneto? —preguntó María.

—Al menos, así serviría para algo —respondió el Duque.

—Dádmelos, y los guardaré —dijo María.

El Duque puso en el papel enrollado una magnífica sortija de brillantes.

—¡Qué! —dijo María—, ¿la sortija también?

---

[182]   *El Heraldo,* Madrid, 1842-1854. Diario. Suscripción, 12 reales al mes. Cuatro páginas. Imprenta de *El Heraldo.* Comenzó el 16 de junio de 1842. Cesó el 16 de julio de 1854.

Y se la puso en el dedo, dejando caer al suelo el papel.

«¡Ah! —pensó entonces el Duque—: ¡no tiene corazón para el amor, ni alma para la poesía! ¡ni aún parece que tiene sangre para la vida! Y sin embargo, el cielo está en su sonrisa; el infierno en sus ojos; y todo lo que el cielo y la tierra contienen, en los acentos de su soberana voz.»

El Duque se levantó.

—Descansad, María —le dijo—. Reposad tranquila en la venturosa paz de vuestra alma, sin que la importune la idea de que otros velan y padecen.

CAPÍTULO XXVII

Apenas cerró el Duque la puerta, cuando Pepe Vera salió por la de la alcoba, riéndose a carcajas.

—¿Quieres callar? —le dijo María haciendo reflejar los rayos de la luz en el solitario que el Duque acababa de regalarle.

—No —respondió el torero—, porque me ahogaría la risa. Ya no estoy celoso, Mariquita. Tantos celos tengo como el sultán en su serrallo. ¡Pobre mujer! ¿Qué sería de ti, con un marido que te enamora con recetas, y un cortejo que te obsequia con coplas, si no tuvieras quien supiera camelarte con zandunga? Ahora que el uno se ha ido a *soñar despierto*, y el otro a *velar dormido*, vámonos tú y yo a cenar con la gente alegre, que aguardándonos está.

—No, Pepe. No me siento buena. El sofocón que he tomado, el frío que hacía al salir del teatro, me han cortado el cuerpo. Tengo escalofríos.

—Tus dengues de princesa —dijo Pepe Vera—. Vente conmigo. Una buena cena te sentará mejor que no esa zonzona horchata, y un par de vasos de buen vino, te harán más provecho que la asquerosa leche de burra: vamos, vamos.

—No voy, que hace un norte de Guadarrama, de esos que no apagan una luz, y matan a un cristiano.

—Pues bien —dijo Pepe—, si esa es tu voluntad, y quieres curarte en salud, buenas noches.

—¡Cómo! —exclamó María—. ¿Te vas a cenar y me dejas? ¿Me dejas sola y mala como lo estoy, por tu causa?

—¡Pues qué! —replicó el torero—, ¿quieres que yo también me ponga a dieta? Eso no, morena. Me aguardan y me largo. Buen rato te pierdes.

María se levantó con un movimiento de coraje, dejó caer una silla, salió del cuarto cerrando la puerta con estrépito, y volvió en breve, vestida de negro, cubierta de una mantilla cuyo velo le ocultaba el rostro, y envuelta en un pañolón, y salieron los dos juntos.

Muy entrada la noche, al volver Stein a su casa el criado le entregó una carta. Cuando estuvo en su cuarto, la abrió. Su contenido y su ortografía era como sigue:

«Señor dotor:

»No creha V. que esta es una carta nónima: yo hago las cosas claras; comienzo por decirle mi nombre, que es Lucía del Salto; me parece que es nombre bastante conocido.

»Señor marío de la Santaló, es menester ser tan bueno o tan bolo [183] como usted lo es, para no caher en la qüenta de que su muger de usted esta mal entretenía por Pepe Vera, que era mi novio, que yo lo puedo decir, por que no soy casada y a nadie engaño. Si usted quiere que se le caigan las cataratas, vaya usted esta noche a la calle de *** número 13, y alli ará usted como santo Tomas.»

—¡Puede darse una infamia semejante! —exclamó Stein, dejando caer la carta al suelo—. Mi pobre María tiene envidiosos, y sin duda son mujeres de teatro. ¡Pobre María! enferma, y quizá durmiendo ahora sosegadamente. Pero veamos si su sueño es tranquilo. Anoche no estaba bien. Tenía el pulso agitado, y la voz tomada. ¡Hay tantas pulmonías ahora en Madrid!

Stein tomó una luz, salió de su cuarto, pasó a la sala, por la cual comunicaba con la alcoba de su mujer, entró en ella, pisando con las puntas de los pies, se acercó a la cama, entreabrió las cortinas... no había nadie!

---

[183] *bolo:* ignorante, necio.

En un ser tan íntegro, tan confiado como Stein, no era fácil que penetrase de pronto y sin combate, la convicción de tan infame engaño.

«No —dijo después de algunos instantes de reflexión—. ¡No es posible! Debe haber alguna causa, algún motivo imprevisto.»

—Sin embargo —continuó después de otra pausa—; «es preciso que no me quede nada sobre el corazón. Es preciso que yo pueda responder a la calumnia, no sólo con el desprecio, sino con un solemne mentís y con pruebas positivas».

Con el auxilio de los serenos, Stein pudo hallar fácilmente el lugar indicado en la carta.

La casa indicada no tenía portero: la puerta de la calle, estaba abierta. Stein entró, subió un tramo de la escalera, y al llegar al primer descanso, no supo dónde dirigirse.

Debilitado el primer ímpetu de su resolución, empezó a avergonzarse de lo que hacía. «Espiar —decía—, es una bajeza. Si María supiera lo que estoy haciendo, se resentiría amargamente, y tendría razón. ¡Dios mío! ¿sospechar a la persona que amamos, no es crear la primera nube en el puro cielo del amor? ¡yo espiar! ¿a esto me ha rebajado el despreciable escrito de una mujer más despreciable aún?

»Vuélvome. Mañana le preguntaré a María cuanto saber deseo, que este medio es el debido, el natural y el honrado. Alto allá, corazón mío; limpia mi pensamiento de sospechas, como limpia el sol la atmósfera de negras sombras.»

Stein lanzó un profundo suspiro, que parecía estarle ahogando, y pasó su pañuelo por su húmeda frente. «¡Oh! —exclamó— ¡la sospecha, que crea la idea de la posibilidad del engaño que no existía en nuestra alma! ¡oh! la infame sospecha, hija de malos instintos o de peores insinuaciones, por un momento este monstruo ha envilecido mi alma, y ya para siempre tendré que sonrojarme ante María!»

En aquel instante se abrió una puerta que daba al descanso en que se había parado Stein, y dio salida a un rumor de vasos, de cantos y de risas: una criada que salía de adentro sacando botellas vacías, se hizo atrás, para dejar pasar a Stein, cuyo aspecto, y traje le inspiraron respeto.

—Pasad adelante —le dijo—; aunque venís tarde, porque ya han cenado; —y siguió su camino.

Stein se hallaba en una pequeña antesala. Estaba abierta una puerta que daba a una sala contigua. Stein se acercó a ella. Apenas habían echado sus ojos una mirada a lo interior de aquella pieza, cuando quedó inmóvil y como petrificado.

Si todos los sentimientos que elevan y ennoblecen el alma, cegaban al Duque, todos los impulsos buenos y puros del corazón, cegaban a Stein con respecto a María. ¡Cuál sería, pues, su asombro al verla sin mantilla, sentada a la mesa en un taburete, teniendo a sus pies una silla baja, en que estaba Pepe Vera, que tenía una guitarra en la mano y cantaba:

> Una mujer andaluza
> tiene en sus ojos el sol;
> una aurora en su sonrisa,
> y el Paraíso en su amor.

¡Bien, bien, Pepe! —gritaron los otros comensales—. Ahora le toca cantar a *Marisalada*. Que cante *Marisalada*.[184] Nosotros no somos gente de levita ni de paletós; pero tenemos oídos como los tienen ellos; que en punto a orejas, no hay pobres ni ricos. Ande usted Mariquita, cante usted para sus paisanos que lo entienden; que las gentes de bandas y cruces no saben jalear en francés.

María tomó la guitarra que Pepe Vera le presentó de rodillas, y cantó:

> Más quiero un jaleo pobre,
> y unos pimientos asados,

---

[184] *paletós:* prenda de abrigo, largo y entallado.

que no tener un usía
desaborío a mi lado.

A esta copla respondió un torbellino de aplausos, vivas y requiebros, que hicieron retemblar las vidrieras.

Stein se puso rojo como la grana, menos de indignación, que de vergüenza.

—Sobre que ese Pepe Vera nació de pie —dijo uno de sus compañeros.

—¡Tiene más suerte que quiere!

—Como que hoy por hoy, no la cambio por un Imperio —repuso el torero.

—¿Pero qué dice a eso el marido? —preguntó un picador, que contaba más años que todos los demás de la cuadrilla.

—¿El marido? —respondió el torero—: no conozco a su mercé sino para servirlo. Pepe Vera no se las aviene sino con toros bravos.

Stein había desaparecido.

CAPÍTULO XXVIII

El día siguiente al de los sucesos referidos en el capítulo que precede, el Duque estaba sentado en su librería en frente de su carpeta. Tenía en la mano la pluma inmóvil y derecha, semejante a un soldado de ordenanza que no aguarda más que una orden para ponerse en movimiento.

Abrióse lentamente la puerta, por la que se vio aparecer la hermosa cabeza de un niño de seis años, casi sumergida en una profusión de rizos negros.

—Papá Carlos —dijo—; ¿estáis solo? ¿Puedo entrar?

—¿Desde cuándo, Ángel mío —respondió el padre—, necesitas tú licencia para entrar en mi cuarto?

—Desde que no me queréis tanto como antes —respondió el niño apoyándose en las rodillas de su padre—. Y eso que soy bueno: estudio bien con don Federico, como me lo habéis mandado, y en prueba de ello voy a hablar en alemán.

—¿De veras? —dijo el Duque tomando a su hijo en brazos.

—De veras: escucha. *Gott segne meinen guten Vater*; que quiere decir: Dios bendiga a mi buen padre.

El Duque estrechó entre sus brazos a la hermosa criatura, la cual poniendo sus manecitas en los hombros de su padre, y echándose atrás añadió:

—*Und meine liebe mutter*, que quiere decir; y a mi querida madre. Ahora, dadme un beso —prosiguió el niño echándose al cuello del Duque.

—Pero —dijo de repente—, se me olvidaba que traigo un recado de don Federico.

—¿De don Federico? —preguntó el Duque con extrañeza.

—Dice que quisiera hablaros.

—Que entre, que entre. Ve a decírselo, hijo mío. Su tiempo es precioso, y no debe perderlo.

El Duque guardó el papel en que había trazado algunos reglones, y Stein entró.

—Señor Duque —le dijo—, voy a causaros una gran sorpresa, porque vengo a tomar vuestras órdenes, a daros gracias por tantas bondades, y a anunciaros mi inmediata partida.

—¡Partir! —exclamó el Duque, con la expresión de la más viva sorpresa.

—Sí, señor, sin demora.

—¿Sin demora? ¿Y María?

—María no viene conmigo.

—Vamos, don Federico, os chanceáis. No puede ser.

—Lo que no puede ser, señor Duque, es que yo permanezca aquí.

—¿La razón?

—¡Ah! no me la preguntéis; porque no puedo decirla.

—No puedo concebir una sola —dijo el Duque—, que sea bastante a justificar semejante locura.

—Bien imperiosa debe de ser —respondió Stein—, la que me pone en el caso de tomar este partido extremo.

—Pero... amigo Stein, ¿qué razón es esa?

—Debo callarla, señor.

—¿Qué debéis callarla? —exclamó el Duque, cada vez más atónito.

—Así lo creo —dijo Stein—; y este deber me priva del único consuelo que me quedaba, el de poder desahogar mi corazón en el del noble y generoso mortal que me abrió su manos poderosas, y se dignó llamarme su amigo.

—¿Y a dónde váis?

—A América.

—Eso es imposible, Stein; lo repito; ¡es imposible! —exclamó el Duque, levantándose en un estado de agitación que crecía por momentos—. Nada puede haber en el mundo que os obligue a abandonar vuestra mujer, a separaros de vuestros amigos, a desertar de vuestro empleo, y a dejar plantada vuestra clientela, como podría hacerlo un tarambana. ¿Tenéis ambición? ¿Os han prometido mayores ventajas en América?

Stein sonrió amargamente.

—¡Ventajas, señor Duque! ¿No ha sobrepujado la fortuna todas las esperanzas que pudo haber soñado vuestro pobre compañero de viaje?

—Me confundís —dijo el Duque—. ¿Es capricho? ¿Es un rapto de locura?

Stein callaba.

—De todos modos —añadió el Duque—, es una ingratitud.

Al oír esta palabra cruel y tierna al mismo tiempo, Stein se cubrió el rostro con las manos, y su dolor largo rato comprimido estalló en hondos sollozos.

El Duque se acercó a él, le tomó la mano, y le dijo:

—No hay indiscreción en desahogar sus penas en el corazón de un amigo, ni puede existir deber alguno que prohíba a un hombre recibir los consejos de las personas que se interesan en su bienestar, particularmente en las circunstancias graves de la vida. Hablad, Stein. Abridme vuestro corazón. Estáis harto agitado para obrar a sangre fría; vuestra razón está demasiado ofuscada para poder aconsejar cuerdamente. Sentémonos en este diván. Abandonaos a mis consejos en una circunstancia que parece de trascendencia, como yo me abandonaría a los vuestros, si me hallara en el mismo caso.

Stein se dio por vencido: sentóse cerca del Duque, y los dos quedaron por algún tiempo en silencio. Stein parecía ocupado en buscar el modo de hacer la declaración que exigía la amistad del Duque. Por fin, levantando pausadamente la cabeza.

—Señor Duque —le dijo—, ¿qué haríais si la señora Duquesa os prefiriese otro hombre?... ¿si os fuera infiel?

El Duque se puso en pie de un salto, erguida la frente, y mirando severamente a su interlocutor.

—Señor doctor, esa pregunta...

—Respondedme, respondedme —dijo Stein—, cruzando las manos en actitud de un hombre profundamente angustiado.

—¡Por Cristo Santo! —dijo el Duque—, ¡ambos morirían a mis manos!

Stein bajó la cabeza.

—Yo no los mataré —dijo—; ¡pero me dejaré morir!

El Duque empezó entonces a columbrar la verdad, y un temblor que no pudo contener, recorrió sus miembros.

—¡María!... —exclamó al fin.

—María —respondió Stein sin levantar la frente, como si la infamia de su mujer fuese un peso que se la oprimiera.

—¡Y la habéis sorprendido! —dijo el Duque, pudiendo apenas pronunciar estas palabras, con una voz que la indignación ahogaba.

—En una verdadera orgía —respondió Stein—, tan licenciosa como grosera, en que el vino y el tabaco servían de perfume, y en que el torero Pepe Vera, se jactaba de ser su amante. ¡Ah María, María! —prosiguió, cubriendose el rostro con las manos.

El Duque, que como todos los hombres serenos tenía un gran imperio sobre sí mismo, dio algunas vueltas por el aposento. Parándose después delante de su pobre amigo, le dijo:

—Partid, Stein.

Stein se levantó; apretó entre sus manos las del Duque: ¡quiso hablar, y no pudo!

El Duque le abrió sus brazos.

—Valor, Stein —le dijo—; y hasta la vista.

—¡Adiós, y... para siempre! —murmuró Stein, arrojándose fuera del cuarto.

Cuando el Duque estuvo solo, se paseó largo rato. A medida que se calmaba la agitación producida por la terrible sorpresa que se había apoderado de su alma al oír la revelación de Stein, se iba asomando a sus labios la son-

risa del desprecio. El Duque no era uno de esos hombres
de torpes inclinaciones, estragados y vulgares, para los
cuales los desórdenes de la mujer, lejos de ser motivo de
desvío y repugnancia, sirven de estimulante a sus toscos
apetitos. En su temple elevado, altivo, recto y noble, no
podían albergarse juntos el amor y el desprecio; los sentimientos más delicados, al lado de los más abyectos.

El desprecio iba, pues, sofocando en su corazón todo
afecto, como la nieve apaga la llama del holocausto en
el altar en que arde. Ya no existía para él la mujer a quien
había cantado en sus versos, y que en sus sueños le había
seducido.

«¡Y yo —decía—, yo que la adoraba, como se adora
a un ser ideal, que la honraba como se honra a la virtud;
que la respetaba, como debe respetarse a la mujer de un
amigo!... ¡Y yo, que enteramente absorto en ella, me alejaba de la noble mujer, que fue mi primero, mi único
amor!... ¡La casta, la pura madre de mis hijos! ¡Mi Leonor,
que todo lo ha sobrellevado en silencio, y sin quejarse!»

Por un movimiento repentino, y cediendo al influjo poderoso de sus últimas reflexiones, el Duque salió de su ga-
binete, y se encaminó a las habitaciones de su mujer. Entró
en ellas por una puerta secreta. Al aproximarse a la pieza
en que la Duquesa solía a pasar el día, oyó hablar y pronunciar su nombre. Entonces se detuvo.

—¿Con qué se ha hecho invisible el Duque? —decía una
voz agridulce—. Hace quince días que he llegado a Madrid, y no sólo no se ha dignado venir a verme mi querido
sobrino, sino que no le he visto en ninguna parte.

—Tía —respondió la Duquesa—, puede ser que no sepa
vuestra llegada.

—¡No saber que la Marquesa de Gutibamba ha llegado a Madrid! No es posible, sobrina. Sería la única persona de la corte que lo ignorase. Además, me parece que
has tenido sobrado tiempo para decírselo.

—Es verdad, tía: soy culpable de ese olvido.

—Pero no hay que extrañarlo —continuó la voz agridulce—. ¿Cómo ha de gustar de mi sociedad, ni de las

personas de su clase, cuando todo el mundo dice que no
trata más que con cómicas?

—Es falso —respondió con sequedad la Duquesa.

—O eres ciega —dijo la Marquesa exasperada—, o eres
consentidora.

—Lo que no consentiré jamás —dijo la Duquesa—, es
que la calumnia venga a hostilizar a mi marido, aquí, en
su misma casa, y a los oídos de su mujer.

—Mejor harías —continuó la voz—, perdiendo mucho
en lo dulce y ganando mucho en lo agrio, en impedir que
tu marido diese lugar a lo mucho que se habla en Madrid
sobre su conducta, que en defenderlo, alejando de aquí
a todos tus amigos, con esas asperezas y repulsivas sentencias, que sin duda tienes prevenidas por orden de tu
confesor.

—Tía —respondió la Duquesa—, mejor haríais en con-
sultar al vuestro, sobre el lenguaje que ha de usarse con
una mujer casada, sobrina vuestra.

—Bien está —dijo la Gutibamba—; tu carácter austero, reservado y metido en ti, te priva ya del corazón de
tu marido, y acabará por alejar de ti a todos tus amigos.

Y la Marquesa salió muy satisfecha de su peroración.

Leonor se quedó sentada en su sofá, inclinada la cabeza, y humedecido su hermoso y pálido rostro con las lágrimas que por largo tiempo había logrado contener.

De repente se volvió dando un grito. Estaba en los brazos de su marido. Entonces estallaron sus sollozos; pero
sus lágrimas eran dulces. Leonor conocía que aquel hombre, siempre franco y leal, al vover a ella, le restituía un
corazón, y un amor sincero que ya nadie le disputaba.

—¡Leonor mía! ¿Querrás y podrás perdonarme? —dijo,
dejándose caer de rodillas ante su mujer.

Ésta selló con sus lindas manos los labios de su marido.

—¿Vas a echar a perder lo presente con el recuerdo de
lo pasado? —le dijo.

—Quiero —dijo el Duque—, que sepas mis faltas, juz-
gadas por el mundo con demasiada severidad, mi justifi-
cación y mi arrepentimiento.

—Hagamos un pacto —dijo la Duquesa interrumpiéndole—. No me hables nunca de tus faltas, y yo no te hablaré nunca de mis penas.

En este momento entró Ángel corriendo. El Duque y la Duquesa se separaron por un movimiento pronto y simultáneo; porque en España, en donde el lenguaje es libre por demás, delante de los niños y los jóvenes, hay una extremada reserva en las acciones.

—¿Llora mamá? ¿llora mamá? —gritó el niño—, poniéndose colorado, y llenándosele los ojos de lágrimas. ¿La habéis reñido, papá Carlos?

—No, hijo mío —respondió la Duquesa—. Lloro de alegría.

—¿Y por qué? —preguntó el niño, en cuyo rostro la sonrisa había sucedido inmediatamente a las lágrimas.

—Porque mañana sin falta —respondió el Duque—, tomándole en brazos y acercándose a su mujer, salimos todos para nuestras posesiones de Andalucía, que tu madre desea ver, y allí seremos felices, como los ángeles en el Cielo.

El niño lanzó un grito de alegría, enlazó con un abrazo el cuello de su padre, y con el otro el de su madre, acercando sus cabezas, y cubriéndolas sucesivamente de besos.

En aquel instante se abrió la puerta, y dio entrada al Marqués de Elda.

—Papá Marqués —gritó su nieto—, mañana nos vamos todos.

—¿De veras? —preguntó el Marqués a su hija.

—Sí, padre —respondió la Duquesa; y una sola cosa falta a mi contento, y es que queráis acompañarnos.

—Padre —dijo el Duque—, ¿podéis negar algo a vuestra hija, que sería una santa, si no fuera un ángel?

El Marqués miró a su hija, en cuyo rostro brillaba un gozo intenso; después al Duque, que ostentaba la más pura satisfacción. Entonces una tierna sonrisa suavizó la austeridad natural de su semblante, y acercándose a su yerno:

—¡Venga acá esa mano —le dijo—; y cuenta conmigo!

CAPÍTULO XXIX

María, indispuesta desde ante de ir a la cena, había empeorado, y tenía calentura a la mañana siguiente.

—Marina —dijo a su criada, después de un inquieto y breve sueño—, llama a mi marido; que me siento mala.

—El amo no ha vuelto —respondió Marina.

—Habrá estado velando algún enfermo —dijo María—. ¡Tanto mejor! Me recetaría una cáfila de cosas y de remedios, y yo los aborrezco.

—Estáis muy ronca —dijo Marina.

—Mucho —respondió María—, y es preciso cuidarme. Me quedaré hoy en cama, y tomaré un sudorífico. Si viene el Duque, le dirás que estoy dormida. No quiero ver a nadie. Tengo la cabeza loca.

—¿Y si viene alguien por la puerta falsa?

—Si es Pepe Vera, déjale entrar, que tengo que decirle. Echa las persianas, y vete.

Salió la criada, y a los pocos pasos volvió atrás, dándose un golpe en la frente.

—Aquí —dijo—, hay una carta que el amo ha dejado a Nicolás para entregárosla.

—Vete a paseo con tu carta —dijo María—; aquí no se ve, y además quiero dormir. ¿Qué me dirá? Me indicará el sitio donde le *llama el deber*. ¿Qué se me da a mí de eso? Deja la carta sobre la cómoda, y vete de una vez.

Algunos minutos después volvió a entrar Marina.

—¡Otra te pego! —gritó su ama.

—Es que el señor Pepe Vera quiere veros.

—Que entre —dijo María—, volviéndose con prontitud.

Entró Pepe Vera, abrió las persianas para que entrase la luz, se echó sobre una silla sin dejar de fumar, y mirando a María, cuyas mejillas encendidas y cuyos ojos hinchados indicaban una seria indisposición.

—¡Buena estás! le dijo—. ¿Qué dirá Poncio Pilatos?

—No está en casa —respondió María cada vez más ronca.

—Tanto mejor; y quiera Dios que siga andando, como el judío errante [185], hasta el día del juicio. Ahora vengo de ver los toros de la corrida de esta tarde. Ya nos darán que hacer los tales bichos! Hay uno negro que se llama *Medianoche,* que ya ha matado un hombre en el encierro.

—¿Quieres asustarme, y ponerme peor de lo que estoy? —dijo María—. Cierra las persianas, que no puedo aguantar el resplandor.

—¡Tonterías! —replicó Pepe Vera—: ¡puros remilgos! No está aquí el Duque para temer que te ofenda la luz, ni el *matasanos* de tu marido, para temer que entre un soplo de aire, y te mate. Aquí huele a patchuli, a algalia, a almizcle [186], a cuantos potingues hay en la botica. Esas porquerías son las que te hacen daño. Deja que entre el aire, y que se orée el cuarto, que esto te hará provecho. Dime, prenda ¿irás esta tarde a la corrida?

—¿Acaso estoy capaz de ir? —respondió María—. Cierra esa ventana, Pepe. No puedo soportar esa luz tan viva, ni ese aire tan frío.

Al decir estas palabras, se levantó él, y abrió de par en par la ventana.

—Y yo —dijo Pepe—, no puedo soportar tus dengues.

---

[185] *judío errante.* Alusión a la obra de Goethe que recoge la leyenda medieval que relata la historia del judío condenado a errar sin descanso hasta el fin del mundo por haber ofendido a Jesús cuando se dirigía al Calvario. Esta leyenda popular había atraído la atención de Goethe, como lo afirma en el libro XV de *Poesía y verdad*.

[186] *almizcle:* esencia de plantas que solía emplearse en perfumería y en la elaboración de medicamentos.

Lo que tienes es, poco mal y bien quejado. ¡A Dios: no parece sino que vas a echar el alma! Pues, señá de la media almendra, voy a mandar hacer el ataúd, y después a matar a *Medianoche,* brindándoselo a Lucía del Salto, que se pondrá poco hueca en gracia de Dios.

—¡Dale con esa mujer! —exclamó María, incorporándose con un gesto de rabia—. ¿No dicen que se iba con un inglés?

—¿Qué se había de ir a aquellas tierras, donde no se ve el sol sino por entre cortinas, y donde se duerme la gente en pie? —dijo el torero.

—Pepe, no eres capaz de hacer lo que dices. ¡Sería una infamia!

—La infamia sería —dijo Pepe Vera—, plantándose delante de María con los brazos cruzados, que cuando yo voy a exponer mi vida, en lugar de estar tú allí para animarme con tu presencia, te quedases en tu casa, para recibir al Duque con toda libertad, bajo el pretexto de estar resfriada.

—¡Siempre el mismo tema! —dijo María—. ¿No te basta haber estado espiando oculto en mi cuarto, para convencerte por tus mismos ojos, de que entre el Duque y yo no hay nada? Sabes que lo que le gusta en mí es la voz, no mi persona. En cuanto a mí, bien sabes...

—¡Lo que yo sé —dijo Pepe Vera—, es que me tienes miedo! ¡y haces bien, por vida mía! Pero Dios sabe lo que puede suceder, quedándote sola, y segura de que no puedo sorprenderte. No me fío de ninguna mujer; ni de mi madre.

—¡Miedo yo! —replicó María—. ¡Yo!

Pero sin dejarla hablar, Pepe Vera continuó:

—¿Me crees tan ciego que no vea lo que pasa? ¿No sé yo que le estás haciendo buena cara, porque se te ha puesto en el testuz que ese desaborido de tu marido tenga los honores de cirujano de la reina, como acabo de saberlo de buena tinta?

—¡Mentira! —gritó María con toda su ronquera.

—¡María! ¡María! No es Pepe Vera hombre a quien se

da gato por liebre. Sábete que yo conozco las mañas de los toros bravos, como las de los toros marrajos [187].

María se echó a llorar.

—Sí —dijo Pepe—, suelta el trapo, que ese es el *Refugium peccatorum* de las mujeres. Tú te fías del refrán: «mujer, llora y vencerás.» No, morena: hay otro que dice «en cojera de perro, y lágrimas de mujer, no hay que creer.» Guarda tus lágrimas para el teatro; que aquí no estamos representando comedias. Mira lo que haces: si juegas falso, peligra la vida de un hombre. Con que, cuenta con lo que haces. Mi amor no es cosa de recetas ni de décimas. Yo no me pago de hipíos, sino de hechos. En una palabra, si no vas esta tarde a los toros, te ha de pesar.

Diciendo esto, Pepe Vera se salió de la habitación.

Estaba a la sazón combatido por dos sentimientos de una naturaleza tan poderosa, que se necesitaba un temple de hierro para ocultarlos, como él lo estaba haciendo, bajo la exterioridad más tranquila, el rostro más sereno, y la más natural indiferencia. Había examinado los toros que debían correrse aquella tarde: jamás había visto animales más feroces. Había concebido preocupación extraordinaria hacia uno de ellos, achaque que suele ser común entre los de su profesión, que se creen salvos y seguros si de aquél libran bien, sin cuidarse de los demás de la corrida.

Además, estaba celoso; ¡celoso él, que no sabía más que vencer, y recibir aplausos! Le habían dicho que le estaban burlando, y dentro de pocas horas iba a verse entre la vida y la muerte, entre el amor y la traición. Así lo creía al menos.

Cuando salió Pepe Vera de la alcoba de María, ésta desgarró las guarniciones bordadas de las sábanas; riñó ásperamente a Marina, lloró; después se vistió, mandó recado a una compañera de teatro, y se fue con ella a los toros.

---

[187] *marrajos*. Término perteneciente a la tauromaquia y que se aplica al toro que no arremete sino a golpe seguro.

María, temblando con la fiebre y con la agitación, se colocó en el asiento que Pepe Vera le había reservado.

El ruido, el calor y la confusión aumentaron la desazón que sentía María. Sus mejillas siempre pálidas, estaban encendidas; un ardor, febril animaba sus negros ojos. La rabia, la indignación, los celos, el orgullo lastimado, la ansiedad, el terror, y el dolor físico se esforzaban en vano por arrancar una queja, un suspiro, de aquella boca tan cerrada y apretada como el sepulcro.

Pepe Vera la vio. En su rostro se bosquejó una sonrisa, que no hizo en María la menor impresión, como si resbalase en su aspecto glacial, debajo del cual su vanidad herida juraba venganza.

El traje de Pepe Vera era semejante al que sacó en la corrida de que en otra parte hemos hecho mención, con la diferencia de ser el raso verde, y las guarniciones de oro.

Ya se había lidiado un toro, y lo había despachado otro primer espada. Había sido *bueno*: pero no tan bravo como habían creído los inteligentes.

Sonó la trompeta; abrió el toril su ancha y sombría boca, y salió un toro negro a la plaza.

—¡Ese es *Medianoche!* —gritaba el gentío—. *Medianoche* es el toro de la corrida: como si dijéramos el rey de la función.

Medianoche, sin embargo, no salió de carrera, cual salen todos, como si fuesen a buscar su libertad, sus pastos, sus desiertos. Él quería, antes de todo, vengarse; quería acreditar que no sería juguete de enemigos despreciables; quería castigar. Al oír la acostumbrada gritería que lo circundaba, se quedó parado.

No hay la menor duda de que el toro es un animal estúpido. Pero con todo, sea que la rabia sea poderosa a aguzar la más torpe inteligencia, o que tenga la pasión la facultad de convertir el más rudo instinto en perspicacia, ello es, que hay toros que adivinan y se burlan de las suertes más astutas de la tauromaquia.

Los primeros que llamaron la atención del terrible animal, fueron los picadores. Embistió al primero, y le tiró al suelo. Hizo lo mismo con el segundo sin detenerse, y sin que la pica bastase a contenerle, ni hiciese más que herirle ligeramente. El tercer picado tuvo la misma suerte que los otros.

Entonces el toro, con las astas y la frente teñidas en sangre, se plantó en medio de la plaza, alzando la cabeza hacia el tendido, de donde salía una gritería espantosa, excitada por la admiración de tanta bravura.

Los chulos sacaron a los picadores a la barrera. Uno tenía una pierna rota, y se le llevaron a la enfermería. Los otros dos fueron en busca de otros caballos. También montó el sobresaliente; y mientras que los chulos llamaban la atención del animal con las capas, los tres picadores ocuparon sus puestos respectivos, con las garrochas en ristre.

Dos minutos después de haberlos divisado el toro, yacían los tres en la arena. El uno tenía la cabeza ensangrentada, y había perdido el sentido. El toro se encarnizó en el caballo, cuyo destrozado cuerpo servía de escudo al mal parado jinete.

Entonces hubo un momento de lúgubre terror.

Los chulillos procuraban en vano, y exponiendo sus personas, distraer la atención de la fiera; mas ella parecía tener sed de sangre, y querer saciarla en su víctima. En aquel momento terrible un chulo corrió hacia el animal, y le echó la capa a la cabeza para cegarle. Lo consiguió por algún instante; pero el toro sacó la cabeza, se desembarazó de aquel estorbo, vio al agresor huyendo, se precipitó en su alcance, y en su ciego furor, pasó delante, habiéndole arrojado al suelo. Cuando se volvió, porque no sabía abandonar su presa, el ágil lidiador se había puesto en pie y saltado la barrera, aplaudido por el concurso con alegres aclamaciones. Todo esto había pasado con la celeridad del relámpago.

El heroico desprendimiento con que los toreros se auxilian y defienden unos a otros, es lo único verdaderamente bello y noble en estas fiestas crueles, inhumanas, inmorales, que son un anacronismo en el siglo que se precia de ilustrado. Sabemos que los aficionados españoles, y los exóticos como el Vizconde de Fadièse, montados siempre medio tono más alto que los primeros, ahogarán nuestra opinión con sus gritos de anatema. Por esto nos guardamos muy bien de imponerla a otros, y nos limitamos a mantenernos en ella. No la discutimos ni sostenemos, porque, ya lo dijo San Pablo con su inmenso talento: «Nunca disputéis con palabras, porque para nada sirve el disputar»; y Mr. Joubert [188] afirma también «que el trabajo de la disputa excede con mucho a su utilidad».

El toro estaba todavía enseñoreándose solo, como dueño de la plaza. En la concurrencia dominaba un sentimiento de terror. Pronunciábanse diversas opiniones: los unos querían que los cabestros entrasen en la plaza, y se llevasen al formidable animal, tanto para evitar nuevas desgracias, como a fin de que sirviese para propagar su valiente casta. A veces se toma esta medida; pero lo común es que los toros indultados no sobrevivan a la inflamación de sangre que adquirieron en el combate. Otros querían que se le desjarretase [189] para poder matarle sin peligro. Por desgracia, la gran mayoría gritaba que era lástima, y que un toro tan bravo debía morir con todas las reglas del arte.

El presidente no sabía qué partido tomar. Dirigir y mandar una corrida de toros no es tan fácil como parece. Más fácil a veces es presidir un cuerpo legislativo. En fin, lo que acontece muchas veces en estos, sucedió en la ocasión presente. Los que más gritaban, pudieron más; y quedó decidido que aquel poderoso y terrible animal muriese en regla, y dejándole todos sus medios de defensa.

Pepe Vera salió entonces armado a la lucha. Después de haber saludado a la autoridad, se plantó delante de María, y la brindó el toro.

---

[188]   *Mr. Jourbet.* Joseph Joubert (1754-1824), moralista francés que gozó de gran popularidad gracias a la publicación de una colección de escritos realizada por Chateaubriand.
[189]   *desjarretarse:* cortar la pierna por la corva.

Él estaba pálido; María encendida, y los ojos saltándosele de las órbitas. Su aliento, salía del pecho agitado, como el ronco resuello del que agoniza. Echaba el cuerpo adelante, apoyándose en la barandilla, y clavando en ellas las uñas. María amaba a aquel hombre joven y hermoso, a quien veía tan sereno delante de la muerte. Se complacía en un amor que la subyugaba, que la hacía temblar, que le arrancaba lágrimas; porque ese amor brutal y tiránico, ese cambio de afectos profundos, apasionados y exclusivos, era el amor que ella necesitaba; como ciertos hombres de organización especial, en lugar de licores dulces y vinos delicados, necesitan el poderoso estimulante de las bebidas alcohólicas.

Todo quedó en el más profundo silencio. Como si un horrible presentimiento se hubiese apoderado de las almas de todos los presentes, oscureciendo el brillo de la fiesta, como la nube oscurece el del sol.

Mucha gente se levantó, y se salió de la plaza.

El toro, entretanto, se mantenía en medio de la arena con la tranquilidad de un hombre valiente, que, con los brazos cruzados y la frente erguida, desafía arrogantemente a sus adversarios.

Pepe Vera escogió el lugar que le convenía, con su calma y desgaire acostumbrados, y señalándoselo con el dedo a los chulos:

—¡Aquí! —les dijo.

Los chulos partieron volando, como los cohetes de un castillo de pólvora. El animal no vaciló un instante en perseguirlos. Los chulos desaparecieron. El toro se encontró frente a frente con el matador.

Esta formidable situación no duró mucho. El toro partió instantáneamente, y con tal rapidez, que Pepe Verano pudo prepararse. Lo más que pudo hacer, fue separarse para eludir el primer impulso de su adversario. Pero aquel animal no seguía, como lo hacen comúnmente los de su especie, el empuje que les da su furioso ímpetu. Volvióse de repente, se lanzó sobre el matador como el rayo, y le recogió ensartado en las astas: sacudió furioso la cabeza, y lanzó a cuatro pasos el cuerpo de Pepe Vera, que cayó como una masa inerte.

Millares de voces humanas lanzaron entonces un grito, como sólo hubiera podido concebirlo la imaginación de Dante: un grito que desgarraba las entrañas; hondo, lúgubre, prolongado.

Los picadores se echaron con sus caballos y garrochas sobre el toro, para impedir que recogiese a su víctima.

Los chulos, como bandada de pájaros, le circundaron también.

—¡La medias lunas! ¡las medias lunas! —gritó la concurrencia entera. El alcalde repitió el grito.

Salieron aquellas armas terribles, y el toro quedó en breve desajarretado: el dolor y la rabia le arrancaban espantosos bramidos. Cayó por fin muerto, al golpe del puñal que le clavó en la nuca el innoble cachetero.

Los chulos levantaron a Pepe Vera.

—¡Está muerto! —tal fue el grito que exhaló unánime el brillante grupo que rodeaba al desventurado joven, y que de boca en boca, subió hasta las últimas gradas, cerniéndose sobre la plaza a manera de fúnebre bandera.

....

Transcurrieron quince días después de aquella funesta corrida.

En una alcoba, en que se veían todavía algunos muebles decentes, aunque habían desaparecido los de lujo; en una cama elegante, pero cuyas guarniciones estaban marchitas y manchadas, yacía una joven pálida, demacrada y abatida. Estaba sola.

Esta mujer pareció despertar de un largo y profundo sueño. Incorporóse en la cama, recorriendo el cuarto con miradas atónitas. Apoyó su mano en la frente, como si quisiese fijar sus ideas, y con voz débil y ronca dijo:

—¡Marina! —Entró entonces, no Marina, sino otra mujer, trayendo una bebida que había estado preparando.

La enferma la miró.

—¡Yo conozco esa cara! —dijo con sorpresa.

—Puede ser, hermana —respondió la que había entrado, con mucha dulzura—. Nosotras vamos a las casas de los pobres como a las de los ricos.

—Pero, ¿dónde está Marina? ¿Dónde está? —dijo la enferma.

—Se ha huido con el criado, robando cuanto han podido haber a las manos.

—¿Y mi marido?

—Se ha ausentado sin saberse a dónde.

—¡Jesús! —exclamó la enferma, aplicándose las manos a la frente.

—¿Y el Duque? —preguntó después de algunos instantes de silencio—. Debéis conocerle, pues en su casa fue donde creo haberos visto.

—¿En casa de la Duquesa de Almansa? sí, en efecto, esa señora me encargaba de la distribución de algunas limosnas. Se ha ido a Andalucía con su marido y toda su familia.

—¡Conque estoy sola, y abandonada! —exclamó entonces la enferma, cuyos recuerdos se agolpaban a su memoria, siendo los primeros los más lejanos, como suele suceder al volver en sí de un letargo.

¿Y qué? ¿No soy yo nadie? —dijo la buena hermana de la Caridad, circundando con sus brazos a María—. Si antes me hubieran avisado, no os hallaríais en el estado en que os halláis.

De repente salió un ronco grito del dolorido pecho de la enferma.

—¡Pepe!... ¡el toro!... ¡Pepe!... ¡muerto!... ¡ah!

Y cayó sin sentido en la almohada.

CAPÍTULO XXX

Seis meses después de los sucesos referidos en el último capítulo, la Condesa de Algar estaba un día en su sala, en compañía de su madre. Ocupábase en adornar con cintas, y en probar a su hijo un sombrero de paja.

Entró el General Santa María.

—Ved, tío —dijo—, qué bien le sienta el sombrero de paja a este ángel de Dios.

—Le estás mimando que es un contento —repuso el General.

—No importa —intervino la Marquesa—. Todas mimamos a nuestros hijos, que no por eso dejan de ser hombres de provecho. No te mimó poco nuestra madre, hermano; lo cual no te ha impedido ser lo que eres.

—Mamá, dame un bizcocho —dijo con media lengua el niño.

—¿Qué significa eso de tutear a su madre, señor renacuajo? —dijo el General—. No se dice así: se dice, «Madre, ¿quiere usted hacerme el favor de darme un bizcocho?»

El niño se echó a llorar, al oír la voz áspera de su tío. La madre le dió un bizcocho a hurtadillas, y sin que el General lo viese.

—Es tan chico —observó la Marquesa—, que todavía no sabe distinguir entre el *tú* y el *usted*.

—Si no lo sabe —replicó el General—, se le enseña.

—Pero tío —dijo la Condesa—, yo quiero que mis hijos me tuteen.

—¡Cómo sobrina! —exclamó el General—. ¿También quieres tú entrar en esa moda, que nos ha venido de Francia, como todas las que corrompen las costumbres?

—Conque ¿el tuteo entre padres e hijos corrompe las costumbres?

—Sí, sobrina; como todo lo que contribuye a disminuir el respeto, sea lo que fuere. Por esto me gustaba la antigua costumbre de los Grandes de España, que exigían el tratamiento de Excelencia a sus hijos.

—El tuteo, que pone en un pie de igualdad, que no debe existir entre padres e hijos, no hay duda que disminuye el respeto —dijo la Marquesa—. Dicen que aumenta el cariño; no lo creo. ¿Acaso, hija mía, me habrías amado más si me hubieras tuteado?

—No, madre —dijo la Condesa—, abrazándola con ternura; pero tampoco os hubiera respetado menos.

—Siempre has sido tú una hija buena y dócil —dijo el General—, y las excepciones no prueban nada. Pero, vamos a otra cosa. Traigo a ustedes una noticia, que no podrá menos de serles grata. La hermosa corbeta *Iberia*, procedente de La Habana, acaba de llegar a Cádiz; con que mañana es probable que demos un abrazo a Rafael. ¡Qué afortunado es ese muchacho! Apenas nos escribe que tenía ganas de volver a la Península, cuando se le presenta la ocasión que deseaba, y el capitán general le envía de vuelta con pliegos importantes.

Aún estaban la Marquesa y la Condesa expresando la alegría que esta noticia les causaba, cuando se abrió la puerta, y Rafael Arias se precipitó en los brazos de sus parientas, estrechándolas repetidas veces entre los suyos, y la mano al General.

—¡Cuánto me alegro de verte, mi bueno, mi querido Rafael! —decía la Condesa.

—¡Jesús! —añadió la Marquesa—; ¡gracias a Nuestra Señora del Carmen, que estás de vuelta! Pero ¿qué nece-

sidad tenías, con un buen patrimonio, de ir a pasar la mar,
como si fuera un charco? Apuesto a que te has mareado.

—Eso es lo de menos, porque es mal pasajero —respondió Rafael—; pero tuve otro mal que empeoraba de día
en día, y era el ansia por mi patria y por las personas de
mi cariño. No sé si es porque España es una excelente
madre, o porque nosotros los españoles somos buenos
hijos, lo cierto es que no podemos vivir sino en su seno.

—Es por lo uno y por lo otro, mi querido sobrino; por
lo uno y por lo otro —repitió con una sonrisa de gran satisfacción el General.

—¡Es La Habana país muy rico! ¿no es verdad, Rafael?
—preguntó la Condesa.

—Sí, prima —respondió Rafael—; y sabe serlo, como
una gran señora que es. Su riqueza no es como la del que
se enriqueció ayer; que a manera de torrentes, corre, se
precipita y pasa, haciendo gran estrépito. Allí la opulen-
cia mana blandamente y sin ruido, como un río profundo
y copioso, que deriva sus aguas de manantiales permanen-
tes. Allí la riqueza está en todas partes; y sin necesidad
de anunciarse con ostentación, todo el mundo la ve y la
siente.

—Y las mujeres, ¿te han gustado? —preguntó la Condesa.

—Regla general —contestó Rafael—: todas las mujeres me gustan en todas partes. Las jóvenes porque lo son;
las viejas porque lo han sido; las niñas porque lo serán.

—No generalices tanto la cuestión, Rafael: precísala.

—Pues bien, prima: las habaneras son unos preciosos
Lazzaronis [190] femeninos, cubiertas de olán y de encajes;
cuyos zapatos de raso son adornos inútiles de los peque-

---

[190] *Lazzaronis:* nombre que se daba a los mendigos napolitanos.
Fernán Caballero utiliza este vocablo en varias ocasiones, como en *Elia,
op. cit.,* vol. III, pág. 35: «¡Sólo en España —dijo al fin— en que se vive
a *lazzaroni,* se ven casas de campo tan detestablemente preparadas». Fernán en otros relatos utiliza la palabra *lazarino,* acepción que no tiene nada
que ver con el anterior significado *(Lágrimas,* en *op. cit.,* vol. II, página 114), pues significa leproso o que padece el mal de San Lázaro.

ñísimos miembros a que están destinados, puesto que jamás he visto a una habanera en pie. Cantan hablando como los ruiseñores; viven de azúcar como las abejas, y fuman como las chimeneas de vapor. Sus ojos negros son poemas dramáticos: y su corazón un espejo sin azogar. El drama lúgubre y horripilante no se hizo para aquel gran vergel, en donde pasan las mujeres la vida recostadas en sus hamacas, meciéndose entre flores, aireadas por sus esclavas con abanicos de plumas.

—¿Sabes —dijo la Condesa—, que la voz pública anunció que te ibas a casar?

—Esa señora doña *Voz pública*, mi querida Gracia, se arroga hoy el lugar que ocupaban antes los bufones en las cortes de los reyes. Como ellos, dice todo lo que se le antoja, sin cuidarse de que sea cierto: así pues, doña *Voz pública* ha mentido, prima.

—Pues decía más —añadió la Condesa riéndose—. Le daba a tu futura dos millones de duros de dote.

Rafael se echó a reír.

—Ya caigo en la cuenta —dijo—: en efecto, el capitán general tuvo la idea de endosarme esa letra de cambio.

—¿Y qué tal era mi presunta prima?

—Fea como el pecado mortal. Su espaldilla izquierda se inclinaba decididamente hacia la oreja del mismo lado, y la derecha por el contrario, demostraba el mayor alejamiento por la oreja su vecina.

—¿Y qué respondiste?

—Que no me gustaban las píldoras, ni aun doradas.

—Mal hecho —dijo el General.

—Mal hecho era su torso, señor.

—Y más, sabiendo —dijo la Condesa—, que... No acabó la frase al notar que una expresión penosa, como de amargo recuerdo, se había esparcido en la abierta y franca fisonomía de su primo.

—¿Es feliz? —preguntó.

—Cuanto es posible serlo en este mundo —respondió la Condesa—. Vive muy retirada, sobre todo desde que se han presentado síntomas de hallarse en estado de *buena esperanza*, según la expresión alemana de que servía don Federico, expresión harto más sentida, y menos melíflua que la inglesa de *estado interesante*, a la cual hemos dados carta de connaturalización...

—Con el ridículo espíritu de extranjerismo y de imitación que vive y reina —añadió el General—, y el pésimo gusto que los inspira y dirige. ¿Porqué no ha de decirse clara y castizamente, embarazo o preñez, en lugar de esas ridículas y afectadas frases traducidas? Lo mismo hacéis que hacían los franceses en el siglo pasado cuando representaban con polvos y tontillos [191] a las diosas del paganismo.

—¿Y él? —preguntó Arias.

—Cambiado enteramente, desde que se casó y se reconcilió con su cuñado. Este es el que le dirige en todo. Ahora labra por sí sus haciendas, aconsejado por mi marido, con el que pasa semanas enteras en el campo. En fin, es el niño mimado de la familia, donde ha sido recibido como el hijo pródigo.

—He aquí porqué —observó el General—, nuestro sensato proverbio dice: «más vale malo conocido, que bueno por conocer.»

—¿Y Eloísa? —tornó a preguntar Arias.

—Esa es una historia *lamentable* —dijo la Condesa—. Se casó en secreto con un aventurero francés que se decía primo del príncipe de Rohan, colaborador de Dumas, enviado por el barón Taylos para comprar curiosidades artísticas, y que por desgracia se llamaba Abelardo. Ella encontró en su nombre y en el de su amante, la indicación de su unión marcada por el Destino. En él vio un hombre que era al mismo tiempo literato, artista y de familia de príncipes, y creyó haber encontrado el ser ideal que había visto en sus dorados ensueños. A sus padres, que se oponían a aquella unión, los miraba como tiranos de melodrama, de ideas atrasadas y sumisos en el oscurantismo...

---

[191]   *tontillos:* armazón con aros de ballena o de otra materia que usaban las mujeres para ahuecar las faldas.

—Y en el *españolismo* —añadió el General en tono de
ironía—. Y la señorita ilustrada, *nutrida* de novelas y de
poesías lloronas, se unió con aquel gran bribón, casado
ya dos veces, como después lo supimos. Pasados algunos
meses, y después de haber gastado todo el dinero que ella
le llevó, la abandonó en Valencia, adonde fue a buscarla
su desventurado padre, para traerla deshonrada, ni casada, ni viuda, ni soltera. Ved ahí, sobrinos míos, adónde
conduce el extranjerismo exagerado y falso.

—Rafael, tú habrías podido ahorrarle sus desgracias
—dijo la Condesa.

—¡Yo! —exclamó su primo.

—Sí, tú —continuó Gracia—. Tú sabes muy bien cuánto
te estimaba, y cuánto precio daba a tu opinión.

—Sí —dijo el General—, porque merecías la de los extranjeros.

—Hablando de otra cosa, ¿qué es de nuestro punto de
admiración, el insigne A. Polo de Mármol de los Cemen-
terios? —preguntó Arias.

—Se ha metido a *hombres político* —respondió
Gracia.

—Ya lo sé —dijo Rafel—: ya sé que ha escrito una oda
contra el trono, bajo el seudónimo de la Tiranía.

—¡Pobre tiranía! —dijo el General—: de árbol caído
todos hacen leña: ¡ya recibió la coz del asno!

—Ya sé —prosiguió Rafael—, que escribió otro poe-
ma contra las Preocupaciones, contando entre ellas el
presagio fatal que se atribuye al número 13, la infalibi-
lidad del Papa, el vuelco de un salero, y la fidelidad
conyugal.

—¡Vaya, Rafael! —exclamó la Condesa riéndose—, que
no ha dicho nada de eso.

—Si no son las mismas palabras —dijo Rafael—, tal
es poco más o menos el espíritu de aquella obra maestra,
la cuál será clasificada por la opinión...

—Entre las polillas que están carcomiendo esta sociedad —dijo el General—. ¡Cuando esté destruida, veremos
con qué la reemplazan!

—Además —prosiguió Rafael—, ya sé que nuestro A. Polo ha compuesto una sátira (se sentía inclinado a este género, y hace mucho tiempo que sintió brotar en su cabeza los cuernos de Marsías [192]), una sátira, digo, contra la hipocresía, en la cual dice que es un rasgo de hipocresía reclamar el pago de la asignación del clero, de los exclaustrados y de las monjas.

—Pues bien, sobrino —dijo el General—; con esas bellas composiciones hizo bastantes méritos para que le recibiesen de colaborador en un periódico de oposición.

—Ya caigo —dijo Rafael—; y adivino lo que sucedió, porque es una farsa que se representa todos los días. Cortó la pluma a guisa de mandíbula asnal, y armado con ella, atacó a los filisteos del poder.

—Lo has acertado como un profeta —dijo el General—. No sé cómo se ha ingeniado: lo cierto es que en el día le tienes hecho un personaje: con dinero, rebosando *buen tono*, y reventando *da forte*.

—Estoy seguro —dijo Rafael—, que va a ponerse otro nombre más, A. Polo de Mármol de Carrara; y que, sin dejar de escribir contra la nobleza y las distinciones, solicita y obtiene algún cargo honorífico de la Corte, como por ejemplo: Caballerizo Mayor del Parnaso. Y al Duque ¿le encontraré en Madrid?

—No, pero podrás verle al pasar por Córdoba, donde se halla con toda su familia.

—El Duque ha tomado por fin mi consejo —dijo el General—; se ha separado de la vida pública. Todas las personas de importancia deben en estos tiempos retirarse a sus tiendas como Aquiles.

—Pero, tío —dijo Rafael—, ese es el modo de que todo se lo lleva la trampa.

—Dicen —continuó la Condesa—, que el Duque se ha

---

[192] *Marsías.* Personaje que según unas fuentes era un sátiro; en otras, un consumado flautista. Véase «Apolo y las musas», en *Mitología para los niños, op. cit.,* vol. V, págs. 388 y sigs.

dedicado enteramente a la literatura. Está componiendo algo para el teatro.

—Apuesto a que el título de la pieza será: *La cabra tira al monte* —dijo Rafael en voz baja a la Condesa—. Aludía esto a los amores de María con Pepe Vera, que todo el mundo sabía menos aquellos dos hombres tan parciales de María, que nunca pudo ni la nobleza del uno ni la buena fe del otro sospechar algo malo en ella.

—Calla, Rafael —repuso su prima—. Debemos hacer con nuestros amigos lo que hicieron los buenos hijos de Noé con su padre [193].

—¿Qué dice? —preguntó la Marquesa.

—Nada, madre —respondió la Condesa—: habla de la pieza sin haberla leído.

—¿Y *Marisalada*? —preguntó Rafael—, ¿ha subido al Capitolio en un carro de oro puro, tirado por aficionados?

—Ha perdido la voz —respondió la Condesa—, de resultas de una pulmonía. ¿Lo ignorabas?

—Tan ajeno estaba de ello —respondió Rafael—, que le traigo magníficas proposiciones de ajuste para el teatro de la Habana [194]. Pero ¿en qué ha venido a parar?

—Ya que no puede cantar —dijo el General—, seguirá probablemente el consejo de la hormiga de la fábula, aprenderá a bailar.

—O lo que es más probable —dijo la Condesa—, estará llorando sus faltas y la pérdida de su voz.

—Pero ¿dónde está? —repitió con instancia Rafael.

—No lo sé —respondió la Condesa—, y lo siento, porque quisiera ofrecerle consuelos y socorros si los necesita.

—Guárdarlos para quien los merezca —dijo el General.

—Todos los desgraciados los merecen, tío —repuso la Condesa.

—Bien dicho, hija mía —dijo en tono sentido su madre—. Haz bien, y no mires a quien. Haz mal, y guardarte has, como dice el refrán.

---

[193] *Génesis,* cap. IX.
[194] Alusión al teatro Tacón, edificado hacia 1838.

—Insisto en preguntar dónde se halla —continuó Rafael—, porque le traigo una carta.

—¡Una carta! ¿Y de quién?

—De su marido.

—¿Le has visto? —preguntó con interés la Condesa. ¿Pues no decían que estaba en Alemania?

—No es cierto. Se embarcó en el mismo buque que nosotros, para La Habana. ¡Qué mudado estaba, y cuán desgraciado era! ¡Estoy seguro de que no le habríais conocido; pero siempre tan suave, tan condescendiente, tan bueno! Poco tiempo después de nuestra llegada, murió de la fiebre amarilla.

—¿Murió? —exclamaron a un tiempo la Marquesa y su hija.

—¡Pobre, pobre Stein! —dijo la Condesa.

—Dios le tenga en su gloria! —añadió la madre.

—Sobre la conciencia de la maldita cantatriz, va la muerte de ese hombre de bien —dijo el General.

—Yo, que me creo invulnerable —prosiguió Rafael—, aunque no había tenido la epidemia, fui a verle cuando supe que estaba enfermo.

—¡Mi buen Rafael! —dijo la Condesa tomando la mano de su primo.

—La enfermedad fue tan violenta, que le encontré casi en las últimas: pero le hallé tan tranquilo y tan benévolo como siempre. Me dio gracias por mi visita, y me dijo, que era una felicidad para él, ver una cara amiga antes de morir. Me pidió pluma y papel, escribió casi moribundo algunos renglones, y me pidió que pusiese el sobrescrito a su mujer, y que se los enviase, juntamente con su fe de muerto. En seguida le sobrevinieron los vómitos, y murió, con una mano en la del sacerdote que le ayudaba a bien morir, y la otra en la mía. Yo te entregaré este depósito, prima, para que lo envíes con un hombre de confianza a Villamar, donde probablemente se habrá retirado ella al lado de su padre. He aquí la carta —dijo Rafael—, sacando del bolsillo un papel cuidadosamente doblado. Yo la leo algunas veces, como se lee un himno.

La Condesa desplegó la carta y leyó.

«María: tú a quien tanto he amado, y a quien amo aún; si mi perdón puede ahorrarte algunos remordimientos, si mi bendición puede contribuir a tu felicidad, recibe ambos desde mi lecho de muerte.»

FRITZ STEIN.

CAPÍTULO XXXI

Si el lector quiere antes de que nos separemos para siempre, echar otra ojeada aquel rinconcillo de la tierra llamado Villamar, bien ajeno sin duda del distinguido huésped que va a recibir en su seno, le conduciremos allá, sin que tenga que pensar en fatigas ni gastos de viaje. Y en efecto, sin pensar en ello, ya hemos llegado. Pues bien, amable lector, aquí tienes el birrete de Merlín [195]: hazme el favor de cubrirte con él, porque si permaneces tan visible como estás ahora, turbarás con tu presencia aquel lugar sosegado y quieto, así como un objeto cualquiera arrojado a las aguas dormidas y claras de un estanque, altera su transparencia y reposo.

Después de cuatro años, es decir, un día de verano de 1848, encontrarías al dicho pueblo tan tranquilamente sentado al borde del mar, como si fuera un pescador de caña. Vamos a dar cuenta de algunos graves sucesos públicos y privados, que habían ocurrido allí durante aquel intervalo.

Empecemos por la malaventurada inscripción que tanto afanes había costado al alcalde ilustrado, de oficio herrero, el cual solía decir que el hierro no era más duro que las cabezas de sus subordinados; inscripción que había cau-

---

[195] Alusión al sombrero de Merlín que tenía la propiedad de hacerlo invisible. Véase «Locuciones tomadas de la mitología», *Mitología para los niños, op. cit.,* vol. V, pág. 397.

sado además un tremendo batacazo al maestro de escuela
y tres días de flatos a *Rosa Mística;* pero que en compen-
sación, había hecho pasmar de admiración a don Modesto Guerrero.

Los demás habitantes habían tomado la inscripción por
un bando: uno de aquellos bandos que empiezan; «Cuatro ducados de multa al que arroje inmundicias de cualquiera especie en este sitio.»

Los aguaceros de Andalucía, que parecen más destinados a azotar la tierra que a regarla, habiendo caído en las
hermosas letras que de mayor a menor la componían, la
habían casi borrado.

Temeroso el alcalde de que produjese esta vista una impresión análoga en el patriotismo de los habitantes, se propuso despertar en su corazón este noble sentimiento, por
otro medio más eficaz y poderoso. El nombre de Calle
Real ofendía sus orejas representativas. Quiso *patriotizar-
lo*, y publicó un bando para que aquel nombre malsonan-
te se cambiase en el de calle de los hijos de Padilla.

Con este motivo hubo su poco de motín en Villamar.
¿Qué punto del globo se escapa sin motines en el siglo en
que vivimos?

Era el caso que había muerto uno de los habitantes de
la misma calle, llamado Cristóbal Padilla, y sus hijos he-
redaron naturalmente la casa que en la misma localidad
poseía. Pero en el mismo caso se hallaban los López, los
Pérez y los Sánchez, los cuales protestaron enérgicamente contra tan infundada preferencia. En vano quiso expli-
carles el alcalde que los llamados Hijos de Padilla compusieron en otro tiempo una asociación de hombres libres:
a esto respondían ellos, que ya sabían que los Padillas eran
hombres libres, y que nadie pensaba en disputarles este
título. Pero que también lo eran, y lo habían sido desde
la creación del mundo, los López, los Pérez y los Sánchez;
que ellos no pasaban por la humillación de verse pospues-
tos a los Padillas; y que si el alcalde insistía en su empeño, ellos se quejarían a la autoridad competente, porque
siempre habían existido tribunales superiores a donde

poder acudir contra la arbitrariedad y la injusticia, a menos que con las novedades del día no se los hubiese llevado la trampa.

El alcalde, aburrido de tanto clamoreo, los envió a todos los demonios.

No sabiendo a qué santo encomendarse para dar a Villamar cierto aire moderno, que lo elevase a la altura del día, imaginó dar al camino que iba desde el pueblo a la colina en que estaban el cementerio y la capilla del Señor del Socorro, el nombre patriótico de camino de Urdax, por ser el de una batalla que precedió al convenio de Vergara.

Pero entonces le salió peor la cuenta. Hubo motín de mujeres: motín en regla, capitaneado por *Rosa Mística* en persona. Sus gritos y sus lamentaciones habrían aturdido a los sordos.

—¿Qué quiere decir Urdax? —gritaba la una.

—¿Qué tenemos nosotros que ver con Urdax? —clamaba la otra.

—¿Quién ha de querer enterrarse en Urdax? —chillaba una vieja.

—Señor alcalde —dijo una pobre viuda—, si tanto empeño tiene usted en hacer mejoras, disminuya usted las contribuciones, póngalas como estaban antes, en tiempo del rey, y deje usted a las cosas los nombres que siempre han tenido.

—Si tanto le place a usted el nombre de Urdax —dijo una joven— póngaselo a sí propio.

—Señor —dijo gravemente *Rosa Mística*—: ese camino es el de la *Vía Crucis,* y usted lo profana con ese nombre moruno.

El alcalde se tapó los oídos, y echó a correr.

Frustradas tantas bellas ideas, declaró que los habitantes de Villamar era unos animales, unos brutos estólidos, partidarios del abominable tiempo del absolutismo, sin otro móvil que el bajo interés pecuniario; enemigos de todo progreso social, y de toda mejora; despreciables rutineros, que no merecían llamarse aldeanos, y mucho menos ciudadanos libres.

Y después de este formidable anatema, Villamar y sus habitantes continuaron pasándolo tan bien como antes.

Poco tiempo después, se leía en un periódico de los de fuste:

«Nuestro corresponsal de Villamar (Andalucía baja) nos escribe: la tranquilidad pública ha estado amenazada en esta población. Algunos mal intencionados, excitados sin duda por los infames agentes de la odiosa facción, han querido oponerse a las sabias mejoras, a los útiles progresos, que nuestro digno alcalde don Perfecto Cívico quería introducir, bajo el ridículo pretexto de que no eran necesarios. Pero la admirable sangre fría, el valor heroico de que ha dado muestras aquella excelente autoridad, intimidaron a los audaces, y todo ha entrado en el orden, sin que hayamos tenido que deplorar ningún grave accidente. Vivan sin inquietud los buenos patriotas. Sus hermanos de Villamar sabrán frustar las maniobras de nuestros enemigos.

»Como estamos en Julio, la temperatura está bastante elevada. No podemos decir positivamente hasta cuántos grados; porque la civilización no ha proporcionado todavía a Villamar el beneficio de un termómetro.

»La cosecha se presenta bien, sobre todo en el ramo de calabazas, cuya cantidad y dimensiones llenan de satisfacción y de alegría a sus honrados cosecheros.» Firmado.

EL PATRIOTA MODELO.

Es excusado decir que este modelo de patriotismo era el mismo alcalde, autor del artículo [196]*.

---

* Recomendamos a nuestros lectores la lectura de *Lágrimas,* otra novela de nuestro autor, en que se cuenta la historia del buen alcalde patriota don Perfecto Cívico y de su familia.

[196] En una carta dirigida a Hartzenbusch —28 de diciembre de 1849— le dice que «El bondosísimo (sic) elogio que hizo Ochoa de mi

Este buen hombre había sido albeitar [197], y corriendo
por el mundo, había llegado a una altura prodigiosa en
ideas modernas y miras avanzadas. Hablaba mucho, y se
escuchaba a sí propio, con lo cual nunca le faltaba auditorio. También era el único representante de su partido
en Villamar; así como el médico que había reemplazado
a Stein, lo era del *justo medio*.

La pandilla del Cura, de *Rosa Mística,* y de las buenas
mujeres, como la tía María, estaba por las ideas antiguas.
La de Ramón Pérez y otros cantarines, no tenía color político. La de José y otros pobres de su clase, echaba de
menos los bienes pasados, y deploraba los males presentes, sin definir su origen. Quedaba el escribano, que era
un descarado bribón, como suele haberlos en los pueblos
pequeños; acérrimo defensor del partido triunfante, y lo
que es peor, perseguidor encarnizado del vencido; animal
maléfico y hostil, que sólo se domesticaba con plata.

Pero volvamos a nuestro asunto.

La torre del fuerte de San Cristóbal se había derrumbado,
y con ella las últimas esperanzas que abrigaba don Modesto, de ver figurar su fuerte en la misma línea que Gibraltar, Brest, Cádiz, Dunquerque, Malta y Sebastopol.

Pero nada había causado tanta admiración en nuestros
amigos, los habitantes de Villamar, como la mudanza que
se observaba en la tienda del barbero Ramón Pérez.

Ramón Pérez, después de la muerte de su padre, que
acaeció algunos meses después de la partida de María, no
había podido resistir al deseo de ir también a la capital,
siguiendo los pasos de la ingrata, que le había sacrificado
a un *desaborido* extranjero. Emprendió, pues, su marcha,
y volvió al cabo de quince días, trayendo consigo:

Primero: un caudal inagotable de mentiras y fanfarro-
nadas.

Gaviota me animó a concluir una, que pronto saldrá a la luz, se llama
Lágrimas o *la España actual* que me ha costado mucho trabajo». El elogio
de Ochoa sobre *La Gaviota* se publicó en *La España,* 25 de agosto de
1849. Véase T. Heinermann, *Cecilia Böhl de Faber (Fernán Caballero)
y Juan Eugenio Hartzenbusch,* Madrid, Espasa-Calpe, 1944, pág. 108.
   [197] *albeitar:* veterinario.

Segundo: una infinidad de canciones a la italiana, a cual más detestables.

Tercero: un aire de taco [198], un gesto de *¿qué se me dá a mí?* una desenvoltura, un *sans-façon* [199], capaz de rallar las tripas a todos los habitantes de Villamar, cuyas desgraciadas orejas, y más desgraciadas mandíbulas conservaron largo tiempo deplorables testimonios de aquellas nuevas adquisiciones.

Cuarto: las más funestas aspiraciones a imitar al león de los barberos, Fígaro, que, por desgracia vio ejecutar en el teatro de Sevilla. Por consiguiente, a imitación de su modelo, había procurado sacar al alcalde de la senda del progreso, para introducirlo en la del Conde de Almaviva [200]: pero en primer lugar, como el alcalde era casado, habría sido difícil encontrar en Villamar una Rosina, que hubiera querido pasar por aquel inconveniente. En segundo lugar, la alcaldesa era una gallega de admirable fuerza y robustez, y naturalmente era más temible a sus ojos que el doctor Bartolo lo había sido a los de su modelo.

Ramón Pérez había traído de sus viajes otra cosa, que no reveló a nadie, y cuya adquisición hizo del modo siguiente:

Una noche, que rondaba la calle en que vivía *Marisalada,* suspirando como una ballena, llamó la atención de un joven que guardaba una esquina embozado en su capa hasta los ojos, y que acercándose a él, le dijo esta sola palabra: ¡Largo!

Ramón quiso replicar; pero recibió tan vigoroso puntapié, que el cardenal que le resultó, contribuyó poderosamente a que su viaje de vuelta fuera sumamente penoso, puesto que había recaído en el lugar que estaba en contacto con el albardón.

---

[198] *aire de taco:* desgarro, desenfado.
[199] *sans-façon:* descaro, desfachatez.
[200] *Almaviva o L'Inutile Precauzione,* estrenada en 1816, en el teatro Argentina de Roma. En esta fecha Rossini la titularía *Il Barbiere di Seviglia.*

Por una circunstancia que se aclarará más adelante, el barbero había conseguido reunir una buena suma de dinero. Entonces los recuerdos de Sevilla y de Fígaro, se habían despertado con nuevo ardor en su mente. Había hermoseado su tienda con lujo asiático; magníficas sillas pintadas de verde esmeralda; clavos romanos [201], tamaños como platos soperos, para colgar las toallas de tela de un dedo de grueso; grabados que representaban un Telémaco muy largo, un Mentor muy barbudo, y una Calipso muy descarnada: tales eran los adornos que rivalizaban en dar esplendor al establecimiento. Ramón Pérez había afirmado, con tanta más certeza, cuanto que él mismo lo creía así, que aquellas figuras eran San Juan, San Pedro y la Magdalena. Algunos mal contentadizos habían observado, meneando la cabeza, que todo se había renovado en el laboratorio de Ramón Pérez, menos las navajas: pero él respondía que eran hombres del otro jueves, y que no habían perdido la antigua maña de observar el fondo de las cosas; cuando la regla del día era dar únicamente importancia a la exterioridad y a la apariencia.

Pero lo que pasmó de admiración a los villamarinos, fue una formidable muestra que cubría gran parte de la fachada de la casa barbería. En medio figuraba, pintado con arte maravilloso, un pie, que parecía un pie chinesco, de color amarillento, del cual brotaba un chorro de sangre, digno de rivalizar con las fuentes de Aranjuez y de Versalles. A los dos lados estaban dos enormes navajas de afeitar abiertas, que formaban dos pirámides; en el centro de éstas, había dos muelas colosales. En torno reinaba una guirnalda de rosas, semejantes a ruedas de remolachas, y de la guirnalda colgaba un monstruoso par de tijeras. Para colmo de ostentación y de lujo, Ramón Pérez había recomendado al pintor el uso del dorado, y el artista había distribuido el oro del modo siguiente: en las espinas de las rosas, en las hojas de las navajas y en

---

[201] *clavos romanos:* clavos de adorno, con cabeza grande de latón labrado.

las uñas del pie. Esta muestra indicaba lo que todos sabían; es decir, que su poseedor ejercía en Villamar las cuádruples bunciones de barbero, sangrador, sacamuelas, y *pelador*.

Pero la muestra resultó tener tal magnitud y tal peso, que la pared de la casa de Ramón, compuesta de tierra y piedras, no pudo sostenerla. Fue preciso levantar a los dos lados de la puerta dos estribos de ladrillo, para apoyarla. Esta construcción formó a la entrada de la casa una especie de portal o frontispicio, que Ramón Pérez declaró con la más grave e imperturbable desfachatez, ser una copia exacta del de la Lonja de Sevilla, la que, como es sabido, es una de las obras maestras de nuestro gran arquitecto Herrera.

Enterado ya el lector de las cosas pasadas, volvemos a tomar el hilo de las actuales.

Era tan profundo el silencio en aquel rincón del mundo, que se oía desde lejos la voz de un hombre, que se acompañaba con la guitarra, no las rondeñas, ni las mollares, ni el contrabandista, ni la caña, ¡ah! no: sino una canción llorona, ¡la Atala! [202]. Y lo peor era que la adornaba con tales gorgoritos, con tan descabelladas *fiorituras*, con cadencias tan detestables, y que los versos eran tan malos, que Chateaubriand hubiera podido citar con harto derecho a juicio de conciliación, al poeta, al compositor y al cantor, como reos de un abuso de popularidad.

Este canto infernal salía de la tienda cuya descripción hemos presentado en el capítulo anterior; y quien lo ejecutaba era el poseedor de aquel establecimiento, el insigne Ramón Pérez.

Entonaba las palabras *Triste Chactas* [203], etc., con una

---

[202]   Célebre canción muy popular e inspirada en la novela *Atala,* de Chateaubriand.

[203]   *Triste Chactas.* Canción alusiva a la historia de Atala. Los versos son los siguientes:

Triste Chactas, qué rápida ha sido
la halagüeña ilusión de mi dicha!

expresión, con un entusiasmo, que le conmovían a él mismo hasta llenarle los ojos de lágrimas. Enfrente del cantor, estaba erguido, como siempre, don Modesto Guerrero, escuchando en actitud grave y recogida, idéntico al Mentor respetable que adornaba la pared, sin más diferencia que estar muy bien afeitado, y con su hopito muy liso, tieso y perpendicular.

De repente, se abrió de par en par la puerta que estaba en el fondo de la tienda, y se vio salir por ella a una mujer con un niño en los brazos, y otro que la seguía llorando agarrándose a sus enaguas. Esta mujer pálida, delgada, de gesto altanero e indigesto, estaba cubierta con un pañolón de espumilla desteñido y viejo. Sus largos cabellos mal trenzados, desaliñados y sin peineta, colgaban hasta el suelo. Calzaba zapatos de seda en chancletas, y llevaba largos pendientes de oro.

—¡Cállate, cállate, Ramón! —dijo con voz ronca al entrar en la tienda—. No me desuelles los oídos. Más quisiera oír los graznidos de todos los cuervos del coto, y los maullidos de todos los gatos del pueblo, que tu modo de destrozar la música seria. Te he dicho mil veces que cantes los cantos de la tierra. Eso tal cual; se puede tolerar. Tu voz es flexible, y no te falta la gracia que ese género requiere. Pero tu malhadada manía de cantar a lo fino, no hay quien la resita. Te lo digo, y sabes que lo entiendo. Tus disparatados floreos me afectan de tal modo los nervios, que si persistes en imponerme este tormento, me marcho para siempre de esta casa. Calla —añadió dando un golpe en la cabeza, al niño que lloraba—, calla, que berreas lo mismo que tu padre.

—Vete con mil santos, y desde ahora —respondió el barbero picado en lo más vivo de su amor propio—. Vete,

> sumergido en perpetua desdicha
> sólo siento un fatal porvenir:
> bella virgen tu vida expusiste
> por librarme de muerte funesta
> y será mi canción siempre ésta
> sin mi Atala no puedo vivir.

echa a correr, y no vuelvas hasta que yo te llame, que de esta suerte podrás correr sin parar.

—¿Que no me llamarás, dices? —replicó la mujer—; sería quizá demasiado favor, que harías a la que tantas veces ha sido llamada por los grandes, por los embajadores, por la corte entera! ¿Sabes tú, rústico, ganso, zopenco, el dineral que se daba sólo por oírme?

—Si esos mismos —dijo el barbero—, te vieran ahora con esa cara de vinagre; y te oyeran esa voz de pollo ronco, estoy para mí que pagarían doble por no verte ni oírte.

—¿Quién me ha metido a mí en este villorrio, entre este hato de villanos? —exclamó la mujer, furiosa—. ¿Quién me ha casado con este rapa-barbas, con este mostrenco, que después de haberse comido la dote que me envió el Duque, se atreve a insultarme? ¡A mí, la célebre María Santaló, que ha hecho tanto ruido en el mundo!

—Más te hubiera valido no haber hecho tanto —dijo Ramón, a quien daba un valor inaudito el entusiasmo que le inspiraba la canción de Atala, y su indignación al verla menospreciada.

Al oír estas palabras, la mujer se abalanzó a su diminuto marido, el cual, lleno de espanto, sólo tuvo tiempo de poner la guitarra sobre una silla, y echarse a correr.

A la puerta tropezó con un personaje, a quien por poco derriba en tierra, el cual se paró en el umbral.

Apenas lo percibió María, su cólera cedió a un impulso de risa, no menos violento.

El personaje que lo ocasionaba, era Momo, uno de cuyos carrillos estaba horrorosamente hinchado. Traía un pañuelo atado alrededor de su deforme rostro, y venía a que el barbero le sacase una muela.

—¡Qué horrenda visión! —exclamó María, entre sus carcajadas—. Dicen que el sargento de Utrera reventó de feo. ¿Cómo es que no te sucede a ti otro tanto? Capaz eres de pegar un susto al miedo. ¿Con qué tienes preñado el cachete? Pues parirá un melón, y podrás enseñarlo por dinero. ¡Qué espantoso estás! ¿Vienes a que te retraten para que te pongan en la *Ilustración* [204], que anda a caza de curiosidades?

—Vengo —dijo Momo—, a que tu Ramón Pérez me saque una muela dañada, y no a que me hartes de desvergüenzas; pero *Gaviota* fuiste, *Gaviota* eres, y *Gaviota* serás!

—Si vienes a que te saquen lo que tienes dañado —repuso María—, bien pueden empezar por el corazón y las entrañas.

—¡Por vía de los gatos! ¡miren quien habla de corazón y de entrañas! —replicó Momo—; la que dejó morir a su padre en manos extrañas, sin acordarse del santo de su nombre, ni de enviarle siquiera un mal socorro.

—¿Y quién tuvo la culpa, malvado ganso? —respondió María—. Nada de eso habría sucedido, si no hubieras sido tú un salvaje, que te volviste de Madrid, sin haber desempeñado tu encargo, y esparciendo la nueva de mi muerte; de modo que cuando volví al lugar creyendo que mi padre vivía, todos me tomaron por ánima del otro mundo. Solamente en tus entendederas, que son tan romas como tus narices, cabe el haber creído que una representación era una realidad.

—¡Representación! —repuso Momo—: siempre dices que aquello era fingido. Lo cierto es, que si aquel *Telo* hubiera sabido darte la puñalada en regla, y si no te hubiera curado tu marido, a quien todo el mundo llora, menos tú, estarías ahora roída de gusanos, para descanso de cuantos te conocen. Lo que es a mí, no me la cuelas, pedazo de embustera.

—Pues sábete, Cara y media —dijo María abriendo la mano, y poniéndola delante de su nariz—, que he de vivir cien años, para que rabies, y hacer que tu nariz roma se ponga tamaña.

---

[204]   *La Ilustración. Periódico Universal.* Comenzó el 3 de marzo de 1849. Cesó el 6 de junio de 1857. Semanal. Suscripción seis reales al mes. Tres colecciones con grabados. Imprenta de L. García y, finalmente, en la de *Las Novedades* y *La Ilustración.*

Momo miró a María con toda la despreciativa dignidad compatible con su tuerta cara, y dijo en voz profunda y tono concluyente, alzando y bajando alternativamente el dedo índice:

—¡*Gaviota* fuiste, *Gaviota* eres, *Gaviota* serás!

Y le volvió arrogantemente la espalda.

Cuando don Modesto, aturdido por los gritos de la disputa que hemos referido, vio que las carcajadas sucedían a la explosión de cólera, gracias a la fea y ridícula figura de Momo, de quien sólo el lápiz de Cruikshank [205] el célebre dibujante inglés de caricaturas, podría dar cabal idea, aprovechó aquella ocasión para escurrirse, sin ser sentido, de aquel campo de batalla. Nuestros lectores saben que don Modesto, esencialmente grave y pacífico, tenía una profunda antipatía contra toda especie de disputas, altercados, riñas y quimeras. Pero apenas hubo entrado en su casa, muy satisfecho del éxito de su oportuna retirada, nuevos terrores vinieron a asaltarle, al ver el ojo válido de Rosita, severo, iracundo y amenazador, como un soldado sobre las armas; y su boca grave, remilgada e imponente como un juez en su tribunal. Don Modesto se sentó en un rincón, y bajó la cabeza, a manera de ave, que, presintiendo la tempestad, se posa en la rama de un árbol, y oculta la cabeza debajo de un ala.

Ante todo es de saber que las buenas cualidades y los defectos de Rosita habían ido en aumento con los años. Su aseo había llegado a convertirse en angustiosa pulcritud. Don Modesto tenía que mudarse de zapatos cada vez que entraba a verla. Si Rosita hubiera tenido noticia de las chinelas, que se ponen en Bruselas los curiosos que van a visitar el palacio del Príncipe de Orange, no hay duda que habría adoptado el mismo medio para preservar las bastas esteras de esparto que cubrían los rajados ladrillos del pavimento de su sala. Si don Modesto dejaba caer una aceituna en el mantel, Rosita se estremecía: si una gota

---

[205] *Cruikshank* (1792-1878), célebre dibujante inglés que gozó de gran fama por sus caricaturas políticas.

de vino tinto, lloraba. Su abstinencia y su sobriedad llegaban a los límites de lo posible, y daban a entender que quería rivalizar con Manuela Torres, la famosa mujer del pueblo de Gansar, que había muerto recientemente, despues de haber vivido cuarenta años, sin comer ni beber.

—Rosita —le decía don Modesto—; antes comía usted lo que un pájaro puede llevar en el pico: pero ahora está usted acreditando que lo que se cuenta del camaleón no es fábula.

—Ya ve usted —respondía Rosita—, que gozo de perfecta salud; lo cual prueba que necesitamos muy poco para vivir, y que todo lo demás es pura gula.

En cuanto a su austeridad, había llegado a ser algo más que severa: era cáustica.

—¡Bien le sienta a usted —dijo a don Modesto, mientras éste se encomendaba con todas las veras de su corazón a nuestra señora de la Paz—, ¡bien le sienta a un hombre de su edad y dignidad de usted, a una de las primeras autoridades del pueblo, a un hombre que se ha visto en letra de molde en la *Gaceta,* ir a casa de esas gentes, de esos casquivanos (por no decir otra cosa) y entrometerse en esa San-Francia [206] de matrimonio, que ha sido el escándalo de la vecindad.

—Pero, Rosita —contestó don Modesto—, yo no me he entrometido en la gresca: ella fue la que se entrometió donde yo estaba.

—Si no hubiera usted ido en casa de ese rapabarbas, cantor sempiterno; si no hubiera usted estado allí con la boca abierta, oyendo sus cantos impúdicos, no se habría usted hallado en el caso de ser testigo de ese escándalo.

—Pero, Rosita, usted no reflexiona que es preciso afeitarme de cuando en cuando, so pena de parecer zapador de un regimiento; que ese buen Ramón Pérez me afeita de balde, como lo hacía su padre, y que la política y la gratitud exigen que, si se pone a cantar delante de mí, tenga

---

[206]   *San-Francia:* pendencia, contienda.

yo paciencia, y me preste a oírle. Además que no ha cantado nada mal sonante, sino una canción de las que cantan las gentes finas, en la que dice que una joven llamada Atala...

—¿Qué pamplinas va usted a contarme, don Modesto? —dijo Rosita indignada—. ¡Si no sabré yo lo que dice el Año Cristiano de Atila, que fue un rey de los bárbaros que invadieron a Roma, y de quien triunfó la elocuencia de San León el Magno, Papa a la sazón! Si ustedes quieren que sea una joven enamorada, contra lo que dicen la sana razón y el Año Cristiano, buen provecho les haga a usted y a Ramón Pérez. El siglo de las luces, como dice ese caribe de alcalde, que quería convertir la *Via crucis* en camino de Urdax, trastorna todas las ideas. Con que así, crean ustedes, si les da la gana que fue una muchacha la que capitaneó los feroces ejércitos de los bárbaros. En cuanto a canciones profanas y malsonantes, sepa usted que no le pegan ni a mi edad, ni a mi modo de pensar. Pero los hombres tienen siempre los oídos abiertos a las cosas amorosas. Usted se derrite al oír las canciones de esa gente, cuando yo le he visto... ¡sí!... yo he visto a usted en el Quinario [207] de San Juan Nepomuceno (modelo de confesores), cuando al fin se cantan las coplas en honor del Santo, yo he visto a usted dormido como un tronco!

—¡Yo! Rosita, ¡Jesús! Mire usted que se ha equivocado de medio a medio. Tendría los ojos cerrados, y usted tomaría mi recogimiento por un sueño irreverente.

—No disputemos don Modesto, porque capaz sería usted de pecar con descaro contra el octavo mandamiento. Pero, volviendo a lo que decíamos, digo a usted, que es una vergüenza que esté usted uña y carne con esas gentes.

—¡Ah, Rosita! ¿cómo puede usted hablar en esos términos del buen Ramón que me afeita de balde, y de esa

---

[207] *Quinario:* espacio de cinco días que se dedican a un culto o devoción.

ilustre *Marisalada* que ha sido aplaudida por generales y por ministros?

—Nada de eso impide —replicó *Rosa Mística*—, que haya sido cómica, de las que antes estaban excomulgadas, y que deberían estarlo todavía. Yo quisiera saber porqué no lo están ya.

—Es probable —dijo don Modesto—, que el teatro sería entonces una cosa muy mala, en lugar de que ahora, como dice el folletín [208] del periódico, es la escuela de las costumbres.

—¡La escuela de las costumbres... el teatro! No hay remedio; usted se va pervirtiendo, don Modesto. Eso es peor que dormirse en el Quinario. ¡Qué! ¿toma usted los periódicos por textos de la Escritura? Dígole a usted, señor, que el Papa ha hecho muy mal en levantar la excomunión a esas mujeres provocativas.

—¡Jesús, María y José! —exclamó don Modesto asustado—: ¿Rosita, se atreve usted a condenar lo que hace el Papa, justamente cuando se están cantando himnos en su loor, como dice el periódico?

—Bien, bien —repuso Rosita—; ya lo sé mejor que usted. Y me guardaré muy bien de condenar lo que hace el Papa; me limitaré a desear que no tengamos que cantar el *Miserere* después del himno. Pero volviendo a esa mujer que tantos personajes han aplaudido: ¿piensa usted, que esos necios aplausos la absuelvan de sus malos procederes, y de su perversa índole?

—No sea usted tan justiciera, Rosita. En el fondo no es mala: me ha hecho una cucarda para el sombrero.

---

[208]   En este contexto *folletín* no designa un producto subliterario, paraliterario o infraliterario, sino tan sólo mención al espacio dedicado a la publicación de novelas en los periódicos. Normalmente se reservaba la última página del periódico para dicha publicación con el nombre de *Sección de Folletines* o, simplemente, *Folletín*. Aunque se ofrecía por entregas, el relato o novela en nada se parecía a las narraciones conocidas con este nombre. De igual forma se publicaban obras originales o traducciones de los autores más famosos de la época. Esta práctica habitual perdura a lo largo de todo el siglo XIX y comienzo del XX.

—Lo que ha hecho ha sido burlarse de usted dándole en lugar de una cucarda, una escarola tamaña como un plato. ¿Conque no es mala en el fondo; dice usted, la que dejó morir a su padre, que tanto la quería, solo, pobre, olvidado, mientras que ella se estaba haciendo gorgoritos en las tablas?

—Pero Rosita, si no sabía la gravedad...

—Sabía que estaba malo, y basta. Cuando un padre padece, la hija no debe cantar. Una mujer cuya conducta obligó al pobre de su marido a huir e irse a morir de vergüenza allá en las Indias!...

—Murió de la epidemia, observó el veterano.

—Buena será ella —continuó la severa maestra de Amiga, enardeciéndose cada vez más—, cuando fue la única en el pueblo que no veló en su última enfermedad a la tía María, que tanto la había querido, y tanto había hecho por ella; la única, que faltó a su entierro; la única, que por ella no rezó en la iglesia, ni lloró por ella en el Campo Santo!

—Estaba de sobreparto, y no habría sido prudente antes de la cuarentena.

—¿Qué entiende usted de sobrepartos ni de cuarentenas? —exclamó *Rosa Mística,* exasperada al ver el empeño con que don Modesto defendía a sus amigos—. ¿Ha parido usted alguna vez, para entender de esas cosas? ¿Conque tiene buen fondo la que cuando poco antes de la muerte de su bienhechora, fray Gabriel la siguió al sepulcro; se echó a reír diciendo, que había creído que sólo en el teatro se moría la gente de amor y de pena?

—¡Pobre fray Gabriel! —dijo don Modesto, conmovido por los recuerdos que acababa de despertar su patrona. Todos los viernes de su vida, vino al Cristo del Socorro para pedirle una buena muerte. Después de la de su bienhechora venía todos los días, porque ya no le quedaba más que aquel buen Señor, que le comprendiese y le consolase. Yo fui quien le encontré un viernes por la mañana, de rodillas, delante de la reja de la capilla del Cristo, inclinada la cabeza sobre las barras. Le llamé y no respondió. Me acerqué... ¡estaba muerto! muerto como había vivido; en silencio y solo! ¡Pobre fray Gabriel! —añadió el Comandante después de algunos instantes de silencio—. Te moriste sin haber visto rehabilitado tu convento. ¡Yo también moriré sin ver reedificado mi fuerte!